DER ERSTE FIESE TYP

MIRANDA
JULY

DER ERSTE FIESE TYP

ROMAN

Aus dem amerikanischen
Englisch von Stefanie Jacobs

KIEPENHEUER
& WITSCH

MIX
Papier aus verantwortungsvollen Quellen
FSC® C083411

Verlag Kiepenheuer & Witsch, FSC® N001512

2. Auflage 2015

Titel der Originalausgabe: The First Bad Man
Die Originalausgabe erschien 2015 bei Scribner,
einem Imprint von Simon & Schuster, Inc.

Aus dem amerikanischen Englisch von Stefanie Jacobs

Umschlaggestaltung: Mike Mills
Autorenfoto: © Todd Cole
Gesetzt aus der Aldus und der ITC Franklin Gothic
Satz: Buch-Werkstatt GmbH, Bad Aibling
Druck und Bindung: CPI books GmbH, Leck
ISBN 978-3-462-04770-7

Für Michael Chadbourne Mills

1. KAPITEL

Ich fuhr zur Praxis, als würde ich die Hauptrolle in einem Film spielen, den Phillip sich ansieht – die Fenster offen, wehendes Haar, nur eine Hand am Steuer. An der roten Ampel blickte ich geheimnisvoll geradeaus. *Wer ist das?,* haben sich die Leute vielleicht gefragt. *Wer ist die Frau im besten Alter in dem blauen Honda?* Ich schlenderte durch die Tiefgarage, betrat den Aufzug und drückte mit einem lässigen, amüsierfreudigen Finger die Zwölf. Einem Finger, der für alles zu haben war. Als die Türen sich geschlossen hatten, betrachtete ich mich in der verspiegelten Decke und übte schon mal, was ich für ein Gesicht machen würde, falls Phillip im Wartezimmer saß. Überrascht, aber nicht allzu sehr, und außerdem hing er ja nicht an der Decke, dann bog sich mein Hals auch nicht so durch. Ich übte das Gesicht auf dem ganzen Weg durch den Flur. Oh! Oh, hi! Da war die Tür.

DR. JENS BROYARD
CHROMOTHERAPIE

Ich öffnete sie schwungvoll.

Kein Phillip.

Ich brauchte einen Moment, um mich zu beruhigen. Fast hätte ich auf dem Absatz kehrtgemacht und wäre nach Hause gefahren, aber dann hätte ich ihn ja später nicht anrufen und mich für die Empfehlung bedanken können. Die Rezeptionistin gab mir ein Klemmbrett mit einem Anmeldeformular, und ich setzte mich auf einen Polsterstuhl. Es gab keine »Empfohlen von«-Zeile, deshalb schrieb ich auf den oberen Rand einfach: *Phillip Bettelheim hat mich geschickt.*

»Ich behaupte nicht, dass er der Beste der Welt ist«, hatte Phillip auf der Benefizgala von Open Palm gesagt. Er trug einen grauen Kaschmirpullover, der mit seinem Bart harmonierte. »Denn es gibt einen Farbtherapeuten in Zürich, der ihm durchaus das Wasser reichen kann. Aber Jens ist der Beste in L.A., und definitiv der Beste auf der Westside. Er hat meinen Fußpilz geheilt.« Er hob einen Fuß und senkte ihn wieder, bevor ich etwas riechen konnte. »Er lebt die meiste Zeit in Amsterdam, deshalb sucht er sich seine Patienten hier genau aus. Sag einfach, Phillip Bettelheim hat dich geschickt.« Er schrieb die Nummer auf eine Serviette und entfernte sich im Sambaschritt von mir.

»Phillip Bettelheim hat mich geschickt.«

»Genau!«, rief er über die Schulter. Den Rest des Abends verbrachte er auf der Tanzfläche.

Ich starrte die Frau an der Rezeption an – sie kannte Phillip. Vielleicht war er eben erst gegangen, oder er saß gerade in der Sprechstunde. Daran hatte ich noch gar nicht gedacht. Ich strich mir das Haar hinter die Ohren und beobachtete die Sprechzimmertür. Kurz darauf kam eine gertenschlanke Frau mit einem kleinen Baby heraus. Das Baby hielt eine Schnur mit einem Kristall daran in der Hand. Ich sah nach, ob zwischen ihm und mir eine besondere Verbindung bestand, die stärker war als die zu seiner Mutter. Nein, nichts.

Dr. Broyard hatte skandinavische Gesichtszüge und trug eine winzige Brille, die ihm etwas Skeptisches verlieh. Während er mein Anmeldeformular las, saß ich auf einem wulstigen Ledersofa gegenüber einem japanischen Wandschirm aus Papier. Obwohl keine Wünschelruten oder Glaskugeln zu sehen waren, machte ich mich auf Derartiges gefasst. Wenn Phillip an Chromotherapie glaubte, genügte das. Dr. Broyard schob seine Brille auf die Nasenspitze.

»Aha. Das Globussyndrom, *globus hystericus.*«

Ich begann zu erklären, was das ist, aber er unterbrach mich. »Ich bin Arzt.«

»Tut mir leid.« Aber sagen echte Ärzte wirklich: »Ich bin Arzt«?

Ruhig besah er sich meine Wangen und hackte dabei mit einem roten Stift auf ein Blatt Papier ein. Darauf war ein Gesicht, ein unspezifisches Gesicht, über dem CHERYL GLICKMAN stand.

»Diese Punkte da sind …?«

»Ihre Rosazea.«

Die Augen auf dem Blatt waren groß und rund, wohingegen meine praktisch verschwinden, wenn ich lächele, und meine Nase ist knolliger. Abgesehen davon stehen die Flächen zwischen meinen Augen, meiner Nase und meinem Mund in perfektem Verhältnis zueinander. Nur ist das bisher noch niemandem aufgefallen. Und auch meine Ohren: entzückende kleine Muscheln. Ich klemme immer die Haare dahinter und versuche, Räume voller Menschen mit den Ohren voran zu betreten, seitwärts. Er zog einen Kreis um den Papierhals und schraffierte ihn sorgfältig.

»Wie lange haben Sie den Kloß im Hals denn schon?«

»Seit etwa dreißig Jahren, mal mehr, mal weniger. Dreißig oder vierzig Jahren.«

»Waren Sie schon mal in Behandlung?«

»Ich habe versucht, eine Überweisung für eine OP zu bekommen.«

»Eine OP.«

»Damit der Kloß rausgeschnitten wird.«

»Aber es ist ja kein echter Kloß.«

»Nein, angeblich nicht.«

»Die übliche Behandlung ist eine Psychotherapie.«

»Ich weiß.« Ich erklärte ihm nicht, dass ich Single war. Therapie ist was für Paare. Genauso wie Weihnachten. Und Zelten. Und Zelten am Strand. Dr. Broyard öffnete eine Schublade voller klimpernder Glasfläschchen und nahm eins heraus. ROT stand auf dem Etikett. Mit zusammengekniffenen Augen betrachtete ich die glasklare Flüssigkeit. Sie erinnerte mich stark an Wasser.

»Das ist die *Essenz* von Rot«, sage er barsch. Er spürte meine Skepsis. »Rot ist eine Energie, die nur in ihrer Rohform eine Färbung annimmt. Nehmen Sie jetzt zehn Milliliter ein und dann jeden Morgen vor dem ersten Urinieren weitere zehn Milliliter.« Ich schluckte eine Pipette voll.

»Warum vor dem ersten Urinieren?«

»Bevor Sie aufstehen und herumlaufen – die Bewegung lässt Ihre Basaltemperatur ansteigen.«

Ich dachte darüber nach. Was, wenn man nach dem Aufwachen sofort Sex hatte, noch bevor man zur Toilette ging? Das ließ die Basaltemperatur mit Sicherheit auch ansteigen. Wäre ich Anfang dreißig gewesen statt Anfang vierzig, hätte er dann gesagt: Vor dem ersten Urinieren oder vor dem ersten *Geschlechtsverkehr?* Das ist das Problem mit Männern in meinem Alter, ich bin irgendwie älter als sie. Phillip ist Mitte sechzig, deshalb bin ich für ihn wahrscheinlich eine jüngere Frau, fast noch ein Mädchen. Nicht, dass ich für ihn schon irgendetwas anderes wäre als jemand von Open Palm. Aber das könnte sich innerhalb weniger Sekunden ändern; es hätte sich gerade eben schon ändern können, im Wartezimmer. Könnte es immer noch, wenn ich ihn anrufen würde. Dr. Broyard reichte mir ein Formular.

»Geben Sie das Ruthie vorn an der Rezeption. Ich habe einen Folgetermin für Sie anberaumt, aber wenn der Kloß in Ihrem Hals schlimmer wird, bevor wir uns das nächste Mal sehen, sollten Sie vielleicht doch über irgendeine Form von Therapie nachdenken.«

»Bekomme ich einen von diesen Kristallen da?« Ich zeigte auf die glitzernden Glastropfen im Fenster.

»Einen Sonnentropfen? Beim nächsten Mal.«

Während die Rezeptionistin meine Versichertenkarte kopierte, erklärte sie mir, dass Chromotherapie nicht von der Krankenversicherung übernommen wird.

»Der nächste freie Termin wäre am 19. Juni. Möchten Sie lieber vormittags oder nachmittags?« Ihr hüftlanges, graues Haar war abstoßend. Meins ist zwar auch grau, aber wenigstens gepflegt.

»Ich weiß nicht – vormittags?« Es war gerade mal Februar. Im Juni waren Phillip und ich vielleicht schon ein Paar und kamen Händchen haltend zu Dr. Broyard.

»Vorher ist nichts mehr frei?«

»Der Doktor ist nur dreimal im Jahr in dieser Praxis.«

Ich sah mich im Wartezimmer um. »Und wer gießt dann diese Pflanze hier?« Ich beugte mich über den Tresen und drückte einen Finger in die Erde des Farns. Sie war feucht.

»Hier praktiziert noch eine Ärztin.« Sie tippte auf den Visitenkartenhalter, der zwei verschiedene Stapel enthielt, einen von Dr. Broyard und einen von einer gewissen Dr. Tibbets, Klinische Sozialpädagogin. Ich versuchte, mir eine

Karte zu nehmen, ohne dabei meinen schmutzigen Finger zu benutzen.

»Wie wäre es mit Viertel vor zehn?«, fragte sie und reichte mir eine Schachtel Kleenex.

Ich rannte durch die Tiefgarage, das Handy fest umklammert. Als die Autotüren verriegelt waren und die Klimaanlage lief, tippte ich die ersten neun Ziffern von Phillips Nummer ein, dann hielt ich inne. Ich hatte ihn noch nie angerufen; in den letzten sechs Jahren hatte er immer mich angerufen, und nur bei Open Palm und nur in seiner Eigenschaft als Vorstandsmitglied. Vielleicht war das doch keine so gute Idee. Suzanne wäre da sicher anderer Meinung. Sie hatte damals bei Carl den ersten Schritt gemacht. Suzanne und Carl sind meine Chefs.

»Wenn du eine besondere Verbindung spürst, geh offen damit um«, hatte sie mal zu mir gesagt.

»Wie denn zum Beispiel?«

»Zeig ihm ein bisschen Feuer.«

Ich wartete vier Tage, um die Fragen ein wenig zu verteilen, dann fragte ich sie, wie ich das zum Beispiel anstellen könnte. Sie sah mich lange an, dann zog sie einen alten Briefumschlag aus dem Papierkorb und zeichnete eine Birne darauf. »Das ist in etwa die Form deines Körpers. Siehst du? Oben klein und zierlich und unten nicht ganz so.« Dann erklärte sie mir die optische Täuschung, die entsteht, wenn man unten dunkle Sachen trägt und oben helle. Bei Frauen, die diese Farbkombination tragen, sehe ich immer nach, ob sie auch Birnen sind, und ich liege jedes Mal richtig – eine Birne macht der anderen nichts vor.

Unter die Zeichnung schrieb sie die Nummer von jemandem, der ihrer Meinung nach besser zu mir passte als Phillip – ein geschiedener Alkoholiker und Vater namens Mark Kwon. Er lud mich zum Abendessen ins Mandarette am Beverly Boulevard ein. Aber ihre Rechnung ging nicht auf, also fragte sie mich, ob sie vielleicht auf dem falschen Dampfer sei. »Vielleicht liegt es ja nicht an Mark? Vielleicht liegt es an Männern im Allgemeinen?« Das denken die Leute manchmal, wegen meiner Haare; sie sind recht kurz. Ich trage außerdem Schuhe, in denen man tatsächlich laufen kann, Rockports oder saubere Turnschuhe, keinen hochhackigen Fußschmuck. Aber würde das Herz einer lesbischen Frau beim Anblick eines Fünfundsechzigjährigen in einem grauen Pullover höherschlagen? Mark Kwon hat vor ein paar Jahren wieder geheiratet; Suzanne hatte damals großen Wert darauf gelegt, mir das mitzuteilen. Ich wählte die restlichen Ziffern.

»Hallo?« Er klang schläfrig.

»Hi, hier ist Cheryl.«

»Hm?«

»Von Open Palm.«

»Ah, hallo, hallo! Wunderbare Benefizgala, ich hab mich prächtig amüsiert. Was kann ich für dich tun, Cheryl?«

»Ich wollte dir nur sagen, dass ich bei Dr. Broyard war.« Es entstand eine lange Pause. »Dem Chromotherapeuten«, fügte ich hinzu.

»Jens! Er ist großartig, nicht wahr?«

Ich sagte, ich fände ihn phänomenal.

Das war mein Plan gewesen: dasselbe Wort zu benutzen, mit dem er auf der Benefizgala meine Halskette beschrieben hatte. Er hatte die schweren Perlen von meiner Brust gehoben und gesagt: »Die ist ja phänomenal, wo hast du die her?«, und ich sagte, von einem Stand auf dem Bauernmarkt, und dann zog er mich an den Perlen zu sich. »Hey«, sagte er, »wie praktisch, das gefällt mir.« Ein Außenstehender wie zum Beispiel Nakako, unsere Spezialistin für Fördermittelakquise, fand diesen Moment vielleicht erniedrigend, aber ich wusste, dass das Erniedrigende bloß ein Witz war; er mokierte sich über die Sorte Mann, die so etwas tun würde. Das machte er schon seit Jahren; einmal während einer Vorstandssitzung sagte er immer wieder, meine Bluse wäre hinten nicht richtig zu, und öffnete lachend den Reißverschluss. Ich lachte auch und griff mir sofort in den Nacken, um den Reißverschluss wieder zuzuziehen. Der Witz lautete: *Kannst du dir das vorstellen? Was manche Leute für geschmacklose Sachen machen?* Aber es gab noch eine weitere Bedeutungsschicht, denn ungehobelte Menschen zu imitieren, hat auch etwas Befreiendes – als würde man in die Rolle eines Kindes schlüpfen, oder eines Verrückten. Das kann man nur mit jemandem machen, dem man wirklich vertraut, der weiß, wie kultiviert und edel man in Wirklichkeit ist. Nachdem er meine Halskette losgelassen hatte, bekam ich einen kurzen Hustenanfall, der zu einem Gespräch über mein Globussyndrom und den Farbtherapeuten führte.

Bei dem Wort *phänomenal* klingelte offenbar nichts; er sagte, Dr. Broyard sei teuer, aber sein Geld wert, und dann hob er die Stimme und leitete eine höfliche Verabschiedung ein. »Nun gut, dann sehen wir uns morgen auf der Vorstands-«, aber bevor er *-sitzung* sagen konnte, unterbrach ich ihn.

»Philip, was ich dir sagen wollte: Ich bin jederzeit für dich da!«

»Wie bitte?«

»Ja, wirklich, jederzeit. Steh zu deinen Gefühlen!« Was für eine Stille. Nicht einmal unter den Kuppeldächern riesiger Kathedralen hatte es je so viel Leere auf einmal gegeben. Er räusperte sich. Das Echo hallte durch den Dom und schreckte die Tauben auf.

»Cheryl?«

»Ja?«

»Ich muss jetzt los.«

Ich sagte nichts. Er würde über meine Leiche steigen müssen, um vom Telefon wegzukommen.

»Auf Wiederhören«, sagte er, und nach einer kurzen Pause legte er auf.

Ich steckte das Telefon in meine Handtasche. Falls das Rot schon wirkte, setzte in meiner Nase und meinen Augen jetzt gleich dieses wunderbare, stechende Gefühl ein, eine Million winziger Nadelstiche, die in einer salzigen Flut gipfeln würden, und die Scham löste sich in meinen Tränen auf und floss in den Rinnstein. Der Schrei stieg meinen Hals hoch und ließ ihn anschwellen, aber anstatt weiter hochzuwogen, ballte er sich genau dort zu einer kampflustigen Kugel. Globus hystericus.

Irgendetwas knallte gegen meinen Wagen, und ich zuckte zusammen. Es war die Tür des Wagens neben mir; eine Frau bugsierte ihr Baby in seine Autoschale. Ich fasste mir an den Hals und beugte mich vor, um einen Blick darauf zu erhaschen, aber ihr Haar hing genau vor seinem Gesicht, deshalb konnte ich nicht erkennen, ob es eins der Babys war, die ich als meine eigenen betrachte. Natürlich nicht im biologischen Sinne, nur … als meine Vertrauten. Ich nenne solche Babys Kubelko Bondy. Ich brauche nur eine Sekunde, um nachzusehen, meistens merke ich es nicht mal, und schon habe ich es wieder getan.

Die Bondys waren Anfang der Siebziger eine Weile mit meinen Eltern befreundet gewesen. Mr und Mrs Bondy und ihr kleiner Sohn Kubelko. Als ich meine Mutter später nach ihm fragte, sagte sie, sie sei sicher, dass das nicht sein richtiger Name war, aber wie *war* sein richtiger Name? Kevin? Marco? Sie wusste es nicht mehr. Die Erwachsenen tranken im Wohnzimmer Wein, und ich sollte mit Kubelko spielen. Zeig ihm deine Sachen. Er saß still an meiner Zimmertür und hielt einen Holzlöffel in der Hand, den er manchmal auf den Boden schlug. Große schwarze Augen, rosa Pausbacken. Er war noch klein, sehr klein. Kaum älter als ein Jahr. Nach einer Weile warf er den Löffel weg und begann zu weinen. Ich sah ihm zu und wartete, dass jemand kam, aber es kam niemand, also hievte ich ihn auf meinen Schoß und wiegte seinen speckigen kleinen Körper. Er beruhigte sich beinahe sofort. Ich hielt ihn weiter in den Armen, und er sah mich an und ich ihn, und ich wusste, dass er mich mehr liebte als seine Mutter und seinen Vater, und dass er auf eine sehr reale und sehr beständige Weise zu mir gehörte. Weil ich erst neun war, war nicht ganz klar, ob als Kind oder Ehemann, aber das spielte auch keine Rolle, ich fühlte mich der Herausforderung des Kummers gewachsen. Ich drückte meine Wange an seine und umarmte ihn, wie ich hoffte für immer und ewig. Er schlief ein, und auch ich trieb immer wieder in den Halbschlaf ab, Zeit und Raum entglitten mir, und sein warmer Körper war mal riesig und dann wieder winzig klein – und wurde mir plötzlich von der Frau, die sich für seine Mutter hielt, aus den Armen gerissen. Während die Erwachsenen auf die Tür zusteuerten und sich müde und zu laut Danke sagten, sah mich Kubelko Bondy mit panischem Blick an.

Tu irgendwas. Sie bringen mich weg.

Keine Sorge, ich überlege mir was.

Natürlich würde ich ihn nicht einfach in die Nacht hinaussegeln lassen, meinen liebsten Jungen. *Stopp! Lassen Sie ihn los!*

Aber meine Stimme war zu leise, sie verließ meinen Kopf gar nicht. Sekunden später segelte er hinaus in die Nacht, mein liebster Junge. Und ward nie mehr gesehen.

Nur dass ich ihn sehr wohl wiedersah – immer und immer wieder. Manchmal war er noch ein Säugling, manchmal lief er schon herum. Beim Ausparken bekam ich bessere Sicht auf das Kind im Auto neben mir. Bloß irgendein Baby.

2. KAPITEL

Ich erwachte früh am Morgen vom Geräusch fallender Äste in meinem Garten. Ich nahm zehn Milliliter Rot und lauschte dem schwerfälligen Sägen. Es war Rick, der obdachlose Gärtner, der schon zum Haus dazugehört hatte, als ich es damals kaufte. Ich würde nie jemanden einstellen, der auf meinem Grundstück herumlungert und in meine Privatsphäre eindringt, aber ich kündigte ihm auch nicht, als ich einzog, weil ich nicht wollte, dass er mich für weniger offen hielt als die Vorbesitzer, die Goldfarbs. Sie hatten ihm einen Schlüssel gegeben; manchmal geht er zur Toilette oder legt ein paar Zitronen in die Küche. Ich suche immer irgendeinen Grund, um schon weg zu sein, wenn er kommt, was morgens um sieben gar nicht so einfach ist. Manchmal fahre ich einfach drei Stunden durch die Gegend, bis er wieder weg ist. Oder ich parke ein paar Straßen weiter und schlafe im Wagen. Einmal hat er mich entdeckt, auf dem Rückweg in sein Zelt oder seinen Karton, und sein lächelndes Stoppelgesicht gegen die Scheibe gedrückt. Es war nicht leicht gewesen, mir im Halbschlaf eine Erklärung auszudenken.

Heute fuhr ich einfach nur früh zu Open Palm und bereitete alles für die Vorstandssitzung vor. Mein Plan war, mich so würdevoll zu verhalten, dass Phillip sich unmöglich an die taktlose Frau erinnerte, mit der er gestern telefoniert hatte. Ich würde zwar nicht laut mit einem britischen Akzent sprechen, aber im Kopf, und die Wirkung würde sich übertragen.

Jim und Michelle waren schon im Büro, und auch Sarah, unsere Praktikantin. Sie hatte ihr Baby dabei und versuchte, es unter dem Schreibtisch zu verstecken, aber wir hörten es natürlich alle. Ich wischte den Tisch im Vorstandszimmer ab und verteilte Notizblöcke und Stifte. Ich bin die Chefin, eigentlich ist das unter meiner Würde, aber ich mache es Phillip gern schön. »Sie kommen!«, rief Jim, was bedeutete, dass Carl und Suzanne im Anmarsch waren. Ich schnappte mir zwei riesige Vasen voll welker Blumen und eilte damit in die Mitarbeiterküche.

»Ich mach das!«, sagte Michelle. Sie war neu bei uns – nicht meine erste Wahl.

»Zu spät«, sagte ich, »ich hab sie schon.«

Sie rannte neben mir her und wollte mir eine Vase aus der Hand reißen, wobei sie nichts von dem ausgeklügelten Gleichgewichtssystem verstand, mit dessen Hilfe ich sie trug. Die andere Vase geriet jetzt dank ihrer Hilfe ins Rutschen, und ich überließ ihr das Auffangen, welches sie leider versäumte. Genau in dem Moment, als die Vase auf den Teppich fiel, kamen Carl und Suzanne zur Tür herein. Phillip war auch dabei.

»Hallo allerseits«, sagte Carl. Phillip trug einen wunderschönen weinroten Pullover. Mein Atem wurde flacher. Ich musste mich immer zusammenreißen, nicht einfach wie eine Ehefrau zu ihm zu gehen, so als wären wir schon seit tausend Leben ein Paar. Höhlenmann und Höhlenfrau. König und Königin. Nonnen.

»Darf ich vorstellen, Michelle, unsere neue Medienkoordinatorin«, sagte ich und deutete mit einer witzigen Handbewegung nach unten. Sie kratzte gerade im Vierfüßlerstand schleimige braune Blumen zusammen; jetzt versuchte sie schnell aufzustehen.

»Ich bin Phillip.« Michelle schüttelte ihm aus einem verwirrten Kniestand heraus die Hand, das Gesicht heiß und rot. Ich war versehentlich gemein gewesen; so etwas passierte mir nur, wenn ich unter starkem Stress stehe, und hinterher tut es mir immer furchtbar leid. Ich würde ihr am nächsten Tag irgendwas mitbringen, einen Geschenkgutschein oder einen Ninja-Smoothiemaker. Eigentlich hatte ich ihr schon längst irgendwas schenken wollen, präventiv sozusagen; das mache ich bei neuen Angestellten gern. Sie kommen dann nach Hause und sagen: »Dieser neue Job ist so toll, ich kann es kaum glauben – sieh mal, was mir meine Chefin geschenkt hat!« Wenn sie dann irgendwann mal in Tränen aufgelöst nach Hause kommen, sagt ihr Mann oder ihre Frau: »Bist du sicher, Schatz? Sie hat dir doch den Smoothiemaker geschenkt.« Und dann kommt der neue Angestellte ins Grübeln, macht sich vielleicht sogar Vorwürfe.

Suzanne und Carl schlenderten mit Phillip davon, und Sarah, die Praktikantin, eilte herbei, um beim Aufwischen zu helfen. Ihr Baby gluckste beharrlich und aggressiv. Schließlich ging ich zu ihrem Schreibtisch und schaute darunter. Der Kleine gurrte wie ein trauriges Täubchen und sah lächelnd zu mir hoch; er erkannte mich sofort wieder.

Andauernd werde ich bei den falschen Leuten geboren, sagte er.

Ich nickte voller Bedauern. *Ich weiß.*

Was sollte ich machen? Am liebsten hätte ich ihn aus seiner Babyschale genommen und endlich wieder in die Arme geschlossen, aber das kam nicht infrage. Ich machte eine entschuldigende Geste, und er akzeptierte sie mit einem langsamen Zwinkern aus seinen klugen Äuglein, das mir einen schmerzhaften Stich in die Brust versetzte und den Kloß in meinem Hals anschwellen ließ. Ich wurde immer älter, während er jung blieb, mein winziger Gatte. Oder, inzwischen wohl wahrscheinlicher: mein Sohn. Sarah eilte zu ihm und hob seine Babyschale schwungvoll auf die andere Seite des Schreibtischs. Er strampelte wie wild.

Gib nicht auf, gib nicht auf.

Nein, sagte ich. *Niemals.*

Ihn regelmäßig zu sehen, wäre viel zu schmerzhaft. Ich räusperte mich streng.

»Sie wissen sicher, dass es nicht angemessen ist, Ihr Baby mit zur Arbeit zu bringen.«

»Suzanne meinte, das wäre in Ordnung. Sie sagt, sie hätte Clee auch immer mitgebracht, als sie noch klein war.«

Das stimmte. Die Tochter von Carl und Suzanne war nach der Schule immer in das alte Studio gekommen, schreiend herumgerannt und hatte alle bei der Arbeit gestört. Ich sagte Sarah, der Kleine könne heute dableiben, aber zur Gewohnheit dürfe das nicht werden. Sie sah mich an, als hätte ich sie verraten, sie als berufstätige Mutter, Feminismus usw. usf. Ich sah sie genauso an, weil ich eine Frau in einer Führungsposition war und sie das schamlos ausnutzte, Feminismus usw. usf. Sie senkte den Kopf ein wenig. Die Praktikantinnen sind immer Frauen, die Carl und Suzanne leidtun. Ich war auch mal eine, vor fünfundzwanzig Jahren. Damals war Open Palm wirklich nur ein Frauen-Selbstverteidigungsstudio; ein umfunktioniertes Taekwondo-Dojo.

Ein Mann grapscht dir an die Brust – was machst du? Mehrere Männer umringen dich, werfen dich zu Boden und reißen dir die Hose runter – was machst du? Ein Mann, dem du vertraut hast, drückt dich gegen eine Wand und lässt dich nicht mehr gehen – was machst du? Ein Mann brüllt etwas Vulgäres über einen Körperteil, den du ihm zeigen sollst – zeigst du ihn? Nein. Du drehst dich um, siehst ihn geradewegs an, zeigst mit dem Finger genau auf seine Nase und stößt tief aus dem Zwerchfell ein lautes, kehliges »Aiaiaiaiaiai!« aus. Diesen Teil mochten die Kursteilnehmerinnen immer, den Schrei. Die Stimmung kippte, sobald die Angreifer in ihren dicken Schaumstoffanzügen mit riesigen Köpfen herauskamen und ungewollte Zärtlichkeiten, Vergewaltigung, Gruppenvergewaltigung und sexuelle Erniedrigung simulierten. Die Männer, die darin steckten, waren eigentlich nett und friedlich – fast zu nett und friedlich –, aber während der Rollenspiele wurden sie ziemlich vulgär und hitzig. Bei vielen Frauen löste das Emotionen aus, und genau darum ging es ja – jeder kann sich wehren, wenn er nicht gerade völlig verängstigt oder gedemütigt ist und schluchzend sein Geld zurückverlangt. Das Gefühl, etwas erreicht zu haben, war in der letzten Sitzung immer sehr bewegend. Angreifer und Teilnehmerinnen umarmten und dankten einander und tranken dabei alkoholfreien Cidre. Alles war vergeben und vergessen.

Wir haben immer noch einen Kurs für junge Mädchen im Programm, aber nur, um den Status einer gemeinnützigen Organisation nicht zu verlieren. Unser eigentliches Geschäft sind jetzt Fitness-DVDs. Es war meine Idee gewesen, Selbstverteidigung als Workout zu verkaufen. Unsere Reihe steht in Konkurrenz zu anderen Top-Workout-Videos; die meisten Käuferinnen geben an, dass ihnen der Kampfaspekt gar nicht so wichtig ist, sie mögen nur die treibende Musik und den Effekt, den es auf ihren Körper hat. Wer will schon zusehen, wie eine Frau im Park blöd angequatscht wird? Niemand. Ohne mich würden Carl und Suzanne immer noch diese deprimierenden Anleitungsvideos drehen. Sie sind mehr oder weniger in den Ruhestand gegangen, seit sie nach Ojai gezogen sind, auch wenn sie sich immer noch in Personalangelegenheiten einmischen und zu den Vorstandssitzungen kommen. Ich gehöre praktisch mit zum Vorstand, wenn auch nicht offiziell. Ich führe Protokoll.

Phillip setzte sich so weit weg von mir wie möglich, und wie es aussah, mied er während der gesamten Sitzung den Blick in meine Richtung. Ich hoffte, das seien bloß Hirngespinste, aber Suzanne fragte später, ob zwischen uns irgendwas nicht stimme. Ich gestand ihr, dass ich ihm ein bisschen Feuer gezeigt hatte.

»Was soll das heißen?«

Es war jetzt fast fünf Jahre her, dass sie das vorgeschlagen hatte – diese Wendung gehörte inzwischen wohl nicht mehr zu ihrem aktiven Wortschatz.

»Ich habe zu ihm gesagt: Steh zu deinen Gefühlen ...« Es war nicht leicht, es auszusprechen.

»Was?« Suzanne beugte sich vor, und ihre langen Ohrringe pendelten nach vorn.

»Steh zu deinen Gefühlen!«

»Das hast du zu ihm gesagt? Das ist ja schon ein sehr provokativer Satz.«

»Wirklich?«

»Wenn eine Frau das zu einem Mann sagt? Klar. Du hast ihm definitiv ein bisschen – wie hast du es ausgedrückt?«

»Feuer gezeigt.«

Carl lief mit einem schmuddeligen Leinenbeutel mit der Aufschrift OJAI NATURAL FOOD durchs Büro und füllte ihn mit Keksen, grünem Tee und einem Päckchen Mandelmilch aus der Personalküche, dann hopste er hinüber zum Vorratsschrank und bediente sich – diverse Packen Druckerpapier, eine Handvoll Stifte und Textmarker und ein paar Fläschchen Tipp-Ex. Sie bringen auch gern Sachen hierher, mit denen sie nichts anfangen können – ein altes Auto, das nicht mehr läuft, einen Wurf kleine Kätzchen oder eine muffige alte Couch, für die sie keinen Platz mehr haben. Diesmal war es ein Riesenbatzen Fleisch.

»Das ist Beefalo – die fortpflanzungsfähige Kreuzung aus Rind und Bison«, sagte Carl.

Suzanne öffnete eine Styropor-Kühlbox. »Wir haben zu viel bestellt, und es ist nur bis morgen haltbar«, erklärte sie.

»Genau, deshalb dachten wir uns, statt es schlecht werden zu lassen, könnten heute Abend alle in den Genuss von Beefalo kommen – das geht auf uns!«, rief Carl und hob die Hände wie der Weihnachtsmann.

Sie riefen die Namen aus. Nacheinander standen alle Angestellten auf und nahmen ein kleines weißes Päckchen in Empfang, auf dem ein Namensetikett klebte. Suzanne rief Phillips Namen und meinen kurz hintereinander auf. Wir gingen zusammen zu ihr, und sie reichte uns gleichzeitig unser Fleisch. Mein Päckchen war größer. Ich sah, dass er es bemerkte, und dann endlich sah er mich an.

»Tauschen wir?«, flüsterte er.

Ich gab ihm das Fleisch, auf dem CHERYL stand, und er gab mir das Fleisch, auf dem PHILLIP stand.

Während der Beefalo-Verteilung überlegte Suzanne außerdem laut, ob jemand wohl für ein paar Wochen ihre Tochter bei sich aufnehmen könne, bis sie eine Wohnung und einen Job in L. A. gefunden habe.

»Sie ist eine hochtalentierte Schauspielerin.«

Niemand sagte etwas.

Suzanne wiegte sich in ihrem langen Rock ein wenig hin und her. Carl rieb sich seinen dicken Bauch und wartete mit hochgezogenen Augenbrauen auf Meldungen Aufnahmewilliger. Das letzte Mal war Clee mit ihm im Büro gewesen, als sie vierzehn war. Ihr helles Haar war damals zu einem sehr straffen Pferdeschwanz zurückgebunden; jede Menge Eyeliner, riesige Kreolen und eine Hose, die fast unter den

Pobacken hing. Sie sah aus, als wäre sie in einer Gang. Das war jetzt sechs Jahre her, aber trotzdem meldete sich niemand freiwillig. Bis es doch jemand tat: Michelle.

Das Beefalo hatte einen irgendwie urtümlichen Nachgeschmack. Ich wischte die Pfanne aus und zerriss das weiße Papier mit Phillips Namen darauf. Noch bevor ich damit fertig war, klingelte das Telefon. Niemand weiß, warum Namenzerreißen dazu führt, dass derjenige dann anruft – die Wissenschaft hat noch keine Erklärung dafür gefunden. Den Namen wegradieren funktioniert auch.

»Ich dachte, ich ruf einfach mal an«, sagte er.

Ich ging ins Schlafzimmer und legte mich aufs Bett. Es begann wie jedes andere unserer Telefonate, nur dass er mich in sechs Jahren nicht ein einziges Mal abends auf meinem Privathandy angerufen hatte. Wir redeten über Open Palm und Themen aus der Sitzung, als wäre es nicht acht Uhr abends und ich nicht im Nachthemd. Dann, an dem Punkt, an dem das Gespräch normalerweise beendet gewesen wäre, folgte eine lange Stille. Ich saß im Dunkeln und fragte mich, ob er wohl schon aufgelegt hatte, ohne auf den Knopf zu drücken. Dann flüsterte er ganz leise: »Ich glaube, ich bin ein schrecklicher Mensch.«

Für den Bruchteil einer Sekunde nahm ich das für bare Münze – ich dachte, er würde mir gleich ein Verbrechen gestehen, einen Mord vielleicht. Dann wurde mir klar, dass wir alle glauben, wir könnten schreckliche Menschen sein. Aber das offenbaren wir nur, bevor wir jemanden bitten, uns zu lieben. Es ist wie ausziehen.

»Nein«, flüsterte ich zurück. »Du bist so gut.«

»Bin ich nicht!«, protestierte er, und seine Stimme wurde vor Aufregung lauter. »Du hast ja keine Ahnung.«

»Und ob, Phillip«, antwortete ich ebenso laut und inbrünstig. »Ich kenne dich besser, als du glaubst!« Das ließ ihn für einen Moment verstummen. Ich schloss die Augen. Mit all meinen Dekokissen um mich herum, kurz bevor es intim wurde, fühlte ich mich wie ein König. Ein König, vor dem ein Festmahl ausgebreitet ist.

»Kannst du gerade reden?«, fragte er.

»Ja, wenn du reden kannst.«

»Nein, ich meine, bist du allein?«

»Ich lebe allein.«

»Das dachte ich mir.«

»Wirklich? Was genau hast du gedacht, als du das gedacht hast?«

»Na ja, *Ich glaube, sie lebt allein,* habe ich gedacht.«

»Du hattest recht.«

»Ich muss dir was gestehen.«

Wieder schloss ich die Augen, ein König.

»Ich muss diese Last loswerden«, fuhr er fort. »Du brauchst auch nichts zu antworten, wenn du einfach nur zuhören könntest.«

»Okay.«

»Mann, bin ich nervös. Ich schwitze. Wie gesagt, antworten ist nicht nötig. Ich sage es einfach nur, und dann legen wir auf und du kannst ins Bett gehen.«

»Ich bin schon im Bett.«

»Umso besser. Dann kannst du direkt schlafen und mich morgen früh anrufen.«

»So machen wir es.«

»Gut, dann sprechen wir uns morgen.«

»Warte – wolltest du mir nicht was gestehen?«

»Ich weiß, ich hab nur gerade Angst bekommen und … ich weiß nicht. Der Moment ist vorbei. Vielleicht solltest du jetzt einfach schlafen gehen.«

Ich setzte mich auf.

»Soll ich dich morgen früh trotzdem anrufen?«

»Ich melde mich morgen Abend.«

»Danke.«

»Gute Nacht.«

Mir fiel kaum ein Geständnis ein, das jemanden ins Schwitzen bringen würde, das nicht entweder krimineller oder romantischer Natur war. Und wie oft begehen Leute – Leute, die man kennt – ein ernsthaftes Verbrechen? Ich war furchtbar nervös; an Schlaf war nicht zu denken. Im Morgengrauen dann eine unfreiwillige Totalentleerung meines Darms. Ich nahm zehn Milliliter Rot und drückte auf den Kloß in meinem Hals. Immer noch steinhart. Gegen elf rief Jim an und sagte, es gebe da einen klitzekleinen Notfall. Jim ist unser Büroleiter vor Ort.

»Geht es um Phillip?« Vielleicht mussten wir ja so schnell wie möglich zu ihm fahren, dann könnte ich sehen, wo er wohnt.

»Michelle hat sich das mit Clee anders überlegt.«

»Oh.«

»Sie will, dass Clee auszieht.«

»Okay.«

»Kann sie bei dir wohnen?«

Wenn man allein lebt, denken die Leute immer, sie könnten sich bei einem einquartieren, dabei ist das Gegenteil der Fall: Sie sollten sich jemanden suchen, in dessen Leben sowieso schon andere hineinpfuschen, dann kommt es auf einen mehr auch nicht an.

»Ich wünschte wirklich, ich könnte«, sagte ich. »Ich würde zu gern helfen.«

»Das kommt nicht von mir, Carl und Suzanne hatten die

Idee. Ich glaube, sie haben sich sowieso gefragt, warum du dich nicht gleich gemeldet hast, wo du doch quasi zur Familie gehörst.«

Ich presste die Lippen zusammen. Carl hatte mich einmal *ginjo* genannt, und ich dachte, es bedeutet »Schwester«, bis er mir sagte, dass es die japanische Bezeichnung für jemanden ist, meist einen älteren Mann, der in völliger Isolation lebt und das Feuer für das ganze Dorf in Gang hält.

»In den alten Mythen verbrennt er erst seine Kleider und dann seine Knochen, damit es nicht verlischt«, sagte Carl. Ich blieb mucksmäuschenstill, damit er auch ja nicht aufhörte; ich liebte es, wenn mich jemand beschrieb. »Als er dann irgendetwas anderes finden muss, um das Feuer in Gang zu halten, bekommt er *ubitsu*. Das lässt sich nicht so leicht übersetzen, aber im Grunde genommen sind es Träume, die so schwer sind, dass sie unendlich viel Masse und Gewicht haben. Die verbrennt er dann, und das Feuer geht nie aus.« Dann sagte er, mein Führungsstil sei aus der Distanz heraus effektiver, weshalb ich von nun an von zu Hause aus arbeiten würde, auch wenn ich gern einen Tag pro Woche vor Ort arbeiten könne und zu den Vorstandssitzungen herzlich willkommen sei.

Mein Haus ist nicht sehr groß; ich versuchte, mir hier eine weitere Person vorzustellen.

»Ich gehöre praktisch zur Familie, haben sie gesagt?«

»Das braucht man doch nicht zu sagen – oder sagst du, dass deine Mom praktisch zur Familie gehört?«

»Nein.«

»Siehst du.«

»Ab wann soll denn das sein?«

»Sie kommt heute Abend mit ihrem Zeug zu dir.«

»Ich habe heute Abend ein wichtiges privates Telefonat.«

»Tausend Dank, Cheryl.«

Ich trug meinen Computer aus dem Bügelzimmer und stellte ein Gästebett auf, das bequemer war, als es aussah. Ich legte ein Handtuch und einen fein säuberlich zusammengefalteten Waschlappen auf ein Badetuch und platzierte den Stapel auf einem Bettbezug, den sie gern über ihre Steppdecke ziehen durfte. Auf den Waschlappen legte ich ein zuckerfreies Pfefferminzbonbon. Ich polierte die Armaturen im Bad und in der Küche, bis sie aussahen wie neu, ebenso den Hebel am Toilettenspülkasten. Ich legte sämtliches Obst in eine Keramikschale, damit ich mit der Hand darauf deuten und sagen konnte: »Iss, was du magst. Fühl dich ganz wie zu Hause.« Der Rest des Hauses war tadellos, wie immer, dank meinem System.

Es hat keinen Namen – ich nenne es einfach mein System. Sagen wir zum Beispiel, jemand ist total am Boden, oder auch einfach nur faul, und kümmert sich nicht mehr um den Abwasch. Bald stapeln sich die Teller bis zum Himmel und es scheint unmöglich, auch nur eine Gabel zu spülen. Also isst derjenige bald mit schmutzigen Gabeln von schmutzigen Tellern und kommt sich vor wie ein Obdachloser. Folglich duscht er nicht mehr. Was es schwer macht, das Haus zu verlassen. Bald beginnt er oder sie, seinen Müll überall hinzuwerfen und in Gläser zu pinkeln, weil er dazu nicht aus dem Bett aufstehen muss. Es ist uns allen schon so ergangen, Verurteilungen sind also fehl am Platze, aber die Lösung ist simpel:

Weniger Teller.

Was man nicht hat, kann sich nicht aufstapeln. Das ist das Wichtigste, aber auch:

Lassen Sie alles, wo es ist.

Wie viel Zeit verbringen wir damit, Gegenstände von A nach B zu tragen? Entsorgen Sie Ihren Wäschekorb und legen Sie die schmutzige Kleidung direkt in die Waschmaschine. Die Trommel ist Ihr Wäschekorb. Bevor Sie einen

Gegenstand weit von seinem angestammten Platz entfernen, denken Sie daran, dass Sie ihn auch wieder dorthin zurückbringen müssen – ist es das wirklich wert? Können Sie das Buch nicht auch lesen, während Sie neben dem Regal stehen und den Finger in der Lücke halten, in die Sie es danach wieder schieben werden? Oder noch besser: Lesen Sie es gar nicht erst. Und *wenn* Sie schon irgendetwas irgendwohin tragen, nehmen Sie auf jeden Fall alles mit, was in dieselbe Richtung muss. Die Sachen bilden sozusagen eine Fahrgemeinschaft. Eine neue Seife ins Bad legen? Vielleicht warten Sie, bis der Trockner mit den Handtüchern fertig ist, und bringen Handtücher und Seife zusammen ins Bad. Die Seife könnten Sie zwischenzeitlich auf den Trockner legen. Und die Handtücher falten Sie vielleicht erst, wenn Sie das nächste Mal zur Toilette müssen. Sie könnten dann versuchen, die Seife auszupacken und die Handtücher zusammenzulegen, während Sie auf der Toilette sitzen, denn dann haben Sie ja die Hände frei. Vor dem Abputzen wischen Sie sich mit dem Toilettenpapier überschüssiges Fett aus dem Gesicht. Beim Abendessen: Verzichten Sie auf den Teller. Stellen Sie die Pfanne einfach auf einem Untersetzer direkt auf den Tisch. Teller sind Zierrat, den Sie sich für Gäste aufsparen können, damit sie sich wie im Restaurant fühlen. Muss die Pfanne gespült werden? Nicht, wenn Sie nur Herzhaftes daraus essen.

Wir alle tun manchmal einige dieser Dinge; mit meinem System tut man sie immer alle. Lassen Sie nie irgendetwas schleifen. Es geht einem schnell in Fleisch und Blut über, und wenn man das nächste Mal am Boden ist, läuft das System von selbst. Wie ein Millionär lebe ich mit einem Vollzeitdiener, der alles in Ordnung hält – und weil ich selbst der Diener bin, dringt auch niemand in meine Privatsphäre ein. Wenn es richtig gut läuft, verschafft mir mein System ein fließenderes Lebensgefühl. Ich erlebe meine Tage wie einen Traum, ohne die Ecken und Kanten, für die das Leben so berühmt ist. Nach mehreren Tagen allein wird es so glatt und geschmeidig, dass ich mich selbst nicht mehr spüre; es ist, als würde ich nicht existieren.

Als es um Viertel vor neun an der Tür klingelte, hatte ich immer noch nichts von Phillip gehört. Wenn er anrief, während ich gerade mit ihr redete, würde ich mich einfach entschuldigen müssen. Was, wenn sie immer noch wie ein Gangmitglied aussah? Oder vielleicht hatte sie ein schlechtes Gewissen wegen der Unannehmlichkeiten, die sie mir bereitete, und entschuldigte sich sofort, sobald sie mich sah. Als ich zur Tür ging, löste sich die Weltkarte von der Wand und rutschte geräuschvoll zu Boden. Nicht unbedingt ein Zeichen für irgendwas.

Sie war viel älter als damals mit vierzehn. Sie war eine Frau. So sehr, dass ich mir für einen Moment gar nicht sicher war, was ich eigentlich war. Über ihrer Schulter hing eine riesige lila Reisetasche.

»Clee! Herzlich willkommen!« Als ich sie umarmen wollte, trat sie rasch einen Schritt zurück. »Das ist ein schuhfreier Haushalt, du kannst deine Schuhe also direkt hier draußen abstellen.« Ich zeigte neben die Tür, lächelte und wartete und zeigte noch einmal neben die Tür. Sie blickte auf meine Schuhreihe, verschiedene braune Formen, und dann auf ihre eigenen Schuhe, die aussahen wie aus rosa Kaugummi.

»Nein, ich glaube nicht«, sagte sie mit einer erstaunlich tiefen, rauen Stimme.

Für einen Moment standen wir da. »Warte kurz«, sagte ich und holte eine Plastiktüte. Sie sah mich mit einem aggressiven, leeren Gesichtsausdruck an, zog mit je einem Fußkick die Schuhe aus und steckte sie in die Tüte.

»Schließ bitte immer beide Schlösser ab, wenn du aus dem Haus gehst. Wenn du da bist, genügt eins. Wenn es an der Tür klingelt, kannst du erst hier aufmachen« – ich öffnete das Fensterchen in der Eingangstür und schaute hindurch – »und nachsehen, wer es ist.« Als ich das Gesicht aus dem Guckloch zog, war sie schon in der Küche.

»Iss alles, was du magst«, sagte ich und setzte zum Laufschritt an, um sie einzuholen. »Fühl dich ganz wie zu Hause.« Sie nahm zwei Äpfel und wollte sie in ihre Handtasche stecken, sah dann aber, dass einer davon einen braunen Fleck hatte, und tauschte ihn gegen einen anderen aus. Ich zeigte ihr das Gästezimmer. Sie ließ das Pfefferminzbonbon in ihren Mund ploppen und warf das Papier wieder auf den Waschlappen.

»Gibt's hier keinen Fernseher?«

»Im Gemeinschaftsbereich gibt es einen. Im Wohnzimmer.«

Wir gingen ins Wohnzimmer, und sie starrte auf den Fernseher. Es war keiner von diesen flachen, aber er war groß und ins Bücherregal eingebaut. Obendrauf lag ein kleines tibetisches Deckchen.

»Kabel?«

»Nein. Aber ich habe gutes Antennenfernsehen, die Lokalsender kommen alle sehr klar rein.« Bevor ich ausgeredet hatte, nahm sie ihr Handy heraus und begann darauf herumzutippen. Ich stand eine Weile da und wartete, bis sie schließlich zu mir hochsah, als wollte sie sagen, *Was machst du noch hier?*

Ich ging in die Küche und setzte Wasser auf. Am Rande meines Blickfelds sah ich sie noch immer, und ich konnte nicht anders, als mich zu fragen, ob Carl wohl eine sehr vollbusige Mutter gehabt hatte. Suzanne war zwar groß und attraktiv, aber als »Granate« hätte man sie nicht bezeichnet, wohingegen einem dieses Wort beim Anblick der Frau, die sich gerade gegen die Couch lehnte, durchaus in den Sinn kam. Und es war mehr als nur ihre Oberweite – alles an ihrer blonden, gebräunten Erscheinung ging über das Normalmaß hinaus. Vielleicht war sie sogar leicht übergewichtig. Oder auch nicht, vielleicht lag es bloß an ihrem Kleidungsstil. Sie trug eine enge, magentarote Trainingshose, die tief auf den Hüften hing, und darüber mehrere Trägertops, oder vielleicht auch einen lila BH und zwei Tops – auf jeden Fall hatte sie eine Menge Träger auf den Schultern. Zwischen ihren Augen und ihrer kleinen Nase war zu viel Platz. Auch unter dem Mund war überschüssiges Gesicht. Viel Kinn. Ihre Augen, ihre Nase und ihr Kinn selbst waren eindeutig schöner als meine, aber wenn man den Raum dazwischen betrachtete, ging der Punkt an mich. Sie hätte sich bei mir bedanken können, auch ein kleines Geschenk wäre nicht völlig unangebracht gewesen. Der Kessel pfiff. Sie sah hoch und riss spöttisch die Augen auf; so sah ich gerade aus, sollte das heißen.

Gegen Abend fragte ich Clee, ob sie Hühnchen und Grünkohl auf Toast mitessen wolle. Falls sie sich wunderte, dass es Toast zum Abendessen gab, würde ich ihr erklären, dass das weniger aufwendig ist als Reis oder Pasta, aber trotzdem als Getreide durchgeht. Ich würde ihr nicht mein ganzes System auf einmal erklären, nur Stück für Stück. Sie sagte, sie hätte sich etwas zu essen mitgebracht.

»Brauchst du einen Teller?«

»Ich kann aus dem Ding essen.«

»Eine Gabel?«

»Okay.«

Ich reichte ihr die Gabel und stellte mein Telefon auf volle Lautstärke. »Ich erwarte einen wichtigen Anruf«, erklärte ich. Sie sah hinter sich, so als suchte sie denjenigen, den das interessierte.

»Wenn du fertig bist, spül die Gabel einfach ab und leg sie hier zu deinen anderen Sachen.« Ich zeigte auf einen kleinen Behälter im Regal, in dem ihre Tasse, ihre Müslischale, ihr Teller, ihr Messer und ihr Löffel lagen. »Und da kommt mein Geschirr hinein, aber das ist jetzt natürlich in Gebrauch.« Ich tippte auf den leeren Behälter neben ihrem.

Sie sah die Behälter an und dann ihre Gabel und dann noch einmal die Behälter.

»Ich weiß, das ist jetzt vielleicht verwirrend, weil unser Geschirr ja gleich aussieht, aber solange alles in Gebrauch ist, gerade gespült wird oder in seinem Behälter liegt, sollte es keine Probleme geben.«

»Wo sind die anderen Teller?«

»Ich mache das schon seit Jahren so, es gibt ja nichts Schlimmeres als ein Spülbecken voller schmutziger Teller.«

»Aber wo sind sie?«

»Na ja, ich habe natürlich noch welche. Wenn du zum Beispiel mal eine Freundin zum Essen einladen willst …« Je mehr ich versuchte, nicht die Kiste oben auf dem Regal anzusehen, desto weniger gelang es mir. Sie folgte meinem Blick und grinste.

Am nächsten Abend hatte ich ein Spülbecken voll schmutziger Teller, und Phillip hatte immer noch nicht angerufen. Da es im Bügelzimmer keinen Fernseher gab, hatte sich Clee mit ihren Sachen, ihrem Essen und literweise Pepsi light – alles nur eine Armeslänge von ihr entfernt – im Wohnzimmer auf der Couch niedergelassen, die sie mit einem mitgebrachten, riesigen Blumenkissen und einem lila Schlafsack ausgestattet hatte. Dort telefonierte sie, tippte auf ihrem Handy und sah vor allem fern. Ich trug den Computer wieder ins Bügelzimmer, klappte das Gästebett zusammen und schleppte es hoch in die Dachkammer. Während ich mich in dem Raum über ihr befand, erklärte sie mir, dass jemand mit einem kostenlosen Probeabo für Kabelfernsehen an der Haustür gewesen sei.

»Als du bei der Arbeit warst. Kannst du ja am Monatsende wieder kündigen, wenn ich weg bin. Es kostet dich also nichts.«

Ich sagte nichts, weil es mir wie eine Art Versicherung vorkam, dass sie auch wirklich wieder ging. Der Fernseher lief die ganze Zeit, Tag und Nacht, egal, ob sie wach war oder schlief oder hinsah oder nicht. Ich hatte von solchen Leuten gehört, oder vielmehr, welche gesehen, im Fernsehen. Als drei Tage vergangen waren, schrieb ich Phillips Namen auf ein Blatt Papier und zerriss es, aber der Trick funktionierte nicht – wenn man sich zu sehr darauf verlässt, funktioniert er nie. Ich versuchte auch, seine Nummer rückwärts zu wählen, völliger Unsinn, dann ohne Vorwahl und dann alle zehn Ziffern, aber in zufälliger Reihenfolge.

Um Clee herum begann ein Geruch zu gerinnen, ein bouillonartiger, intimer Moschusgeruch, den sie nicht zu bemerken schien oder der ihr gleichgültig war. Ich hatte angenommen, dass sie jeden Morgen duschen würde, mit giftig blauen Waschgels und künstlich süßen Lotions. Aber sie wusch sich gar nicht. Weder am Tag ihrer Ankunft noch am Tag danach. Der Körpergeruch war eine Zugabe zu ihrem Fußpilz, der einem zwei Sekunden, nachdem sie vorbeigegangen war, in die Nase stach – eine hinterhältige Verzögerung. Am Ende der Woche badete sie schließlich und benutzte, dem Geruch nach zu urteilen, mein Shampoo.

»Du kannst gern mein Shampoo benutzen«, sagte ich, als sie aus dem Bad kam. Sie hatte ein Handtuch auf den Schultern, und ihr Haar war zurückgekämmt.

»Hab ich schon.«

Ich lachte und sie lachte zurück – kein richtiges Lachen, sondern ein sarkastisches, schnaubendes Gelächter, das immer hässlicher wurde, bis sie einfach so aufhörte. Ich blinzelte, ausnahmsweise einmal dankbar, dass ich nicht weinen konnte, und sie drängte sich an mir vorbei und streifte mich ein wenig mit der Schulter. Der Ausdruck auf meinem Gesicht bedeutete so viel wie *Hey, Vorsicht! Es ist nicht okay, mich in meinem eigenen Haus zu verhöhnen, zu dem ich dir großzügig die Tür geöffnet habe. Diesmal lasse ich es noch durchgehen, aber in Zukunft erwarte ich in puncto Verhalten eine Hundertachtzig-Grad-Wende, mein Fräulein.* Aber sie wählte gerade auf ihrem Handy, deshalb sah sie den Blick nicht. Ich nahm mein Handy und wählte ebenfalls. Alle zehn Ziffern, in der korrekten Reihenfolge.

»Hi«, schrie ich. Ihr Kopf schnellte herum. Wahrscheinlich dachte sie, ich kenne niemanden.

»Hi«, sagte er. »Cheryl?«

»Yo, hier ist der Cher Bear!«, sagte ich, schlenderte in mein Schlafzimmer und schloss schnell die Tür hinter mir.

»Das war nicht meine richtige Stimme«, flüsterte ich und hockte mich hinter mein Bett, »und wir brauchen auch gar nicht zu reden, ich musste bloß demonstrativ jemanden anrufen, und da hab ich zufällig deine Nummer gewählt.« Das kam mir zu Beginn des Satzes irgendwie plausibler vor als am Ende.

»Tut mir leid«, sagte Phillip. »Ich habe dich doch nicht angerufen.«

»Und ich hab dich nur des Anrufs wegen angerufen. Dann sind wir ja jetzt quitt.«

»Ich hatte wohl einfach Angst.«

»Vor mir?«

»Ja, und vor der Gesellschaft. Hörst du mich? Ich bin gerade mit dem Auto unterwegs.«

»Wo fährst du hin?«

»Einkaufen. Zu Ralphs. Eine Frage: Wie stehst du zu einem Altersunterschied? Würdest du einen sehr viel älteren oder jüngeren Partner in Betracht ziehen?«

In mir sammelte sich so viel Energie auf einmal, dass meine Zähne zu klappern begannen. Phillip war zweiundzwanzig Jahre älter als ich.

»Ist das ein Geständnis?«

»So was in der Art.«

»Okay, meine Antwort lautet: ja.« Ich hielt meinen Kiefer fest, damit meine Zähne nicht mehr klapperten. »Und du?«

»Willst du meine Meinung dazu wirklich wissen, Cheryl?«

Ja!

»Ja.«

»Ich finde, jeder, der zur selben Zeit hier auf Erden lebt, ist freigegeben. Die große Mehrheit der Menschen ist ohnehin so jung oder so alt, dass sich ihre Lebenszeit nicht einmal mit meiner oder deiner überschneidet – die scheiden aus.«

»Auf vielerlei Ebenen.«

»Genau. Wenn jemand also zufällig in dem winzigen Fleckchen deiner Lebenszeit geboren wurde, was soll dann die Diskussion um ein paar Jahre mehr oder weniger? Das grenzt doch an Blasphemie.«

»Wobei sich die Lebenszeit mancher Menschen ja nur *ganz knapp* überschneidet«, gab ich zu bedenken. »Die scheiden dann vielleicht auch aus.«

»Du meinst …?«

»Babys?«

»Na ja, ich weiß nicht«, sagte er nachdenklich. »Es muss ja auf Gegenseitigkeit beruhen. Und körperlich für beide

Beteiligten angenehm sein. Wenn man im Fall eines Babys irgendwie feststellen könnte, dass das Baby genauso fühlt, dann ist es vielleicht eine rein sinnliche oder rein energetische Beziehung. Die deswegen natürlich nicht weniger romantisch und bedeutungsvoll ist.« Er hielt inne. »Darüber lässt sich streiten, ich weiß, aber ich glaube, du verstehst, was ich meine.«

»Voll und ganz.« Er war nervös – wenn Männer über Gefühle sprechen, sind sie sicher, dass sie gleich eines schrecklichen Verbrechens angeklagt werden. Um ihn zu beruhigen, erzählte ich ihm von Kubelko Bondy und den dreißig Jahren, in denen wir uns immer wieder begegneten und immer wieder trennen mussten.

»Er ist also nicht ein Baby, sondern viele?« Schwang da ein seltsamer Unterton in seiner Stimme mit? Hörte ich etwa eine Spur von Eifersucht?

»Nein, er ist ein Baby. Aber er wird von vielen Babys gespielt. Oder vielmehr repräsentiert, das ist vielleicht der bessere Ausdruck.«

»Verstehe. Kubelko – ist das tschechisch?«

»So nenne ich ihn bloß. Kann sein, dass ich das erfunden hab.«

Es klang, als wäre er rechts rangefahren. Ob wir wohl gleich Telefonsex haben würden? Ich hatte das zwar noch nie gemacht, glaubte aber, ein besonderes Talent dafür zu besitzen. Manche Leute halten es für besonders wichtig, beim Sex wirklich in der Situation zu sein, körperlich bei dem anderen Menschen; für mich dagegen ist es wichtig, die andere Person zu verdrängen und sie durch mein Ding zu ersetzen, wenn möglich vollständig. Am Telefon wäre das viel einfacher. Mein Ding, das ist so eine Fantasie, die ich mir gern ausmale. Ich fragte ihn, was er gerade anhabe.

»Eine Hose und ein Hemd. Socken. Schuhe.«

»Klingt gut. Willst du mir irgendetwas sagen?«

»Nein, ich glaube nicht.«

»Keine Geständnisse?«

Er lachte nervös. »Cheryl? Ich bin jetzt da.«

Für einen Moment dachte ich, er meinte hier direkt vor meinem Haus, direkt draußen. Aber er meinte bei Ralphs. Sollte das eine subtile Einladung sein? Da er wahrscheinlich gerade auf der East Side war, gab es zwei Ralphs, zu denen er gefahren sein konnte. Ich zog ein Männerhemd mit Nadelstreifen an, das ich extra aufgehoben hatte. Wenn er mich darin sah, würde es ihm unbewusst das Gefühl geben, wir wären gerade nebeneinander aufgewacht und ich hätte mir schnell sein Hemd übergezogen. Ein entspannendes Gefühl, fand ich. Die wiederverwendbaren Einkaufsbeutel lagen in der Küche; ich versuchte, hinein- und wieder hinauszuhuschen, ohne dass Clee mich sah.

»Du fährst einkaufen? Ich brauch auch was.«

Es gab keine einfache Art, ihr zu erklären, dass ich zwar einkaufen fuhr, aber eigentlich doch nicht. Sie legte die Füße aufs Armaturenbrett, schmutzige braune Zehen in hellblauen Flipflops. Der Gestank war unglaublich.

Nachdem ich mich ein paar Mal umentschieden hatte, fuhr ich in die etwas gepflegtere Filiale. Wir schlenderten durch die Gänge mit den Fertiggerichten, Clee mit dem Einkaufswagen ein paar Meter vor mir, die Brüste geradezu lächerlich wie zwei Ballons vor sich. Frauen musterten sie von oben bis unten und sahen dann weg. Männer nicht – sie drehten sich sogar noch um, der Hinteransicht wegen. Ich drehte mich ebenfalls um und warf ihnen strenge Blicke zu, aber das interessierte sie nicht. Manche Männer sagten sogar »Hi«, als würden sie sie kennen, oder als würde ihre Bekanntschaft genau in diesem Moment beginnen. Mehrere Ralphs-Mitarbeiter fragten sie, ob sie Hilfe brauche. Hinter jedem Regal rechnete ich damit, Phillip zu begegnen, der sich dann freuen würde, woraufhin wir zusammen einkaufen würden wie das alte Ehepaar, das wir in den letzten tausend Leben vor diesem hier gewesen waren. Entweder hatte ich ihn verpasst oder er war in dem anderen Ralphs. Der Mann vor uns in der Kassenschlange erzählte Clee aus heiterem Himmel, wie sehr er seinen Sohn liebe, der pausbäckig im Einkaufswagen saß. Auch bevor er Vater geworden sei, habe er geliebt, sagte er, aber in Wirklichkeit lasse sich keine Liebe mit der zu seinem Sohn vergleichen. Ich sah dem Baby in die Augen, aber es gab zwischen uns keinerlei Schwingungen. Sein Mund hing dumpf offen. Ein rothaariger Tütenpacker verließ eilig seine Kasse, um Clees Sachen einzupacken.

Sie hatte vierzehn Tiefkühlgerichte, ein Paket Cup-o-Noodles, ein Weißbrot und drei Liter Pepsi light gekauft. Mein Einkauf, eine Rolle Toilettenpapier, passte in meinen Rucksack. Auf der Fahrt nach Hause sagte ich ein paar Worte über Los Feliz, die Vielfalt dieses Viertels, dann verstummte ich allmählich. Ich kam mir albern vor in meinem Männerhemd; Enttäuschung erfüllte den Wagen. Sie untersuchte ihre Waden auf eingewachsene Haare und pulte sie mit den Fingernägeln heraus.

»In welche schauspielerische Richtung willst du eigentlich?«, fragte ich.

»Was meinst du?«

»Na ja, willst du in Filmen mitspielen? Oder eher ans Theater?«

»Ach so. Hat meine Mom das erzählt?« Sie schnaubte. »Schauspielerei interessiert mich nicht.«

Das war keine gute Nachricht. Ich hatte mir immer den großen Durchbruch vorgestellt, das Vorstellungsgespräch oder das Vorsprechen, nach dem ich sie los wäre.

Grünkohl und Eier, direkt aus der Pfanne; ich bot ihr nichts an. Früh zu Bett. Ich lag in meinem dunklen Zimmer und lauschte auf alles, was sie tat. Fernseher an, dann schlurfende Schritte ins Bad, die Spülung, kein Händewaschen, ein Ausflug nach draußen, um irgendwas aus dem Auto zu holen, eine zuschlagende Autotür und das ›Rums‹ der Haustür. Der Kühlschrank wurde geöffnet, dann der Gefrierschrank, dann folgte ein ungewohntes Piepsen. Ich sprang aus dem Bett.

»Die funktioniert nicht«, sagte ich und rieb mir die Augen. Clee drückte auf den Knöpfen der Mikrowelle herum. »Die war schon im Haus, als ich es gekauft habe, aber die ist uralt. Sie ist nicht mehr sicher und funktioniert bestimmt auch nicht.«

»Ich probier's einfach mal«, sagte sie und drückte auf Start. Die Mikrowelle begann zu surren, und ihr Abendessen drehte sich langsam. Sie spähte durch die Scheibe. »Sieht gut aus.«

»Ich würde einen Schritt zurückgehen. Wegen der Strahlung. Die ist nicht gut für deine Fortpflanzungsorgane.« Sie starrte auf meine nackten Beine. Normalerweise bekommt sie niemand zu sehen, deswegen sind sie unrasiert. Das hat keine politischen Gründe, es spart nur Zeit. Ich ging wieder ins Bett. Pling, die Mikrowelle, Tür auf, peng, Tür wieder zu.

Am Donnerstag schlich ich mich vor sieben aus dem Haus, um Rick nicht zu begegnen. Genau in dem Moment, als ich ins Büro kam, rief er an.

»Tut mir sehr leid, dass ich Sie störe, Miss, aber hier ist eine Frau, die mich wegschicken will.«

Ich war erstaunt, dass er meine Nummer hatte, und ein Telefon.

»Entschuldigen Sie bitte, sie will mit Ihnen sprechen.«

Mit einem Knall wurde das Telefon hingelegt, dann sprach Clee.

»Er kam hier einfach auf dein Grundstück spaziert, ohne Auto und alles.« Sie wandte sich vom Telefon ab. »Haben Sie irgendeinen Ausweis? Oder eine Karte?« Ich zuckte zusammen angesichts ihrer Unhöflichkeit. Andererseits war ich ihn jetzt vielleicht los.

»Hallo, Clee. Tut mir leid, ich habe ganz vergessen, Rick zu erwähnen; er kümmert sich um den Garten.« Vielleicht verbot sie ihm ja, jemals wiederzukommen, dann konnte ich nichts dagegen tun.

»Wie viel zahlst du ihm?«

»Ich – manchmal gebe ich ihm einen Zwanziger.« Nichts; ich hatte ihm noch nie etwas gegeben. Ich fühlte mich plötzlich sehr verurteilt, sehr angeklagt. »Er gehört praktisch zur Familie«, erklärte ich. »Kannst du ihn mir bitte noch mal geben?«

Es klang, als würde sie das Telefon auf den Boden werfen.

Rick war wieder dran. »Ist es vielleicht gerade ein ungünstiger Zeitpunkt?«

»Tut mir leid, tut mir wirklich sehr leid. Sie hat nicht die besten Manieren.«

»Ich hatte eine Absprache mit den Goldfarbs … sie haben das geschätzt … aber wenn es für Sie vielleicht …«

»Ich schätze es noch mehr als die Goldfarbs. *Mi Casa es tu casa.*«

»Was?«

Ich hatte ihn immer für einen Latino gehalten, aber ich täuschte mich wahrscheinlich. Es war wohl ohnehin nicht das Klügste, so etwas zu sagen.

»Bitte machen Sie weiter mit Ihrer wunderbaren Arbeit. Es war ein Missverständnis.«

»Nächsten Monat kann ich in der dritten Woche nur am Dienstag.«

»Kein Problem, Rick.«

»Danke. Und wie lange bleibt Ihr Besuch?«, fragte er höflich.

»Nicht lange, in ein paar Tagen ist sie weg und alles geht wieder seinen gewohnten Gang.«

3. KAPITEL

Bügelzimmer und Schlafzimmer waren meine Domäne, Wohnzimmer und Küche ihre. Die Haustür und das Bad waren neutrale Zonen. Wenn ich mir mein Essen aus der Küche holte, huschte ich leicht gebückt hinein, als würde ich es stehlen. Beim Essen sah ich aus dem zu hohen Bügelzimmerfenster und hörte mir ihre Fernsehsendungen an. Da die Schauspieler immer schrien, konnte man der Handlung auch ohne Bild folgen. Während unserer freitäglichen Videokonferenz fragte Jim, was bei mir im Hintergrund für ein Aufruhr sei.

»Das ist Clee«, sagte ich. »Weißt du nicht mehr? Sie bleibt bei mir, bis sie einen Job findet.«

Statt mich bei dieser Gelegenheit mit überschwänglichem Lob und Mitleidsbekundungen zu überschütten, verfielen meine Kollegen in schuldbewusstes Schweigen. Besonders Michelle. Jemand in einem weinroten Pullover schlenderte durchs Büro, hinter Jims Kopf. Ich reckte den Hals.

»Ist das – wer war das?«

»Phillip«, flötete Michelle. »Er hat gerade eine Espressomaschine für die Personalküche gestiftet.«

Er kam noch einmal vorbei, in der Hand eine winzige Tasse.

»Phillip!«, rief ich. Die Gestalt blieb stehen und sah verwirrt aus.

»Es ist Cheryl«, sagte Jim und zeigte auf den Monitor.

Phillip ging zum Computer und beugte sich ins Bild. Als er mich sah, legte er seine riesige Fingerspitze auf die Kamera – schnell zeigte ich auf meine eigene Kamera. Wir »berührten« uns. Er schlenderte lächelnd davon, aus dem Bild.

»Was war das?«, fragte Jim.

Nach der Videokonferenz warf ich mir den Bademantel über und ging lässig in die Küche. Ich war das Versteckspielen leid. Wenn sie mir frech kam, würde ich es einfach hinnehmen. Sie trug ein weites T-Shirt mit der Aufschrift BUMP, SET, SPIKE IT ... THAT'S THE WAY WE LIKE IT! und an den Beinen entweder nichts oder Shorts, die vollständig vom T-Shirt verdeckt waren. Offenbar wartete sie auf den Wasserkessel. Das ließ hoffen; vielleicht hatte sie sich das mit der Mikrowelle noch mal überlegt.

»Reicht das heiße Wasser für zwei?«

Sie zuckte die Achseln. Das würden wir wohl sehen, wenn es ans Einschenken ging. Ich nahm meine Tasse aus dem Behälter: Obwohl das Spülbecken voller Teller war, hatte ich weiterhin nur mein Geschirr benutzt. Ich lehnte mich an die Wand, massierte mir daran die Schultern und lächelte träge in die Luft. Nimm es hin, nimm es einfach nur hin. Wir warteten auf den Wasserkocher. Sie piekte mit der Gabel in die Schichten verkrusteter Essensreste in meiner herzhaften Pfanne, als würde sie leben.

»Das lässt den Geschmack reifen«, sagte ich defensiv und vergaß für einen Moment, einfach alles hinzunehmen.

Sie lachte, heh, heh, heh, und statt in die Defensive zu gehen, lachte ich mit, und das Lachen machte es irgendwie witzig, wirklich witzig – die Pfanne und sogar mich selbst.

Ich fühlte mich leicht und frei in der Brust und staunte über das Universum, diesen Trickbetrüger.

»Warum lachst du?« Ihr Gesicht war plötzlich aus Stein.

»Na ja, nur weil …« Ich deutete auf die Pfanne.

»Dachtest du, ich lache über die Pfanne? So nach dem Motto, haha, du bist vielleicht eine Nudel mit deiner schmutzigen Pfanne und deinen komischen Angewohnheiten?«

»Nein.«

»Doch. Genau das hast du gedacht.« Sie ging einen Schritt auf mich zu und sprach mir direkt ins Gesicht. »Ich habe gelacht, weil« – ich spürte, wie ihr Blick über mein graues Haar und mein Gesicht mit den großen Poren glitt – »du so jämmerlich bist. Soooooo. Jääääämmerlich.« Mit dem Wort jämmerlich drückte sie mir die Handfläche aufs Brustbein und schob mich flach gegen die Wand. Mir entfuhr ein *huh,* und mein Herz begann zu hämmern. Sie spürte es, ihre Hand lag auf meiner Brust. Ihrem Gesicht nach zu urteilen, brachte sie das noch mehr auf Touren, und sie drückte fester und dann noch fester, jedes Mal mit einer kleinen Pause dazwischen, als wollte sie mir Zeit geben zu reagieren. Ich wollte gerade sagen, *Hey, gleich gehst du zu weit,* oder *Du gehst gerade zu weit* oder *Okay, jetzt bist du zu weit gegangen,* als ich plötzlich spürte, dass meine Knochen wirklich in Gefahr waren, nicht nur meine Brust, sondern auch meine Schulterblätter, die knirschend in die Wand gedrückt wurden, und weil ich leben und ganz sein wollte, unversehrt, sagte ich: »Gut, ich bin jämmerlich.« Der Kessel begann zu pfeifen.

»Was?«

»Ich bin jämmerlich.«

»Was interessiert mich das?«

Ich nickte schnell, um ihr zu zeigen, dass ich voll und

ganz auf ihrer Seite war, gegen mich. Der Kessel pfiff. Sie zog die Hand weg und goss das Wasser in einen Styroporbecher mit Instantnudeln – nicht beschwichtigt, sondern abgestoßen von unserer Übereinkunft. Ich ging, frei und auf weichen Knien.

Ich rollte mich auf dem Bett zusammen und legte die Hand auf den Kloß in meinem Hals. Wie hieß die Situation, in der ich mich befand? In welche Kategorie war sie einzuordnen? Ich war einmal auf der Straße ausgeraubt worden, in den Siebzigern in Seattle, das hatte damals ein ähnliches Gefühl hinterlassen. Aber damals war ich zur Polizei gegangen, das konnte ich diesmal nicht tun.

Ich rief meine Chefs in Ojai an. Carl ging sofort ans Telefon.

»Business oder Vergnügen?«

»Es geht um Clee«, flüsterte ich. »Es war wirklich sehr schön mit ihr, aber ich glaube …«

»Moment. Suz – komm mal mit ans Telefon! Clee macht Ärger! Nicht der Apparat, der im Flur!«

»Hallo?« Es knisterte so sehr, dass Suzanne kaum zu hören war.

»Du bist ja doch an dem Schrottding!«, rief Carl.

»Gar nicht!«, schrie Suzanne. »Ich bin an dem im Flur. Warum müssen wir beide gleichzeitig in der Leitung sein?« Sie legte das Flurtelefon auf, aber ich hörte sie durch Carls Apparat immer noch im Hintergrund. »Geh mal weg da, ich rede allein mit Cheryl!«

»Du bist schon den ganzen Tag so pampig zu mir, Suz.«

Suzanne nahm das Telefon, hielt es aber nicht sofort ans Ohr. »Kannst du bitte mal gehen? Du brauchst mich nicht auf Schritt und Tritt zu überwachen.«

»Willst du ihr Geld anbieten?«, fragte Carl in einem Flüsterton, der lauter war als seine normale Stimme.

»Wo denkst du hin? Meinst du, ich werfe hier einfach ...« Suzanne legte die Hand über die Sprechmuschel. Ich wartete und fragte mich, was es wohl zu streiten gab, da sie sich ja offenbar einig waren, dass ich kein Geld bekommen sollte.

»Cheryl!« Sie war wieder dran.

»Hallo.«

»Tut mir leid wegen gerade, diese Ehe macht im Moment keinen Spaß.«

»Oh nein«, sagte ich, auch wenn die beiden eigentlich immer so waren, entweder so oder lautstark voneinander hingerissen.

»Er gibt mir das Gefühl, ich sei blöd«, sagte sie, und dann zu Carl: »Jetzt verschwinde hier – ich führe gerade ein Privatgespräch und kann sagen, was ich will.« Und dann zu mir: »Wie geht's dir?«

»Gut.«

»Wir haben uns noch gar nicht bedankt, dass du Clee bei dir aufgenommen hast, aber es ist so wichtig für uns« – ihre Stimme wurde dick und stockend, und ich sah förmlich, wie ihre Mascara zu verlaufen begann –, »einfach zu wissen, dass sie vernünftigen Werten begegnet. Du darfst nicht vergessen, dass sie in Ojai aufgewachsen ist.«

Carl nahm den Hörer.

»Bitte entschuldige dieses theatralische Getue, Cheryl, du brauchst nicht zuzuhören. Leg einfach auf, wenn du magst.«

»Schnauze, Carl, ich versuche ihr gerade etwas zu erklären. Alle halten es für eine ach so tolle Idee, raus ins Grüne zu ziehen, sobald die Kinder kommen. Dann braucht man sich aber auch nicht zu wundern, wenn das Kind zur Abtreibungsgegnerin wird und gegen Waffenkontrollen ist. Du solltest mal ihre Freunde sehen. Geht sie zu Vorsprechterminen?«

»Weiß ich nicht genau.«

»Kannst du sie mir mal geben?«

Ich fragte mich, ob ich wohl immer noch einfach auflegen durfte, wenn mir danach war.

»Sie kann auch gleich zurückrufen.«

»Cheryl, Liebes, gib sie mir einfach.« Sie merkte, dass ich Angst vor ihrer Tochter hatte.

Ich öffnete die Wohnzimmertür. Clee saß auf der Couch und aß Asia-Nudeln.

»Hier, deine Mom.« Ich hielt ihr das Telefon hin.

Clee nahm es mir schwungvoll aus der Hand, ging hinaus in den Garten und knallte die Tür hinter sich zu. Ich beobachtete, wie sie vor dem Fenster hin und her ging, die Lippen verächtlich geschürzt. Es musste anstrengend sein, dieser Familie anzugehören; alle wurden andauernd von leidenschaftlichen Gefühlen mitgerissen. Ich umfasste meine Ellbogen und sah auf den Fußboden. Auf dem Teppich lag ein helloranger Maiskringel. Daneben lag eine leere Dose Pepsi light und ein Stück weiter ein Stringtanga aus grüner Spitze mit irgendetwas Weißem im Schritt. Und das war nur der Bereich unmittelbar um meine Füße herum. Ich berührte meinen Hals: hart wie Stein. Aber noch nicht so hart, dass ich ausspucken musste statt zu schlucken.

Clee stürmte herein.

»Irgendein« – sie sah auf das Display – »Phillip Bettelheim hat dreimal versucht anzurufen.«

Ich setzte mich ins Auto und rief ihn zurück. Auf seine Frage, wie es mir gehe, brach ich auf meine Art in Tränen aus – meine Kehle schnürte sich zusammen, ich verzog das Gesicht und gab einen so hohen Ton von mir, dass er stumm war. Dann hörte ich ein Schluchzen. Phillip weinte – laut und hörbar.

»Oh nein, was ist los?« Als sich unsere Finger durch den Computer berührt hatten, schien noch alles in Ordnung zu sein.

»Nichts Neues, mir geht es gut, nur diese Sache, von der ich neulich schon erzählt habe«, schniefte er feucht.

»Das Geständnis.«

»Yep. Es macht mich völlig fertig.«

Er lachte, und das Lachen ebnete den Weg für einen noch lauteren Schluchzer. »Ist das … ist das okay?«, fragte er keuchend. »Kann ich einfach ein bisschen … weinen?«

Aber natürlich, sagte ich. Von Clee konnte ich ihm ein andermal erzählen.

Zuerst ließ ihn die Erlaubnis verstummen, aber kurz darauf brach eine neue Art von Weinen aus ihm heraus, das ihm merklich gefiel – das Weinen eines Kindes, eines kleinen Jungen, der keine Luft mehr bekommt, gar nicht mehr aufhören kann und untröstlich ist. Aber ich tröstete ihn, »Sch-sch-schsch«, sagte ich, und »Ja, genau, lass es raus«, und was ich sagte, schien immer genau das Richtige zu sein und ließ ihn noch heftiger weinen. Ich hatte wirklich das Gefühl, daran teilzuhaben, so als würde ich ihm helfen, irgendwo hinzugelangen, wo er schon immer sein wollte, und er weinte voller Dankbarkeit und Erstaunen. Es war tatsächlich ziemlich erstaunlich, wenn man so darüber nachdachte, und ich hatte viel Zeit zum Nachdenken, während Minute um Minute verstrich. Ich betrachtete die Gardinen meines Hauses und hoffte, dass Clee darin nichts kaputt machte. Ich bezweifelte, dass je ein Mann so viel geweint hatte, oder sogar eine erwachsene Frau. Wahrscheinlich würden wir eines Tages die Rollen tauschen, irgendwann einmal, und er würde mich an die Hand nehmen und durch mein großes Weinen führen. Ich sah ihn vor mir, wie er mir mit sanften Worten nasse Tränen entlockte; die Erleichterung war überwältigend. »Du siehst wunderschön aus«, würde er sagen, meine tränennasse Wange berühren und meine Hand in den Schritt seiner Hose legen. Mit etwas Gefummele ließ sich der Autositz fast ganz flach legen, und während sein Wehklagen von Neuem anhob, öffnete ich leise meine Hose und fuhr mit der Hand hinein. Wir würden uns schnäuzen und entkleiden, aber nur so weit wie nötig. Ich würde zum Beispiel Bluse und Socken anlassen, vielleicht sogar die Schuhe, und Phillip ebenfalls. Hose und Unterhose würden wir ganz ausziehen, aber nicht zusammenlegen, weil wir sie dann nur wieder auffalten müssten. Wir würden sie auf dem Boden ausbreiten, sodass sie nachher leicht wieder anzuziehen wären. Dann würden wir nebeneinander ins Bett schlüpfen, uns ausgiebig umarmen und küssen, Phillip würde sich auf mich legen, seinen Penis in mich einführen und mir dann mit einer tiefen, befehlerischen Stimme zuflüstern: »Denk an dein Ding!« Ich würde lächeln, dankbar für die Erlaubnis, mich in mich selbst zurückzuziehen, und die Augen schließen – mich gedanklich in ein sehr ähnliches Zimmer wie dieses versetzen, in dem unsere Hosen auf dem Boden ausgelegt sind und Phillip auf und in mir war. »Denk an dein Ding«, sagte er mit tiefer, befehlerischer Stimme, und ich floss über vor Dankbarkeit und Erleichterung, noch mehr als beim letzten Mal. Ich schloss die Augen und fühlte mich erneut in einen sehr ähnlichen Raum versetzt, eine Fantasie innerhalb einer Fantasie innerhalb einer Fantasie, und so ging es weiter und steigerte sich in seiner Intensität, bis ich so tief in meinem Inneren war, dass es nicht weiter ging. Das ist es. Mein Ding, das, woran ich beim Geschlechtsverkehr oder beim Masturbieren gern denke. Es endet mit krampfartigen Zuckungen meines Unterleibs, gefolgt von einer sehr entspannenden Müdigkeit.

Ich schloss den Reißverschluss meiner Hose, und er beruhigte sich allmählich und versuchte, zu Atem zu kommen. Er schnaubte ein paar Mal in ein Taschentuch. »Na also, bitte schön«, sagte ich, woraufhin er noch ein wenig weinte, vielleicht nur aus Höflichkeit, als Anerkennung meiner Worte. Schließlich war es ganz still.

»Das hat sich sehr, sehr gut angefühlt.«

»Ja«, stimmte ich ihm zu. »Es war unglaublich.«

»Das erstaunt mich. Ich kann nämlich eigentlich nicht gut vor anderen weinen. Bei dir ist das anders.«

»Fühlt es sich an, als würden wir uns schon länger kennen, als das tatsächlich der Fall ist?«

»Irgendwie schon.«

Ich konnte es ihm sagen oder nicht. Ich beschloss, es ihm zu sagen.

»Möglicherweise gibt es einen Grund dafür«, begann ich vorsichtig.

»Okay.« Er schnaubte noch einmal ins Taschentuch.

»Und weißt du auch, welchen?«

»Gib mir einen Tipp.«

»Einen Tipp. Mal überlegen … nein, geht leider nicht. Es gibt nichts Kleines daran, es ist durch und durch etwas Großes.«

Ich holte tief Luft und schloss die Augen.

»Ich sehe eine steinige Tundra vor mir und eine kauernde Gestalt mit affenartigem Gesicht, die mir ähnlich sieht. Ihr Partner ist ein kräftiger, behaarter Prä-Mann, der sehr wie du aussieht, und sie schenkt ihm ein selbst gemachtes Säckchen aus Tierinnereien. Er fischt mit seinem dicken Finger einen bunten Stein heraus. Ihr Geschenk an ihn. Verstehst du, worauf ich hinauswill?«

»So in etwa. Du sprichst über Höhlenmenschen, die aussehen wie wir?«

»Die wir *sind*.«

»Okay, gut, ich war mir nicht sicher. Reinkarnation?«

»Zu diesem Wort habe ich keine Beziehung.«

»Nein, stimmt, ich auch nicht.«

»Aber ja. Ich sehe uns im Mittelalter, aneinandergeschmiegt in langen Mänteln. Ich sehe uns beide mit Kronen auf dem Kopf. Ich sehe uns in den Vierzigern.«

»Den Neunzehnhundertvierzigern?«

»Ja.«

»Ich bin Jahrgang '48.«

»Dann passt das ja, in den Vierzigern waren wir nämlich ein sehr altes Paar. Das war dann wahrscheinlich das Leben vor diesem.« Ich hielt inne. Ich hatte eine Menge gesagt. Zu viel? Das hing davon ab, was er als Nächstes sagte. Er räusperte sich, dann schwieg er. Vielleicht sagte er gar nichts, das ist das Schlimmste, was Männer tun.

»Was lässt uns immer wiederkommen?«, fragte er leise.

Ich lächelte ins Telefon. Was für eine wunderbare Frage. Genau dieser Moment – in die warme Luft meines Wagens eingehüllt und vor mir diese Frage, auf die es keine Antwort gab –, das war vielleicht mein Lieblingsmoment aller Lebenszeiten.

»Ich weiß es nicht«, flüsterte ich. Leise legte ich den Kopf aufs Lenkrad und wir schwammen in der Zeit, gemeinsam und schweigend.

»Was machst du am Freitagabend, Cheryl? Darf ich dich zum Abendessen einladen? Ich bin bereit für mein Geständnis.«

Der Rest der Woche glitt nur so vorbei. Alles war fantastisch und ich verzieh allen, sogar Clee, auch wenn sie das nicht zu merken brauchte. Sie war jung! Während wir im Stehen in der Personalküche Mittag aßen, versicherte mir Jim, dass die jungen Leute heute einen sehr viel offeneren Umgang mit ihrem Körper haben als wir damals; seine Nichte zum Beispiel: sehr körperliches Mädchen.

»Sie sind ungehobelt«, sagte ich.

»Sie haben keine Scheu, ihre Gefühle zu zeigen«, erwiderte er.

»Was vielleicht gar keine so gute Sache ist?«

»Was sehr gesund ist.«

»Auf lange Sicht schon, ja«, sagte ich. »Vielleicht.«

»Sie umarmen sich mehr. Mehr als wir damals.«

»Umarmen«, sagte ich.

»Ja, Jungen und Mädchen, einfach so.«

Ich kam zu dem Schluss – und es war wichtig, zu irgendeinem Schluss zu kommen, weil solche Gedanken ja nicht einfach immer weitergehen können, ohne dass man sie einordnet oder sich irgendeinen Reim darauf macht –, dass die Mädchen heutzutage, wenn sie nicht gerade einfach so Jungen umarmten, ziemlich beschäftigt damit waren, ganz allgemein aggressiv zu sein. Während die Mädchen zu meiner Zeit wütend waren, die Wut aber nach innen richteten, sich Schnitte zufügten und depressiv wurden, machten die Mädchen heute nur *arrrrgh* und drückten jemanden gegen die Wand. Wer wusste schon, was besser war? Früher verletzte sich das Mädchen selbst; heute kam ein anderer argloser und unschuldiger Mensch zu Schaden, während es dem Mädchen offenbar bestens ging. Gerechter war es früher vielleicht schon zugegangen.

Am Freitagabend zog ich wieder das Nadelstreifenhemd an und trug ein winziges bisschen taupe-farbenen Lidschatten auf. Mein Haar sah toll aus – eine Mischung aus Julie Andrews und Geraldine Ferraro. Als Phillip hupte, lief ich schnell durchs Wohnzimmer, in der Hoffnung, Clee zu umgehen.

»Komm mal her«, sagte sie. Sie stand in der Küchentür und aß ein Stück weißen Toast.

Ich zeigte zur Tür.

»Komm her.«

Ich ging zu ihr.

»Was klimpert da?«

»Meine Armbänder?«, sagte ich und schüttelte das Handgelenk. Ich hatte ein paar klingelnde Armbänder angezogen, für den Fall, dass mich das Männerhemd unfeminin wirken ließ. Sie umfasste meinen Arm mit ihrer großen Hand und begann langsam zu drücken.

»Du hast dich schick gemacht«, sagte sie. »Du wolltest gut aussehen, und das« – sie drückte fester – »ist dabei rausgekommen.«

Er hupte erneut, diesmal zweimal hintereinander.

Sie biss noch einmal in den Toast. »Wer ist es?«

»Er heißt Phillip.«

»Ein Date?«

»Nein.«

Ich starrte an die Decke. Vielleicht tat sie das öfter und kannte sich aus mit Haut, wusste zum Beispiel, wie viel Druck sie vertrug, bevor sie einriss. Hoffentlich dachte sie daran und drückte nicht fester zu. Phillip klopfte an die Tür. Sie aß ihren Toast auf und zog mit der freien Hand sanft mein Kinn herunter, sodass ich ihr in die Augen sehen musste.

»In Zukunft sagst du *mir,* wenn du ein Problem mit mir hast, nicht meinen Eltern.«

»Ich habe kein Problem mit dir«, sagte ich schnell.

»Das hab ich ihnen auch gesagt.« Wir blieben so stehen. Phillip klopfte noch einmal. Und wir blieben so stehen. Und Phillip klopfte noch einmal. Und wir blieben so stehen. Dann ließ sie mich gehen.

Ich öffnete die Tür gerade weit genug, um hinauszuhuschen.

In sicherer Entfernung zu meinem Viertel bat ich ihn, kurz anzuhalten, und wir begutachteten mein Handgelenk; es war nichts zu sehen. Er schaltete die Innenbeleuchtung des Wagens ein; nichts. Ich beschrieb ihm, wie groß sie war und wie sie mir den Arm gequetscht hatte, und er sagte, er könne sich gut vorstellen, dass sie zupackt und glaubt, es wäre nicht zu kräftig, obwohl es einer zarten Person wie mir wehtat.

»So zart bin ich gar nicht.«

»Na ja, im Vergleich zu ihr schon.«

»Hast du sie in letzter Zeit mal gesehen?«

»Nein, das ist schon ein paar Jahre her.«

»Sie ist ziemlich kräftig gebaut«, sagte ich. »Das finden viele Männer attraktiv.«

»Sicher, eine Frau mit so einem Körperbau hat einen Fettvorrat, mit dessen Hilfe sie auch dann genügend Milch für die Babys produzieren kann, wenn der Mann nicht in der Lage ist, Fleisch nach Hause zu bringen. Aber ich habe Vertrauen in meine Fähigkeiten als Fleischbeschaffer.«

Die Worte *Milch, Fettvorrat* und *Fleisch* hatten die Scheiben schneller beschlagen lassen, als magerere Worte es getan hätten. Wir schwebten in einer Art Rahmwolke.

»Wie wäre es, wenn wir statt in einem Restaurant bei mir zu Hause essen würden?«, fragte Phillip.

Er fuhr, wie er lebte – wie jemand, dem die Straße gehörte. Ohne je zu blinken, glitt er in seinem Land Rover von einer Spur auf die andere. Zuerst schaute ich immer wieder über die Schulter, um zu sehen, ob die Spur wirklich frei war oder ob wir sterben würden, aber nach einer Weile warf ich meine Vorsicht über Bord und ließ mich in den beheizten Ledersitz zurücksinken. Angst war was für arme Leute. So glücklich wie jetzt war ich noch nie gewesen.

Alles in seinem Penthouse war weiß, grau oder schwarz. Der Boden war eine große weiße Fläche. Es gab keinerlei persönliche Gegenstände – keine Bücher oder Papierstapel, kein albernes Aufziehspielzeug, das ihm irgendein Freund mal zum Geburtstag geschenkt hatte. Neben dem Spülbecken stand ein Spülmittelspender aus schwarzem Stein; irgendjemand hatte das Spülmittel aus der Plastikflasche in dieses solide Behältnis umgefüllt. Phillip legte die Schlüssel ab und berührte meinen Arm. »Soll ich dir mal was Verrücktes sagen?«

»Ja.«

»Unsere Hemden.«

Ich machte ein schockiertes Gesicht, das zu extrem war, und dimmte es schnell zu sprachlosem Erstaunen ab.

»Du bist mein weibliches Ich.«

Mein Herz sprang auf und ab wie an einem Bungeeseil. Er hoffe, ich möge Sushi, sagte er. Ich fragte, wo die Toilette sei.

Das Bad war von oben bis unten weiß. Ich setzte mich auf die Toilette und blickte wehmütig auf meine Schenkel. Bald würden sie auf ewig mit seinen verschlungen sein, niemals mehr allein, nicht einmal, wenn sie es sein wollten. Aber dagegen war man machtlos. Es lief gut für uns, für mich und mich. Ich stellte mir vor, wie ich einen alten Hund erschoss, einen treuen alten Hund, denn genau das war ich für mich selbst. Geh, alter Junge, geh. Ich sah mich pflichtschuldig weitertrotten. Doch als ich das Gewehr senkte, setzte sich auf einmal mein Darm in Bewegung. Das war zwar nicht geplant, aber nun brachte ich die Sache erst einmal zu Ende. Ich spülte und wusch mir die Hände, und es war pures Glück, dass ich noch einmal in die Toilette sah. Es war noch da. Aller Wahrscheinlichkeit nach war es der Hund, der erschossen worden war, aber noch nicht sterben wollte. Das konnte außer Kontrolle geraten, womöglich spülte ich und spülte, und Phillip fragte sich, was los war, und dann müsste ich sagen: *Der Hund will einfach nicht würdevoll sterben.*

Ist der Hund du selbst, so wie du dich bisher kanntest?

Ja.

Du brauchst ihn nicht zu erschießen, mein süßes Mädchen, würde er sagen, und einen Schaumlöffel in die Toilette tauchen. *Wir brauchen einen Hund.*

Aber er ist schon alt und hat seltsame Angewohnheiten, die er nicht mehr ablegen kann.

Ich auch, meine Liebe, ich auch. Die haben wir alle.

Ich spülte noch einmal, und weg war es. Ich konnte ihm später davon erzählen.

Wir aßen schweigend, und als seine Hand ein wenig zu zittern begann, wusste ich, es war so weit. Gleich kam sein Geständnis. Obwohl ich ihm bei Hunderten von Vorstandssitzungen gegenübergesessen haben musste, hatte ich mir nie zugestanden, sein Gesicht genau zu betrachten. Man wusste, wie der Mond aussieht, ohne je innezuhalten und den Mann im Mond zu suchen – genau so war es. Von den Augen ausgehend, gruben sich tiefe Falten in sein Gesicht. Sein Haar war an den Seiten dicht und lockig und oben dünner. Voller Bart, struppige Augenbrauen. Wir lächelten einander an wie alte Freunde, was wir auf einer gewissen Ebene auch waren. Er atmete lange aus, und wir lachten beide ein wenig.

»Es gibt da etwas, worüber ich mit dir sprechen will«, begann er.

»Ja.«

Er lachte noch einmal. »Ja, das hast du inzwischen wohl mitbekommen. Ich habe eine Riesensache daraus gemacht, obwohl es vielleicht gar keine so große Sache ist.«

»Ja und nein«, sagte ich.

»Das stimmt genau, ja und nein. Für andere ist es eine Riesensache, aber für mich nicht. Ich meine, nicht, dass es nichts Großes wäre – es ist riesig, nur nicht …« Er hielt inne und atmete mit einem langen *Puuuuuuuh* aus. Dann senkte er den Kopf und wurde sehr still. »Ich … ich bin verliebt … und zwar in eine Frau, die in jeder Hinsicht mein Gegenstück ist, die mich herausfordert, die mich ganz neu fühlen lässt und demütig macht. Sie ist sechzehn. Sie heißt Kirsten.«

Ich dachte sofort an Clee, so als wäre sie im Zimmer und könnte sehen, wie mein Gesicht in sich zusammensackte. Den Kopf zurückgeworfen, ein raues heh, heh, heh. Ich drückte einen Fingernagel in eine papierdünne Ingwerscheibe.

»Wie hast du« – ich versuchte zu schlucken, aber mein Hals war wie zugeschnürt – »Kristen kennengelernt?«

»*Kir*sten, nicht Kristen«, sagte er. »Sie war in meinem Kraniosakral-Kurs.«

Heh, heh, heh.

Ich nickte.

»Erstaunlich, was? Mit sechzehn? Sie ist allen anderen so weit voraus. Sie ist so eine kluge und reife Persönlichkeit – dabei würde man das gar nicht vermuten bei ihrem Hintergrund; ihre Mom ist völlig neben der Spur und nimmt Drogen. Aber Kirsten …« – mit schmerzerfülltem Blick schnappte er nach Luft – »transzendiert das.«

Ich tat, als würde ich einen Schluck Wein trinken, aber ich Wirklichkeit musste ich den Speichel loswerden, der sich in meinem Mund gesammelt hatte.

»Erwidert sie deine Gefühle?«

Er nickte. »Genau genommen ist sie diejenige, die auf den Vollzug drängt.«

»Oh, dann habt ihr also noch nicht …?«

»Nein. Sie war bis vor Kurzem noch liiert. Mit unserem Lehrer. Er ist noch jung, vom Alter her viel passender für sie. Ein feiner Kerl – in gewisser Weise finde ich, sie hätte bei ihm bleiben sollen.«

»Vielleicht nimmt er sie ja zurück.«

»Cheryl.« Er legte seine Hand auf meine. »Wir möchten, dass du uns deinen Segen gibst.«

Seine Hand war so warm und schwer, wie es nur echte Hände sein können. Hundert imaginäre Hände zusammen könnten nicht so warm sein. Ich blickte auf seine kompakten, primitiven Fingernägel.

»Ich weiß nicht, was du meinst.«

»Na ja, ich will und sie auch – aber die Anziehung ist so stark, dass wir ihr beinahe nicht trauen. Ist sie echt oder ist es nur die Macht des Tabus? Ich habe ihr alles über dich und unsere besondere Verbindung erzählt. Ich habe ihr erklärt, wie stark du bist, dass du Feministin bist und allein lebst, und sie war einverstanden, dass wir warten, bis wir wissen, wie du darüber denkst.«

Ich spuckte noch einmal in den Wein. »Was hast du ihr gesagt, als du ihr unsere Verbindung erklärt hast?«

»Ich habe gesagt, du bist jemand ...« – er blickte hinab auf meine roten Fingerknöchel –, »von dem ich noch eine Menge lernen kann.« Mit einem festen Stoß schob er seine Finger zwischen meine. »Und ich habe ihr erzählt, wie perfekt deine maskulinen und femininen Energien ausbalanciert sind.« In kleinen Wellen ließen wir die Hände kreisen, lösten sie ein wenig und verflochten sie wieder. »Dass du die Dinge dadurch aus Männerperspektive betrachten kannst, ohne dass sie durch das Yang verklärt werden.«

Jetzt taten wir es mit beiden Händen und sahen uns dabei direkt in die Augen. Unsere Geschichte rückte uns auf den Leib, hunderttausend Lebzeiten vollzogener Liebe. Wir standen auf, die Hände zusammengepresst, zwischen uns nur drei Zentimeter.

»Cheryl«, flüsterte er.

»Phillip.«

»Ich kann nicht mehr schlafen, ich kann nicht denken. Ich werde noch verrückt.«

Die drei Zentimeter waren jetzt nur noch einer. Das Herz schlug mir bis zum Hals.

»Wir haben keine Ältesten«, sagte er und stöhnte. »Niemanden, der uns leitet. Leitest du uns?«

»Aber ich bin jünger als du.«

»Kann sein.«

»Nein, wirklich. Ich bin zweiundzwanzig Jahre jünger als du.«

»Ich bin neunundvierzig Jahre älter als sie«, hauchte er. »Sag mir einfach nur, ob das in Ordnung ist. Ich will nicht, dass jemand wie du mich für einen … ich kann es nicht einmal aussprechen. Es hat nichts mit ihrem Alter zu tun – das merkst du doch, oder?«

Jedes Mal, wenn ich einatmete, drückte sich die weiche Wölbung meines Bauchs in seine Leistengegend, und mit jedem Ausatmen löste sie sich sanft. Ein, aus, ein, aus. Mein Atem wurde stärker und schneller, ein drängender Atem, und Phillip griff nach meinen Händen. Gleich würde ich ihn mit meinem unschuldigen, fingerlosen Bauch ertasten und erkunden und mich dabei auf und ab schlängeln. Ich trat einen Schritt zurück.

»Das ist eine schwere Entscheidung.« Ich hob meine Serviette vom Boden auf und bedeckte damit sorgfältig die Reihe ungegessener rosa Fischstücke. »Und eine, die ich nicht auf die leichte Schulter nehme.«

»Okay«, sagte Phillip, richtete sich auf und blinzelte, als hätte ich unvermittelt das Licht eingeschaltet. Er folgte mir zum Wandschrank, und ich nahm meine Handtasche und meine Jacke. »Und?«

»Ich teile dir meine Entscheidung mit, sobald ich sie gefällt habe. Bitte bring mich jetzt nach Hause.«

Clee lag im Halbschlaf vor dem Fernseher. Als ich hereinkam, blickte sie erstaunt auf, als wäre es nicht mein Haus. Schon allein der Anblick ihres hübschen Gesichts mit dem großen Kinn machte mich wütend. Ich warf die Handtasche auf den Couchtisch, wo ich sie früher immer hingelegt hatte, bevor sie eingezogen war.

»Du musst endlich in die Pötte kommen und dir einen Job suchen«, sagte ich und rückte einen Stuhl zurecht. »Oder vielleicht sollte ich deine Eltern anrufen und ihnen erzählen, wie das hier schon die ganze Zeit abläuft.«

Ihr Mund verzog sich langsam zu einem Grinsen, und ihre Augen wurden schmal.

»Wie denn?«, fragte sie.

Ich öffnete den Mund. Die simplen Fakten ihrer Gewalttätigkeit entglitten mir. Plötzlich wurde ich unsicher, so als wüsste sie irgendetwas über mich, als wäre ich die Angeklagte, wenn wir vor Gericht stünden.

»Und außerdem *habe* ich einen Job«, sagte sie und griff nach der Fernbedienung.

Das hielt ich für unwahrscheinlich.

»Prima. Wo denn?«

»In dem Supermarkt, wo wir neulich waren.«

»Du bist einfach zu Ralphs gegangen, hast ein Bewerbungsformular ausgefüllt und ein Vorstellungsgespräch geführt?«

»Nein, sie haben mich einfach gefragt – als ich letztes Mal da war. Ich fange morgen an.«

Vor meinem inneren Auge heftete ihr ein Mann mit zitternden Fingern ein Namensschild an den Busen, und ich erinnerte mich daran, was Phillip über ihren Fettvorrat gesagt hatte. Es war erst ein paar Stunden her, dass wir in seinem Wagen gesessen hatten und ich gedacht hatte, *Warum verschwenden wir unsere Zeit damit, über sie zu reden, wo wir einander doch so viel zu sagen haben.* Ich hob das untere Ende ihres Schlafsacks hoch und zog eins der Sofakissen hervor.

»Diese Couch ist nicht dazu gedacht, dass man sie als Bett benutzt. Du musst die Kissen ab und zu umdrehen, damit sie sich nicht verformen.« Ich wendete es und zog an dem anderen – auf dem sie gerade saß. Meine Muskeln waren angespannt; ich wusste, dass das keine gute Idee war, aber ich zerrte weiter an dem Kissen. Komm schon. Komm schon.

Ich sah nicht einmal, wie sie aufstand. Zack, war meine Kehle in ihrer Armbeuge gefangen, und sie riss mich nach hinten. Ich knallte auf die Couch, mir blieb buchstäblich die Luft weg. Bevor ich die Balance wiederfand, stieß sie mir das Knie in die Hüfte. Ich griff sinnlos in die Luft. Sie drückte meine Schultern ins Sofa, wobei sie aufmerksam beobachtete, was die Panik mit meinem Gesicht machte. Dann ließ sie plötzlich von mir ab und ging. Ich lag da und zitterte unkontrolliert. Mit einem Klacken schloss sie die Badezimmertür ab.

Direkt am Morgen rief Phillip an.

»Kirsten und ich wollten wissen, ob du schon Gelegenheit zum Nachdenken hattest.«

»Darf ich dich etwas fragen?« Ich drückte auf einen blauen Fleck auf der Rückseite meiner Wade.

»Was du möchtest«, sagte Phillip.

»Sieht sie gut aus?«

»Hat das einen Einfluss auf deine Entscheidung?«

»Nein.«

»Sie ist hinreißend.«

»Welche Haarfarbe?«

»Blond.«

Ich spuckte in ein Taschentuch. Der Kloß in meinem Hals war über Nacht angeschwollen – ich konnte jetzt überhaupt nicht mehr schlucken.

»Nein, ich bin noch zu keiner Entscheidung gekommen.«

Die nächsten drei Stunden lag ich im Bett, den Kopf da, wo die Füße hingehörten. Er war in eine Sechzehnjährige verliebt. Jahrelang hatte ich mich darauf getrimmt, meine eigene Dienerin zu sein, damit für mich gesorgt war, falls es einmal hart auf hart kam. Aber das Haus funktionierte nicht mehr so, wie es früher funktioniert hatte. Alle Teller waren in Gebrauch, und der allgemeinen Unordnung ließ sich auch mit Fahrgemeinschaften nicht mehr beikommen – nichts trennte mich mehr von einem Tierleben im Dreck. Ich pinkelte also in Tassen, stieß eine davon um und wischte nicht auf. Ich zerkaute Brot zu einem Brei und befeuchtete es mit kleinen Schlucken Wasser, bis ich es hinunterschlürfen konnte wie ein Pferd. Nur Flüssiges rutschte an dem Kloß vorbei, und auch das nur mit einem Schluck-Szenario. Bei Brotwasser war ich zum Beispiel *Blitz, der schwarze Hengst.* Bei purem Wasser war ich Heidi, die eine Schöpfkelle aus Metall in einen Brunnen taucht. Das ist gegen Ende, als sie wieder in den Alpen lebt. Für Orangensaft war ich Sarge aus dem *Beetle-Bailey*-Comic, wo Sarge und Beetle Bailey nach Florida reisen und All-you-can-drink-Orangensaft trinken. Gluck, gluck, gluck. Es funktionierte, weil nicht ich selbst schluckte, sondern die Figur, leichthin und ohne weitere Überlegung – nur ein kurzer

Moment in einer größeren Geschichte. Ich habe ein Szenario für alle Getränke außer Bier und Wein, weil ich noch zu klein war für Alkohol, als ich mir diese Technik ausdachte. Ich ließ den Mund offen, damit der Speichel leicht herausfließen konnte. Nicht nur eine Sechzehnjährige, auch noch eine hinreißende, blonde Sechzehnjährige. Sie raubte ihm den Verstand. Jemand kam zur Hintertür herein. Rick. Der Fernseher lärmte los. Doch nicht Rick.

Sie kam von ihrer Arbeit bei Ralphs zurück: Es war schon später, als ich gedacht hatte. Ich richtete mich auf und lauschte ihrem unrhythmischen Zappen. Mein Rücken schmerzte da, wo sie mich aufs Sofa geworfen hatte, aber es war fast eine willkommene Ablenkung von meinem Globus hystericus. Mein Hals fühlte sich an wie ein nicht mit mir verbundener Gegenstand, die versehentlich abgelegte Aktentasche eines Geschäftsmanns. Als ich dagegentippte, klang es knochig, und dann spannte sich plötzlich ein Muskel an, immer fester und fester, so als würde ein Knoten zugezogen; ich geriet in Panik und schüttelte die Hände in der Luft – nein, nein, nein …

Und dann ging gar nichts mehr.

Ich hatte im Internet davon gelesen, aber es war mir noch nie selbst passiert. Der Musculus sternothyroideus zieht sich so fest zusammen, dass er verkrampft. Manchmal dauerhaft.

»Test«, flüsterte ich, um zu sehen, ob ich noch reden konnte. »Test, Test.« Ganz vorsichtig und ohne den Hals zu bewegen, griff ich nach dem Fläschchen auf meinem Nachttisch. Mithilfe des Heidi-Szenarios leerte ich das gesamte Rot. Nichts geschah. Behutsam trug ich meinen Hals zum Telefon und rief Dr. Broyard an, aber er war in Amsterdam; die automatische Ansage schlug mir vor, den Notruf zu wählen oder meinen Namen und meine Telefonnummer für Dr. Ruth-Anne Tibbets zu hinterlassen. Mir fielen wieder die beiden Visitenkartenstapel in den transparenten Kartenhaltern ein – das war die andere Ärztin. Die für das Gießen des Farns im Wartezimmer zuständig war. Ich legte auf, rief noch einmal an und hinterließ meinen Namen und meine Telefonnummer. Die Nachricht kam mir zu kurz vor für eine Nachricht an eine Therapeutin.

»Ich bin dreiundvierzig«, fügte ich hinzu, immer noch flüsternd. »Normal groß. Braunes Haar, inzwischen grau. Keine Kinder. Danke, bitte rufen Sie zurück. Vielen Dank.«

Dr. Tibbets hatte dienstags bis donnerstags Sprechstunde. Als ich vorschlug, noch am selben Tag zu kommen, einem Donnerstag, schlug sie im Gegenzug den darauffolgenden Dienstag vor. Sechs Tage ausschließlich Flüssiges, womöglich würde ich verhungern. Sie spürte meine Qualen und fragte, ob ich in Gefahr sei. Bis nächsten Dienstag vielleicht schon, sagte ich. Wenn ich jetzt sofort kommen könnte, würde sie ihre Mittagspause für mich opfern, sagte sie.

Ich fuhr zum selben Gebäude und nahm denselben Aufzug in dieselbe Etage. Statt Dr. Broyards Namen stand DR. RUTH-ANNE TIBBETS, LIZENZIERTE KLINISCHE SOZIALPÄDAGOGIN an der Tür – ein Plastikschild, das in einen Aluminiumstreifen geschoben worden war. Ich sah mich im Flur um und fragte mich, wie viele Praxen wohl noch mehrfach genutzt wurden. Die meisten Patienten würden nie etwas davon mitbekommen; offenbar war es ungewöhnlich, dass jemand die Dienste zweier unabhängiger Spezialisten benötigte. Die Rezeption war nicht besetzt. Ich las fünfzehn Sekunden in einem Golfmagazin, dann öffnete sich schwungvoll die Tür.

Dr. Tibbets war eine hochgewachsene Frau mit plattem

grauem Haar und einem androgynen Pferdegesicht; sie erinnerte mich an irgendjemanden, aber ich konnte sie nicht einordnen. Wahrscheinlich war das ein Merkmal eines guten Therapeuten – er kam jedem irgendwie bekannt vor. Sie fragte, ob mir warm genug sei; sie habe einen kleinen Heizlüfter, den sie einschalten könne. Alles in Ordnung, sagte ich.

»Was führt Sie heute zu mir?«

Auf ihrem Tagesplaner stand eine Lunchbox. Hatte sie nach dem vorigen Patienten schnell irgendetwas zum Mittag hinuntergeschlungen? Oder wartete sie und starb fast vor Hunger? »Essen Sie ruhig, wenn Sie möchten, das stört mich nicht.« Sie lächelte geduldig. »Fangen Sie einfach an, wenn Sie bereit sind.« Ich drehte mich zur Seite und wollte die Beine auf der Couch ausstrecken, merkte aber schnell, dass sie nicht lang genug war, deshalb setzte ich mich wieder aufrecht hin; zu dieser Sorte Therapeutin gehörte sie also nicht.

Ich erzählte ihr von meinem Globus hystericus und dass sich mein Musculus sternothyroideus verkrampft hatte. Sie fragte, ob ich mich an irgendein Ereignis erinnerte, das der Auslöser gewesen sein könnte. Da ich mich noch nicht bereit fühlte, ihr von Phillip zu erzählen, beschrieb ich ihr meinen Hausgast – wie sie im Wohnzimmer hockte und ihren riesigen Kopf mit den schweren Lidern bewegte wie ein Rind, ein dämlicher, stinkender Bulle.

»Bullen sind männlich«, sagte Dr. Tibbets.

Aber genau das war es. Eine Frau redet, zu viel, macht sich Sorgen, zu viele, und gibt immer wieder nach. Eine Frau badet.

»Sie badet nicht?«

»Fast nie.«

Ich beschrieb ihre totale Gleichgültigkeit gegenüber meinem Zuhause und zeigte ihr, was sie alles mit mir gemacht hatte, drückte mir auf die Brust und quetschte mir selbst das Handgelenk. Es war schwer, mir selbst den Kopf nach hinten zu reißen.

»Das sieht jetzt vielleicht nicht schmerzhaft aus, weil ich es selbst mache.«

»Ich habe keinen Zweifel, dass es schmerzhaft ist«, sagte sie. »Wie haben Sie Widerstand geleistet?«

Ich ließ meinen Arm los und setzte mich wieder.

»Was meinen Sie damit?«

»Haben Sie sich gewehrt?«

»Sie meinen Selbstverteidigung?«

»Ja, natürlich.«

»Oh, nein, darum ging es gar nicht. Es ist eher ein Fall von sehr schlechten Manieren.« Ich lächelte in mich hinein, weil es klang, als wollte ich irgendetwas nicht wahrhaben. »Kennen Sie Open Palm? Das Selbstverteidigungskonzept, mit dessen Hilfe Sie Fett verbrennen und Muskeln aufbauen können? Das ist mehr oder weniger meine Erfindung.«

»Haben Sie geschrien?«

»Nein.«

»Oder Nein gesagt?«

»Nein.«

Dr. Tibbets schwieg jetzt, wie eine Anwältin, die keine weiteren Fragen hatte. Mein Gesicht verschrumpelte und der Kloß in meinem Hals schwoll schmerzhaft an. Sie reichte mir eine Schachtel Kleenex.

Plötzlich wurde mir klar, warum sie mir so bekannt vorkam.

Sie war Dr. Broyards Rezeptionistin. Das war ja wohl nicht zu fassen. War sie überhaupt Ruth-Anne Tibbets oder nur die Rezeptionistin von Ruth-Anne Tibbets? Was hatte sie mit Dr. Tibbets gemacht? Das musste man melden. Aber wen sollte ich anrufen? Sowohl Dr. Broyard als auch Dr. Tibbets schieden aus, weil dort ja diese anmaßende Betrügerin ans Telefon gehen würde. Langsam nahm ich meine Handtasche und meinen Pullover. Es war sicher das Beste, sie nicht zu reizen und auch nichts durchblicken zu lassen.

»Das war mir eine große Hilfe, vielen Dank.«

»Sie haben noch dreißig Minuten.«

»Die brauche ich nicht mehr. Es war ein Zwanzig-Minuten-Problem, und Sie haben es auf den Punkt gebracht.«

Sie sah zu mir hoch und zögerte.

»Ich muss Ihnen aber die volle Sitzung berechnen.«

Ich hatte den Scheck schon vorbereitet und zog ihn aus der Handtasche.

»Wenn möglich, möchte ich die dreißig Minuten jemandem spenden, der sich keine Therapie leisten kann.«

»Das geht leider nicht.«

»Danke.«

Clee war bei Ralphs, deshalb blieb ich zu Hause und legte mir heiße Kompressen auf den Hals, um ihn nach und nach zu lockern. Von Zeit zu Zeit drückte ich einen warmen Metalllöffel darauf; manche sagen, das hilft. Gerade als ich erste Besserung zu spüren glaubte, rief Phillip an.

»Ich treffe mich heute Abend mit Kirsten. Um acht hole ich sie ab.«

Ich sagte nichts.

»Kann ich also damit rechnen, vor acht von dir zu hören, oder …?«

»Nein.«

»Heute Abend gar nicht mehr? Oder nur nicht bis acht?«

Ich legte auf. Eine bebende Wut stieg durch meine Brust

bis hinauf in meinen Hals. Der Kloß verhärtete sich wieder wie die sich ballende Faust eines wütenden Mannes. Oder meine eigene. Ich betrachtete meine geäderten Hände und ballte sie langsam zu Fäusten. Hatte sie das gemeint mit »sich wehren«? Beim Gedanken an das blasierte Pferdegesicht der Rezeptionistin wurde der Kloß noch härter. Ich sprang auf und ließ den Blick über meine DVD-Sammlung schweifen. Wahrscheinlich besaß ich nicht mal eine. Doch: *Survival of the Fittest*. Es war nicht unsere aktuellste DVD, Carl und Suzanne hatten sie mir vor etwa vier Jahren zu Weihnachten geschenkt. Natürlich hatte ich in unserem alten Studio mehr als genug Gelegenheit gehabt, Selbstverteidigung zu lernen, ich hatte bloß nie das Verlangen gehabt, mich vor meinen Kollegen lächerlich zu machen. Das Tolle an unseren DVDs (und Videostreams) ist neben der Fettverbrennung und dem Muskelaufbau, dass man allein damit arbeiten kann, ohne dass jemand zusieht. Ich drückte auf Play.

»Hi! Dann mal los!« Es war Shamira Tye, die Bodybuilderin. Sie nahm nicht mehr an Wettbewerben teil, aber sie war immer noch sehr teuer und schwer zu bekommen. »Macht das Workout am besten vor dem Spiegel, damit ihr zusehen könnt, wie euer Po knackiger wird.« Ich stand im Schlafanzug in meinem Wohnzimmer. Fußtritte hießen »Kicks«, Faustschläge »Pops«. »Pop, Pop, Pop, Pop!«, sagte Shamira. »Die Pops mache ich im Schlaf! Und ihr bald auch!« Ein Knietritt in die Leistengegend wurde als »Cancan« präsentiert – »Yes you can-can!« Wollte einen jemand würgen, konnte man sich mit dem »Butterfly« befreien und gleichzeitig seine Oberarme straffen. »Es ist eigentlich ein Dilemma«, sagte Shamira am Ende nachdenklich. »Mit eurem neuen straffen Traumbody werdet ihr vielleicht sogar öfter angegriffen!« Ich sank auf die Knie. Der Schweiß lief mir die Seiten hinunter und in mein elastisches Hüftband.

Gegen neun kam Clee nach Hause und brachte eine Packung Müllsäcke mit. Ich hoffte, das war ein Friedensangebot, weil wir keine Mülltüten mehr hatten und mir wirklich nicht der Sinn nach einer Auseinandersetzung mit ihr stand. Aber sie benutzte die Tüten nur, um die Kleider, die angemoderten Strandlaken, das Essen und die Elektrogeräte einzupacken, die anscheinend die ganze Zeit in ihrem Auto gelegen hatten. Ich sah zu, wie sie vier Säcke in einer Wohnzimmerecke parkte. Jedes Schlucken bedurfte großer Konzentration, aber ich gab nicht auf. Manche Leute mit einem Globus spucken andauernd nur; sie müssen immer und überall einen Spucknapf mit sich herumtragen.

Um Viertel nach elf kam eine SMS von Phillip. ICH SOLL DIR SAGEN, DASS ICH SIE DURCH IHRE JEANS GERUBBELT HABE. WIR GLAUBEN, DAS ZÄHLT NICHT. KEIN ORGASMUS. Alles in Großbuchstaben, als würde er es zu seinem Penthousefenster hinausschreien. Einmal gelesen, ließ sich das Bild unmöglich unter Kontrolle halten – der enge Schritt ihrer Jeans und seine haarigen Stummelfinger, die wie wild darauf herumrubbelten. Im Wohnzimmer zerkaute Clee Eis wie Kaugummi. Es knirschte so laut, dass ich mich fragte, ob sie es nicht aus Sarkasmus tat, um mich zu ärgern. Ich drückte das Ohr an die Tür. Jetzt imitierte sie die Imitation – ein lautes Kaugeräusch in doppelten Anführungszeichen. Zu spät merkte ich, dass diese Gedankenkette kein Ende nehmen würde – ihre Selbstimitation würde sich vervierfachen, versechzehnfachen und so weiter, bis ihr die Augäpfel aus dem Kopf ploppten; wild gerubbelte Jeans, Zähne wie Fänge und eine Zunge, die durch den Raum peitscht, in dem überall Eis herumfliegt. Ich spuckte mir auf den Ärmel, riss die Tür auf und marschierte zur Couch. Sie sah aus ihrem Schlafsack zu mir hoch und würgte leise einen einzelnen Eiswürfel hoch.

»Könntest du bitte dieses Geräusch unterlassen, bitte?« Ich hätte nicht zweimal *bitte* sagen sollen, aber meine Stimme war tief und ich sah ihr direkt in die Augen. In einer Art Bereitschaftsposition hielt ich die Hände vor dem Körper. Mein Herz pochte so heftig, dass man es praktisch hören konnte. Was, wenn sie eine Bewegung machte, die nicht auf der DVD war? Ich sah kurz nach unten, um sicherzugehen, dass ich eine stabile Fußposition hatte.

Sie blinzelte mich an, betrachtete meine erhobenen Hände und meine fest aufgestellten Füße, dann legte sie den Kopf in den Nacken und schüttete sich noch mehr Eis in den Mund. Ich entriss ihr den Becher. Sie sah blinzelnd auf ihre leere Hand, zerkaute langsam das Eis, schluckte und sah an mir vorbei auf den Fernseher. Nein, wir würden heute nicht kämpfen. Aber sie sah, dass ich wollte. Sie sah, dass ich auf alles vorbereitet war – eine dreiundvierzigjährige Frau in einer Bluse, die sich prügeln wollte. Und sie lachte darüber, jetzt in diesem Moment, innerlich. Heh, heh, heh.

4. KAPITEL

Ich brauchte einen Tag, um mich zu beruhigen und meinen Stolz vom Boden aufzukratzen. *Zart,* mit diesem Wort hatte Phillip mich beschrieben. Eine zarte Frau würde in ihrem eigenen Haus keine Fausthiebe verteilen. Was für eine barbarische Denkweise! Als gäbe es nicht eine Million anderer Wege, mit Konflikten umzugehen. Ich schrieb Clee einen Brief. Er war deutlich und unmissverständlich. Es war geradezu bewegend, ihn laut vorzulesen; indem ich sie zu zivilisiertem Benehmen aufforderte, brachte ich ihr wahrscheinlich mehr Respekt entgegen als bisher die meisten Menschen in ihrem Leben. Bahn frei für die Würde. Ich spuckte in ein leeres Erdnussbutterglas; so ein Spucknapf hat immer etwas Bizarres. Sie brauchte mir für meine Geradlinigkeit nicht zu danken, aber falls sie darauf bestand, würde ich ihren Dank wohl annehmen müssen. Ich übte es vorsichtshalber ein paar Mal. Ich steckte den Brief in einen Umschlag mit der Aufschrift ›Clee‹, befestigte ihn mit Klebeband am Badezimmerspiegel und ging los, um etwas zu essen, damit ich nicht zu Hause war, wenn sie ihn las.

In dem äthiopischen Restaurant bat ich um eine Gabel. Als man mir erklärte, das werde mit der Hand gegessen, ließ ich es mir einpacken, holte mir bei Starbucks eine Gabel und setzte mich ins Auto. Aber mein Hals wehrte sich selbst gegen diese sehr weiche Mahlzeit. Ich stellte sie auf den Gehweg, für einen Obdachlosen. Ein äthiopischer Obdachloser würde sich natürlich besonders darüber freuen. Was für ein herzzerreißender Gedanke, den Speisen seiner Heimat auf diese Weise zu begegnen.

Als ich zurückkam, aß sie Thanksgiving-Braten, ihr Lieblingsmikrowellengericht. Ich war etwas aufgeregt wegen des Briefs, aber sie schien guter Dinge – tippte auf dem Handy und blätterte in einer Zeitschrift, während der Fernseher lief. Sie hatte ihn gut aufgenommen. Ich zog mein Nachthemd an und ging mit meiner Waschtasche ins Bad. Der Umschlag mit der Aufschrift Clee klebte noch am Spiegel. Entweder hatte sie ihn gesehen und nicht gelesen, oder sie war noch nicht im Bad gewesen. Ich ging ins Bett und sah auf mein Handy. Nichts. Phillip rubbelte Kirsten die ganze Zeit durch ihre Jeans, und immer noch kein Orgasmus. Die Jeans war jetzt sicher durchgescheuert und seine Finger voller Blasen, weil sie auf grünes Licht von mir warteten. Im Bad ging die Toilettenspülung.

Kurz darauf wurde die Schlafzimmertür aufgerissen.

»Wer ist der Besuch?«, fragte sie. Es war dunkel im Zimmer, aber ich sah den Brief in ihrer Hand.

»Was?«

»Der am Freitag kommt und wegen dem ich ausziehen muss.«

»Ach so, das ist ein alter Freund.«

»Ein alter Freund?«

»Ja.«

»Wie heißt er denn?«

»Kubelko Bondy.«

»Klingt ziemlich erfunden.« Sie kam auf das Bett zu.

»Gut, dann sage ich ihm, wie du über seinen Namen denkst.«

Ich schlüpfte aus dem Bett und entfernte mich langsam rückwärts von ihr. Wenn ich wegrannte, entstünde eine Fluchtsituation, das wäre zu beängstigend, deshalb zwang ich mich, locker zur Tür zu gehen. Doch bevor ich dort ankam, schlug sie sie zu. Herzrasen, Mikrozittern. Shamira Tyes nennt es »dein Adrenalinereignis«; ab da geht es nur noch vorwärts – es lässt sich weder stoppen noch rückgängig machen. Die Dunkelheit erschwerte mir die Orientierung, und ich konnte nicht genau ausmachen, wo sie war, bis sie meinen Kopf nach unten drückte, so als würde sie mich im Schwimmbecken untertauchen.

»Du willst mich loswerden, ja?«, keuchte sie. »Hab ich recht?«

»Nein!« Das richtige Wort, aber zur falschen Zeit. Ich versuchte mich aufzurichten, aber sie drückte mich wieder nach unten. Ich hörte mich keuchen, ertrinken. Bei welchem Schritt waren wir gerade? Ich brauchte die DVD. Meine Nase war dicht an ihren hefigen Füßen. Mir wurde übel, speiübel. Ein Schrei blieb mir in der Kehle stecken und wurde zu einem rauen Flüstern. Ich näherte mich dem Scheitelpunkt; wenn man sich nicht gewehrt hat, bevor die Angst am größten ist, tut man es gar nicht mehr. Dann stirbt man – vielleicht nicht körperlich, aber man stirbt.

Es kam aus meiner Lunge, das lauteste Geräusch, das ich je von mir gegeben hatte. Nicht *nein,* sondern der Kampfschrei von Open Palm: *Aiaiaiaiai!* Meine Schenkel katapultierten mich nach oben; ich sprang förmlich in den Stand. Clee hielt einen Moment inne, dann stürzte sie sich auf mich, zog mich zu Boden und versuchte, mich dort festzuhalten. Es war einfach zu viel Gewicht. Mit aller Kraft stieß ich das Knie nach vorn – »Yes, I can-can!« –, trat gegen alles, was in Reichweite war, und poppte mit der harten Faust, so oft ich konnte. Immer wieder versuchte sie mich hinunterzudrücken, bis ich den Butterfly einsetzte. Es funktionierte, ich konnte mich befreien. Sie stand auf und ging aus dem Zimmer. Mit einem Klacken wurde die Badezimmertür abgeschlossen. Wasser rauschte ins Waschbecken.

Ich legte mich neben mein Bett und sog tiefe Atemzüge ein. Lange, lose Schmerzfäden zogen sich sanft vibrierend durch meine Arme und Beine. Er war weg. Nicht nur der Kloß, sondern die ganze Struktur drum herum, die Enge in der Brust und mein verkrampfter Kiefer. Ich ließ den Kopf von einer Seite auf die andere rollen. Herrlich. Eine Million winziger, zarter Empfindungen. Die Haut brannte von irgendetwas, was sie mit mir gemacht hatte, aber ansonsten fühlte ich mich locker-flockig. Ich lachte und schickte eine kleine Welle meinen Arm hinauf, über die Schultern hinweg zum anderen. Wie hieß das noch mal? War das nicht dieser Tanz, der Electric Slide? Wer war dieses dämliche Trampeltier überhaupt? Señorita Schweißfuß. Ich sah mich Flamenco tanzen, irgendetwas mit Kastagnetten. Das Wasser im Bad lief immer noch, ein armseliger Versuch passiver Aggression. Verschwende doch so viel Wasser, wie du willst. Wenn sie morgen auszog, konnte ich das Haus bis zum Wochenende wieder in Ordnung haben. Ich griff zum Telefon; meine neuen Muskeln zitterten wie wild. Ich hinterließ meinen Namen und meine Telefonnummer und bat um einen Termin am nächsten Dienstag um dieselbe Zeit. Dr. Tibbets Rezeptionistin war eine Hochstaplerin und Diebin, und eine ziemlich gute Therapeutin.

Clee zog am nächsten Tag nicht aus. Oder am Tag danach. Am Dienstag war sie immer noch da, aber ich ging trotzdem zur Therapie. Die Rezeptionistin lächelte herzlich, als ich auf Ruth-Anne Tibbets Couch Platz nahm.

»Wie geht …«

Ich unterbrach sie. »Darf ich Sie etwas fragen, bevor ich antworte?«

»Selbstverständlich.«

»Sind Sie überhaupt lizenziert?«

»Ja, ich habe ein Diplom in klinischer Psychologie und Sozialarbeit von der UC Davis.« Sie zeigte auf ein gerahmtes Blatt Papier an der Wand, Ruth-Anne Tibbets' Diplom. Ich war kurz davor, mir ihren Führerschein zeigen zu lassen, aber sie fuhr fort. »Ich möchte mich nicht in Ihr vertrauliches Patientenverhältnis zu Dr. Broyard einmischen, aber ich erinnere mich, dass Sie bei mir einen Termin mit ihm vereinbart haben. Ich mache für ihn die Rezeption, dreimal im Jahr, wenn er hier in dieser Praxis ist. Das könnte Verwirrung gestiftet haben.«

Natürlich. Warum war ich nicht selbst auf diese simple und offensichtliche Erklärung gekommen? Ich entschuldigte mich, und sie sagte, das sei nicht nötig, und ich entschuldigte mich noch einmal. Ihre Schuhe. Schick und irgendwie europäisch. Hatte sie es wirklich nötig, ihr Einkommen aufzubessern?

»Wie viel zahlt er Ihnen als Rezeptionistin?«

»Etwa hundert Dollar pro Tag.«

»Das ist weniger, als ich Ihnen für eine Stunde zahle.«

Sie nickte. »Ich tue es nicht des Geldes wegen. Es macht mir Spaß. Ans Telefon zu gehen und Termine für Dr. Broyard zu vereinbaren, ist ein wunderbarer Ausgleich zu der Verantwortung, die ich in diesem Beruf trage.«

Alles, was sie sagte, leuchtete sofort ein, aber nur für ein paar Sekunden. Ein wunderbarer Ausgleich? Das klang alles andere als wunderbar. Sie lehnte sich ein wenig zurück und wartete, dass ich mein Privatleben ausbreitete. Ich wartete ebenfalls, aber darauf, dass sich ein Gefühl von Vertrauen einstellte. Es war sehr still im Raum.

»Ich muss mal zur Toilette«, sagte ich schließlich, nur um die Stille zu durchbrechen.

»Oje. Müssen Sie wirklich?«

Ich nickte.

»Gut. Sie haben zwei Möglichkeiten. Im Wartezimmer liegt ein Schlüssel mit einer Plastikente daran. Den können Sie nehmen und damit zur Toilette in den neunten Stock gehen, die aber leider nur zugänglich ist, indem Sie den Aufzug runter in die Lobby nehmen und den Türsteher bitten, den Serviceaufzug aufzuschließen. Das dauert alles in allem etwa fünfzehn Minuten. Wahlweise können Sie aber auch einen Blick hinter die Trennwand da drüben werfen. Dort steht ein Stapel Styroporbehälter vom China-Imbiss, die können Sie benutzen, hinter der Wand, und dann mitnehmen, wenn Sie gehen. Sie haben noch dreißig Minuten.«

Es plätscherte beschämend laut, aber ich sagte mir, dass sie ja an der UC Davis studiert hatte und so weiter. Ich hatte Sorge, dass es überlaufen könnte, aber das geschah nicht. Den warmen Behälter in den Händen, sah ich durch einen kleinen Riss im Papier verstohlen Dr. Tibbets an. Sie blickte an die Decke.

»Ist Dr. Broyard verheiratet?«

Für einen Moment wurde sie sehr still. »Ja. Er hat eine Frau und Kinder in Amsterdam.«

»Aber Ihre Beziehung zu ihm ist …«?

»Drei Tage im Jahr schlüpfe ich ihm gegenüber in eine unterwürfige Rolle. Das ist eine Art Spiel, ein ungeheuer befriedigendes Erwachsenenspiel.« Sie blickte starr an die Decke und wartete auf meine nächste Frage.

»Wie haben Sie sich kennengelernt?«

»Er war mein Patient. Und dann, viele Jahre nachdem er seine Analyse bei mir beendet hatte, haben wir uns in einem Geburtswiederholungskurs wiedergetroffen, und da erzählte er mir, dass er eine Praxis sucht, also habe ich ihm dieses Arrangement vorgeschlagen. Das war vor acht Jahren.«

»Haben Sie nur das mit der Praxis vorgeschlagen oder auch das ganze Drumherum?«

»Ich bin eine erwachsene Frau, Cheryl – wenn ich etwas möchte, bitte ich darum, und wenn der Wunsch nicht auf Gegenseitigkeit beruht, nun, dann habe ich wenigstens keine Zeit mit unnötigen Gedanken darüber vergeudet.«

Ich kam hinter der Trennwand hervor, stellte den Styroporbehälter vorsichtig neben meine Handtasche und setzte mich wieder.

»Ist es etwas Sexuelles?«

»Sex kann er mit seiner Frau haben. Ich finde unsere Beziehung sehr viel kraftvoller und eindringlicher, wenn wir nicht unsere gesamte Energie in unseren Genitalien komprimieren.«

Ihre Genitalien, komprimiert. Die Vorstellung rief einen Anflug von Übelkeit hervor. Ich legte die Fingerspitzen auf den Mund und beugte mich leicht nach vorn.

»Geht es Ihnen nicht gut? Da drüben steht ein Mülleimer, falls Sie sich übergeben müssen«, sagte sie ausdruckslos.

»Oh nein, deshalb habe ich nicht …« Ich berührte mehrmals meine Lippen, um ihr zu zeigen, dass das nur so eine Angewohnheit war. »Sind Sie in ihn verliebt?«

»Verliebt? Nein. Ich spüre weder eine intellektuelle noch eine emotionale Verbindung zu ihm. Wir sind übereingekommen, uns nicht ineinander zu verlieben; das ist Teil unseres Vertrags.«

Ich lächelte. Dann verlosch mein Lächeln – sie meinte es ernst.

»Auch wenn im Allgemeinen sicher die Ansicht herrscht,

dass es romantischer ist, wenn das Gegenüber seine genauen Absichten eher im Vagen lässt.« Sie ließ ihre großen Hände in der Luft flattern, und ich sah Hühner mit zerzausten Federn, die dämlich glucksten.

»Ist das ein mündlicher oder ein schriftlicher Vertrag?« Meine Beine waren ineinander verschlungen, meine Arme hielten einander fest.

»Was für eine Gefühl löst dieses neue Wissen in Ihnen aus?«, fragte sie nüchtern.

»Hat ihn ein Anwalt ausgearbeitet?«

»Ich habe einen Entwurf aus dem Internet heruntergeladen. Es ist bloß eine Liste dessen, was in der Beziehung erlaubt ist und was nicht.«

»Das reicht«, flüsterte ich. »Reden wir jetzt über etwas anderes.«

»Worüber möchten Sie gern reden?«

»Über Gegenwehr«, sagte ich. Die Geschichte klang weniger triumphal, als ich gedacht hatte, zumal Clee immer noch in meinem Haus war.

»Und wie habe Sie sich gefühlt, nachdem sie aus dem Zimmer gegangen war?«

»Gut, nehme ich an.«

»Und jetzt im Moment? Was macht der Kloß in Ihrem Hals?«

Das Flamenco-Gefühl hatte nicht lange angehalten. Am Morgen hatte Clee nicht sonderlich eingeschüchtert gewirkt – allenfalls wirkte sie seit unserem Kampf entspannter, mehr wie zu Hause.

»Nicht so toll«, gab ich zu, und drückte meinen Hals ein wenig mit den Fingern zusammen. Ruth-Anne fragte, ob sie mal fühlen dürfe; ich beugte mich vor und sie drückte sanft mit vier Fingerspitzen gegen meinen Adamsapfel. Wenigstens roch ihre Hand sauber.

»Ja, tatsächlich ziemlich straff. Wie unangenehm.«

Ihr Mitgefühl löste etwas in mir aus, ich weinte. Der Kloß hob sich und wurde noch fester; ich zuckte zusammen und fasste mir an den Hals. Es war kaum zu glauben, dass er noch vor Kurzem so locker gewesen war.

»Vielleicht finden Sie ja heute Abend Erleichterung.«

»Heute Abend?«

»Wenn Sie und Clee eine weitere« – sie ballte die Hände zu Boxerfäusten – »Begegnung haben.«

»Oh nein. Nein, nein – sie muss ausziehen. Ich habe mir das schon viel zu lange gefallen lassen.« Ich dachte an Michelle, wie schnell sie sie wieder rausgeschmissen hatte. Jetzt war Jim an der Reihe, oder Nakako.

»Aber wenn der Kloß …«

Ich schüttelte den Kopf. »Es gibt noch andere Möglichkeiten – eine Operation – wobei, nein, keine Operation, eine Beratung.«

»Das hier ist eine Beratung.«

Mein Blick fiel auf Ruth-Annes malvenfarbene Fingernägel. Lackiert, aber abgesplittert. Eine Rezeptionistin brauchte solche Fingernägel, aber eine Therapeutin nicht. In drei Monaten würde sie wieder zur Maniküre gehen.

Ich fuhr direkt zu Open Palm: Es war mein Bürotag. Alle Angestellten kamen mir eigenartig und durchtrieben vor, als würden sie unter ihren Schreibtischen keine Hose tragen, die Genitalien dekomprimiert. Hatte Ruth-Anne bei unserer ersten Begegnung unten ohne hinter dem Rezeptionstresen gesessen? Ein ekelhafter und unhygienischer Gedanke; ich wischte ihn weg und begann mit meiner Arbeit. Jim und ich hatten ein Brainstorming mit dem Webdesigner von KickIt.com, unserer Jugendinitiative. Michelle wurde als Medienkoordinatorin dazugerufen. Bevor sie sich setzte, räusperte sie sich und sagte: »Jim und Cheryl können allein Protokoll führen; sie können das am allerbesten, aber –«

Jim unterbrach sie. »Setz dich zu uns, Michelle. Das gilt nur für die Gruppenarbeit.«

Sie wurde rot. Mit diesen pseudojapanischen Bräuchen hatten neue Angestellte immer ihre Schwierigkeiten. 1998 hatte Carl eine Kampfkunstkonferenz in Japan besucht und war hin und weg gewesen von der Kultur. »Jedes Mal, wenn sie jemanden kennenlernen, bekommt derjenige ein kleines Geschenk, und es ist immer perfekt verpackt.«

Er hatte mir bei seiner Rückkehr ein kleines Päckchen überreicht, das in eine Stoffserviette gewickelt war. Ich war damals noch Prakitkantin.

»Ist das eine Serviette?«

»Dort benutzt man Stoff als Geschenkpapier. Aber ich konnte keinen finden.«

Als ich die Serviette aufwickelte, fiel mein eigenes Portemonnaie heraus.

»Das ist ja mein Portemonnaie.«

»Ich wollte dir ja auch nicht wirklich was schenken – ich wollte dir nur die Kultur demonstrieren. Das Geschenk ist dann vielleicht ein Set Sake-Becher oder so etwas. Das hat mir der Konferenzleiter geschenkt.«

»Sie sind an meine Handtasche gegangen und haben das rausgeholt? Wann haben Sie das gemacht?«

»Gerade eben, als Sie auf der Toilette waren.«

Er schrieb eine Reihe von Büroleitlinien auf, die die Atmosphäre japanischer machen sollten. Es war schwer zu sagen, wie authentisch diese Liste war, zumal von uns niemand sonst je in Japan gewesen war. Heute, fast zwei Jahrzehnte später, bin ich die Einzige, die den Ursprung der Büroregeln kennt, aber ich gehe nie weiter darauf ein, weil wir jetzt echte Japan-Amerikaner im Team haben (Nakako und Aya, Ausbildung und Öffentlichkeitsarbeit) und ich ihnen nicht zu nahe treten will.

Wenn eine Aufgabe vereinte Kräfte erfordert – wenn beispielsweise ein schwerer Tisch umgestellt werden soll –, sollte sie zunächst von einem allein begonnen werden. Nach einer respektvollen Pause darf dann eine zweite Person hinzukommen, mit gesenktem Kopf und mit den Worten: »Jim kann den Tisch allein umstellen, er ist der Beste darin, aber ich kann ihm zur Hand gehen, auch wenn ich keine große Hilfe bin, weil ich nicht gut Tische umstellen kann.« Nach einer Weile darf dann eine dritte Person hinzukommen, aber auch sie senkt zuerst den Kopf und sagt: »Jim und Cheryl können den Tisch allein umstellen« etc. Und so weiter und so fort, bis genug Leute für die Aufgabe versammelt sind. Es gehört zu den Dingen, die einem anfangs lästig sind, aber später in Fleisch und Blut übergehen, bis es einem unhöflich und beinahe aggressiv erscheint, das nicht zu tun.

Nach dem Meeting bat ich Michelle, noch einen Augenblick zu bleiben.

»Ich wollte noch etwas mit dir besprechen.«

»Tut mir leid.«

»Was?«

»Ich weiß nicht.«

»Ich wollte wegen Clee mit dir sprechen.«

Ihr Gesicht bekam einen Graustich. »Sind Carl und Suzanne sauer auf mich?«

»War sie gemein zu dir?«

Sie blickte auf ihre Hände.

»Also ja. War sie gewalttätig? Hat sie dich körperlich angegriffen?«, fragte ich weiter.

Sie wirkte überrascht, beinahe entsetzt.

»Nein, natürlich nicht. Sie war bloß …« Sie wählte ihre

Worte sehr sorgfältig. »Sie hatte andere Umgangsformen, als ich es gewohnt bin.«

»Das ist alles? Deshalb hast du sie rausgeschmissen?«

»Nein, nein, ich hab sie nicht rausgeschmissen«, sagte sie. »Sie ist einfach wieder gegangen. Sie hat gesagt, sie will lieber bei dir wohnen.«

Ich betrat das Haus leise, auch wenn sie bei Ralphs war. Ich hatte nie in ihren Sachen herumgeschnüffelt oder es vorgehabt, aber es war ja kein Verbrechen, mich auf meine eigene Couch zu setzen. Als ich mich niederließ, puffte ein Schwall Körpergeruch aus ihrem Nylonschlafsack. Ich bemühte mich, alles genau so liegen zu lassen, wie es war – die alten Lebensmittelverpackungen, die Haarbürste voller blonder Haare und die prall gefüllte pinkfarbene Vinyltasche, aus der Tangas in allen möglichen Farben herausquollen. Ich ließ den Kopf auf ihr Kissen sinken. Der Kopfhautgeruch war so intensiv, dass ich für einen Moment die Luft anhielt und nicht wusste, ob ich ihn ertragen konnte. Ich konnte. Ich atmete ein und aus. Ich hatte mich ganz steif gemacht, schwebte fast über dem lila Schlafsack, damit meine Haut nicht damit in Berührung kam. Ich zählte bis drei, dann zog ich die Knie an und kroch hinein. Er war so schmutzig, dass er beinahe feucht war. War das die Tür? Ertappt und sprachlos fuhr ich hoch – nein, bloß der Regen; er prasselte aufs Dach. Ich zog mir den Nylonschlund unters Kinn. Ohne sie wirkte ihr Nest äußerst verletzlich, jeder einzelne ihrer schmuddeligen Gegenstände lag schutzlos im bleichen Nachmittagslicht. Ich schluckte vor Ergriffenheit und lächelte ein wenig, und der Kloß in meinem Hals verhärtete sich. Wir saßen in einem Boot. Ich hatte eine Partnerin, wir waren ein Team.

Heute Abend würde ich die Fäuste zum Einsatz bringen, pop, pop. Den Butterfly. Beißen. Kicken.

Sie hatte mich auserwählt.

Um schnell genug zu Ralphs zu kommen, half nur Rennen. Diese Dringlichkeit stammte aus einer Zeit, bevor das Auto erfunden war – ich allein musste wie ein Pfeil durch die Luft schießen, die Brust herausgestreckt, das Haar im Wind. *Sie rennt um ihr Leben*, dachten die Autofahrer, die an mir vorbeifuhren, *sie wird sterben, wenn sie es nicht schafft*, und sie hatten recht. Nur dass es zu Fuß doch weiter war, als ich gedacht hatte, und der Regen stärker geworden war. Meine Kleider sogen sich mit Wasser voll, und es strömte mir nur so übers Gesicht. Alle Autofahrer, die an mir vorbeifuhren, dachten: *Sie ist eine riesige Ratte oder irgendein anderes nasses, verängstigtes Tier, dessen Hunger ihm sämtliche Würde nimmt.* Und sie hatten recht.

Im Supermarkt jagte ich allen Leuten Angst ein, ein Monster, dessen Monsterhaftigkeit darin bestand, dass es klatschnass war. Den Kassiererinnen klappte der Mund auf, und der Mann hinter der Bedienungstheke ließ einen Fisch fallen. Ich patschte durch die Gänge und suchte sie überall. Der drahtige rothaarige Tütenpacker lächelte wissend und zeigte auf Reihe 15.

Sie stand mit dem Rücken zu mir.

Sie nahm Senf von der Palette und stellte ihn ins Regal. Gelbe Flaschen mit spitzen Hüten, immer vier Stück auf einmal. Müde drehte sie sich um; *welcher Mann starrt mich jetzt schon wieder an?*, dachte sie. Aber es war kein Mann.

Unwillkürlich zuckte ihr Kopf zurück. Wie wenn man seine Mutter in der Schule sieht.

»Was machst du denn hier?«

Ich fuhr mir mit den Fingern durch das tropfende Haar und stellte mich mit beiden Beinen fest auf den Boden. Ich hatte keinen Plan für diesen Moment; sie sollte einfach nur sehen, dass ich es kapiert hatte – ich wusste Bescheid. Wir spielten ein Spiel, ein Erwachsenenspiel. Ich lächelte und zog ein paar Mal die Augenbrauen hoch. Sie sah mich verständnislos an.

»Ich weiß Bescheid«, sagte ich. »Was hier vor sich geht.« Und für den Fall, dass irgendetwas noch nicht ganz klar war, zeigte ich ein paar Mal zwischen ihr und mir hin und her.

Sie wurde vor Wut hochrot im Gesicht und sah sich schnell einmal um, dann wandte sie sich wieder ihren Senfflaschen zu und knallte sie ins Regal. Sie hatte es verstanden.

Es hatte aufgehört zu regnen. Auf dem Heimweg trocknete ich und wurde ein paar Zentimeter größer. Jeder Autofahrer, der an mir vorbeifuhr, dachte: *Da geht jemand, der entweder gerade eine Prüfung bestanden hat, befördert wurde oder eine Auszeichnung bekommen hat.* Und sie hatten recht.

•

Ich spülte gerade, als sie nach Hause kam. Ich drehte das Wasser nur ganz leicht auf, damit ich sie hören konnte. Wie sie den Fernseher einschaltete. Alles so tat wie immer. Sie ging in die Küche, holte ihr Essen, stellte sich hinter mich und sah zu, wie es sich drehte, und aß es dann auf dem Sofa. Plötzlich kam mir der Gedanke, dass vielleicht gar nichts passierte. Es wäre nicht das erste Mal gewesen, dass ich Dingen Bedeutungsschichten hinzufügt hatte, die schon viele, viele Male zuvor bedeutungslos gewesen waren. Es war albern zu denken, dass Phillip immer noch an Kirstens Jeans rubbelte. Er hatte sie ihr inzwischen ausgezogen und kam wunderbar ohne meinen Segen zurecht. Ich ließ das Wasser über meine Hände laufen. Clee war zwanzig; nichts, was sie tat, hatte irgendetwas zu bedeuten.

Ich zog mein Nachthemd an, ging früh zu Bett und lag da, die Hände über der Brust gefaltet. In der Küche tropfte der Wasserhahn. Ich schlug die Bettdecke zurück und stand auf.

Als ich die Tür öffnete, stand sie da und wollte gerade reinkommen.

Für einen Moment war ich so erschrocken, dass ich vergaß, dass es nur ein Spiel war. Ich ging an ihr vorbei in die Küche, tropfender Wasserhahn, schnell zudrehen. Sie folgte mir auf dem Fuß. Kaum dass ich durch die Tür war, drückte sie mich gegen die Küchenwand, genau wie beim ersten Mal. Der Druck setzte ein, eine panische Angst fuhr mir in die Knochen, und dann ging eine Art rhythmisches Summen durch mein Blut, ein Walzertakt – also tanzte ich einen Walzer. Ich machte den Butterfly, und ihre Ellbogen knickten reflexartig ein. Ich rutschte ein Stück die Wand entlang und suchte daran Halt, während ich ihren Kopf dagegenzuschlagen versuchte. Ich trat mit dem Knie, aber kurz nach den ersten Can-cans warf sie mich mit dem Gesicht voran auf den Boden und hielt mich mühelos mit dem Knie dort fest. Beim letzten Mal hatte sie sich zurückgehalten – so viel war jetzt klar. Irgendetwas Riesiges drückte sich in meine Wirbelsäule, und ich konnte nicht anders als schreien, ein hässliches Kieksen, das in der Luft hängen blieb. Ich versuchte, die Arme unter den Körper zu bekommen und mich hochzudrücken, aber sie lehnte sich mit dem ganzen Oberkörper auf mich, ihr Schädel hart auf meinem.

»Der Laden ist für dich Sperrzone«, zischte sie, die Lippen an meinem Ohr. »Ich bin dort, damit ich dich nicht sehen muss.«

Ich nahm all meine Kraft zusammen und versuchte, sie mit einem heiseren Schrei von mir abzuwerfen. Sie sah mir zu, vollkommen reglos. Ich gab auf. Und gerade als mein Rücken in Flammen aufzugehen schien, kamen die Endorphine, wie beim letzten Mal, nur stärker. Mein Hals war eine lockere, warme Lache, und mein Gesicht auf dem Boden fühlte sich kühl und wunderbar an. Ein enorm befriedigendes Erwachsenenspiel, genau wie Ruth-Anne gesagt hatte. Als ich zur Seite schielte, sah ich die Spitzen ihrer gesenkten Wimpern und ein Stück ihrer Oberlippe, keuchend und mit kleinen Schweißperlen darauf. Sie dachte wahrscheinlich, ich könnte sie nicht sehen. Er kam mir beinahe ergreifend vor, dieser Moment, in dem wir uns befanden, obwohl er auch etwas Qualvolles hatte – oder vielleicht war das Qualvolle einfach der Schmerz, der von meinem Rücken ausstrahlte, oder vielleicht meinte ich mit ergreifend auch das: schmerzhaft. Langsam rollte sie von mir herunter, und ich wimmerte leise vor Erleichterung. Statt ins Bad zu stürmen, blieb sie einfach dort liegen und atmete tief durch, unsere Schultern berührten sich leicht. Der Boden drehte sich träge, und meine Arme und Beine kribbelten und bebten. Empfand sie das Gleiche? Die Minuten verstrichen kaleidoskopartig, und dann, ganz langsam, nahm die Küche wieder Gestalt an, die Arbeitsflächen, das Spülbecken und alles andere dort oben. Als Clee aufstand, schwappte eine lächerliche Welle von Verlassenheit über mich. Mit ausdrucksloser, dumpfer Miene steuerte sie Richtung Tür. Und dann, im letztmöglichen Augenblick, drehte sie sich noch einmal kurz um, und ihr Blick traf meinen. Schnell stützte ich mich auf die Ellbogen und machte mich auf eine Frage gefasst, aber da war sie schon weg.

Ich konnte es gar nicht abwarten, Ruth-Anne zu sehen, und kam fünfzehn Minuten zu früh an. Ich räumte meinen Wagen auf und ging dann in den Geschenkeshop in der Lobby des Gebäudes. Es war völlig überheizt und roch nach Vitaminen. Eine schwangere Inderin nahm Elfenfiguren in Augenschein. Ich drehte einen Ständer mit Lesebrillen, bis ich ganz sicher war, dann stellte ich mich unauffällig neben sie und nahm einen Ski fahrenden Kobold in die Hand. Der Bauch der Frau war so ausladend, dass ihr Bauchnabel näher an mir war als an ihr.

Kubelko?

Ja. Bin ich in dir?

Nein. Du bist in jemand anderem.

Es folgte eine traurige, verlegene Stille. Ich suchte nach irgendeiner Art, der Trauer Ausdruck zu verleihen, die mich jedes Mal überkam, wenn sich unsere Wege kreuzten. In meiner Tasche vibrierte eine SMS.

Warte mal kurz.

SIE HAT FÜR MICH GESTRIPPT: IHRE MUSCHI UND IHRE TITTEN GESEHEN. HMMMM. HAB DIE FINGER STILLGEHALTEN. Mein Segen regierte noch immer. Natürlich. Ich musste Phillip vertrauen. Wir waren schon in prähistorischen Zeiten ein Paar gewesen, im Mittelalter, als König und Königin – und jetzt waren wir das. Das alles war Teil der Antwort auf die Frage: *Was lässt uns immer wiederkommen?* Er war noch nicht fertig mit mir, und ich noch nicht mit ihm. Und die Details – die SMS – waren nur Rätsel aus dem Universum. Fingerzeige. Als ich mich wieder Kubelko zuwenden wollte, war die schwangere Frau verschwunden.

Ruth-Annes Couch war noch warm von ihrem letzten Patienten, und sie sah gerötet und strahlend aus.

»Gute Sitzung?«, fragte ich.

»Wie bitte?«

»Sie wirken glücklich.«

»Oh«, sagte sie und strahlte etwas weniger. »Ich hatte gerade Pause und habe einen kurzen Mittagsschlaf gemacht. Wie geht es Ihnen?«

Die Wärme auf der Couch stammte von ihr. Ich drückte mit den Fingern auf das Leder und überlegte, wie ich anfangen sollte.

»Was Sie da mit Dr. Broyard machen, dieses – wie haben Sie es noch genannt?«

»Rollen? Ein Erwachsenenspiel?«

»Genau. Würden Sie sagen, das ist ungewöhnlich?«

»Definieren Sie *ungewöhnlich.*«

»Na ja, was meinen Sie, wie verbreitet ist es?«

»Ich würde sagen, verbreiteter als Sie glauben.«

Ich erzählte ihr, was passiert war – angefangen damit, was Michelle gesagt hatte, bis hin zu der Szene auf dem Küchenboden.

»Und der Kloß ist weg, immer noch! Ich weiß nicht, ob Sie es sehen können« – ich beugte mich vor und schluckte –, »aber ich kann viel leichter schlucken. Und das habe ich nur Ihnen zu verdanken, Ruth-Anne.« Ich zog ein kleines Schächtelchen aus meiner Handtasche.

Manche Leute bedanken sich, noch bevor sie ein Geschenk geöffnet haben – danke, dass du an mich gedacht hast. Nicht so Ruth-Anne; mit einem kurzen Blick auf ihre Armbanduhr riss sie das Geschenkpapier auf. Es war eine Sojakerze. Kein Teelicht, sondern eine große, zylindrische Kerze in einem Glas mit Holzdeckel.

»Die ist mit Granatapfel-Johannisbeerduft.«

Sie gab mir die Kerze zurück, ohne daran zu riechen.

»Ich glaube nicht, dass sie für mich ist.«

»Doch! Die habe ich gerade erst gekauft!« Ich zeigte nach unten und meinte den Laden im Erdgeschoss.

Sie nickte und wartete.

»Was glauben Sie denn, für wen sie ist?«, fragte ich schließlich.

»Was glauben *Sie*, für wen sie ist?«

»Von Ihnen abgesehen?«

Sie nickte, indem sie langsam die Augen schloss und wieder öffnete. Unruhig hielt ich die Kerze in der Hand, wie eine heiße Kartoffel.

»Meine Eltern?«

»Warum Ihre Eltern?«

»Keine Ahnung. Ich dachte nur, das ist vielleicht die richtige Antwort, weil das hier eine Therapie ist.«

»Wem möchten Sie vielleicht eine Kerze schenken? Kerze, Flamme, Licht … Erleuchtung …«

»Docht … Wachs … Soja …«

»Wem? Überlegen Sie.«

»Clee?«

»Das ist ja interessant. Warum Clee?«

»War das richtig? Clee?«

Das Geschenkpapier war noch in Ordnung, deshalb klebte ich es bloß neu zu. Als Clee im Bad war, legte ich sie auf ihr Kissen, aber sie rollte mit einem Knall herunter; Clee kam genau in dem Moment herein, als ich mich bückte und unter den Couchtisch griff. Ich hatte sie ihr eigentlich nicht persönlich geben wollen.

»Hier.« Ich legte ihr den schweren Zylinder in die Hand. Der Geruch war beinahe stechend und erinnerte weder an Granatäpfel noch an Johannisbeeren, von denen weder die einen noch die anderen für ihren Duft bekannt sind. Es war so offensichtlich eine Kerze, das dämlichste Geschenk, das man jemandem machen konnte. Clee öffnete das Klebeband und roch vorsichtig daran. Sie las das Etikett. »Danke«, sagte sie schließlich. »Gern geschehen«, erwiderte ich. Es war schrecklich, und ich konnte nichts tun, um es rückgängig zu machen.

Ich schloss mich im Bügelzimmer ein und schrieb eine längst überfällige E-Mail an die gesamte Belegschaft über Recycling, Überpopulation und Öl, dann milderte ich sie im Ton etwas ab und dann löschte ich sie. Die Dusche begann zu rauschen. Sie war im Bad. Ich rief Jim an, und wir redeten über die Lagerbelegschaft.

»Kristof setzt sich dafür ein, dass sie einen Basketballkorb bekommen«, sagte er.

»Das haben wir schon mal ausprobiert, aber da hat niemand mehr was geschafft.« Ich hoffte, dass er weiter auf den Korb drängen würde, damit ich mich besonders empathisch zeigen konnte, aber er hatte das Thema schon abgehakt. Seine Frau wartete auf ihn, er musste los.

»Wie geht es Gina eigentlich?«

Aber er musste wirklich los.

Es dämmerte schon, als ich aus dem Bügelzimmer kam. Sie saß ganz vorn auf der Couch, die Beine weit gespreizt. Ihr nasses Haar war zurückgekämmt, und sie trug ein Handtuch um die Schultern; sie sah aus wie ein Boxer. Die Finger ineinander verschränkt, schaute sie mit gerunzelter Stirn über ihre Hände hinweg. Der Fernseher war aus. Sie wartete auf mich.

Ich hatte noch nie wirklich in meinem Sessel gesessen. Er war unbequem.

Sie senkte den Kopf, nahm meine Ankunft zu unserem Treffen zur Kenntnis, und gab ein Geräusch von sich, als würde sie Schleim aus dem Rachen hochholen.

»Ich habe vielleicht den falschen …« – sie suchte nach dem Wort – »Eindruck vermittelt.«

Sie sah mich kurz an, um sicherzugehen, dass mir der Ausdruck vertraut war. Ich nickte.

»Ich weiß das Geschenk zu schätzen, aber ich bin nicht … na ja. Ich steh auf Schwänze.« Sie hustete heiser und spuckte in eine der leeren Pepsiflaschen auf dem Couchtisch.

»Dann sitzen wir ja, was das angeht, im selben Boot«, sagte ich. Ich sah uns zusammen in einem kleinen Schlauchboot, wie wir auf dem weiten schwarzen Meer auf Schwänze standen.

»Bei mir ist das etwas stärker ausgeprägt.« Sie wippte unbewusst mit dem Knie. »Ich glaub, ich bin ›misogynistisch‹ oder so.«

Ich hatte noch nie gehört, dass jemand das Wort so benutzte, wie eine Orientierung.

»Wenn du willst, kann ich aufhören«, sagte sie und blickte abstrakt in die Ferne. Zuerst dachte ich, sie meinte reden, aufhören zu reden. Aber das war es nicht.

»Willst du?«

»Was?«

»Aufhören.«

Sie zuckte mit den Schultern, vollkommen gleichgültig. Es war wahrscheinlich das Fieseste, was sie je getan hatte. Dann zuckte sie noch einmal mit den Achseln, genau auf dieselbe Weise, schob aber noch ein »Nein« hinterher, so als hätte sie das schon beim ersten Mal gesagt. Nein, sie wollte nicht aufhören, mich anzugreifen.

Ich fühlte mich etwas atemlos, ein wenig benommen. Wir trafen eine Vereinbarung; das war real. Ich wagte einen kurzen Blick zu ihr und sah, dass sie ein widerwärtiges Bündel violetter Besenreiser auf meiner nackten Wade anstarrte. Ein Schauder durchfuhr mich – sie wollte nicht mehr auf diese ganz besondere Wut verzichten, die ich in ihr auslöste.

»Sollen wir einen Vertrag schließen?«, murmelte ich, vollkommen unhörbar.

»Was schließen?«

»Einen Vertrag, in dem steht, was wir machen wollen und was nicht. Wir könnten einen aus dem Internet runterladen.« Ich sagte es zu laut, so als ob sie taub wäre.

Sie blinzelte ein paar Mal. »Ich hab zwar keine Ahnung, wovon du redest, aber ich will so was nicht.« Sie drückte die Knöchel gegen die Stirn, dann ließ sie unvermittelt die Hand fallen, erstaunlich wütend. »Hast du so was schon mal gemacht? Mit Vertrag und allem?«

»Nein«, sagte ich schnell. »Eine Freundin hat mir davon erzählt.«

»Du redest mit anderen Leuten darüber?« Ihr Knie wippte wie wild.

»Nicht direkt eine Freundin. Eine Therapeutin. Es ist vollkommen vertraulich.«

Ihr Zorn schien abzuebben. Sie sah die Fernbedienung an. Ich reichte sie ihr, und sie strich ein paar Mal mit den Fingern über die Gummiknöpfe.

»Müssen wir sonst noch irgendwas …?«

»Nein, ich glaube, es ist so ziemlich alles geregelt«, sagte ich und versuchte mich zu erinnern, was wir festgelegt hatten. Sie nickte schroff und schaltete den Fernseher ein.

5. KAPITEL

Es war nicht klar, wie oder warum wir uns prügeln sollten, jetzt wo wir uns offiziell darauf geeinigt hatten. Ein paar Mal schien sie kurz davor zu sein, irgendetwas anzufangen, überlegte es sich dann aber doch anders. Und ich selbst konnte aus naheliegenden Gründen nichts vom Zaun brechen – das wäre verkehrt gewesen. Das Ganze, wenn es überhaupt je irgendetwas gewesen war, wurde von Tag zu Tag absurder und peinlicher. Ich ging so oft wie möglich ins Büro und rief: »Eigentlich bin ich gar nicht da!«, wenn ich eintrat, da ich ja offiziell von zu Hause aus arbeitete. Carl gab mir eine scharfe Thai-Sauce mit, für Clee. »Hast du schon mal was Scharfes mit ihr gegessen? Ja? Ist sie nicht unglaublich?« Ich nickte stumm und ließ die Flasche im Kofferraum liegen.

Am nächsten Morgen war Clee in der Küche, als ich auch hineinmusste, sodass wir beide gleichzeitig im Raum waren. Es herrschte eine angespannte Stimmung. Sie ließ einen Deckel fallen und hob ihn steif wieder auf. Ich hustete und sagte: »Verzeihung.« Das war lächerlich; es war höchste Zeit, unser Abkommen für nichtig zu erklären und abzuhaken.

»Hör mal«, sagte ich, »weder du noch ich …«

»Mach mal so«, unterbrach sie mich und hielt sich die

rechte Gesichtshälfte zu. Ich tat spiegelverkehrt das Gleiche und kniff dabei das Auge zu, für den Fall, dass gleich eine Ohrfeige oder ein Faustschlag kam.

»Dachte ich es mir doch«, sagte sie. »Die eine Hälfte deines Gesichts ist viel hässlicher und älter als die andere. Die Poren sind ganz groß, und es sieht aus, als würde dir das Lid ins Auge rutschen. Ich will ja nicht sagen, dass die andere Seite gut aussieht, aber wenn beide so aussehen würden wie die linke, würde man dich für siebzig halten.«

Ich nahm die Hand herunter. So hatte noch nie jemand mit mir gesprochen, so grausam. Und dabei so aufmerksam. Das Lid rutschte mir tatsächlich ins Auge. Meine linke Seite war schon immer hässlicher gewesen. Sie hatte sich für diese kleine Ansprache wirklich Gedanken gemacht – es war nicht bloß achtlose Feindseligkeit. Ich sah hoch auf ihre zu dünn gezupften Augenbrauen und überlegte, ob mir wohl auf die Schnelle ein paar Sätze zur ihrem eigenen dummen Bullengesicht einfielen, und dann sah ich ihre Hände; sie rieben aufgeregt über ihre fusseligen Hosenbeine, und ihr Mund stand offen. Diese kleine Demütigungsode hatte sie auf Touren gebracht; sie konnte es kaum erwarten zuzuschlagen, und als sie die Furcht in meinem Gesicht sah, schien sich ihr Körper regelrecht aufzuladen. Mit einem lauten Klatschen fing mein Unterarm ihre Hand ab.

Mit großen, federnden Mondschritten betrat ich das Büro und sagte: »Hallo, hallo, hallo!« Unser erstes Gerangel unter der neuen Vereinbarung war lang und schmutzig gewesen und hatte uns in alle Zimmer des Hauses geführt. Ich kämpfte mit Fäusten und Knien – *Pop, Pop, Pop, Can-Can, Pop, Pop, Can-Can* –, nicht nur, um mich zu verteidigen, sondern aus echter Wut, zuerst auf sie und dann auf Leute *wie* sie, dumme Leute. Ich verpasste ihr Pops dafür, dass sie jung war, ohne demütig zu sein, wo ich in ihrem Alter doch so viel Demut besessen hatte – zu viel. Ich biss sie in den Unterarm, fast so fest, dass es blutete. Als sie mich gegen meinen Schreibtisch schubste, gab ich ihr einen Kopfstoß, ihr und allen anderen, die einfach nicht kapierten, wie differenziert ich war. Sie bewegte sich, wie es nur jemand tun konnte, der von klein auf mit Kampfkunsttraining aufgewachsen war. Schnell und präzise. Nicht eine Sekunde lang hatte ich das Gefühl, ihr gewachsen zu sein. Nach einer guten halben Stunde machten wir eine kurze Verschnaufpause; ich trank ein Glas Wasser. Als wir wieder anfingen, war meine Haut ganz weich, die ersten blauen Flecke zeigten sich und jeder Muskel zitterte. Es war schön, tiefer und fokussierter. Mein Gesicht wurde von einem Hass verzerrt, der mir ganz neu war; er schien mir überproportional für meine Spezies. Das war das Gegenteil eines Raubüberfalls. Ich war jeden Tag meines Lebens überfallen und ausgeraubt worden, das war der erste Tag, an dem ich mich wehrte. Am Ende drückte sie mir zweimal schnell hintereinander die Hand: gutes Spiel.

Ich schwirrte von Meeting zu Meeting mit einem wunden, schmerzenden Gefühl, das mich heiter und ausgelassen machte; alle fanden das. Das Organisieren der alljährlichen Benefizparty für Kick It war normalerweise so stressig, dass ich es einfach irgendwie hinter mich brachte, ohne Rücksicht auf Verluste. Aber jetzt war alles anders – als Jim den dämlichen Vorschlag machte, eine Live-Band zu engagieren statt eines DJs, sagte ich: »Interessante Idee!« und weiter nichts. Später kam ich noch einmal darauf zurück und stellte ihm ein paar freundliche Fragen, und plötzlich änderte er seine Meinung. »Bist du sicher? Das klang nach einer super Idee«, sagte ich und tat, als würde ich unsichtbare

Maracas spielen, womit ich es dann vielleicht doch etwas zu weit trieb. Aber das war mein wahres Ich, irgendetwas in dieser Größenordnung. Wenn ich lachte, war es das tiefe Glucksen einer weisen Frau, keine Hysterie, keine Panik.

Aber wie lange würde es andauern? Bis zum Mittag hatten meine Arme und Beine aufgehört zu pulsieren; sie war viel zu geschickt, um mir echte Verletzungen zuzufügen. Gegen Abend ging ich in eine der Toilettenkabinen und schluckte probehalber – mein Kloß im Hals war noch nicht wieder da, aber diese Leichtigkeit, hatte ich die noch? Ich spannte die Schultern an, ließ den Kopf sinken und versuchte, Ängste unter der Oberfläche hervorzulocken. Der chaotische Zustand des Hauses … halb so schlimm. Phillip? Er wollte meinen Segen – meinen! Kubelko Bondy? Mein Blick fiel auf den grauen Linoleumboden, und ich fragte mich, wie viele andere Frauen schon auf dieser Toilette gesessen und diesen Boden angestarrt hatten. Jede einzelne im Zentrum ihrer eigenen Welt, jede mit der Sehnsucht nach jemandem, in den sie ihre Liebe legen konnte, um zu sehen, dass sie sie hatte. *Ach Kubelko, mein Junge, es ist so lange her, seit ich dich in den Armen gehalten habe.* Ich stützte die Ellbogen auf die Knie und ließ meinen schweren Kopf in die Hände sinken.

Es war also schön, ohne sie das innerliche Nachbeben zu genießen, doch bald darauf wurde es Zeit, wieder zu kämpfen. Jetzt, wo der Kloß in meinem Hals weicher geworden war, nahm ich meinen Körper ganz neu wahr. Er war steif und ungelenk und als Hülle nicht sehr angenehm; das war mir nie aufgefallen, weil ich keinen Vergleich gehabt hatte. In dieser Woche taten wir es jeden Morgen, bevor sie zur Arbeit ging. Am Samstag ging ich danach sofort nach draußen; sobald ich diese Lockerheit und dieses Kribbeln überall spürte, wollte ich nicht mehr in ihrer Nähe sein – wir hatten einander nichts zu sagen. Ich kaufte mir eine korallrote Bluse, von der ich glaubte, Phillip würde sie toll finden, und behielt sie direkt an. Ich ließ mir die Haare schneiden. In der Stadt drehten sich entweder viele Leute nach mir um, oder ich huschte an vielen Leuten vorbei, die sich zufällig gerade umdrehten. Ich aß ein Gebäckstück aus weißem Mehl und Industriezucker und sah dem Pärchen neben mir zu, wie sie einander mit Omelette fütterten. Kaum zu glauben, dass sie Erwachsenenspiele spielten, aber höchstwahrscheinlich taten sie es, sicher mit ihren Kollegen und Verwandten. Wie sahen die Spiele anderer Leute aus? Vielleicht gab es ein paar Mütter und Väter, die so taten, als wären sie die Kinder ihrer Kinder, und alles durcheinanderbrachten. Oder vielleicht wurde die eine oder andere Witwe ihr eigener verstorbener Mann und verlangte von allen Vergeltung. Das alles war sehr persönlich; kein Spiel ergab für irgendjemanden sonst einen Sinn. Ich sah äußerlich teilnahmslose Männer und Frauen in Autos vorbeisausen. Ich bezweifelte, dass sie alle schriftliche Verträge hatten wie Ruth-Anne, aber manche sicher schon. Einige hatten bestimmt sogar mehrere. Manche Verträge waren für nichtig erklärt oder übertragen worden. Die Menschen hier draußen genossen das Leben, mich eingeschlossen. Ich winkte einen Kellner herbei und bestellte einen teuren Saftcocktail, obwohl es gratis Wasser zum gratis Nachschenken gab. Fühlte ich mich immer noch gelöst? Ja. Ließ es nach? Nur ein bisschen. Ich hatte noch ein paar Stunden.

Es war schon dunkel, als ich in die Einfahrt fuhr. Sie stand schon auf der Veranda; ich kam nicht mal dazu, meine Handtasche abzustellen. Sie knallte die Tür hinter mir zu, stürzte sich auf mich und drückte mit zunehmender Kraft auf meine Schultern. Meine Beine gaben nach, ich sank auf

Hände und Knie, und meine Schlüssel fielen klirrend zu Boden.

Aber an den meisten Abenden taten wir nichts. Ich kochte, badete und las im Bett; sie telefonierte, sah fern und wärmte sich ihre Tiefkühlgerichte auf. Wir ignorierten einander, waren erfüllt und spürten es gären. Phillip schrieb SMS (KIRSTEN MÖCHTE DEIN OKAY FÜR ORALSEX. ???! LASS DIR ZEIT. WARTE AUF GRÜNES LICHT VON DIR) und ich spürte keine Feindseligkeit. Ach, Kirsten. Vielleicht war sie in den letzten hunderttausend Leben unsere Katze gewesen, hatte immer auf dem Bett gesessen, war über die Decken getapst und hatte uns zugesehen. Glückwunsch, Kätzchen, diesmal bist du die Freundin – aber das Sagen habe immer noch ich. Ich fühlte mich geschmeidig und großzügig. Phillip musste gerade etwas mit sich ausmachen – so würde ich es einer engen Freundin erzählen, im Vertrauen. Ich hatte ihm erlaubt, eine Affäre mit einer jüngeren Frau zu haben.

Du bist so tapfer, du hast so viel Vertrauen.

Ach, das ist doch ein Klacks. Wir haben Feuer und Regen gesehen, würde ich antworten und das Lied zitieren.

Es war natürlich eher eine Prä-Affäre, da wir noch gar nicht zusammen waren, jedenfalls nicht im traditionellen Sinne, nicht in diesem Leben. Und das mit dem Feuer und dem Regen, das musste erst noch kommen. Außerdem: keine engen Freunde, denen ich etwas im Vertrauen erzählen konnte. Aber ich sah nicht mehr weg, wenn der Postbote kam, und winkte meinem Nachbarn zu. Ich fing sogar ein Gespräch mit Rick an, der in diesen Spezialschuhen herumlief, die den Rasen durchlöcherten.

»Ich würde Ihnen gern etwas zahlen«, verkündete ich, »für Ihre fleißige Arbeit.« Es war verschwenderisch, aber warum nicht.

»Nein, nein. Ihr Garten ist mein Lohn. Ich brauche einen Ort für meinen grünen Daumen.« Er streckte den Daumen hoch und sah ihn liebevoll an, doch dann verdüsterte sich sein Gesichtsausdruck, als würde er sich an irgendetwas Unangenehmes erinnern. Er holte tief Luft. »Ich habe letzte Woche Ihre Mülltonnen rausgestellt.«

»Danke«, sagte ich lachend. »Das war eine große Hilfe.« Es war tatsächlich eine große Hilfe, ich log nicht einmal. »Wenn es Ihnen nichts ausmacht, könnten Sie das jede Woche tun.«

»Das wäre kein Problem«, sagte er leise, »aber ich arbeite dienstags normalerweise nicht.« Nervös sah er mich an. »Der Müll wird am Mittwoch abgeholt. Ich komme normalerweise donnerstags. Wenn Sie in Gefahr sind, sagen Sie es mir bitte, ich beschütze Sie.«

Irgendetwas Schlimmes passierte gerade, oder war schon passiert. Ich pflückte einen Grashalm.

»Warum waren Sie an einem Dienstag da?«

»Ich hatte Sie doch gefragt, ob es in Ordnung wäre, wenn ich diesen Monat in der dritten Woche am Dienstag käme statt am Donnerstag. Erinnern Sie sich?« Er blickte jetzt zu Boden, das Gesicht rot.

»Ja.«

»Ich musste zur Toilette. Ich habe hinten geklopft, bevor ich reingekommen bin, aber es hat mich keiner gehört. Egal, das ist Ihre Privatangelegenheit.«

Dienstag. Was hatten wir am Dienstag gemacht? Vielleicht nichts. Vielleicht hatte er gar nichts gesehen.

»Schnecken«, sagte Rick.

Dienstag war der Morgen gewesen, an dem sie mich auf dem Boden in eine Ecke gedrängt hatte. Ich hatte mich aus einer defensiven Kauerstellung heraus gewehrt, den breiten Hintern in die Luft gestreckt.

»Ich brauche Schnecken.« Er versuchte, das Thema zu wechseln. »Für den Garten. Diese afrikanischen – sie durchlüften das Erdreich.«

Wenn wir ihn nicht gehört hatten, dann nur deshalb, weil Clee mich angeschrien und verbal schikaniert hatte.

»Ich bin nicht in Gefahr, Rick. Es ist nicht, wie Sie denken, ganz im Gegenteil«, sagte ich.

»Ja, verstehe. Sie ist Ihre … das ist Ihre Privatangelegenheit.«

»Nein, keineswegs, nein, nein …«

Er trippelte von mir weg und durchlöcherte weiter mit seinen Spezialschuhen den Rasen.

»Das ist ein Spiel!«, sagte ich flehend und lief ihm nach. »Ich tue das für meine Gesundheit! Ich gehe zu einer Heilpraktikerin.« Er ließ den Blick konzentriert durch den Garten schweifen und tat, als würde er mich nicht hören.

»Höchstens vier oder fünf«, rief er, »das reicht.«

»Ich besorge sieben. Oder ein Dutzend. Oder dreizehn – wie wär's mit dreizehn?« Er schlurfte an der Hauswand entlang zur Straße. »Einhundert Schnecken!«, rief ich. Aber er war schon weg.

Auf einmal war ich gehemmt. Wenn Clee mir im Flur die Hand auf den Mund drückte und mir an die Kehle ging, konnte ich mich nicht wehren, weil ich sie nicht anfassen wollte. Jeder rohe Impuls kam mit einer gewissen Verzögerung – ich sah uns mit den Augen des obdachlosen Gärtners und fühlte mich unanständig. Er stand außerhalb der Gesellschaft und wusste nichts über Erwachsenenspiele; er war wie ich, bevor ich Ruth-Anne kennenlernte, nahm alles im Leben für bare Münze. Am nächsten Morgen ging ich früh aus dem Haus, doch sie zu meiden, zog andere Probleme nach sich. Ein Kopfschmerz in Migränestärke erblühte; mein Hals pulsierte bedrohlich. Gegen Mittag dachte ich fieberhaft über eine nüchternere Art zu kämpfen nach, irgendwas Organisiertes und Respektables, weniger Rauschhaftes. Boxhandschuhe? Nein, aber das brachte mich auf eine andere Idee.

Ich taumelte auf die Straße und ging hinunter zu unserem Lager; Kristof half mir, unsere alten Bestände zu durchforsten.

»Suchst du Videokassetten?«

»Wann haben wir mit den Szenarios aufgehört? 2000?«

»Szenarios?«

»Na ja, eine Frau sitzt auf einer Parkbank und solche Sachen. Vor Selbstverteidigung als Fitnesstraining.«

»Die hier sind alle vor 2002 entstanden. Willst du was für das zwanzigste Jubiläum zusammenstellen?«

»Ja?«

»Hier sind ein paar von '96, '97 – sind die okay?«

Kampf mit Köpfchen (1996) begann mit einer Übergriffssimulation mit dem Titel »Ein Nachmittag im Park«. Eine Frau in Espadrilles setzt sich auf eine Parkbank, reibt sich die Arme mit Sonnencreme ein, nimmt eine Sonnenbrille aus der Handtasche und schlägt eine Zeitung auf.

Ich schob Clees lila Schlafsack beiseite und setzte mich auf die Couch, neben mir meine Handtasche. Ich nahm die Sonnencreme heraus. Clee beobachtete mich von der Küche aus.

»Was machst du?«

Langsam verrieb ich den letzten Rest Creme und zog meine Sonnenbrille heraus.

»Kurz nachdem ich die Zeitung rausgeholt habe, greifst

du an«, flüsterte ich. Ich schlug die Zeitung auf und gähnte wie die Frau im Video, ein bisschen theatralisch. Sie hieß Dana irgendwas und unterrichtete damals immer an den Wochenenden. Sie hatte weder den Sixpack noch das Charisma ihrer Nachfolgerin, Shamira Tye; ich glaube, wir hatten ihr nicht einmal etwas gezahlt. Clee zögerte, dann setzte sie sich neben mich. Sie legte mir früher den Arm um die Schulter, als der Angreifer auf dem Video es getan hatte, aber sie grapschte mir ebenfalls an die Brust, also versetzte ich ihr wie Dana einen Stoß mit dem Ellbogen und schrie: »Nein!«

Sie versuchte mich auf den Boden zu ziehen, was nicht in dieser Simulation vorkam, sondern in der nächsten, deshalb spulte ich vor.

»Nein, nein, nein!«, schrie ich und tat, als würde ich ihr das Knie in den Schritt rammen. Ich sprang auf und lief weg. Weil nicht viel Platz war, rannte ich ein paar Sekunden auf der Stelle, das Gesicht zur Wand gerichtet, und dann noch ein wenig länger, um das Umdrehen hinauszuzögern. Die ganze Aufführung war ziemlich lächerlich. Ich nahm die Sonnenbrille ab und sah sie an. Sie gab mir die Zeitung.

»Noch mal.«

Wir wiederholten es noch zwei Mal, dann versuchte ich, mit ihr Schritt für Schritt Lektion 2 »Häusliche Fallen« durchzugehen, die in einer Küche stattfindet. Ich kam mir ziemlich albern vor, als ich so tat, als würde ich die Fäuste schwingen, aber Clee schien es nichts auszumachen, dass wir nicht richtig kämpften; sie grinste höhnisch und schikanierte mich mit einer neuen, großspurigen Art, die irgendwie an ein Gangmitglied erinnerte. Danas Angreifer in dem Video trug ein umgedrehtes Basecap und sagte Sachen wie: *Hey, Püppchen* oder *Komm her, Süße.* In Lektion 3 »Ein ungewöhnlicher Vorfall auf dem Weg zur Haustür« gurrte er aus dem Dunkel: *Yum, yum, yum.* Clee sagte natürlich nichts von alledem, aber indem ich wie Dana zusammenzuckte und ihren verängstigen Blick nachahmte, konnte ich sie dazu bringen, dass sie mich in etwa so wie er blockte, und Clee wusste intuitiv genau, was sie zu tun hatte – noch bevor sie fünf war, hatte sie Hunderte solcher Dokumentationen gesehen.

Nach einer Stunde waren wir erschöpft, aber frei von Blutergüssen. Sie drückte mir zweimal die Hand und sah mich lange und eigenartig an, bevor wir wieder getrennter Wege gingen. Ich schloss die Schlafzimmertür und ließ den Kopf kreisen. Meine Migräne war wie weggeblasen, mein Hals weich. Ich fühlte mich zwar nicht euphorisch, aber ich wusste: Das könnte funktionieren. Hätte Rick doch nur »Häusliche Fallen« gesehen statt dem, was wir vorher gemacht hatten. Das hier war harmlos, die Rekonstruktion einer Simulation dessen, was einer Frau zustoßen konnte, wenn sie nicht aufpasste.

Während Clee bei der Arbeit war, lernte ich den Rest von *Kampf mit Köpfchen.* Für Lektion 4 »Selbstverteidigung am Steuer« brauchte man ein Sofa und einen Autoschlüssel. »Gang Defense – eine gegen viele« war zu kompliziert, deshalb übersprang ich es. »Eine Frau fragt nach dem Weg« war ein Quickie, mein Text bestand nur aus einer Frage: »Können Sie mir sagen, wo die nächste Drogerie ist?« Für den Abschluss bat mich Dana, meinen eigenen AB anzurufen, zehnmal so laut wie möglich ›Nein‹ zu schreien und es mir dann anzuhören.

»Donnerwetter!«, sagte sie. »Wer ist diese Furcht einflößende Frau auf Ihrem Anrufbeantworter? Das sind *Sie.*« Ich übte nicht nur die Tritte und Handgriffe, sondern auch sämtliche Dialoge und Inszenierungen. Dana spielte die Szenarien mit Leib und Seele; Schock, Angst, Wut – sie demonstrierte nicht nur, was zu tun war, sondern auch, was man fühlen sollte. Meine Lieblingsmomente waren die kurz vor dem Angriff – sich auf der Parkbank räkeln, lässig zur Haustür schlendern. Mein Haar hing mir lang und schwer in den Rücken, und ich wippte ein wenig mit den Hüften in dem Wissen, dass ich beobachtet wurde, dass man es gar auf mich abgesehen hatte. Es war interessant, diese Frau zu sein, so unbefangen und ungeschützt, so feminin. Dana hätte richtig Karriere machen können, wenn sie solche Videos für alle Gelegenheiten gedreht hätte – aufwachen, ans Telefon gehen, das Haus verlassen; eine Frau hätte sich dann Schritt für Schritt von Dana abschauen können, wie sie sich verhalten sollte, wenn sie gerade *nicht* angegriffen wurde, wie sie sich die restliche Zeit fühlen sollte.

Die letzten drei Lektionen waren etwas verstörend; kein Wunder, dass Open Palm mit dieser Serie nie einen Cent verdient hatte. Dana bittet die Zuschauerin, ein paar Haushaltsgegenstände zusammenzusuchen – einen Fußball, einen Kopfkissenbezug und ein Gummiseil – und daraus eine Kopfattrappe zu basteln. »Bei dem Ball federt es mehr, als wenn ihr gegen einen echten Kopf treten würdet, aber er gibt schon etwas nach, darauf solltet ihr vorbereitet sein. So ein Schädel ist weicher, als man denkt.« Bei Lektion 10 »Gnade und Gnade für Fortgeschrittene« fragte ich mich allmählich, ob sich irgendjemand von uns das Video je bis zum Ende angesehen hatte; Dana machte jetzt offenbar, was sie wollte. Den Stöckelabsatz auf dem Fußball, zählte sie Gründe auf, jemanden vielleicht doch am Leben zu lassen. »Vielleicht hat er kleine Kinder. Oder ein Haustier, das höchstwahrscheinlich nicht vermittelbar wäre – einen stinkenden alten Hund ohne Zähne zum Beispiel. Möchten Sie einen Hund umbringen, indem Sie sein Herrchen umbringen? Fragen Sie vielleicht, ob derjenige ein Haustier hat, und wenn ja, bitten Sie um ein Foto oder lassen sich den Gesundheitszustand beschreiben. Zu guter Letzt: religiöse Gründe. Diese sind persönlich und würden den Rahmen dieses Videos sprengen, aber in manchen Religionen ist das Töten grundsätzlich nicht erlaubt, nicht einmal zu Selbstverteidigungszwecken. Falls Sie unsicher sind, wenden Sie sich an Ihre örtliche Kirchengemeinde, Synagoge oder Moschee.«

Am nächsten Morgen holte ich tief Luft, dann ging ich zum Sofa, auf dem Clee saß. Ich wollte sie etwas fragen.

»Können Sie mir sagen, ähm, wo die nächste Drogerie ist?«

Für einen kurzen Augenblick blinzelte sie verwirrt. Dann blähte sie das rechte Nasenloch auf, und ihr Blick wurde hart.

»Ja, klar«, sagte sie und stand langsam auf. Was zwar nicht der richtige Text war, aber ziemlich dicht dran.

Ich probte die Szenarios jeden Nachmittag, während sie bei der Arbeit war, und begann sie morgens, bevor sie ging. Ein paar Tage lang fand ich es aufregend, ihr eins nach dem anderen zu zeigen, als wäre es gerade meinem eigenen kreativen Geist entsprungen. Aber bald war es frustrierend, wenn Clee Dinge tat und sagte, die überhaupt nicht zu Danas Angreifer passten. Es wäre viel leichter gewesen, wenn sie sich einfach die Videos angesehen und ihren Part auswendig gelernt hätte. Eines Morgens, während sie schlief, legte ich ihr *Kampf mit Köpfchen* auf den Couchtisch. Ich tat es, ohne groß nachzudenken, stieg in den Wagen und fuhr los. An einer roten Ampel holte ich tief Luft und erstarrte. Was hatte ich bloß getan? Sobald sie das Video einlegte, wusste sie, dass ich vor dem Fernseher Bewegungen einstudiert hatte und meinen Text gelernt hatte, so als wäre mir das hier wirklich wichtig. Meine Wangen glühten vor Scham – ich war durchschaut, jetzt würde sie erkennen, wer ich wirklich war. Eine Frau, die ihre Weiblichkeit bloß von einer anderen Frau kopiert hatte.

»Fühl mal, meine Stirn«, sagte ich zu Jim. »Ist die eine Million Grad heiß?«

»Nein, heiß nicht, aber feucht. Und du siehst blass aus.«

Ich sah sie vor mir, wie sie auf der Couch saß und auf der Fernbedienung auf Play drückte. Jede Geste, jeder Schrei, jeder wütende Blick und jedes Knurren, das ich in der letzten Woche von mir gegeben hatte, stammte von Dana. *Wer bist du?*, würde sie mit Berechtigung fragen. *Bist du Dana? Weißt du überhaupt, wer du bist? Nein,* würde ich schluchzen, *Nein, ich weiß es nicht.* Jim brachte mir ein Thermometer.

»Das ist so eins, was man ins Ohr steckt. Oder willst du einfach nach Hause fahren?«

»Nein, nein. Nach Hause kann ich nicht.« Ich legte mich auf den Fußboden. Gegen Mittag schickte Phillip eine SMS, einfach nur ein Fragezeichen und ein Emoticon, eine kleine Uhr. Er wartete jetzt schon fast zwei Monate. Vor nur zwei Monaten hatte ich ein friedliches, geordnetes Leben gehabt. Ich drehte mich auf den Bauch und betete, dass er mich aus dieser Situation befreien würde, in die ich mich hineinmanövriert hatte. Was wäre wohl das Emoticon für *Nimm mich mit in dein Penthouse und sorge für mich wie ein Ehemann?* Jim legte mir ein nasses Papierhandtuch auf die Stirn.

Gegen sieben bat mich Nakako, die Alarmanlage einzuschalten, wenn ich gehe. »Du kennst doch den Code, oder?« Ich stand mühsam vom Boden auf, wankte mit ihr zusammen zum Ausgang und fuhr zitternd nach Hause. Ich parkte in der Einfahrt, zwang mich auszusteigen und wappnete mich für Spott und Hohn.

Doch auf dem Weg zur Haustür geschah etwas Seltsames.

»Yum, yum, yum«, sagte eine Stimme im Dunkeln. Sie kam aus dem Gebüsch hervorstolziert, verstellte mir den Weg und legte eine Hand auf meinen Po. Sie trug ein umgedrehtes schwarzes Basecap.

»Geh weg!«, brüllte ich, und sie zögerte genau eine, zwei, drei Sekunden, bevor sie sich auf mich stürzte. Die nächsten fünf Minuten bewiesen, dass es den Nachbarn egal war, ob ich lebte oder starb.

Als ich es endlich zur Tür geschafft hatte, schloss ich sie hinter mir und berührte lächelnd meine Wangen. Natürlich waren keine echten Tränen darauf, aber ich war enorm gerührt. Sie musste die Szene den ganzen Tag vor dem Fernseher einstudiert haben. Im Zorn bekämpfen kann man sich mit jedem beliebigen Gegner, aber das hier war etwas Seltenes. Ich musste an das Weihnachtsfußballspiel zwischen feindlichen Soldaten im Ersten oder Zweiten Weltkrieg denken. Sie widerte mich immer noch an, und ich würde in der Schlacht am nächsten Tag trotzdem noch auf sie schießen, aber bis zum Sonnenuntergang spielten wir dieses Spiel.

Am nächsten Abend gingen wir der Reihe nach das ganze Video durch. »Gang Defense – eine gegen viele« war am verwirrendsten, weil es zwei böse Männer und noch einen weiteren mit Jeansjacke gab, der keinen Ärger wollte. »Hey«, sagte er zu den anderen. »Das ist uncool. Hauen wir ab.« Clee wechselte ohne Vorwarnung zwischen den drei Männern hin und her; ich musste andauernd unterbrechen, um mich neu zu orientieren.

»Was machst du?«, zischte sie. »Ich bin hier drüben.«

»Welcher bist du?«

Sie zögerte. Bis jetzt waren wir offiziell niemand anders gewesen als wir selbst, das Video hatten wir mit keinem Wort erwähnt.

»Ich bin der Erste«, sagte sie.

»Der mit der Jeansjacke?«

»Der erste fiese Typ.«

Es war die Art, wie sie dastand, als sie das sagte – die Füße weit auseinander, die großen Hände zum Schlag bereit in der Luft. Genau wie ein fieser Typ, so einer, der in ein verschlafenes Städtchen kommt und überall Ärger macht, bevor er wieder abzieht. Sie war nicht der erste fiese Typ, der mir begegnete, aber der erste mit langen blonden Haaren und einer pinkfarbenen Samthose. Sie ließ ungeduldig eine Kaugummiblase platzen.

Mühelos spielten wir den Rest der Szene durch und wiederholten sie dann noch zwei Mal. Es war wie Square Dancing oder Tennis, erzählte ich Ruth-Anne in der Woche darauf. »Wenn man die Schritte einmal beherrscht, geht es einem in Fleisch und Blut über – man kann dabei so richtig abschalten.«

»Wie würden Sie Ihr Vergnügen also beschreiben?«

»Ein bisschen mag ich das Theatralische, aber vor allem das Sportliche. Und das erstaunt mich selbst am allermeisten, weil ich nie gut in Sport war.«

»Und für Clee? Glauben Sie, dass sie es auch in erster Linie unter dem sportlichen Aspekt genießt?«

»Nein.« Ich senkte den Blick. Ich war eigentlich nicht die Richtige für so eine Einschätzung.

»Glauben Sie, es ist etwas anderes?«

»Für sie ist es möglicherweise kein Spiel, sondern real. Sie ist ›Misogynistin‹ oder so was. Das ist ihr Thema.« Ich beschrieb die wölfische Intensität, die sie bei den Simulationen überkam. »Das ist natürlich Ihr Gebiet, nicht meins. Glauben Sie, es könnte irgendwas Psychologisches sein?«

»Na ja, das ist ein weiter Begriff.«

»Aber zutreffend, oder?«

»Ja, schon«, sagte sie etwas widerwillig. Sie glaubte, ich wolle zwei Diagnosen zum Preis von einer.

»Sagen Sie nichts weiter«, wendete ich ein und hob die Hände. Um das Thema zu wechseln, zeigte ich auf die China-Imbiss-Behälter, die auf ihrem Schreibtisch aufgereiht waren und schwer aussahen. »Ist das alles von Ihnen?«

»Ich trinke viel Wasser«, sagte sie und tätschelte ihre Wasserflasche. »Nach Feierabend leere ich sie alle zusammen in der Toilette aus.«

»In der Toilette hier oder zu Hause?«

»Hier!«, sagte sie und lachte. »Können Sie sich das vorstellen? Wie ich ein Dutzend Behälter voll Urin und Stuhl nach Hause fahre? Igitt!«

Sie tat, als würde sie Auto fahren, und wir lachten darüber. Es war wirklich ein Bild für die Götter. Wenn wir zusammen lachten wie Freundinnen, wurde immer besonders deutlich, dass wir es nicht waren. Das hier war nicht das echte Lachen, das sie zu Hause lachte.

Sie fuhr weiter ihr imaginäres Auto, und ich berappte noch ein weiteres Glucksen. Warum hörte sie nicht auf?

»Und wenn es für sie real ist, was dann?«, sagte sie und ließ plötzlich die Hände fallen. »Reales kommt und geht und ist eigentlich uninteressant.«

6. KAPITEL

Die Open-Palm-Benefizgala ist jedes Jahr ein Riesenaufwand und wirft nicht einmal viel ab, aber wenn ich mich dafür anziehe, ist mir immer leicht schwindelig, weil ich weiß, dass Phillip sich auch gerade anzieht. Wenn es ein Film wäre, würde die Szene immer zwischen ihm und mir hin und her wechseln: Ich ziehe mir die Strumpfhose hoch – Phillip poliert seine Schuhe – ich bürste mir das Haar und so weiter. Früher war es die einzige Gelegenheit, bei der ich ihn außerhalb des Büros sah, und jetzt konnte ich sagen: *Er schreibt mir andauernd SMS*, und es war nicht einmal gelogen. Wenn er mich in meiner neuen korallroten Bluse sah, waren ihm die SMS dann vielleicht peinlich oder er schämte sich dafür. »Hey, sieh mich an«, würde ich sagen und auf meine Augen zeigen. »Für Scham ist in dieser Beziehung kein Platz, okay?« Würde er mich dann an meiner Bauernmarktkette, die ich heute wieder trug, zu sich heranziehen? Und was würde dann passieren? Dann müsste Clee mit irgendjemand anders nach Hause fahren, ich wäre dann anderweitig beschäftigt. Ich würde es ihr sagen, wenn sie aus der Dusche kam. Warum kam sie überhaupt mit? Das letzte Mal war sie als kleines Mädchen auf einer Open-Palm-Benefizgala gewesen und auf der Tanzfläche herumgetobt.

Als sie aus dem Bad gestampft kam, änderte ich meine Meinung; sie brauchte eine Aufpasserin. Ihr Top zwang einen förmlich hinzusehen, ob man wollte oder nicht. Es bestand nur aus zwei schwarzen Stücken Stoff, die von einem riesigen goldenen Ring zusammengehalten wurden – kein Outfit, in dem man jemanden guten Gewissens allein nach Hause schicken konnte. Notfalls konnte ich sie auf dem Weg zu Phillip hier absetzen.

»Gibt es dort auch was zu trinken?«, fragte sie auf der Fahrt zur Presbyterian Fellowship Hall. Ihre stinkenden Füße lagen auf dem Armaturenbrett; sie hatte ein Paar mörderisch hoher High Heels mit jeder Menge Riemchen und Schnallen ausgegraben.

»Nichts Alkoholisches. Ist sicher eher langweilig für dich.« Statt ihrer Jogginghose trug sie jetzt sehr, sehr enge Jeans. Bei Jeans musste ich an Kirsten denken. Er würde es nicht wagen, sie mitzubringen.

»Schon okay. Jim hat was für mich.«

»Jim von Open Palm? Er bringt dir Alkohol mit?«

»Nein, was anderes. Siehst du dann schon.«

Den Rest der Fahrt schwiegen wir.

Suzanne und Carl umarmten ihre Tochter, und Clee überraschte mich und machte mit. Ich stand neben der langen Dreierumarmung wie ein Bodyguard oder eine Dozentin.

»Cheryl!«, kreischte Suzanne, als sie sich lösten. »Was ist mit deinen Beinen passiert?«

Wir alle blickten hinunter auf meine Waden. Sie waren voller blauer Flecken, von unseren Kämpfen nach der alten Methode.

Phillip war noch nicht da. Die Mädchen von Kick It zeigten eine Selbstverteidigungs-Show zu Rapmusik, danach legte ein DJ auf. Ich fragte ihn, ob es nicht ein klein wenig zu laut sei.

»Ich find's noch zu leise«, schrie er und drückte dabei mit einer Hand einen Kopfhörer ans Ohr.

»Dann bitte nicht lauter drehen.«

»Was?«

»Es ist perfekt, so wie es ist!« Ich schloss Daumen und Zeigefinger zu einem Kreis und hob die Hand.

Während uns der Caterer ein Problem mit der Kaffeemaschine erklärte, beobachtete ich, wie Clee mit den Kick-It-Mädchen redete. Sie waren angezogen wie sie, und einige kannte sie offenbar – wahrscheinlich die Töchter von Freunden ihrer Eltern. Ich versuchte mir vorzustellen, wie sie mit einer von ihnen Szenarios durchspielte, der mit dem braunen Pony zum Beispiel, die Clee etwas auf ihrem Handy zeigte.

»Sollen wir jetzt also weniger Kaffee servieren? Oder ihn verdünnen?«

»Servieren Sie weniger.«

Es war undenkbar – das Mädchen mit dem braunen Pony war bloß ein kleines Mädchen. Wenn Clee von Zeit zu Zeit kurz zu mir herüberschaute, sah ich weg. Es war beunruhigend, sie in der Öffentlichkeit zu sehen, mit ihren Eltern. Der DJ spielte einen Song, auf den alle abfuhren, und die Mädchen rannten mit hochgerissenen Armen auf die Tanzfläche. Sie tanzten eine Art Hip-Hop, und Carl spielte den Clown und wackelte absichtlich trottelig zwischen ihnen herum. Als er mich entdeckte, winkte er mich zu sich, und ich hielt mir die Hand unters Kinn, um ihm zu bedeuten, dass ich bis zum Hals in organisatorischen Verpflichtungen steckte. Er schwang ein unsichtbares Lasso und warf es nach mir. Weil alle zuguckten, ließ ich mich auf die Tanzfläche ziehen. Clee warf einen kurzen Blick auf meine Hüften in dem knitterigen Ethno-Rock und drehte sich angewidert um. Ich schnipste ein wenig mit den Fingern, um zu zeigen, dass ich mich prächtig amüsierte, und beobachtete die Mädchen bei ihren Bewegungen, die eher in einen Strip-Klub gepasst hätten als auf einen Benefizabend für eine Selbstverteidigungs-Organisation. Sie trugen alle High Heels – nicht eine von ihnen hätte vor einem Angreifer fliehen können, ganz zu schweigen davon, was sie ihren Füßen antaten. »Holla«, riefen sie immer wieder, »holla!« War das überhaupt ein Wort? Oder hieß es Hölle? Die Leute sahen mich komisch an, wahrscheinlich war ich nicht »im Beat« oder was auch immer. Wo war Phillip? Irgendjemand rempelte mich an, und als ich mich umdrehte, um denjenigen böse anzugucken, war es Clee. Sie tat es noch einmal, so als könnten wir hier und jetzt kämpfen und uns auf dem Boden wälzen. Oder vielleicht war es auch nur ihre Art zu tanzen. Sie rempelte mich noch einmal an und legte mir diesmal von hinten locker die Hand auf den Bauch, sodass wir einen gemeinsamen Rhythmus finden mussten. Ich sah mich um und merkte, dass das tatsächlich ein Tanz war; eine Menge Leute tanzten so. Ich sah ihr Gesicht zwar nicht, aber ich wusste genau, dass sie das witzig fand, sie wollte die anderen Mädchen zum Lachen bringen. Und hey, es war ja nicht so, als würde ich keinen Spaß verstehen, für eine Minute, aber der Song ging immer weiter und weiter, und ich fühlte mich ziemlich fehl am Platz. Suzannes Gesicht nach zu urteilen, sah sie das genauso. Mit einem kleinen Shimmy befreite ich mich. Mein Handy vibrierte in meiner Tasche.

Phillip. Kirsten kam in dieser SMS nicht vor. Sie bezog sich ausschließlich auf mich und offenbarte unmissverständlich seine wahren Gefühle für mich.

HABE SPENDE ÜBERWIESEN – BITTE SCHICK MIR BEI GELEGENHEIT EINE QUITTG.

Eine langweilige, anständige SMS an eine langweilige, anständige Frau. Wir waren nie ein Paar gewesen, weder auf irgendeiner Ebene noch in irgendeinem anderen Leben. Doch Moment – mein Telefon vibrierte noch einmal. Vielleicht war es nur Spaß, und diese SMS lautete jetzt *War nur Spaß*.

HOFFE DER HEUTIGE ABEND WIRD EIN RIESENERFOLG!

Nett – das Einzige, was noch schlimmer war als langweilig. Ich hatte zu lange mit meiner Entscheidung gewartet, und das war die Strafe. Bei der wummernden Musik war es nicht so einfach zu tippen. Ich benutzte nur Großbuchstaben, genau wie er, und schrie in die Nacht.

STEHE KURZ VOR DER ENTSCHEIDUNG!

Ich starrte das Telefon an und wartete. Keine Antwort.

:-), fügte ich hinzu.

Ich wartete weitere zwanzig Minuten. Keine Antwort. Grimmig blickte ich auf das Meer aus tanzenden Menschen. Es war Zeit zu gehen. Mit dem Rest kam Jim allein zurecht. Als ich Clee sagte, ich wolle aufbrechen, verließ sie zu meinem Erstaunen sofort die Tanzfläche.

»Warte kurz, ich muss Jim suchen.«

Jim trug irgendetwas hinaus in meinen Kofferraum. Er fragte Clee, was sie damit vorhabe, und sie zuckte die Achseln. Es war in ein geblümtes Bettlaken eingewickelt. Im Rückspiegel sah es aus, als würde es sich bewegen.

»Was ist das?«

»Siehst du gleich«, sagte Clee.

Sie nahm es mit ins Bad. Ein paar Minuten darauf spürte ich eine Hand auf der Schulter. Sie trug einen Ganzkörper-Boxanzug aus Schaumstoff. So etwas hatte ich zuletzt Ende der Neunziger gesehen – den riesigen Kopf und die Handschuhe, die Schulterpads und den Genitalschutz zwischen den Beinen. Ohne Vorwarnung stürzte sie sich auf mich, kein Drehbuch. Es war, als würde ich von einem Monster verprügelt, von irgendetwas aus einem Albtraum. Ich vergaß die Simulationen und kämpfte, als ginge es um Leben und Tod. Keine Gnade und auch keine Gnade für Fortgeschrittene, nur Blut. Ich boxte Phillip gegen seinen halb kahlen Schädel und Kirsten in ihren flachen Bauch, ich schlug die beiden regelrecht zusammen, hämmerte mit Fäusten auf sie ein wie auf eine Tür.

»Whoa, whoa, whoa«, sagte sie und hielt meine Arme fest, »langsam.«

Ich zügelte mich etwas.

Clee, beinahe reglos, tat jetzt eigentlich nicht viel mehr, als ihren gepolsterten Körper gegen meinen zu pressen. Meine langsamen Faustschläge hatten etwas von Tai-Chi. Nach einer Weile drückte mich das Alien mit dem riesigen Kopf einfach nur zu Boden. Oder umarmte mich. Eine seltsame Minute verging. Ich zählte bis siebzig, dann hustete ich. Sie taumelte nach hinten und zog den Schaumstoffkopf ab. Ihr Haar war zerzaust, ihr Gesicht rot und verschwitzt.

»Das war eine blöde Idee«, sagte sie. Kein Händedrücken.

Am nächsten Tag sagte Clee, sie habe die kommenden zwei Wochen Nachtschicht. Morgens schlich ich auf Zehenspitzen um sie herum und fuhr ins Büro, damit sie schlafen konnte. Fehlten ihr die Simulationen? Offenbar nicht. Ich konnte kaum schlafen oder arbeiten. Mein Handy war sehr stumm. Seit meiner Antwort steckten Phillip und ich in einer Sackgasse. Ich bereute den Smiley. Manchmal ging ich morgens um fünf Uhr, wenn sie nach Hause kam, ins Bad, um ihr zu zeigen, dass ich wach und verfügbar war, aber sie ignorierte mich und sah fern, ein T-Shirt seltsam um den Kopf geschlungen wie jemand, der sich in der Wüste verirrt hat. Oft hatte sie das Kissen auf dem Gesicht liegen, sodass ich nicht sicher sein konnte, ob sie sich in ihrem Schlafsack verkrochen hatte oder noch bei der Arbeit war. Einmal legte ich die Hand darauf, um nachzusehen, und sie fuhr hoch wie eine aufgeschreckte Mumie, mit verfilztem Haar und hektischem Blick.

»Entschuldige«, flüsterte ich. »Ich wusste nicht genau, ob du da drin bist.«

Sie starrte mich an und wartete, als müsste noch eine Erklärung folgen.

»Dein Schlafsack bläht sich manchmal so auf«, stammelte ich, »da sieht man nicht genau … deshalb wollte ich bloß …« Sie schob den Kopf wieder unter das Kissen.

Am Ende der zwei Wochen schlief sie von morgens bis abends durch und nahm dann eine nie enden wollende Dusche. Währenddessen kam eine SMS von Phillip: BADEWANNE. GEGENSEITIG EINGESEIFT, ABER SONST NICHTS. Und dann: IMMER NOCH KURZ VOR DER ENTSCHEIDUNG? Er wartete immer noch, wie sollte es anders sein. Aber ich war nicht erleichtert, sondern nur noch aufgeregter. Clees Dusche prasselte immer weiter. Mit einem Eimer ließe sich sicher leicht feststellen, wie viele Liter pro Minute durch die Dusche rauschten. Als sie das Wasser endlich abdrehte, sah ich auf die Uhr: fünfundvierzig Minuten. Wir hatten noch nie darüber gesprochen, die Nebenkosten aufzuteilen, aber vielleicht war es jetzt an der Zeit. Zwei Schecks, oder ich zahlte und sie gab mir die Hälfte dazu? Was war das für ein Geräusch? Der Föhn. Sie föhnte sich die Haare. Schließlich kam sie aus dem Bad, in einer Hose und einer glänzenden Bluse, das Haar warm und seidig. Die Füße hatte sie sich offenbar mit einer Anti-Pilzsalbe mit Mentholduft eingecremt. Falls sie ausging, wäre

»Ein Nachmittag im Park« ideal und auch nicht zu lang. Danach hätte ich das Haus für mich. Ich hängte mir die Handtasche über die Schulter, spazierte durchs Wohnzimmer und setzte mich schließlich auf die »Parkbank«. Sie warf einen Blick auf meine Handtasche.

»Gehst du aus?«

»Nein …«, antwortete ich vielsagend.

»Ich auch nicht.«

Es war ein langer Abend. Sie räumte das Wohnzimmer auf und spülte ihr Geschirr. Irgendwann sah ich sie mit schräg gelegtem Kopf vor dem Bücherregal stehen.

»Hast du ein Lieblingsbuch?«, fragte sie.

»Nein.« Alles, was sie tat, machte mich extrem nervös. Da der Fernseher aus war, gab es keinerlei Abgrenzung zwischen uns, keine Privatsphäre.

»Aber du hast sie alle gelesen?«

»Ja.«

»Hmmm.« Sie fuhr mit dem Finger über die Buchrücken und wartete auf eine Empfehlung. In ihrem glatten Haar steckte eine glitzernde Haarklammer. Ich hatte die ganze Zeit daraufgeblickt, ohne zu verstehen, was es war.

»Ist das …?« Ich zeigte auf die Haarklammer. »Ist das da ein Strassstein?« Es war überhaupt nicht ihr Stil – sie sah fast aus, als wäre sie zufällig da, wie ein kleiner Zweig.

»Was ist damit?«

»Nein, nichts. Ich war mir nur nicht sicher, ob du weißt, dass sie da ist.«

»Wie denn nicht? Ich hab sie ja offensichtlich da hingesteckt.« Sie rückte die Haarklammer zurecht und zog ein Buch mit dem Titel *Mipam* aus dem Regal.

»Das ist ein tibetischer Roman«, warnte ich sie. »Aus dem achtzehnten Jahrhundert.«

»Klingt interessant.«

Vorsichtig setzte sie sich auf die Couch, als wäre es nie etwas anderes gewesen als eine Couch, nie ihr Bett, eine Parkbank oder ein Auto. Das Buch lag offen in ihrem Schoß, und sie las oder tat so, als würde sie lesen. Nach einer Weile gab ich auf und ging ins Bett. Am nächsten Morgen trug sie wieder wie üblich ihre Jogginghose und ein Top.

»Meine Freundin Kate kommt zu Besuch«, sagte sie gleichgültig. »Sie schläft im Bügelzimmer.«

»Prima.« Aber es war alles andere als prima. Wie sollten wir irgendetwas machen, wenn ihre Freundin Kate hier war? Seit unserem letzten Szenario waren mehr als zwei Wochen vergangen. Der Kloß in meinem Hals war zwar noch nicht wieder da, aber ich fühlte mich am ganzen Körper steif und zum Zerreißen angespannt. Hätten wir es nur ein einziges Mal tun können, wäre mir egal gewesen, wer zu Besuch kam.

»Sie ist unterwegs«, sagte Clee. »Sie ist vor einer Stunde in Ojai losgefahren.«

Ich ging ins Bügelzimmer und bereitete das Gästebett vor. Ich stapelte die Handtücher und legte das zuckerfreie Minzbonbon darauf.

»Sie müsste jeden Moment da sein«, sagte sie.

Ich schüttete etwas Backnatron in den Abfluss der Spüle.

»Da ist sie, sie parkt ein«, sagte Clee. Sie stellte sich hinter mich. Ich drehte mich um. Wir sahen einander an. Sie lachte ein wenig und schüttelte ungläubig den Kopf. Was? Was musste ich tun, damit es losging? Ich fühlte mich wieder genau wie auf dem Benefizabend, so als gäbe es irgendeinen Hip-Hop-Trick, den alle kennen außer mir.

»Holla?«, fragte ich.

Sie runzelte verständnislos die Stirn. Es klingelte an der Tür.

Kate war eine kräftige Asiatin mit einem lauten Lachen und einem winzigen goldenen Kruzifix, das zwischen ihren Brüsten hing. Auf der Ladefläche ihres Pick-ups war ein seltsames Gefährt festgeschnallt. »Popo her«, sagte sie, als sie zur Tür hereinkam, und gab Clee einen Klaps auf den Hintern. Dann streckte sie selbst den Hintern heraus, und Clee revanchierte sich.

»Abklatschen auf unsere Art«, sagte Kate und kam mit einem breiten Lächeln auf mich zu. Ich hob die Hand, um ihr zu zeigen, dass ich die normale Version bevorzugte. Sie gab mir eine Tupperbox voll gekochter Spaghetti.

»Sie sollen nicht denken, Sie müssten mich mit durchfüttern, ich esse einfach das hier.«

Ich versteckte mich im Schlafzimmer, bis sie hinausgingen, um sich das Ding hinten auf Kates Pick-up anzusehen. Ich stellte den kleinen Tisch wieder auf, stöpselte meinen Computer ein und begann zu arbeiten. Ein entsetzliches Geräusch in der Hofeinfahrt ließ mich hochschrecken. Ich rannte hinaus auf die Terrasse und machte mich auf Qualm gefasst, aber Clee und Kate standen einfach nur neben dem Gefährt, das ohrenbetäubend im Leerlauf tuckerte, und unterhielten sich laut.

»Es ist wie ein normales Quad, nur überall erlaubt«, schrie Kate. Sie rauchte.

»Aber es hat nicht so viel PS wie ein normales Quad«, schrie Clee zurück.

»Doch, für seine Größe schon – sogar noch mehr. Wenn man es zu Normalgröße aufpumpen würde, hätte es sogar noch mehr PS.«

»Wenn man nur das Hinterteil aufpumpen würde, sähe es aus wie du.«

Sie lachten beide. Kate ließ ihren Zigarettenstummel in meine Einfahrt fallen.

»Ich hab so einen Riesenarsch.«

»Aber echt.«

»Sean gefällt er. Er sagt, er verirrt sich gern darin.«

»Ich dachte, ihr seid nicht mehr zusammen.«

»Sind wir auch nicht. Er kommt bloß vorbei, kriecht mir eine Weile in den Arsch und geht wieder.« Ich sah nach links und rechts und fragte mich, was die Nachbarn wohl von diesem Gespräch hielten. »Ehrlich gesagt, spüre ich kaum was von ihm, so groß ist er. Mein Dad hatte also recht?«

»Ja, sie ist eine echte Beebe. Nicht ganz so krass wie Mrs Beebe, aber schon krass.«

»Sie sieht auf jeden Fall so aus.«

War mit *sie* ich gemeint? Eine echte was?

Als ich die Treppe hinunterrannte und winkte, verstummten sie. Clee trat gegen einen der riesigen Reifen, dann sprang sie in den Sattel und düste mit einem markerschütternden Röhren davon. Am Ende der Straße hielt sie an, jauchzte laut auf und schrie irgendwas, das wir nicht verstanden.

»Wer ist Mrs Beebe?«

Kate nahm auf eigenartig gezierte Weise den Handrücken vor den Mund und lachte. Wahrscheinlich hatte sie eine winzige, gezierte Mutter.

»Sie haben das gehört? Oh Mist, wir haben doch bloß rumgealbert!« Sie sah mir ins Gesicht, um zu sehen, ob ich sauer war. »Clee ist echt okay. Sie spielt gern die Knallharte, aber eigentlich ist sie total weich, wenn man sie richtig kennenlernt. Ich nenn sie immer Prinzessin Butterblume.« Sie lachte nervös und drehte an dem Ring an ihrem kleinen Finger. »Ich glaube, Sie kennen meinen Dad. Er heißt Mark Kwon.«

Mark Kwon, der geschiedene Alkoholiker, mit dem Suzanne mich vor Jahren verkuppeln wollte. Das war ihr Dad. Kate Kwon.

Prinzessin Butterblume kam wieder auf uns zugeröhrt. »Voll abgefahren, das Teil!« Sie fuhr ein paar Mal im Kreis, dann sprang sie herunter. Kate klopfte auf den Sitz. »Du bist dran, Cheryl.«

»Nein danke. Ich glaube, ich habe nicht den richtigen Führerschein, um so was …«

Clee führte mich zu dem grotesken Gerät. »Schon mal Motorrad gefahren?«

»Nein.«

»Das hier ist noch einfacher. Steig mal drauf.«

Ich stieg auf.

»Hier ist das Gas, da die Bremse. Viel Spaß.«

So sachte ich konnte, trat ich aufs Gas. Kate und Clee sahen zu, wie ich ganz, ganz langsam vom Bordstein fuhr und dann wie eine Frau auf einer riesigen Schildkröte die Straße entlangrollte. Es war interessant, so hoch oben und nicht eingeschlossen zu sein. Ich hatte mich noch nie so mühelos durch meine eigene Straße bewegt. Die Häuser kamen mir nicht mehr bekannt vor, sie wirkten fast ausgebleicht. Der Motor übertönte alles andere; ich war in einer Lärmblase eingeschlossen. Ein Hund bellte lautlos, und eine junge Mutter mit einem Sonnenhut rieb die Gesichter zweier stumm schreiender Kleinkinder mit Sonnencreme ein. Als ich vorbeifuhr, hörten sie auf zu schreien. Zwillinge. Ich hatte sie noch nie zuvor gesehen. Außer, dass ich sie doch gesehen hatte.

Wo fährst du hin?, fragten sie unisono.

Die Straße runter, glaub ich.

Aber du kommst zu uns zurück?

Ja, nur nicht heute.

Sie wirkten niedergeschlagen, alle beide. Auf gewisse Weise beide Kubelko Bondy. Warum kreiste diese Seele schon so lange um mich herum? Blieb sie jung oder wurde sie ebenfalls älter? Und würde sie eines Tages aufgeben? Das war die falsche Frage – ganz offensichtlich würde ich irgendwann aufgeben. Es war bloß eine Angewohnheit, so wie andere Leute sich Nummernschilder merkten. Ein blöder Tick, mehr nicht. Ich trat beherzt aufs Gas, und mit einem kräftigen Satz nach vorn röhrte der Mini-Quad den nächsten Block entlang. Das Knattern des Motors fegte alles andere aus meinem Kopf. Was für eine magische Art der Fortbewegung! Ich hatte solche Fahrzeuge immer als Spielzeug für ungebildete Menschen betrachtet, denen die Umwelt völlig egal war, aber vielleicht stimmte das gar nicht. Vielleicht war das eine Art von Meditation. Ich fühlte mich mit allem verbunden, und der Motorlärm hielt mich auf einem Aufmerksamkeitslevel, das ich nicht gewohnt war. Immer wieder öffneten sich mir die Augen, und dann wieder und dann wieder. War alles Prollige in Wahrheit mystisch? Was war mit Waffen? Ich wendete. Clee und Kate waren winzig, aber ich sah, dass sie wild gestikulierten und mich zurückwinkten. Ich versuchte, das Gas ganz runterzutreten. Im nächsten Moment raste ich auf sie zu, und sie rannten schreiend aus dem Weg.

Sie wollten eine Party geben.

»Es ist keine Party. Clee und ich laden nur ein paar von unseren Highschool-Freunden ein, die jetzt hier wohnen«, sagte Kate. »Alte Klassenkameraden. Stimmt's?« Clee nickte. Sie hatte sich wieder darauf besonnen, mich zu ignorieren, und blätterte langsam in einer Zeitschrift.

»Ich kann nichts erlauben, was den Wert dieses Hauses mindert«, sagte ich. »Da ziehe ich eine Grenze.«

»Garantiert nicht«, sagte Kate.

»Macht ihr laute Musik?«

»Um Gottes willen«, antwortete sie. »Ich höre nicht mal Musik.«

»Und Alkohol?«

»Wo denkst du hin? Keinen Tropfen.«

»Aber ihr müsst hinterher sauber machen.«

»Ich liebe Saubermachen; ich habe so eine Art Putzfimmel.«

»Gut, dann spricht wohl nichts gegen eine kleine Zusammenkunft von Klassenkameraden.«

»Wobei, wenn ich so darüber nachdenke ... ein paar Leute werden vielleicht doch was trinken. Aber wenn du willst, kann ich ihnen sagen, sie sollen die Flaschen in Papiertüten lassen.«

Zuerst kam eine Horde lärmender Mädchen. Dann ein paar Jungs, und Kate stöpselte ihr Handy mit einem Kabel, das einer von ihnen mitgebracht hatte, in meine Anlage ein. Sie nahmen meine mexikanischen Kunstgegenstände von den Lautsprechern, wofür ich ihnen dankbar war. Mein Handy vibrierte. SIE HATTE EIN ODER ZWEI MINUTEN MEIN STEIFES GLIED IN DER HAND, WEITER NICHTS. KEINE BEWEGUNG.

Der Junge drehte die Anlage voll auf, sodass sich alle nur noch durch Anschreien verständigen konnten.

Dann folgte ein stetiger Strom von Mädchen und Jungen.

Ich ging ins Bügelzimmer und tippte eine Nachricht an die Nachbarn, wegen des Lärms, und druckte sie sechs Mal aus. Als ich draußen war, merkte ich, dass sechs Zettel nicht genügten, weil der ganze Block die Musik hören konnte. Als ich wieder reinging, um noch mehr auszudrucken, spielten die Mädels und Jungs ein Spiel, bei dem man sich mit Alkohol besprühen musste.

ICH GEB ES ZU, ICH WILL IN IHREN MUND SPRITZEN.

Und direkt danach: BEREUE DIE LETZTE SMS, SIE WAR GESCHMACKLOS UND RESPEKTLOS GEGENÜBER KIRSTEN. DIE HAST DU NICHT GELESEN, JA? WIR FREUEN UNS AUF DEINE ENTSCHEIDUNG. LASS DIR ZEIT!

Einige Männer kamen. Sie sahen nicht einmal jung aus; einer von ihnen könnte in meinem Alter gewesen sein. Er grinste mich an. Wie es aussah, hatten sie Drogen dabei. Haschisch oder Ganja auf jeden Fall, vielleicht auch noch irgendetwas anderes. Es war unmöglich, ins Bad zu kommen – ich stand schon über zwanzig Minuten Schlange, als Kate herübergehüpft kam und rief: »Leute, Leute, Leute! Das ist die Frau, der das Haus hier gehört! Sie heißt Mrs Beebe! Lasst sie mal vor!« Sie war sturzbetrunken. Ich bedankte mich bei ihr, aber anstatt *Bitte schön* oder *Gern geschehen* zu sagen, schrie sie nur, »Die Leute mögen mich einfach!«, und reichte mir ihren Drink.

»Ist da Alkohol drin?«, schrie ich.

»Das ist Punsch!«, brüllte sie mir ins Ohr.

Ich trank ihn beim Pinkeln, um Zeit zu sparen, obwohl ich es im Moment eigentlich gar nicht eilig hatte. Er schmeckte nach Alkohol. Alle Handtücher lagen auf dem Fußboden. Er war überschwemmt. WILLST DU EIN FOTO VON IHR SEHEN?, schrieb er. Ich löschte die SMS.

Ich lehnte mich gegen die Tür und beobachtete Clee. Sie sprang einem Jungen auf den Rücken, riss eine Hand hoch und schrie »Geschummelt! Geschummelt!«. Sie wusste, dass ich ihr zusah. »Verdammt, Mädel, du musst dich mal rasieren!«, rief sie jetzt, und Kate erwiderte, »Nein, ich bin Asiatin!«. Sie streckten beide ein Bein in die Luft, damit mehrere Jungen vergleichen konnten. Die arme Kate, die so unspektakulär aussah und dann ausgerechnet jemanden wie Clee als beste Freundin hatte. Jemand, dessen Augen, wenn auch eine Spur zu weit auseinanderstehend, eine exotische, katzenartige Form besaßen, und dessen seidiges, goldenes Haar endlos in Bewegung schien wie Wasser, selbst auf dem Foto von ihr, das ich im Internet gefunden hatte, auf dem sie in einem Schnellrestaurant saß und irgendwelche gespielten Gang-Handzeichen machte. Jemand, dessen Lippen eigentlich zu zart waren, um für jedermann sichtbar zu sein. Ich beobachtete die verschwitzten, begierigen Gesichter der Jungen, die Kate für den Beintest rekrutiert hatte. »Augen zu, damit ihr nicht wisst, wessen Bein es ist!«, schrie sie. Die Jungen rieben mit der Hand über Clees Bein und ihren stinkenden Fuß, und sie sah mich direkt an. Ich erwiderte ihren Blick. Es war jetzt fast drei Wochen her, seit wir das letzte Mal etwas nachgespielt hatten. Warum war sie überhaupt noch hier? Mein Handy vibrierte.

Mit zusammengekniffenen Augen betrachtete ich das Bild auf dem Display. Kirsten war klein, mit breiten Schultern und kinnlangem, straßenköterblondem Haar, das entweder voller Massageöl oder einfach von Natur aus sehr strähnig war. Sie trug eine runde John-Lennon-Brille, eine Karatehose und ein labbriges weißes T-Shirt mit dem Bild eines tanzenden Alligators darauf. Der Alligator hatte grüne, schwarze und rote Dreadlocks und sagte MSC ROCKS, MON. Sie hatte ein riesiges, hoffnungsvolles Lächeln, überall spuckeglänzendes Zahnfleisch. Die kleinen Augen mühsam geöffnet, streckte sie die Arme aus wie eine unsichere Opernsängerin. Oder ein Teenager. Sie war noch unattraktiver als ich in ihrem Alter.

Als ich hochsah, war Clee verschwunden. Ich ging nach draußen, doch da war sie auch nicht. Wahrscheinlich war sie in irgendeinem Auto und trieb mit irgendwem irgendwas. Ich rieb mir die Schläfe; irgendetwas klingelte. Vielleicht starb ich, oder ich war betrunken. Ich ging ein Stück die Straße entlang und dann weiter den Block hinunter. Zu Fuß war es schwer zu sagen, welches Haus es gewesen war, bis ich die beiden Kleinkinder im Fenster sah. Nur ihre Silhouetten durch eine gelbe Gardine. Weil sie Zwillinge waren, spiegelte sich alles, was sie taten, wie Tintenkleckse – ein symmetrischer Schmetterling, verschüttete Milch, ein Kuhschädel. Ich hörte immer noch das tiefe Stampfen der Musik, aber ansonsten war es still, als ich wählte.

Phillip ging sofort ans Telefon.

»Cheryl?«

»Meine Entscheidung steht«, sagte ich und wandte den Blick nicht von der gelben Gardine ab.

Ein angespanntes, kurzes Lachen. »Ich fürchte, ich hab dich ziemlich belästigt.«

»Ja, definitiv, aber ich bin zu einem Entschluss gekommen.«

»Ein paar von diesen SMS waren ziemlich unpassend.«

»Alle.«

»Ich war mir nicht sicher, ob du alle bekommen hast.«

»Doch.«

»Weil du nicht immer zurückgeschrieben hast. Aber ich habe Kirsten immer gesagt, dass du viel zu tun hast.«

»So viel nun auch wieder nicht.«

»Na ja, du füllst deine Zeit nicht mit sinnlosen Aktivitäten aus wie der Rest von uns.«

»Ich hatte bloß noch keine Antwort.«

»Genau das habe ich Kirsten gesagt. Hast du die SMS bekommen, die ich dir gerade geschickt habe? Mit dem Bild?«

»Ja.«

Er schwieg. Das Licht in ihrem Zimmer ging aus, die gelbe Gardine wurde dunkel.

»Willst du meine Entscheidung jetzt wissen?«

»Ja, natürlich.«

»Tu es.«

Als ich zurückkam, standen Clee und vier andere Leute auf der Couch und sangen ein Lied, anscheinend nicht auf Englisch. Eine Stelle mochten alle besonders: *jiddy jiddy jiddy rah rah.* Phillip hatte in diesem Moment schon Geschlechtsverkehr mit Kirsten, das spürte ich – aus seiner Perspektive. Ich steckte in seiner Haut, in ihr. Jedes Mal, wenn Clee *jiddy jiddy jiddy rah rah* sang, schob sie rhythmisch das Becken vor und ihr Busen wippte. Wahnsinn, guck dir diese Titten an, keuchte Phillip. Ich flüsterte das Wort.

»Titten.«

Ich wollte sie durch ihre Jeans reiben. *Jiddy jiddy jiddy rah rah.* Und in ihren Mund spritzen. Gegenseitiges Einseifen. *Jiddy jiddy jiddy rah rah.* Mein Glied war steif. Der Song näherte sich dem Höhepunkt, und sie und die anderen Mädchen, die hässlichen Mädchen, sprangen immer schneller und schneller, während die Männer aus vollem Hals schrien, gar nicht mehr den Song, sondern einfach nur so, weil es sich gut anfühlte.

Ich ging ins Schlafzimmer, schloss die Tür ab, zog ihr den lila BH mit den glänzenden, glänzenden Trägern aus und drückte meine Halbglatze zwischen ihre Brüste. Ich öffnete ihr den Reißverschluss, meine große haarige Hand suchte sich den Weg in ihre Jeans und meine Finger mit den dicken, blockartigen Nägeln glitten in ihre Muschi. Sie war feucht und wimmerte. »Phillip«, sagte sie und stöhnte. »Steck ihn mir rein.« Ich liebte sie in den Mund, leise und energisch. So eine Frau verdiente er – eine Granate, kein rattengesichtiges Schulmädchen.

Die Erleichterung nach so einer langen Zeit des Aufstauens war unmittelbar und unglaublich. Als ich kam, war es eine Riesensauerei; alles war voller Sperma. Nicht nur ihr Haar, ihre Titten und ihr Gesicht, sondern mein ganzes Bettzeug und auch der Bettvorleger. Ein Spermafaden spritzte bis auf die Frisierkommode, auf meine Haarbürste, mein Ohrringkästchen und das Foto meiner Mutter als junge Frau.

Sie halfen nicht beim Aufräumen. Sie taten zwar so – gegen Mittag hob Kate ein paar Bierflaschen auf und fragte, wo der Müll sei, aber als ich sagte: »Die werden recycelt«, setzte sie sich erschöpft wieder hin. Das war offenbar zu komplex. Clee lief völlig erledigt in Boxershorts und einem Top herum, das Haar am Hinterkopf verfilzt. Sie hatten beide einen ordentlichen Kater.

Zuerst hielt ich es für eine einmalige Sache, die hauptsächlich mit dem Punsch zu tun gehabt hatte. Aber während ich Staub saugte, mit Lappen, Schwamm und Putztuch hantierte und die Wände abwischte, musste ich mehrmals nach unten sehen, um sicherzugehen, dass ich nicht sichtbar pulsierte oder anschwoll, weil ich vom Bauchnabel abwärts nur so vibrierte vor Energie. So etwas kannte ich überhaupt nicht. Als Clee dann die Beine spreizte, damit ich den Couchtisch dazwischen abwischen konnte, musste ich den Schwamm weglegen und ins Schlafzimmer gehen. Ich drückte Clee die Hand auf den Mund, damit Kate sie nicht stöhnen hörte. Nicht *meine* Hand – die von Phillip. Er stieß sie so hart, dass seine Ohren mit den Haarbüscheln darin wackelten.

Gegen Abend bestellte Kate eine Pizza.

»Eine Dankeschön-Pizza«, sagte sie. »Danke schön.«

Clee langte ordentlich zu, und ich knabberte an einem schmalen Stück.

»Mein Dad ist jetzt übrigens wieder verheiratet«, sagte Kate und kaute hinter ihrer Höflichkeitshand.

Ich lächelte und nickte. Ich erinnerte mich kaum noch daran, wie er aussah, aber das wäre als Bemerkung unhöflich gewesen. »Wir hatten einen schönen Abend, aber wir sind nur ein einziges Mal ausgegangen.«

»Weißt du noch, was du anhattest?«, fragte Kate.

Clee sah sie scharf an.

»Nein«, antwortete ich lachend. »Das ist schon so lange her.«

»Mein Dad hat gesagt – aua!« Sie hielt inne und begutachtete die Stelle, wo Clee sie hingetreten hatte. »Mein Dad hat gesagt, du warst angezogen wie eine Lesbe.«

Ich lächelte. Wie Mark Kwon sich lang und breit darüber ausließ, dass ich es nicht geschafft hatte, ihn zu reizen, konnte ich mir nur zu gut vorstellen; genau so einer war er. Clee wandte den Kopf ab, als wäre dieses Gespräch todlangweilig und nicht länger zu ertragen.

»Das hat er gesagt?«

»Ja. Was hattest du an?«

»Weiß ich nicht mehr.« Aber jetzt, wo sie fragte, fiel es mir plötzlich doch wieder ein.

»Ungefähr so was wie jetzt?« Sie zeigte auf meine Hose und das reingesteckte T-Shirt.

»Nein, das ist nur zum Putzen. Ich glaube, es war ein langes grünes Kleid mit vielen Knöpfen vorn. Cord.« Ich besaß es immer noch.

Aus irgendeinem Grund fand Kate das köstlich; sie lachte lauthals und sah Clee mit offenem Mund an, bis Clee schließlich lächelte.

Kate habe es so gut gefallen bei mir. Nein, Kate brauche ihre Tupperbox nicht zurück. Kate werde Clee dann texten wegen Kevin und Zack. Kate hatte Probleme, den Mini-Quad wieder aufzuladen. Kate wollte wissen, wo die nächste Tankstelle sei. Kate musste noch einmal zur Toilette. Kate setzte sich in den Pick-up und sah auf ihr Handy. Kate fuhr endlich, endlich los.

Clee schloss die Tür, kniff die Augen zusammen und starrte mich an. Für einen Moment glaubte ich, sie wüsste, was ich heimlich trieb. Dann ohrfeigte sie mich einfach, als wäre der ganze Besuch meine Schuld gewesen und hätte vermieden werden können. »Selbstverteidigung am Steuer« begann mit einer simulierten Ohrfeige, deshalb machten wir mit diesem Szenario weiter. »Komm her, Süße«, sagte sie mürrisch ihren Text auf.

Da waren wir wieder, nur dass es zu spät war – ich spielte jetzt etwas anderes. Ich mimte Knietritte und Ellbogenstöße und bewegte mich linkisch um eine riesige Phantomerektion herum. Am Ende hinkte ich ins Schlafzimmer, alles pulsierte; ich schloss die Tür und gab ihr mit meiner großen, haarigen Hand eine Ohrfeige. Kurz nachdem ich in ihrem Mund gekommen war, klingelte das Telefon. Falls er es war, würde ich ihn fragen, was er mit Kirsten machte, und dann dasselbe mit Clee machen. Wir hatten bloß starken Seegang auf unserer gemeinsamen Reise; ich fühlte, was er fühlte, und es war überwältigend und kolossal.

Aber es war die Praxis von Dr. Broyard, um meinen Termin am Dienstag, dem 19. Juni, zu bestätigen. Ich stellte mir vor, wie ich ihm berichtete, dass mein Kloß im Hals verschwunden war, und die Heilung dann mit Verweis auf seine Beziehung zu Ruth-Anne zu erklären versuchte. Ich hörte sie atmen.

»Ruth-Anne?«

»Bitte melden Sie sich achtundvierzig Stunden im Voraus, wenn Sie absagen möchten.«

Sie war es, ganz eindeutig.

»Wäre es möglich, dass wir uns jetzt unterhalten? Am Telefon? Ich stecke mitten in einer komplizierten neuen Gefühlslage.«

Sie schwieg.

»Ich kann vielleicht auch bis morgen warten.«

»Wir erwarten Sie dann am Dienstag, dem 19.«, sagte sie.

7. KAPITEL

Ich beschrieb ihr, wie ich Phillips Lust anzapfte, seine überwältigenden Gelüste und seine aggressiven Ausbrüche, die mich durchfuhren. Ruth-Anne wirkte keineswegs überrascht, eher so, als hätte ich es nun endlich begriffen.

»Gut. Vielleicht müssen wir es ja nicht einmal Phillips Lust nennen? Vielleicht ist es einfach nur Lust.«

»Also, meine ist es nicht. Solche Sachen würden mir einfach nicht einfallen, von allein, meine ich, ohne ihn.«

»Sie finden es also nicht erregend, wenn sie Sie angreift?«

»Alles, was sie mit mir macht, mache ich in Gedanken mit ihr, als Phillip.«

»Ich verstehe. Und wie fühlt sich Cheryl Glickman?«

»Ich?«

»Ja, was empfinden Sie?«

Ich, dachte ich. *Ich. Ich. Ich.* Mir fiel nichts Besonderes ein.

»Bringen Sie sich selbst zum Höhepunkt?«

Ich blickte lächelnd auf den Boden. »Ja?«

»Fragen Sie mich das?«

»*Ja.* Ich bringe mich zu Höhepunkt. Aber das nur, na ja, hinter den Kulissen.«

Ruth-Anne nickte, als hätte ich gerade etwas sehr Scharfsinniges gesagt. Vielleicht hatte ich das ja. Ich fragte mich, ob ich wohl ihre Lieblingspatientin war, oder wenigstens die, mit der sie auf ihrem Gesprächsniveau reden konnte.

»Darf ich Sie etwas fragen, das mehr oder weniger auch mit diesem Thema zu tun hat?«

»Selbstverständlich.«

»Ich habe Sie doch gestern angerufen, wegen meines Termins mit Dr. Broyard, erinnern Sie sich?«

Ihr Gesicht veränderte sich.

»Na ja, und ich weiß nicht genau, ob ich weiterhin zu ihm gehen sollte – vielleicht fühlt es sich jetzt komisch an.«

»Inwiefern komisch?«

»Na ja, nicht komisch, eher in Richtung unangenehm. Sie in Ihrer Rezeptionistinnenrolle zu sehen. Und ihn. Wo ich ja jetzt Bescheid weiß.«

Sie sah mich lange an, und ich fragte mich, ob ich wohl ihre unbeliebteste Patientin war.

»Nun, das müssen Sie entscheiden«, sagte sie schließlich. »Aber ich fürchte, Sie haben die Absagefrist von achtundvierzig Stunden im Voraus verpasst.«

Clee glaubte, ihre pinkfarbenen Boxershorts würden sie bedecken, aber weit gefehlt. Wenn sie im Schneidersitz dasaß, sah ich den Rand ihres dunkelblonden Schamhaars, und manchmal auch mehr. Eines Morgens blitzte rosa und schlaff ihre Schamlippe hervor. Nicht das straffe, verborgene Fleisch, das ich mir vorgestellt hatte. Jetzt, wo er das wusste, musste Phillip noch einmal zurückgehen und in Sachen Sex alles wiederholen, was er schon mit ihr gemacht hatte. Er wollte unbedingt ihren Anus sehen, auch wenn er ihn nicht so genannt hätte. Ich las alle SMS noch einmal, fand aber kein Wort dafür. Ich entschied mich für *Poloch*. ICH GE-

STEHE ES, hätte er vielleicht geschrieben, ICH WILL IHR MEIN STEIFES GLIED INS POLOCH RAMMEN.

Wenn bei Open Palm sein Name fiel, meist im Zusammenhang mit Spendenbeschaffung, durchfuhr mich die Unsichtbarkeit wie ein Schauder – nicht, dass ich er *war*, aber es war seltsam zu hören, dass so offen über ihn gesprochen wurde.

»Die Spende von Phillip Bettelheim ist dieses Jahr etwas kleiner ausgefallen«, sagte Jim, »aber es ist erst Juni, vielleicht legt er ja noch was nach. Hat ihm schon jemand unsere Streetwork-Initiative für besondere Brennpunkte vorgestellt?«

Seit ich ihm meinen Segen gegeben hatte, herrschte zwischen uns Funkstille; er war wohl damit beschäftigt, all das zu tun, was ich in seiner Rolle durchspielte. Selbst der Stich, den mir dieser Gedanke versetzte, war erregend. Ich fühlte mich ihm so nah. Beweisen konnte ich es zwar nicht, aber ich nahm an, dass wir zur selben Zeit steif wurden, wahrscheinlich sogar unisono ejakulierten, so wie sich die Periode zweier Frauen manchmal auf den gleichen Rhythmus einpendelt. Ich fragte mich, wo Clee wohl gerade in ihrem Zyklus war.

»Cheryl.« Ich sah auf. Ein Gesicht, das ihrem so ähnlich und gleichzeitig so unähnlich war. »Wie geht es meiner Tochter? Benimmt sie sich?«

»Durchaus«, sagte ich, etwas zu schnell. »Absolut.« Suzanne verschränkte die Arme vor der Brust und wartete. Sie wusste alles.

»Sei ehrlich. Ich kenn sie doch.« Sie sah mich eindringlich an.

»Sie sieht viel fern«, flüsterte ich.

Suzanne seufzte. »Sie kommt nach Carls Mutter – nicht gerade viel drin im Oberstübchen.« Sie tippte sich gegen die

Stirn. Für einen unangenehmen Moment hatte ich das Gefühl, Clee verteidigen zu müssen.

»Sie lebt sehr instinktiv«, sagte ich.

Sie verdrehte die Augen. »Aber danke. Carl und ich überlegen, wie wir uns bei dir revanchieren können. Nicht … ich meine nicht durch Geld.«

Die kuhartige Leere ihres Blicks störte mich nicht mehr. Oder war nicht mehr wichtig – ihre Persönlichkeit war bloß ein Petersilienblättchen, nicht mehr als Dekoration auf warmen, goldbraunen Hinterbacken. Tag für Tag sprang Clee auf Phillips steifem Glied auf und ab, viele Male am Tag, und zuerst schien es, als würde ich nie müde werden, in ihre dunkelblond gesäumte Muschi zu spritzen. Aber jetzt, zehn Tage später, hatte ich ein Problem. Er wollte es noch genauso sehr, noch mehr sogar, aber er brauchte immer länger, um dort hinzugelangen, manchmal ganze dreißig Minuten. Manchmal klappte es gar nicht. Ich experimentierte mit ungewöhnlichen Positionen und neuen Orten. In einer Fantasie beobachtete Ruth-Anne den Akt und applaudierte voll professioneller Anerkennung. Es war so abstrus, dass es funktionierte, wenigstens für kurze Zeit. Doch schon das kleinste Ding konnte Phillips Höhepunkt vereiteln.

Der Geruch von Clees Füßen. Vorher war er mein geringstes Problem gewesen; jetzt war es ein richtiger Abtörner. Phillip stülpte ihr manchmal Plastiktüten über die Füße und sperrte den Geruch mithilfe von Gummibändern ein, nur damit er steif werden konnte.

Spritz in meine Muschi, bettelte sie. *In mich! In mich!,* winselten ihre weichen, leidenden Lippen.

Erst, wenn du deine Füße behandeln lässt, sagte er streng. *Ich kenne einen Chromotherapeuten, der darauf speziali-*

siert ist, der Beste auf der Westside. Sag ihm, ich hab dich geschickt.

Ich wartete einen neutralen Moment ab, um das Thema anzusprechen, und setzte mich auf die Armlehne des Sofas. Sie schlürfte gerade China-Nudeln aus einem Becher.

»Schmeckt's?« Sie hörte auf zu essen und runzelte argwöhnisch die Stirn. Seit Kates Besuch hatten wir außerhalb der festgelegten Dialoge kein Wort gewechselt. »Also, zuallererst: Peace. Okay?«

Sie runzelte die Stirn und sah das V an, das ich mit den Fingern formte. Ich hatte keine Ahnung, was ich da tat.

»Okay, also«, fuhr ich fort. »Wir wohnen ja zusammen, und manchmal sind wir uns … körperlich nah?« Meine Stimme hob sich hier zu einer Frage; eine verrückte Aussage angesichts der Tatsache, dass ich sie viele Male am Tag nahm, ich alias Phillip. Aber ich meinte die Kampf-Szenarios. Sie nickte und stellte ihren Nudelbecher ab. Sie hörte so aufmerksam zu, dass es mich beinahe aus dem Konzept brachte. Ich fummelte den Klebezettel aus meiner Hosentasche.

»Sieh mal, ich will hier nicht dreist erscheinen oder dir mit irgendwas zu nahe treten.« Clee schüttelte den Kopf, als wollte sie sagen: *Nein, nein, du trittst mir nicht zu nahe.*

»Ich kann also offen mit dir reden?«

Ihr Mund öffnete sich jetzt sogar zu einem Lächeln, einem echten Lächeln. Das hatte ich noch nie zuvor gesehen. Ihre Zähne waren riesig.

»Das hatte ich gehofft«, sagte sie und presste jetzt die Lippen zusammen, als läge jenseits davon ein ganzer Ozean aus Lächeln, den sie noch ein paar Sekunden zurückzuhalten versuchte. Sie nickte mir ermunternd zu; ich sollte es ausspucken.

Meine Hand hatte nur auf ihr Stichwort gewartet, und

mit distanziertem Entsetzen sah ich zu, wie sie ihr den Klebezettel reichte. Clee zog ihn von meiner Handfläche ab und studierte mit sanftem, spöttischem Blick Dr. Broyards Adresse und den Termin. Donnerstag, 19. Juni, morgen. Jetzt gab es kein Zurück mehr.

»Die Situation mit deinen Füßen – der Geruch, also, ich meine …«

Ich hatte noch nie ein Gesicht so seine Form ändern sehen. Es fiel förmlich herunter: alle Gesichtszüge sackten ab. Eilig redete ich weiter.

»Mein Freund Phillip schwört bei Fußpilz auf Dr. Broyard. Wenn du hingehst, sag der Frau an der Rezeption, ich habe dich geschickt – ich gebe dir meinen Termin.« Ich zeigte auf den Zettel.

Jetzt war ihr Gesicht rot, kurz vor dem Explodieren. Ihre Augen wurden wässrig. Dann atmete sie tief ein, und mit einem Mal war sie wieder vollkommen ruhig. Mehr als ruhig – ausdruckslos.

Dass sie wirklich hingehen würde, hatte ich am allerwenigsten erwartet. Aber am Freitagmorgen hing ein Kristallsonnentropfen am Griff des Badezimmerfensters, und neben ihrer Zahnbürste stand ein Glasfläschchen. Weiß. War das überhaupt eine Farbe? Aber ich konnte es sehen, wenn ich einfach nur ihren blonden Hinterkopf betrachtete; sie war auf subtile Weise vollkommen verändert. Es ließ sich nicht benennen. Nicht glücklicher oder trauriger oder weniger übel riechend. Nur weißer. Blasser. Ich konnte es kaum erwarten, zur Therapie zu gehen; Ruth-Anne hatte sie jetzt tatsächlich gesehen. Worum es mir vielleicht einzig und allein gegangen war. Ich lehnte mich auf der Ledercouch zurück. »Und, was halten Sie nun von Clee?«

»Sie wirkte sehr jung.« Ich nickte ermutigend. Idealerweise würde sie auf eine professionell anerkennende Art »wohlgeformt« oder »kurvenreich« sagen. Aber Ruth-Anne hatte ihrer Einschätzung offenbar nichts mehr hinzuzufügen.

»Würden Sie sagen, sie entspricht der Vorstellung, die Sie von ihr hatten?«

»Ja, mehr oder weniger.«

»Bei ihrem Anblick würde jeder Mann sofort steif werden, oder?« Ich hatte gehofft, dass ich mich trauen würde, vor Ruth-Anne Phillips Worte zu benutzen, und ich hatte mich getraut. Es funktionierte; ich fühlte mich warm und prall gefüllt mit Sperma. Sobald ich nach Hause kam, war die Ruth-Anne-sieht-zu-Fantasie dran.

Plötzlich stand Ruth-Anne auf.

»Nein«, rief sie und klatschte energisch in die Hände. »Hören Sie sofort auf!«

Ich erstarrte innerlich. »Was? Was ist?«

Sie verschränkte die Arme vor der Brust, ging noch einmal um ihren Sessel herum und setzte sich wieder.

»Nein, nicht okay. Mit mir *nicht* okay. Mit Phillip, okay, mit einem Pförtner, Feuerwehrmann oder Kellner, okay. Aber nicht mit mir.«

Sie redete mit mir, als verstünde ich kein Englisch. Ich kam mir vor wie ein Gorilla. Ich hob den Finger zum Auge; vielleicht hatte sie mich ja zum Weinen gebracht. Nein.

»Ich möchte nicht daran beteiligt sein.« Ihre Stimme war jetzt etwas sanfter; sie deutete zum Fenster. »Sie haben die ganze Welt voller Menschen da draußen zur Verfügung, aber nicht mich. Haben Sie verstanden?«

»Ja«, flüsterte ich. »Tut mir leid.«

Meine Scham trübte den Rest des Vormittags. Ich versuchte mir einen ihrer Stringtangas vorzustellen, aber das machte alles nur noch schlimmer; Phillip fummelte mit seinen dicken Fingern ungeschickt daran herum, und plötzlich verließ er mich. Wir gaben es auf. Ich versuchte zu arbeiten. Ich duschte. Clees lange Haare hatten den Abfluss nach und nach verstopft, und jetzt blieb das Wasser in der Dusche stehen wie in einer Badewanne, und ich musste mich beeilen, damit es nicht überlief. Clee kam nach Hause und zog ihre schamlippenenthüllenden Boxershorts an. Ich war stinksauer, das Badezimmer stand unter Wasser und ich hatte eine Dauererektion, konnte aber einfach nicht mehr kommen.

Ich rief einen Klempner an. Bitte beeilen Sie sich, sagte ich. Der Abfluss ist total verstopft. Er war ein dicklicher Latino ohne Kinn, dessen Blick immer wieder an der vollbusigen Frau auf dem Sofa kleben blieb. Ich konnte nicht einmal mehr warten; ich deutete auf die Dusche und eilte ins Schlafzimmer. »Klopfen Sie, wenn Sie fertig sind.« Es war noch besser als Ruth-Anne; es war wie das erste Mal mit Phillip. Als sie ohne T-Shirt ins Bad kam, riss der Klempner erstaunt die Augen auf. Zuerst zögerte er, wollte sich keinen Ärger einhandeln. Aber sie flehte ihn an und zerrte vorn an seiner weiten, nüchternen Arbeitshose. Er war dann doch nicht so nett, wie er aussah. Nein, keineswegs. Er hatte einige Wut aufgestaut, wahrscheinlich wegen rassistischer Ungerechtigkeiten und Scherereien mit der Immigrationsbehörde, und er ließ alles an ihr aus. Dann reparierte er den Abfluss, und als Test seiften sie sich gegenseitig ein. Die Reparatur kostete zweihundert Dollar. Ich zeigte Clee das Haarauffangsieb und wie man es leerte, aber sie schaute an mir vorbei. War sie immer noch sauer wegen der Sache mit ihren Füßen? Ich hatte keine Zeit, weiter darüber nachzudenken; plötzlich gab es so viel zu tun.

Ein hagerer Nerd, den ich bei Whole Foods sah: Clee folgte ihm zu seinem Wagen und bettelte ihn an, sein steifes Glied in die Hand nehmen zu dürfen, nur ein oder zwei Minuten. Ein indischer Vater, der mich höflich nach dem Weg fragte, seine schüchterne Ehefrau im Schlepptau: Clee rieb ihre Muschi an seinem ganzen Körper und erzwang seine Erektion regelrecht, und als er vor Ekstase nur so wimmerte, kam seine Frau herein. Sie bekam vor Nervosität kein Wort heraus und wartete stumm, bis ihr Mann auf Clees Titten spritzte. Alte Opas, die seit Jahren keinen Sex gehabt hatten, jungfräuliche Teenager namens Colin und gelbsüchtige Obdachlose. Und dann jeder Mann, den ich kannte. Alle meine Lehrer, von der Grundschule bis zum College, mein erster Vermieter, sämtliche männlichen Verwandten, mein Zahnarzt, mein Vater und George Washington, Letzterer so energisch, dass ihm die Perücke herunterrutschte. Ich versuchte, Phillip hier und da einzubauen, zum Beispiel indem ich ihn sie von hinten nehmen ließ, aber nur, um mein schlechtes Gewissen zu besänftigen; es gab mir keinen Extrakick. Vielleicht mussten wir uns gerade beide die Hörner abstoßen. Oder vielleicht übertraf Kirsten, echt wie sie war, meine Horden von Fantasiemännern. Doch meist hatte ich keine Zeit für Schuldgefühle; es gab kaum eine Minute, in der ich mich nicht streichelte. Der Postbote brachte ein Päckchen, aber bevor ich es öffnen konnte, musste Clee ihm den Reißverschluss seiner staatlichen Uniformhose aufreißen; ich half ihm dann, sein Zipfelchen in sie hineinzustecken. Die Penisse wurden immer abstrakter und abstruser – ich konnte sie nicht zügeln. Manche waren leicht gezackt, andere spitz zulaufend und biegsam wie eine wilde Yamswurzel, und wieder andere waren mit einer Art Schuppen besetzt wie ein fleischiger Tannenzapfen. Ich nahm den Karton mit in die Küche und öffnete ihn mit einem Buttermesser. Was konnte das sein, was konnte das sein? Genau in dem Moment, als ich die Hand durch den Schlitz steckte, begriff ich voller Entsetzen, was es war. Ricks Schnecken. Einhundert Stück, allesamt vorn hochgereckt. Sie krochen über die breiartigen Überreste ihrer Artgenossen, wässrige gelbe Innereien, verschmiert auf braunen Häuschen. Das gesamte Kartoninnere war von dicken Schichten übereinanderkriechender Schnecken bedeckt, Hunderte blind ausgestreckter Fühler, und dann der Geruch – beißend und faulig. Das Telefon klingelte.

»Hallo?«

»Cheryl, ich bin's, Carl, ich stehe gerade im Telefonladen. Ich teste ein Handy. Gratis! Wie klinge ich?«

»Sehr klar.«

»Kein Rauschen? Kein Echo?«

»Nein.«

»Warte mal, ich probiere die Lautsprecherfunktion aus. Sag mal was.«

»Lautsprecher. Lautsprecher.« Eine Schnecke kroch über meine Hand; ich warf sie wieder in den Karton.

»Yep, funktioniert. Doch, wirklich ein schönes Handy.«

»Soll ich jetzt auflegen?«

»Ich will dir nicht das Gefühl geben, ich hätte nur angerufen, um das Telefon zu testen.«

»Ist schon okay.«

»Warte mal, ich frage, ob wir noch ein bisschen reden können.«

Ich hörte ihn fragen, ob die Gratisanrufe zeitlich begrenzt seien. »Telefonieren Sie meinetwegen den ganzen Tag«, antwortete eine aggressive Männerstimme. Ehe ich mich versah, lag Clee auf den Knien, und ich hatte die Hand in meinem Slip. Es tat höllisch weh; was auch immer da an meinen Fingern war von den Schnecken, brannte an den Schleimhäuten. Doch eine aggressive Stimme allein genügte nicht – sie konnte ja keiner Stimme einen blasen. Carl stand daneben und sah zu, aber ich bekam das Bild nicht zusammen. Clee rutschte auf Knien durch den ganzen Laden, den Mund offen wie ein Fisch.

»Wir können den ganzen Tag reden!«, sagte Carl.

Clee ging schnurstracks auf ihren Vater zu. *Nein, halt, stopp,* dachte ich. *Nicht auf ihn.* Aber meine Finger wurden schon schneller, zielstrebiger.

»Und, was macht die Kunst? Wie geht es Clee?«

Genau in dem Moment, als er ihren Namen aussprach, saugte sich Clee an ihm fest. Er war schockiert, wie sollte es anders sein.

»Blendend.« Es war schwierig, nicht atemlos zu klingen. »Ihr Job macht ihr echt Spaß.«

Schockiert, aber nicht unerfreut. Irgendetwas daran fühlte sich sehr richtig an, falsch natürlich, aber richtig. Er legte ihr die Hand auf den vertrauten Hinterkopf, drückte ihn ein paar Mal hinunter und half ihr, einen guten Rhythmus zu finden.

»Am Freitag fahre ich runter in die Stadt – wie wär's, wenn ich euch beide zu einem schicken Dinner ausführe?«

Alle anderen im Laden waren wie gelähmt; irgendjemand flüsterte etwas über das Gesetz, aber der Mann mit der aggressiven Stimme wies darauf hin, dass das Gesetz in diesem Fall machtlos sei, weil niemand entkleidet sei. Er hatte recht – Carls Hemdschöße teilten sich neben seinem Glied und hafteten an Clees Lippen, sodass sie wie ein Vorhang jedes Mal mitkamen, wenn sie den Kopf zurückzog. Vor, zurück, vor, zurück. Plötzlich stieß Carl einen Kriegerschrei aus, als Vorwarnung für den bevorstehenden Schuss. Er hatte eigentlich länger durchhalten wollen, aber sein väterlicher Stolz hatte ihn übermannt.

»Das wäre toll«, sagte ich begeistert.

»Gut, dann suche ich uns ein nettes Restaurant aus«, sagte er. Und dann kam er, nicht in den Mund seiner Tochter, was wirklich gegen das Gesetz verstoßen hätte, sondern in sein Hemd. Clee hielt eine Hand darunter und molk diskret die letzten Tropfen heraus. Eine Welle von Ekel und Traurigkeit schwappte über mich. Ich vermisste Phillips vertrautes Glied. Wo war ich jetzt, und wo war er? Die Schnecken krochen überall herum. Nicht nur über den Boden und die Küchenwände, sondern durchs ganze Haus. Sie waren nicht gerade langsam. Eine pflanzte sich asexuell auf einem Lampenschirm fort. Zwei verschwanden unter der Couch. War ich schon ganz unten angekommen, oder würde mein Problem noch schlimmer werden? Denn es war ein Problem. Ich hatte ein Problem.

So etwas war mir schon einmal passiert. Zu meinem neunten Geburtstag hatte mir ein wohlmeinender Onkel eine Karte geschickt. Sie war eigentlich unpassend für ein junges Mädchen; ein Grüppchen ganovenartiger Vögel mit kecken Hüten spielte zusammen Karten, in den Schnäbeln Zigarren. Was vorn draufstand, weiß ich nicht mehr, aber innen war ein Satz wie ein Virus oder ein selbst reproduzierender Parasit, der nur auf einen Wirt wartete. Als ich die Karte aufklappte, flatterte er heraus und krallte sich mit erbarmungslosen Klauen in meinem Gehirn fest: »Birds of a feather flock together« – »Gleich und gleich gesellt sich gern«. Man konnte es nicht nur einmal sagen, es ging nur viele Male hintereinander. *Birdsofafeatherflocktogether. Birdsofafeatherflocktogether.* Zehn Millionen Mal am Tag: in der Schule, zu Hause, im Bad, ich entkam ihm einfach nicht. Ich hatte nur Ruhe, solange ich abgelenkt war; in jedem beliebigen Moment konnte ein Vogel oder ein Vogelschwarm, eine Zigarre, eine Spielkarte oder irgendetwas anderes es wieder anstoßen. *Birdsofafeatherflocktogetherbirdsofafeatherflocktogether.* Ich fragte mich, ob ich mit diesem Handicap wohl ein ausgefülltes und normales Leben führen konnte, wie ich heiraten, Kinder bekommen und einen Beruf ausüben sollte. Es war, als stünde ich unter einem Bann, es kam immer wieder, ein ganzes Jahr lang. Und dann schickte mir derselbe ahnungslose Onkel eine Karte zu meinem zehnten Geburtstag. Diesmal mit einem Norman-Rockwell-Gemälde vorn drauf, ein Mädchen, das sich die Augen zuhält. »Wieder ein Jahr älter?«, stand darunter. »Ich kann es kaum mit ansehen!« Und innen dann: »Denn was dir geschieht, geschieht auch mir.« Es wirkte wie ein Schuss aus der Flinte. Jedes Mal, wenn sich ein Schwarm schmutziger Vögel auf mich niedersenken wollte, sagte ich wie eine Zauberformel *Wasdirgeschiehtgeschiehtauchmir,* und auf der Stelle drehten sie ab. Der Onkel ist inzwischen verstorben, aber die Karte steht immer noch auf meiner Frisierkommode. Sie hat mich nicht ein einziges Mal im Stich gelassen.

»Bis jetzt«, sagte ich ernst und lehnte mich auf dem Ledersofa vor. »Gegen diesen neuen Bann wirkt sie nämlich nicht.«

Ruth-Anne nickte mitfühlend. Wir waren dabei, mein unangemessenes Verhalten aus der letzten Sitzung hinter uns zu lassen.

»Wir brauchen also ein Gegenmittel«, sagte sie. »Etwas, das diesem ganz besonderen Bann entgegenwirkt, wie die Karte damals. Aber nicht *Wasdirgeschiehtgeschiehtauchmir,* das ist zu kurz.«

»Genau das dachte ich auch, dass es zu kurz sein könnte.«

»Es muss etwas sein, das ein wenig Zeit braucht.«

Wir versuchten, etwas Längeres zu finden.

»Welche Lieder kennen Sie? ›O Come, All Ye Faithful‹? Kennen Sie das?«

»Ich kann absolut nicht singen. Ich kann keinen Ton halten«, sagte ich.

»Ich glaube, das ist kein Problem, Sie brauchen nur den Text zu kennen. ›Mary Had a Little Lamb‹?«

Ich schmetterte »Mary Had a Little Lamb«.

»Und, was meinen Sie?«

»Na ja …« Ich wollte nicht grundsätzlich etwas gegen ihre Idee sagen. »Ich weiß nicht, ob ich den ganzen Tag ›Mary Had a Little Lamb‹ singen will.«

»Nein, natürlich nicht. Das würde Sie ja noch verrückter machen als Ihre Sexfantasien. Was ist Ihr Lieblingssong? Haben Sie überhaupt einen?«

Doch, ich hatte einen Lieblingssong. Eine Klassenkameradin auf dem College hatte ihn rauf und runter gespielt; ich hoffte immer, ihn im Radio zu hören.

»Ich weiß nicht, ob ich ihn singen kann.«

»Aber Sie kennen den Text?«

»Ja.«

»Dann sagen Sie ihn auf. So eine Art Sprechgesang.«

Mir wurde heiß und kalt. Ich zitterte. Ich legte mir die Hand auf die Stirn und begann.

»Will you stay in our Lovers' Story?«

Es klang fürchterlich.

»Es ist von David Bowie.«

Ruth-Anne nickte ermutigend.

»If you stay you won't be sorry
'Cause weeeee believe in youuuu«

Ich keuchte; die Luft konnte nicht ungehindert durch meine Kehle ein- und ausströmen.

»Soon you'll grow so take a chance
With a couple of Kooks
Hung up on romaaaancing«

»Weiter weiß ich nicht mehr.«

»Wie fühlen Sie sich?«

»Na ja, ich weiß, es war schief, aber ich glaube, ich konnte ein wenig von der Energie des Songs aufnehmen.«

»Nein, ich meine, in Bezug auf Clee.«

»Ach so.«

»Sie hatten eine kleine Atempause.«

»Stimmt.«

Am nächsten Morgen stand ich früh auf und wartete auf die erste Gelegenheit, den Song auszuprobieren. Ich duschte, ganz vorsichtig. Der Bann blieb auf Distanz. Ich zog mich an und winkte Rick zu – er betrachtete sorgenvoll die Schnecken.

»Guten Morgen!« Mit einer dampfenden Tasse Tee trat ich nach draußen.

»Die Situation ist außer Kontrolle.«

»Ja, ich weiß. Ich habe zu viele bestellt.«

»Mit vier Schnecken komme ich zurecht. So viele kann ich überwachen, dafür bin ich ausgebildet. Aber für ein ganzes Rudel nicht.«

»Vielleicht können Sie sie zusammenrufen?«

»Zusammenrufen? Wie denn?«

»Mit einer Schneckenpfeife?«

Ich hatte es kaum ausgesprochen, da begann Clee schon an der winzigen Schneckenpfeife zwischen Ricks Beinen zu lutschen. Er war schockiert und so weiter und so fort.

»Rick, ich singe jetzt ein Lied.«

»Ich glaube nicht, dass das hilft. Sie haben keine Ohren.«

»*Will you stay in our Lovers' Story ...*« Rick senkte höflich den Blick. Als Obdachloser hatte er schon verrücktere Sachen auf der Straße gesehen. »*If you stay you won't be sorry, 'cause weee belieeeve in you.*«

Es funktionierte, mehr oder weniger. Es war nicht so, als würde man *Abrakadabra* sagen und das Kaninchen war weg, puff. Eher so, als würde man Milliarden Male *Abrakadabra* sagen, jahrelang, bis das Kaninchen an Altersschwäche starb, und dann noch weiter, bis es vollständig verwest und von der Erde absorbiert worden war, puff. Es brauchte Hingabe, zu der ich beim Aufwachen bereit gewesen war, doch je weiter der Tag voranschritt, desto mehr schwand meine Entschlossenheit. Wenn ich vor der Entscheidung stand, ob ich singen oder durch die Jeans ihre warme Muschi reiben sollte, beschloss ich jedes Mal, doch erst morgen anzufangen.

Carl trug elegante Slipper, die auf dem Gehweg klackerten wie Stepptanzschuhe. Es herrschte kurz Verwirrung darüber, wer auf dem Beifahrersitz sitzen sollte – ich, weil ich älter war, oder Clee, weil sie die Tochter war. Ich setzte mich nach hinten. Wir fuhren schweigend.

Carl fand, dass der Wein korkt, und ließ eine andere Flasche bringen.

»Deshalb lassen sie dich ja probieren«, sagte er. »Sie wollen, dass du zufrieden bist.«

Clee wirkte gelangweilt, aber das war nur Fassade, so gut kannte ich sie inzwischen. Genau wie ich fragte sie sich, warum wir überhaupt hier waren. Ihre Brustwarzen dagegen wirkten gar nicht gelangweilt; sie standen aufrecht und aufmerksam unter ihrem eng anliegenden grünen Schlauchkleid. Es war gar nicht so einfach, den Song zu summen und dabei gleichzeitig höfliche Konversation zu betreiben.

Carl zeigte mir sein neues Handy, und mir war etwas unwohl. Was, wenn er hier war, weil ich ihn unbewusst beschworen hatte – ihm ein überwältigendes und übergroßes Verlangen eingeflößt, seine Tochter zu sehen? Aber er sah sie nicht an. Er nahm einen großen Schluck Wein und betrachtete mich über den Glasrand hinweg.

»Wie lange kennen wir dich jetzt, Cheryl?«

»Dreiundzwanzig Jahre.«

»Das sind viele Jahre. Wir bauen auf dich, wir vertrauen dir.«

Als er Vertrauen sagte, deutete er auf Clee; sie kaute mit weit aufgerissenen Augen an einem Niednagel. Er wusste Bescheid. Kristof hatte ihm von den alten Videos erzählt, die ich mir geliehen hatte. Den Rest hatte er sich zusammengereimt. Die blauen Flecke. Der fehlende Schaumstoffanzug.

»Ich denke, du weißt, was jetzt kommt.«

Er sah mich ernst an. Ich atmete schwer.

»Suzanne wäre übrigens gern dabei gewesen. Das kommt also von uns beiden.« Er hob seinen Löffel. »Cheryl, würdest du uns die große Ehre erweisen, dem Vorstand beizutreten?«

Clee schloss kurz die Augen und atmete auf. Carl sah zu, wie sich eine Röte auf meinem Gesicht ausbreitete, die zum Glück keine Untertitel hatte oder erklärende Winkzeichen machte. Ich senkte den Kopf.

»Carl, Suzanne, Nakako, Jim und Phillip können den Vorstand allein führen«, begann ich, »sie können das am besten. Ich kann gern beitreten, auch wenn ich keine große Hilfe bin, weil ich nicht gut bin als Vorstandsmitglied.«

Carl schlug mir mit seinem Löffel erst gegen die linke Schulter und dann gegen die rechte, als würde er eine Glocke läuten, was wir im Büro nicht taten und was auch sicher in Japan nicht üblich war.

»Auf Cheryl.«

Clee hob ihr Glas, und vielleicht war es nur unsere gemeinsame Erleichterung, aber ich hegte auf einmal fast zärtliche Gefühle für sie. Sie war in meinen Gedanken in letzter Zeit gar nicht mehr vorgekommen, abgesehen davon, dass ich versuchte, ihr Wurzelknollen und Polypen in die Vagina oder den Mund zu schieben. Wie ging es ihr eigentlich gerade? Der Wein war ziemlich stark; er stieg mir zu Kopf. Carl schenkte mir nach.

»Phil Bettelheim tritt zurück. Wir müssen also eine Lücke füllen.«

Mein Gesicht veränderte sich nicht, darauf achtete ich.

»Aber wir nehmen es ihm nicht übel. Er hat sich mit einer großzügigen Spende verabschiedet.«

Ich lächelte meine Serviette an. Ich hatte dem Vorstand natürlich nur beitreten wollen, um in seiner Nähe zu sein, aber seinen Platz einzunehmen, war auch interessant. Fast noch besser. Zum ersten Mal verstand ich Zigarren und den Drang, sich eine anzuzünden und sich zurückzulehnen.

Clee und ich bestellten beide das Mandarin-Beef; meins wurde mir in normaler Geschwindigkeit serviert, aber das von Clee wurde in Zeitlupe vor sie hingestellt. Ich blickte hoch und sah den langen, roten Hals des Kellners, der trocken schluckte. Es war schon ein Weilchen her, seit ich so etwas in der wirklichen Welt beobachtet hatte, und auf einmal war ich gar nicht mehr so begeistert von der Vorstellung, wie sie das steife Glied dieses Mannes für ein oder zwei Minuten festhielt. Zumal das von Phillip direkt hier unter dem Tisch pulsierte und anschwoll. Ich sah den Kellner scharf an, um ihn wissen zu lassen, dass sie in festen Händen war, und er eilte davon.

Drei Minuten später kam er zurück und fragte, ob alles in Ordnung sei. Während dieser Frage leckte er mit seinen Hundeaugen Clees Titten ab.

»Dieser Kellner ist ja wirklich ein Flegel«, sagte ich, nachdem er gegangen war. Ohne dass ich es wollte, tat ich es mit einer tiefen, schroffen Stimme, Phillips Stimme. Aber das war eine feine Nuance, die Carl entging. Clee dagegen legte den Kopf schräg und blinzelte. Plötzlich hob sie die Hand und winkte den Kellner herbei.

»Ich glaube, da stimmt was nicht mit meinem Stuhl.«

»Oh, nein«, sagte er bestürzt.

»Doch, ich glaube, ich bin mit meinem Kleid daran hängen geblieben.« Sie stand auf, und der Kellner inspizierte den Stuhl.

»Ich kann nichts sehen, aber warten Sie, ich hole Ihnen einen anderen.«

»Sind Sie sicher, dass ich mir keinen Faden gezogen habe?«

Der Kellner zögerte einen Moment, dann bückte er sich und begutachtete Clees Hinterteil.

Als sie sich umdrehte und ihn angrinste, schob sich sein durchtriebener Ziegenbart vor; ihre Energien griffen ineinander wie bei einem Handschlag, eine Übereinkunft, sehr bald miteinander Geschlechtsverkehr zu haben.

»Ich bin Keith«, sagte er.

»Hi, Keith.«

Ich knallte mein Glas auf den Tisch, und Keith und Clee sahen einander mit gespielt ängstlichem Blick an. Er hielt mich für ihre Mutter. Ihm fehlte die Erfahrung, um zu ahnen, dass ich steif sein und vor Wut beben könnte. Wie schockiert er wäre, wenn ich sie über den Esstisch legen, ihr Kleid hochschieben und mein Glied in ihr enges Poloch rammen würde. Beide Hände in der Luft, würde ich sie stoßen, um dem ganzen Restaurant inklusive Küchenchefs, Souschefs, Kellnern und Hilfskellnern zu zeigen, dass ich nicht ihre Mutter war.

Mit jedem Gang wurden sie einander körperlich vertrauter. Während er die Dessertauswahl herunterrasselte, massierte er ihr die Schultern.

»Kennst du ihn?«, fragte Carl verwirrt.

»Er heißt Keith«, sagte sie.

Aber als Keith Clee zur Tür hinaus folgte und sie nach ihrer Nummer fragte, antwortete sie: »Warum gibst du mir nicht deine?«

Auf der Heimfahrt schwieg sie.

Und in dem Moment, als ich die Haustür aufschloss, packte sie mich an den Haaren und riss meinen Kopf nach hinten. Ein lächerliches Keuchen entwich mir. Kein Szenario; sie kämpfte wie früher. Ich brauchte einen Moment, um mich neu zu sortieren – den Platz mit ihr zu tauschen und Phillip zu werden. Er drückte sie gegen eine Wand. Ja. Es war schon eine Weile her, dass wir uns mal so richtig ausgetobt hatten; genau dieses Abreagieren brauchte ich jetzt. Sie hatte es verdient für ihr schamloses Benehmen. Sie schlug meine Brüste; das hatte sie vorher noch nie getan, und es kam auch in keiner Simulation vor. Ich musste mich sehr konzentrieren, um mir vorzustellen, wie es sich anfühlen würde, ihre zu schlagen. Vielleicht hatte ich deshalb einen aggressiven oder männlichen Gesichtsausdruck, ich weiß es nicht. Ich weiß nicht, was sie sah.

»Was machst du?«, fragte sie und trat einen Schritt zurück.

»Nichts.«

Sie atmete ein paar Mal schwer ein und aus. »Du denkst irgendwelche Scheiße.«

»Nein, gar nicht«, sagte ich schnell.

»Doch. Du hast auf mich geschissen. Auf mein Gesicht oder so.«

Das hatte ich zwar absolut nicht, aber ganz allgemein betrachtet wohl doch. Ich hatte den ganzen letzten Monat ununterbrochen auf sie geschissen. Sie wartete darauf, dass ich etwas sagte, mich erklärte oder verteidigte.

»Nein, das war keine« – ich nahm dieses Wort nur sehr ungern in den Mund – »Scheiße.«

»Scheiße, Pisse, Wichse, was auch immer. Es war überall auf meinem …« Sie deutete auf ihr Gesicht, ihr Haar und ihre Brust. »Stimmt's? Hab ich recht?«

»Tut mir leid«, sagte ich.

Sie sah verraten aus, so verraten wie die verratenste Figur bei Shakespeare.

»Und ich dachte, ausgerechnet du müsstest doch« – ihre Stimme war jetzt nur noch ein Flüstern – »nett sein.«

»Es tut mir wirklich leid.«

»Weißt du, wie oft mir das schon passiert ist?« Sie zeigte auf ihr Gesicht, als wäre es tatsächlich mit irgendetwas besudelt.

Mir schossen alle möglichen Zahlen durch den Kopf – dreiundsiebzig Mal, neunundvierzig Mal, fünfzig Mal.

»Immer«, sagte sie. »Das passiert mir immer.«

Sie drehte sich um, und weil sie kein eigenes Zimmer hatte, ging sie ins Bad und schloss die Tür hinter sich ab.

Die Weltkarte löste sich von der Wand und rutschte geräuschvoll auf den Boden. Langsam hängte ich sie wieder auf. Ihre Gefühle. Ich hatte sie verletzt. Sie hatte Gefühle, und ich hatte sie verletzt. Ich starrte auf die Badezimmertür und stützte mich mit einer Hand an der Wand ab.

Ruth-Anne sagte, ich solle einfach weitermachen. Nicht darüber nachdenken, ob der Song wirkte oder nicht – einfach singen. Ich hatte ein paar keusche und hoffnungsvolle Tage, aber irgendwas ließ mich jedes Mal wieder schwach werden. Einmal träumte ich, Clee wäre bei Phillip in der Dusche, gegenseitiges Einseifen, und als ich aufwachte, stellte ich mich noch schlafend und kam. Ein anderes Mal schob ich sein steifes Glied für eine Sekunde in ihren Mund, nur um mir zu beweisen, dass ich mich im Griff hatte und es einmal kurz tun konnte, ohne wieder dem Bann zu verfallen, nur dass nicht *ich* mich im Griff hatte, sondern der Bann, und das eine Mal fünfzehn weitere Male im Laufe der nächsten beiden Tage nach sich zog, woraufhin ich unverzüglich in einem Morast aus Scham versank. Und sie wusste Bescheid – jetzt merkte sie irgendwie, wenn ich sie gerade mit Sperma bespritzt hatte. Am Telefon redete sie mit Kate darüber, wie viel Geld sie noch brauchte, um in eine eigene Wohnung ziehen zu können; viel fehlte nicht mehr.

Manchmal konnte ich es nur murmeln, *»Will you stay in our Lovers' Story?«*, aber es funktionierte am besten, wenn ich mich richtig ins Zeug legte und es aus vollen Lungen schrie, entweder mental oder so laut ich konnte in meinem Wagen – *»If you stay you won't be sorry!«*. Wenn sie nicht zu Hause war, machte ich dazu Tai-Chi-ähnliche Bewegungen, die die Übung tiefer in mein Unterbewusstsein zu transportieren schienen. Draußen vor dem Haus hatten Kanalisationsarbeiten begonnen; mit einer ohrenbetäubenden Asphaltsäge wurde der Gehweg geöffnet, und jedes Mal, wenn das gelbe Baufahrzeug rückwärts fuhr, machte es piep, piep, piep. Ich musste mich unglaublich konzentrieren, um innerlich zu singen und den Rhythmus des Songs gegenüber dem völlig konträren Piepsrhythmus zu behaupten. Drei Tage hintereinander versuchte ich das Piepsen zu übertönen, fünf bis sieben Stunden am Tag, bevor ich schließlich hinausmarschierte. Die gelbe Maschine war aus der Nähe ziemlich eindrucksvoll; neben ihrer Schaufel kam ich mir vor wie ein Zwerg. Der Herr über dieses Ungetüm passte proportional perfekt dazu. Den Kopf im Nacken, trank er in großen Schlucken Gatorade, und an den Seiten seines riesigen, fleischigen Gesichts lief Schweiß herunter. Ich stand total darauf, wenn Clee genau solchen Männern den Schwanz lutschte.

»Entschuldigen Sie bitte«, sagte ich. »Können Sie mir sagen, ob Sie heute viel rückwärts fahren werden? Ich wohne in dem Haus da, und das Piepsen ist ziemlich laut.«

»Ja.« Er blickte hinter sich. »Doch, heute geht's viel rückwärts.«

Ein kühler Wind strich vorbei, und ich wusste, wie gut sich das auf seinem verschwitzten Gesicht anfühlen musste, aber das war alles. Wie sich irgendetwas anderes für ihn anfühlen würde, wusste ich nicht.

»Tut mir leid wegen dem Lärm«, fügte er hinzu.

»Nein, nein«, sagte ich. »Ich finde das toll, was Sie hier machen.«

Er richtete sich ein wenig auf, und ich wartete, ob seine leicht verlegene Würde, die so vieles verhieß, Clee in irgendeiner Weise erregte. Aber nein, nichts – der Bann war gebrochen. Ich hatte den Song laut genug und oft genug gesungen: Jetzt brauchte ich ihn nie wieder zu singen. Als ich zurück zum Haus ging, fiel mir zum ersten Mal der Orangenbaum der Nachbarn auf. Er sah fast unwirklich aus. Ich atmete den Zitrusduft ein, das Meer und den Smog – ich roch alles. Und sah alles. Meine Kehle zog sich zusammen. Ich ließ mich auf den Bordstein sinken, in die Knie gezwungen vom Bild einer Frau mittleren Alters, die die Finger nicht von sich lassen kann. Autos fuhren vorbei, einige schnell und andere langsamer, und die Fahrer starrten mich an und wunderten sich.

8. KAPITEL

Den ganzen Juli über griff sie mich nicht an. Sie redete nicht mit mir. Sah mich nicht an. *Ich* war die Unanständige. Ich hatte *sie* beschmutzt, nicht andersherum. Wie war es so weit gekommen, und wie konnte ich meinen Namen wieder reinwaschen? Ich war bereit, mit Leib und Seele Buße zu tun, sobald sich eine Gelegenheit dazu bot, aber ich wartete vergebens. Stattdessen krochen die Stunden nur so dahin, und mit jedem Tag, den sie arbeitete, war sie dem Auszug bei mir ein Stückchen näher. Das war wahrscheinlich das Beste, auch wenn der Gedanke mich förmlich aushöhlte, so absurd das war.

Am letzten Tag des Monats senkte sich die Hitze mitten in der Nacht wie eine Decke auf die ganze Stadt, weckte sämtliche Lebewesen und brachte sie gegeneinander auf. Ich sah zum Küchenfenster hinaus in die mondlose Nacht und lauschte. Im Garten hinterm Haus wurde offenbar irgendein Tier zerfleischt; wahrscheinlich hatte sich ein Kojote ein Stinktier geschnappt – aber nicht gut, nicht kurz und schmerzlos. Nach ein paar Minuten kam Clee aus dem Wohnzimmer getappt und blieb ein paar Meter neben mir stehen. Wir hörten zu, wie sich die Schreie veränderten, je näher das Tier dem Tode kam; sie näherten sich klanglich zunehmend einer menschlichen Stimmlage, und jeder

Schrei enthielt einen bekannten Vokal. Falls Worte erkennbar wurden, würde ich rausgehen und es erlösen. Sobald Worte ins Spiel kämen, selbst grob artikulierte, sähe die Sache vollkommen anders aus. Natürlich würden sie zufällig entstehen – so wie ein gequälter Mensch unwissentlich Geräusche von sich geben könnte, die für ein Schwein bedeutungsvoll wären –, aber ich müsste dann trotzdem eingreifen. Wir lauschten beide auf ein Wort. Vielleicht *Hilfe*, vielleicht ein Name, vielleicht *Bitte nicht*.

Aber es starb, bevor irgendetwas dergleichen geschah, und plötzlich war es still.

»Ich glaube nicht an Abtreibung«, flüsterte Clee und schüttelte kläglich den Kopf.

Es war eine ungewöhnliche Ansicht zu diesem Thema, aber egal: Sie redete mit mir.

»Ich finde, es sollte verboten werden«, fügte sie hinzu. »Du nicht?«

Ich spähte hinaus in den dunklen Garten. Nein, fand ich nicht. Ich hatte Petitionen unterschrieben, damit gerade das nicht geschah. Aber es kam mir vor, als meinte sie das, was wir gerade getan hatten, oder nicht getan hatten.

»Ich bin definitiv für das Leben«, sagte ich, womit ich nicht meinte, dass ich Abtreibungsgegnerin war, sondern nur, dass ich das Leben toll fand. Sie nickte mehrmals voller Zustimmung. Mit einem feierlichen Gefühl gingen wir beide zurück ins Bett, wie zwei Diplomaten, die einen Vertrag von historischer Bedeutung unterzeichnet hatten. Sie hatte mir noch nicht verziehen, aber die Atmosphäre im Haus hatte sich verändert. Morgen würde ich sie nach dem Weg fragen. *Können Sie mir sagen, wo die nächste Drogerie ist?* Ich sah sie erleichtert lächeln, als hätte ich sie zum Tanz aufgefordert. Alles war vergeben.

Morgen begann mit einem Anruf. Suzanne war empört.

»Ich will nichts damit zu tun haben. Und ich fühle mich deswegen auch nicht schuldig. Habe ich dich geweckt?«

»Nein.« Es war sechs Uhr morgens.

»Wenn sie es behalten würde, wäre ich sauer, aber ich hätte auch das Gefühl, mich mit einbringen zu müssen. Aber das hat sie gar nicht ernsthaft vor, sagt Kates Mom. Das ist nur dummes Getue. Sie macht das nur, damit sie sich wie eine von ihren ach so gläubigen Asifreundinnen vorkommen kann, wie Kate und der ganze Rest von denen.«

Ich spürte ein leichtes Kribbeln im Hirn, ein bisschen wie kurz vor dem Moment, wenn einem ein bestimmtes Wort wieder einfällt. Gleich würde es klick machen und ich verstand, wovon sie sprach.

»Du hast meine Erlaubnis, sie auf der Stelle rauszuschmeißen – ich bestehe sogar darauf. Sie muss mal raus ins wahre Leben. Wer ist der Vater? Soll sie doch zu ihm ziehen.«

Der Vater. Väterchen Frost? Vater, Fatige, Fatalist? Tropfte mir irgendwas aus dem Ohr? Ich sah in den Spiegel, nichts. Aber es war interessant, mein Gesicht in dem Moment zu beobachten, als der Groschen fiel – ich sah eine dick aufgetragene, theatralische Performance von jemandem, der vollkommen perplex ist: Mein Mund klappte auf, die Augen wurden groß und traten förmlich hervor, und sämtliche Farbe wich aus meinem Gesicht. Irgendwo traf ein großer, weicher Schlegel auf ein riesiges Becken.

Das, worüber wir redeten, hieß *schwanger.*

Clee war schwanger.

Gab es viele Möglichkeiten, schwanger zu werden? Eigentlich nicht. Konnte man von einem Springbrunnen schwanger werden? Nein. Mein Ohr klingelte so laut, dass ich kaum verstand, wie Suzanne fragte, ob ich wisse, wer der Vater sei; ich konnte selbst meine eigene Antwort kaum hören.

»Nein«, schrie ich.

»Kate wusste es auch nicht. Ist Clee da?«

Ich öffnete die Tür einen winzigen Spalt. Clee saß aufrecht in ihrem Schlafsack. Ihr Gesicht sah fleckig aus vom Weinen, oder vielleicht auch nur vom Schwangersein.

»Sie ist hier«, flüsterte ich.

»Gut, dann sag ihr bitte, dass sie da allein durchmuss. Ich würde es ihr ja selbst sagen, aber sie geht nicht ans Handy. Wobei, weißt du was? Sag ihr gar nichts. Sorge bloß dafür, dass sie das Haus nicht verlässt. Ich bin in anderthalb Stunden da.«

Sie hatte unseren Vertrag gebrochen. Doch das beinhaltete er nicht, natürlich nicht, warum sollte er? Was kümmerte es mich? Welcher Vertrag? Wir hatten keinen. Ich legte mich aufs Bett und vergrub mein Gesicht in den Kissen. War es der Klempner? Er konnte es natürlich nicht gewesen sein; das war ja nichts Reales gewesen. Aber es hatte etwas Reales stattgefunden, wahrscheinlich nicht nur einmal, wahrscheinlich viele Male mit vielen Männern. So war sie. Prima. Ging mich nichts an. Sie konnte so viel realen Geschlechtsverkehr haben, wie sie wollte; unser Vertrag war aufgehoben. Was für ein Vertrag? Wo hatten sie es getrieben? Etwa in meinem Bett? Ich würde ihre Müllsäcke eigenhändig auf die Straße werfen. Ich zog Sportsachen an, damit ich mich gut bewegen konnte.

Suzannes Volvo fuhr geräuschlos vor dem Haus vor; sie musste schon auf den letzten Metern den Motor ausgemacht haben. Ich versuchte, ihr durchs Fenster einen erhobenen Daumen zu zeigen, aber sie sah mich nicht. Auch sie trug Sportsachen und sah aus, als hätte sie sich während der ganzen Fahrt mit Schlachtrufen in Stimmung gebracht, um sie jetzt zu erledigen. Ein energisches Klopfen an der Tür, ein Metallschnabel oder ihre Schlüssel. Ich nahm die Schultern zurück und trat aus dem Schlafzimmer, das Gesicht wie Stein.

Clee spähte durch einen Spalt in den Wohnzimmervorhängen. Die Arme vor dem Bauch verschränkt, ging sie rückwärts, bis sie mit dem Rücken an der Wand mit ihren Müllsäcken stand. Tock, tock, tock, machte der Schnabel. Mein Blick fiel auf Clees nackte Füße; einer stand auf dem anderen und beschützte ihn. Tock, tock, tock. Wir sahen beide zur Tür. Sie wackelte ein bisschen. Suzanne hämmerte jetzt dagegen.

Mit Schwung riss ich sie auf. Nicht die große, sondern die kleine darin. Sie war gerade groß genug, dass meine Augen, meine Nase und mein Mund durchpassten. Ich drückte das Gesicht in das Rechteck und blickte auf Suzanne hinab.

»Ist sie dadrin?«, formte sie lautlos mit den Lippen und zeigte verschwörerisch auf die Fenster.

»Ich glaube nicht, dass sie dich im Moment sehen will«, antwortete die Tür.

Suzanne blinzelte; die Verwirrung stand ihr ins Gesicht geschrieben. Ich drückte mich gegen die Eichentür. *Bleib eichern.*

»Niemand zu Hause. Kein Zutritt.«

»Okay, Cheryl, ha ha. Sehr theatralisch. Ich will jetzt mit Clee reden.«

Ich sah Clee an. Sie schüttelte den Kopf und schenkte mir ein winziges, dankbares Lächeln. Ich legte mich doppelt ins Zeug, dreifach.

»Sie will nicht mit dir reden.«

»Es geht hier nicht um wollen«, keifte Suzanne. Verzweifelt rüttelte sie am Türknauf.

»Doppelzylinder«, sagte ich, »keine Chance.«

Sie hämmerte mit der Faust gegen das kleine Eisengitter vor meinem Gesicht. Genau dafür war es gemacht. Sie begutachtete ihre Faust, dann sah sie zu ihrem geparkten Wagen und dem von Clee dahinter, ihrem alten. Für einen Moment sah sie einfach nur aus wie eine Mutter, müde und besorgt und ohne die Möglichkeit, sich würdevoll Gehör zu verschaffen.

»Das wird schon«, sagte ich. »Sie packt das. Dafür sorge ich.«

Sie blinzelte mich an; das Drahtgitter schnitt allmählich in mein Gesicht ein.

»Darf ich dann gnädigerweise wenigstens mal zur Toilette?«, fragte sie kühl. Ich schloss das Türchen für einen kurzen Moment.

»Sie will zur Toilette.«

Clees Augen glänzten feucht.

»Lass sie rein«, sagte sie mit vorsichtiger Großmut.

Ich schloss auf und öffnete die Tür. Suzanne zögerte – wahrscheinlich hatte sie irgendeinen behämmerten Plan im Kopf – und sah in einem letzten verzweifelten Versuch ihre Tochter an. Clee zeigte auf das Badezimmer. Wir hörten, wie sie pinkelte, spülte und sich die Hände wusch. Ohne Clee oder mich anzusehen, verließ sie das Haus; der Volvo rumpelte davon.

Clee nahm einen großen Schluck aus einer alten Dose Pepsi light und warf sie dann grob in Richtung Mülleimer. Sie sprang ein paar Mal auf dem Linoleum. Ich verstand. Sie hatte mir im Eifer des Gefechts vorübergehend verziehen, aber eigentlich doch nicht. In all dem Aufruhr hatte ich vergessen, mein Bett zu machen; ich drehte mich um und wollte ins Schlafzimmer gehen.

»Also«, sagte Clee laut. Ich blieb stehen. »Ich hab jetzt echt keine große Ahnung von Gesundheit und so. Aber ich vermute mal, du weißt, was ich jetzt essen muss. Vitamine und so.«

Ich drehte mich um und sah sie von der Schlafzimmertür aus an. Sie stand auf dem Mond, und wenn ich antwortete, war ich ebenfalls dort, direkt neben ihr. Weit weg von allem anderen. Der Mond wirkt so weit entfernt, dabei braucht man nur die Hand danach auszustrecken.

»Na ja«, sagte ich langsam, »für den Anfang solltest du Vitamintabletten für Schwangere nehmen. Welche Woche?« Die Worte *welche Woche* purzelten mir einfach so aus dem Mund, als hätten sie schon die ganze Zeit dort gewartet.

»Elfte, glaub ich. Ganz sicher bin ich nicht.«

»Aber du bist dir sicher, dass du ein Baby willst.«

»Um Gottes willen.« Sie lachte. »Ich gebe es zur Adoption frei. Kannst du dir das vorstellen? *Ich?*«

Ich lachte ebenfalls. »Na ja, ich wollte dir nicht zu nahe treten, aber …«

Sie tat, als hielte sie ein Baby im Arm, und wiegte es mit einem manischen Grinsen wild hin und her.

In der zwölften Woche war es nur ein Neuralrohr, ein Rückgrat ohne Rücken; in der Woche darauf verdickte sich der obere Teil zu einem Kopf mit dunklen Flecken auf beiden Seiten, aus denen später Augen wurden. Ich las ihr diese Entwicklungen jede Woche laut von Grobaby.com vor.

»Nichts geht mehr? Schuld sind die lästigen Schwangerschaftshormone. Achten Sie jetzt besonders auf ballaststoffreiche Nahrung.« Sie hatte Verstopfung, wie sie mir zu Beginn dieser Woche gestand. Die Website sagte verblüffend genau voraus, wie sie sich bald fühlen würde, als gäbe sie ihrem Körper mit ihren wöchentlichen Updates jeweils das passende Stichwort. Nicht zuletzt deshalb wiederholte ich oft, was mir besonders wichtig erschien. (»In dieser Woche bilden sich schaufelähnliche Hände und Füße heraus. Diese Woche: Hände und Füße. Nach Möglichkeit *schaufel*ähnlich.«) Wenn ich aus Versehen eine Woche übersprang, drehten die Zellen Däumchen und warteten auf weitere Anweisungen. Sie nahm die Vitamine und aß, was ich ihr kochte, aber von einer Vorsorgeuntersuchung wollte sie nichts wissen.

»Ich gehe dann später, wenn ich weiter bin«, sagte sie über ihren Schlafsack gebeugt. Ich ließ das Thema erst einmal auf sich beruhen. So mit ihr zu reden, fühlte sich an wie eine Rolle, so ähnlich wie »Frau fragt nach dem Weg« – »Frau kümmert sich um schwangeres Mädchen«.

»Ich will nicht, dass mich irgendjemand aus dem ganzen Medizinbetrieb anfasst«, fügte sie ein paar Stunden später hinzu. »Es muss eine Hausgeburt werden.«

»Aber du musst trotzdem zur Untersuchung gehen. Was, wenn irgendwas nicht in Ordnung ist?« Aus irgendeinem Grund wusste ich immer genau, was ich sagen musste, als hätte ich es Dana in einem Video sagen gehört.

»Da ist schon alles in Ordnung.«

»Hoffen wir mal, dass du recht hast. Manchmal wächst es nämlich nicht richtig zusammen – du denkst, da ist ein Baby drin, aber wenn du presst, kommt nur Hühnersuppe mit Reis raus.«

Als Dr. Binwali uns den Fötus per Ultraschall zeigte, war ich mir sicher, dass Clee weinen würde, wie jeder Astronaut, der vom Weltall aus die Erde gesehen hat, aber sie wandte sich vom Monitor ab.

»Ich will nicht wissen, was es wird.«

»Keine Sorge, dafür ist es sowieso noch zu früh«, antwortete der Arzt. Doch sie starrte weiter an die Decke und vermied den Anblick ihrer gespreizten Beine. Sie meinte nicht nur jetzt, sondern ganz generell. Sie hoffte, es nie zu Gesicht zu bekommen.

»Vielleicht möchte die zukünftige Großmutter ja das letzte Stückchen Schwanz sehen«, sagte er und tippte auf den Bildschirm.

Keine von uns korrigierte ihn. Unser Zug hatte jetzt Fahrt aufgenommen; die guten Menschen dieser Welt schwebten um Mütter und Töchter herum, öffneten Türen und trugen Einkaufstaschen, und wir ließen sie gewähren.

Mit ihren natürlichen Kurven hätte sie eigentlich eine Bilderbuchschwangere abgeben sollen, aber jetzt fielen mir vor allem ihr etwas zu großes Kinn und ihre plumpen Bewegungen auf. Zusammen mit ihrem hervorstehenden Bauch entstand ein merkwürdiges, fast sonderbares Bild. Je schwangerer sie wurde, desto weniger Ähnlichkeit hatte sie mit einer Frau. Wenn wir zusammen in der Öffentlichkeit waren, achtete ich darauf, ob die Leute zusammenzuckten oder sie komisch ansahen. Aber anscheinend war ich die Einzige, die es sehen konnte.

»›Siebzehnte Woche‹«, las ich vor. »›Ihr Baby setzt in dieser Woche Körperfett an (willkommen im Club!) und entwickelt seine ganz persönlichen Fingerabdrücke.‹« Es war schwer zu sagen, ob sie zuhörte. »Also, diese Woche Fett und Fingerabdrücke«, fasste ich zusammen. Sie zog eine Schnecke vom Couchtisch ab und gab sie mir. Ich warf sie in den Eimer mit Deckel, der neben der Eingangstür stand; Rick sammelte sie.

»Dein Baby wiegt circa hundertfünfzig Gramm und ist ungefähr so groß wie eine Zwiebel. Soll ich dir auch den ›Tipp von unseren Leserinnen‹ vorlesen?«

Sie zuckte mit den Achseln.

»›Ein Tipp von unseren Leserinnen: Sie brauchen kein Geld für teure Umstandskleidung auszugeben: Leihen Sie sich einfach ein paar Hemden von Ihrem Mann!‹«

Sie sah hinunter auf ihren Bauch. Er sah aus wie ein Bierbauch, der sich unter ihrem Top hervorwölbte.

»Ich habe eins, das ich dir borgen könnte.«

Clee folgte mir zu meinem Schrank. Die Sachen darin waren alle sauber, aber sie hatten einen öligen, intimen Geruch, der mir vorher noch nie aufgefallen war. Sie schob die Bügel hin und her. Plötzlich zog sie ein langes grünes Cordkleid heraus und hielt es hoch.

»Das ist das Lesbenkleid«, sagte sie.

Das Kleid, das ich bei meinem Date mit Mark Kwon getragen hatte, Kates Dad. Sie hatte es entsetzlich schnell gefunden. Es hatte lange Ärmel und vorn lauter kleine Knöpfe, die über die gesamte Länge gingen, vom Saum des wadenlangen Rocks bis hinauf zum Stehkragen. Dreißig oder vierzig Stück.

»Das passt dir bestimmt noch.«

»Ich glaube nicht.« Eine ältere, adlige Frau mit weißem Haar und echten Perlenohrringen hätte darin vielleicht elegant ausgesehen. Jeder, der jünger oder ärmer war, sah darin aus wie eine Soldatin aus einem dieser Länder, in denen Frauen mit Maschinengewehren bewaffnet sind. Ich zog mein gestreiftes Männerhemd heraus. Sie nahm es mit ins Bad, aber als sie wieder rauskam, trug sie immer noch ihr Top.

»Ist nicht mein Stil«, sagte sie und gab es mir zurück.

»Fühlt es sich natürlich für dich an?«, fragte ich. »Schwanger zu sein?«

»Es ist was ganz Natürliches«, sagte sie. »Der Medizinbetrieb macht daraus was Unnatürliches.«

Ihre Freundin Kelly hatte zu Hause in der Badewanne

entbunden. Ihre Freundin Desia ebenfalls. Es gab in Ojai eine ganze Gruppe von Mädchen, die ihre Babys über eine christliche Organisation namens Philomena Family Services zur Adoption freigegeben hatten. Allesamt Hausgeburten mithilfe von Hebammen.

»Aber hier in L. A. sind die Krankenhäuser wirklich gut, du brauchst das wirklich nicht so zu machen.«

»Und du brauchst mir nicht zu erzählen, was ich brauche und was nicht«, sagte sie und verengte die Augen. Für einen kurzen Moment dachte ich, sie würde mich gegen die Wand drücken. Aber nein, natürlich nicht. Die Zeiten waren vorbei.

Alle bei Open Palm wussten Bescheid und fanden es nobel von mir, dass ich sie ohne Wenn und Aber bei mir aufnahm.

»Sie war ja schon bei mir – ich habe sie nur nicht rausgeschmissen.«

»Du weißt doch, was ich meine«, sagte Jim. »Dass du deinen Job aufs Spiel setzt.« Mein Job war nicht in Gefahr; Suzanne und Carl horchten meine Kollegen regelmäßig nach Neuigkeiten von Clee aus. Nach jeder Untersuchung sorgte ich dafür, dass sich der neueste Stand schnell herumsprach. Alle gingen davon aus, dass ich wusste, wer der Vater ist, aber ich wusste es nicht. Ich wusste überhaupt nichts. Es war unmöglich, dieses Thema anzuschneiden, ohne gleichzeitig auf unsere Vergangenheit zurückzukommen, die Szenarios und meinen Verrat. Unsere unausgesprochene Übereinkunft lautete: kein Blick zurück.

Mitte des zweiten Trimenons sah ich Phillip. Er parkte gerade seinen Land Rover, als ich aus dem Büro kam. Ich versteckte mich in einem Eingang und wartete zwanzig Minuten, während er im Wagen saß und telefonierte. Wahrscheinlich mit Kirsten. Ich wollte nicht daran denken. Alles befand sich in einem zarten Gleichgewicht, und so musste es auch bleiben. Als ich endlich zu meinem Wagen ging, zitterten meine Beine, und meine Sachen waren von übel riechendem Schweiß durchtränkt.

Nacht für Nacht hörte ich, wie sie ins Bad stolperte, gegen den Türrahmen stieß und auf dem Rückweg gleich noch einmal dagegendonnerte. Die reinste Qual.

»Vorsicht!«, rief ich schließlich eines Nachts von meinem Bett aus.

Sie blieb abrupt stehen, und durch die halb offene Tür sah ich, wie sie im Mondlicht stand und mit erschrockenem Blick die Hand auf ihren gerundeten Bauch legte, so als hätte die Schwangerschaft sie gerade überfallen.

»War es Keith?«, rief ich.

Sie bewegte sich nicht. Ich wusste nicht, ob sie wach war oder im Stehen wieder eingeschlafen.

»War es einer von den Männern auf der Party? Ist es auf der Party passiert?«

»Nein«, sagte sie heiser. »In seiner Wohnung.«

Er hatte eine Wohnung namens *seine Wohnung*, da hatte es stattgefunden, und ›es‹ war Sex. Das war mehr und zugleich weniger, als ich wissen wollte.

»Es ist ein Albtraum«, sagte sie und hielt sich den Bauch.

»Ein Albtraum?« Ich wollte unbedingt mehr wissen. Sie taumelte wieder ins Bett. »Wirklich?«, rief ich noch einmal, aber sie war fertig, schon wieder im Halbschlaf. Es konnte eigentlich nur ein Albtraum sein, wenn in einem jemand wuchs, dessen Gesicht man nie zu erblicken hoffte.

Am Morgen versuchte ich es mit etwas mehr Nachdruck.

»Ich finde, schon allein aus Sicherheitsgründen sollte ich

wissen, wer der Vater ist. Was ist, wenn dir etwas zustößt? Ich bin schließlich verantwortlich.«

Sie wirkte überrascht, beinahe etwas gerührt.

»Er soll nichts davon erfahren. Er ist kein guter Mensch«, sagte sie leise.

»Aber warum machst du so was mit jemandem, wenn er kein guter Mensch ist?«

»Keine Ahnung.«

»Wenn es nicht in beiderseitigem Einverständnis war, müssen wir zur Polizei gehen.«

»Doch, doch. Er ist bloß nicht der Typ, auf den ich normalerweise stehe.«

Wie waren sie zu dem Einverständnis gekommen? Hatten sie abgestimmt? Hatte jeder, der dafür war, *aye* gesagt? Aye, aye, aye. Ich ging ins Bügelzimmer und holte einen Stift, ein Blatt Papier und einen Umschlag.

»Ich mache ihn nicht auf, versprochen.«

Sie ging ins Bad, um den Namen aufzuschreiben. Als sie wieder herauskam, schob sie den Umschlag zwischen zwei Bücher im Regal und legte sorgfältig den Verschlussring einer Coladose davor. Als wäre es unmöglich, den Verschlussring einer Coladose wieder genau an dieselbe Stelle zu legen.

Ich fackelte nicht lange und vereinbarte einen Termin für eine Notfallsitzung, bevor Clee sich das mit dem Vertrauen zu mir vielleicht doch anders überlegte. Ich ging hinter die Pinkelwand und bat Ruth-Anne, in meine Handtasche zu schauen.

»Da ist ein zugeklebter Umschlag drin und ein offener«, sagte ich. »Öffnen Sie den verschlossenen.«

»Aufreißen?«

»So, wie Sie einen Umschlag sonst auch öffnen würden.«

Ein unbeholfenes Reißgeräusch.

»Okay. Er ist offen.«

»Steht auf dem Blatt ein Name?«

»Ja, soll ich ihn vorlesen?«

»Nein, nein. Ein Männername?«

»Ja.«

»Okay.« Ich schloss die Augen, als würde derjenige auf der anderen Seite der Trennwand stehen. »Schreiben Sie den Namen ab.«

»Worauf?«

»Egal, auf ein Terminkärtchen.«

»Gut. Ich bin fertig.«

»So schnell?« Es war ein kurzer Name. Kein langer, ungewöhnlicher, exotischer Name mit vielen Akzenten und Umlauten, bei dem man zweimal hingucken musste. »Gut, dann stecken Sie den Zettel in den offenen Umschlag und kleben Sie ihn zu.«

Ich hörte umständliches Geraschel und ein paar dumpfe Schläge.

»Was machen Sie?«

»Nichts. Ich hab die Sachen fallen lassen und mir beim Aufheben den Kopf am Tisch gestoßen.«

»Alles okay?«

»Mir ist ein bisschen schwindelig.«

»Ist der Umschlag zu?«

»Jetzt ja.«

»Gut, dann stecken Sie ihn in meine Handtasche und legen Sie die Karte mit dem Namen an irgendeinen sicheren Ort, wo ich sie nicht sehen kann.«

Sie lachte.

»Was ist daran so lustig?«

»Nichts. Ich hab sie wirklich gut versteckt.«

»Das heißt, Sie sind fertig? Dann komm ich jetzt raus. Okay?«

»Ja.«

Lächelnd und mit aufgerissenen Augen stand Ruth-Anne vor mir, die Hände hinter dem Rücken. Der Umschlag lag in tausend kleinen Fetzen auf dem Teppich verstreut. Eine notarielle Beurkundung hat ja normalerweise etwas Würdevolles, selbst wenn der Notar nur der Verkäufer in einem Schreibwarenladen ist. Ich hatte mir das Ganze mehr in dieser Art vorgestellt.

»Was haben Sie da hinter dem Rücken?«

Sie nahm die Hände hinter dem Rücken hervor und öffnete sie – leer. Jetzt ließ sie irgendwie merkwürdig die Augäpfel nach links rollen.

»Was ist, warum gucken Sie da hin?«

Sofort sah sie mich wieder an. Sie presste die Lippen zusammen, zog die Augenbrauen hoch und zuckte mit den Schultern.

»Ist die Karte da drüben?«

Sie zuckte noch einmal mit den Schultern.

»Ich will nicht wissen, wo sie ist.« Ich setzte mich auf die Couch. »Wahrscheinlich ist es unmoralisch, was ich hier mache.« Ich wartete darauf, dass sie mich aus der Reserve lockte. Ich hatte noch zehn Minuten. Ruth-Anne setzte sich, nahm den Ellbogen in die Hand und rieb sich bedeutungsvoll nickend das Kinn. Es sah aus, als würde sie die Rolle einer Therapeutin spielen und sich darüber lustig machen, wie ein Kind, das Psychologe spielte. »Ich will mein Versprechen an Clee nicht brechen«, fuhr ich fort, »aber ich möchte auch die Möglichkeit haben, es zu erfahren. Was, wenn irgendwas nicht in Ordnung ist? Oder wenn wir seine medizinische Vorgeschichte brauchen? Finden Sie das falsch?«

Irgendetwas rutschte die Wand herunter. Ruth-Anne riss unwillkürlich die Augen auf, ignorierte es ansonsten aber geflissentlich.

»War das die Karte?«

Sie nickte energisch. Sie hatte sie hinter einem ihrer Diplome versteckt. Jetzt lag sie auf dem Boden. Ich sah nicht hin.

»Sie brauchen Sie nicht zu verstecken wie ein Osterei. Legen Sie sie einfach in Ihre Schreibtischschublade.« Sie huschte zu der Karte und eilte damit nicht zu ihrem Schreibtisch, sondern zu dem am Empfang und knallte die Schublade zu, als wäre die Karte ein Frechdachs, der ihr jeden Moment entwischen konnte.

»Wo waren wir stehen geblieben?«, fragte sie, als sie atemlos zurückkam, und faltete sich wieder in ihre Therapeutinnenpose zusammen.

»Ich habe Sie gefragt, ob Sie das falsch finden.«

»Und ich habe es Ihnen gesagt.« Auf einmal war sie wieder sie selbst, würdevoll und intelligent.

»Was meinen Sie?«

»Sie wollten Kinderspiele spielen, also haben wir das getan.«

Ich ließ mich in die Couch zurücksinken, in meinen Augen brannten trockene Tränen. Deshalb war sie so gut, sie schaffte es jedes Mal, zum Kern der Sache vorzudringen.

»Sie können die Karte wegwerfen«, sagte ich atemlos.

»Ich behalte sie, solange Sie möchten. Unser Leben ist voll von kindischen Streichen, Cheryl. Laufen Sie nicht vor Ihren Spielchen davon, nehmen Sie sie einfach zur Kenntnis: ›Oh, ich merke, dass ich spielen möchte wie ein kleines Mädchen. Warum? Warum möchte ich ein kleines Mädchen sein?‹«

Ich hoffte, dass ich diese Frage nicht beantworten musste.

»Haben Sie schon mal darüber nachgedacht, ein zweites Mal zur Welt zu kommen?«

»Meinen Sie Wiedergeburt?«

»Geburtswiederholung. Dr. Broyard und ich dachten, das könnte vielleicht etwas für Sie sein.«

»Dr. Broyard? Sie haben mit ihm über mich gesprochen?«

Sie nickte.

»Was ist mit Ihrer Geheimhaltungspflicht?«

»Gegenüber anderen Ärzten ist sie nicht wirksam. Oder würde ein Pulmonologe etwa Informationen von einem Neurologen geheim halten?«

»Hm, stimmt.« Mir war gar nicht bewusst gewesen, dass ich so ein ernster Fall war.

»Dr. Broyard und ich« – sie deutete auf die Wand – »sind ein zertifiziertes Team.«

Mit zusammengekniffenen Augen sah ich auf die Urkunde. TRANSZENDENTE GEBURTSWIEDERHOLUNG, MASTERZERTIFIKAT II.

»Glauben Sie wirklich, das ist nötig?«

»Nötig? Nein. Nötig ist nur, dass Sie genügend essen, um zu überleben. Waren Sie glücklich im Mutterleib?«

»Weiß ich nicht.«

»Nach einer Sitzung bei uns wissen Sie es. Sie werden sich daran erinnern, wie es als einzelne Zelle und dann als Keimblase war, die sich kräftig ausdehnt und zusammenzieht.« Mit einer Grimasse zog sie den Oberkörper zusammen, zitterte dabei gequält und dehnte ihn kurz darauf ächzend wieder aus. »All diese Umwälzungen tragen Sie noch in sich. Eine schwere Last für ein kleines Mädchen.«

Ich stellte mir vor, wie ich auf dem Boden lag, den Kopf zwischen Ruth-Annes Beinen. »Warum muss Dr. Broyard dabei sein?«

»Gute Frage. Ein Baby kann möglicherweise schon vor

der Befruchtung ein Bewusstsein haben, als zwei getrennte Einheiten – Spermium und Eizelle. Deshalb beginnen wir mit der Befruchtung.«

»Mit der Befruchtung?«

»Natürlich nur mit einem Ritual, das für die Befruchtung steht. Dr. Broyard spielt die Rolle des Spermiums und ich die der Eizelle. Das Wartezimmer« – sie zeigte darauf – »ist die Gebärmutter, und um geboren zu werden, kommen Sie durch diese Tür hier.«

Ich sah zur Tür.

»Er ist dieses Wochenende zusammen mit seiner Frau in der Stadt, ein Besuch außer der Reihe. Wie wäre es Sonntag um drei?«

»Okay.«

Sie sah auf die Uhr; wir hatten schon überzogen.

»Soll ich …?« Ich zeigte auf die Papierschnipsel auf dem Boden.

»Vielen Dank.« Sie hörte ihre Mailbox ab, während ich mich hinkniete und die Umschlagfetzen aufsammelte. Ich nahm sie mit, um nicht unnötig ihren Papierkorb zu füllen.

Nachdem ich den Umschlag wieder zwischen die Bücher gesteckt und den Dosenring wieder an die richtige Stelle gelegt hatte, klickte ich mich noch einmal durch Grobaby.com. Von einer Keimblase, die sich ausdehnte und wieder zusammenzog, stand dort nichts. Ich starrte auf die Illustration eines Fötus und biss mir auf den Fingernagel. Diese Website war keine Schritt-für-Schritt-Anleitung. Falls sich das Ding in Clees Bauch in irgendeiner Weise auf das verließ, was ich ihm sagte, klafften große Lücken in seiner Entwicklung. Ich sah einen faulen, SMS schreibenden und Kaugummi kauenden Embryo, der halbherzig lebenswichtige Organe bildete.

Am nächsten Tag brachte der Paketbote *Die Embryoge-*

nese; ich hatte mir Expressversand gegönnt. Da die neunhundertachtundzwanzig Seiten nicht fein säuberlich nach Wochen aufgeteilt waren, schien es mir das Sicherste, ganz von vorn anzufangen. Ich wartete, bis Clee ihren Grünkohl mit Tempeh aufgegessen hatte. Sie ließ sich auf der Couch nieder, und ich räusperte mich.

»›Millionen von Spermien schwimmen in einem großen Strom aufwärts durch die Gebärmutter und schließlich in die Eileiter. Sie –‹«

Clee hob die Hand. »Whoa. Ich weiß nicht, ob ich mir das geben will.«

»Das ist alles schon passiert, ich rekapituliere nur noch einmal.«

»Muss ich unbedingt zuhören?« Sie nahm ihr Handy und die Kopfhörer.

»Musik verwirrt es vielleicht – es muss doch meine Stimme hören.«

»Aber mein Kopf ist hier oben, total weit weg.«

Sie scrollte durch ihr Handy, bis sie etwas mit einem wummernden Rhythmus fand, und bedeutete mir mit einem Nicken weiterzulesen.

»›Das erfolgreiche Spermium‹«, referierte ich und beugte mich zu ihrem runden Bauch, »›dringt in die Eizelle ein, und sein Vorkern verschmilzt mit dem Vorkern der Eizelle. Mit der Verschmelzung der Zellmembranen und der Vorkerne von Ei- und Samenzelle wird aus den beiden Gameten eine einzige Zelle, eine Zygote.‹« Ich sah sie klar und deutlich vor mir – kugelig und glänzend, gefüllt mit der elektrischen Erinnerung daran, zwei zu sein, doch jetzt zur ewigen Einsamkeit des Einsseins verdammt. Kummer, der niemals vergeht. Clee hatte die Augen geschlossen und ihre Stirn war schweißnass; es war nicht lange her, seit sie zwei gewesen war, das Spermium von Carl und die Eizelle von Suzanne.

Und jetzt geschah dasselbe in ihr, ein neues kummervolles Wesen setzte sich zusammen, so gut es konnte.

Am nächsten Morgen grüßte ich meine Chefs voller Mitgefühl; man würde ja meinen, dass man mit etwas, was aus einem selbst gemacht ist, wenigstens noch redet. Suzanne und Carl hatten seit Monaten nichts von Clee gehört. Sie setzten sich so weit weg von mir wie möglich, die Hände demonstrativ höflich vor sich auf dem Tisch gefaltet. Jim lächelte ermutigend; es war meine erste Vorstandssitzung. Sarah saß an der Seite auf meinem alten Stuhl und führte Protokoll. Ich wurde offiziell begrüßt, und Phillips Ausscheiden wurde protokolliert.

»Er ist gesundheitlich ziemlich angeschlagen«, erklärte Jim. »Also, ich wäre dafür, dass wir ihm einen Präsentkorb mit verschiedenen Käsesorten schicken.« Wahrscheinlich schämte er sich eher, mir unter die Augen zu treten – zu Recht. Sechzehn! Eine sechzehnjährige Geliebte! Als Suzanne sich gegen Renten für Kristof und die anderen Lagermitarbeiter aussprach, sprang ich plötzlich auf und erhob wie eine alte Gewerkschaftlerin die Faust. Phillips Platz einzunehmen, machte mich wunderbar kühn. »Touché«, formte Suzanne lautlos mit den Lippen, als ich die Abstimmung für mich entschied. Sie betrachtete eingehend meine Frisur und meine Kleidung, als wäre ich jemand Neues. Ich nannte Sarah *Miss* Sarah, wie eine Dienerin. Suzanne lachte darüber und bat Miss Sarah, uns Kaffee nachzuschenken.

»Setz dich wieder, Sarah«, sagte Jim. »Die beiden machen nur Spaß.« Ich fühlte mich regelrecht betrunken vor Kameradschaftlichkeit. All die Jahre hatte ich eine Freundin gesucht, aber Suzanne brauchte keine Freundin. Eine Rivalin – das konnte sie schon eher reizen. Nachdem die Sitzung beendet wurde, gingen wir beide in die Personalküche und kochten uns schweigend eine Tasse Tee. Ich wartete darauf, dass sie das Gespräch eröffnete. Ich trank einen Schluck. Sie trank einen Schluck. Nach einer Weile begriff ich, dass das schon das Gespräch war; wir führten es bereits. Sie gab mir den Segen, mich um ihren Nachwuchs zu kümmern, und ich nahm mich dieser Aufgabe demütig an. Als Nakako hereinkam, ging Suzanne. Um der Ehre willen würden wir uns weitgehend aus dem Weg gehen.

Ruth-Anne hatte gesagt, ich solle meinen Wagen lieber nicht in die Tiefgarage stellen; am Wochenende sei der Parkwärter nicht da. Ich parkte auf der Straße. Im Aufzug nach oben putzte gerade eine ältere Frau. Als sich die Tür hinter mir schloss, wischte sie sie eilig mit Glasreiniger ab und polierte dann die Knöpfe, wobei jeder einzelne aufleuchtete, aber sie beschränkte sich höflicherweise auf die Stockwerke über meinem.

Die Tür war noch verschlossen; ich war zu früh dran. Ich schaltete mein Handy aus, damit es während der Geburtswiederholung nicht klingelte. Dann setzte ich mich in den Flur. Sie waren jetzt fast fünfzehn Minuten überfällig. Anscheinend waren sie bei ihren Nebentätigkeiten nicht ganz so professionell – das war wohl eher etwas Lockeres. Eigentlich war ich selbst schuld, wenn ich auf die Minute pünktlich kam. Nach einer Weile fiel mir ein, dass wir drei Uhr vereinbart hatten, nicht zwei Uhr; ich hatte noch vierzig Minuten Zeit. Ich schlenderte herum. Niemand arbeitete am Wochenende; es war vollkommen still im Gebäude. Ruth-Annes Praxis lag am Ende eines langen Gangs, der durch einen langen Gang mit einem weiteren langen Gang verbunden war. Eine H-Formation. Gut zu wissen – ich hatte den Etagenplan des Gebäudes nie genau vor Augen gehabt. *Wie kann ich diese Zeit sonst noch sinnvoll nutzen?*, überlegte ich. *Was kann ich tun, was ich sowieso tun müsste?* Ich joggte zurück zur Tür, machte kehrt und joggte alle Gänge entlang – das war ein hervorragendes Work-out und gar keine so geringe Entfernung. Dreißig oder vierzig H-Runden ergaben wohl in etwa eine Meile, das machte zweihundert Kalorien. Nach sieben Hs war ich schweißgebadet und keuchte. Als ich am Aufzug vorbeilief, machte er pling. Ich lief schneller, und genau in dem Moment, als sich die Türen teilten, verschwand ich um die Ecke.

»Aber der Tiefgaragenwärter ist am Wochenende nicht da«, sagte Ruth-Anne. »Ist er nie.« Ich rannte an ihrer Praxistür vorbei und um die Ecke. Ich brauchte einen Moment, um wieder zu Atem zu kommen und mir das Gesicht abzuwischen.

»Oh nein«, sagte sie.

»Was?«

»Der Schlüssel ist an meinem anderen Bund. Ich habe mir gerade einen neuen Schlüsselanhänger gekauft und …«

»Herrgott noch mal, Ruth-Anne.«

»Soll ich zurückgehen und ihn holen?« Ihre Stimme klang seltsam hoch, wie eine Maus auf einem Pferd.

»Bis du zurück bist, ist die Sitzung halb vorbei.«

»Du könntest ja schon mal allein mit ihr arbeiten, bis ich zurückkomme.«

»Hier im Flur? Ich bitte dich. Ruf sie einfach an und sag ab.«

Sie brauchte einen Moment, um meine Nummer in ihrem Handy zu finden.

»Da geht direkt die Mailbox ran. Wahrscheinlich parkt sie gerade. Sie ist bestimmt gleich da.«

Ich konnte mein Keuchen kaum kontrollieren, und meine Nase pfiff. Ich hätte den Flur noch ein Stück weiter nach hinten gehen sollen, aber jetzt war es zu riskant, mich noch einmal zu bewegen.

Dr. Broyard seufzte. »Das läuft doch jedes Mal schief«, sagte er. Dem Geräusch nach zu urteilen, wickelte er sich ein Bonbon aus. Jetzt klackerte etwas in seinem Mund. »Irgendwas ist immer.«

»Bei der Geburtswiederholung?«

»Bei diesen – diesen Sachen, die du dir ausdenkst, damit du mich von meiner Familie wegholen kannst.«

Ruth-Anne schwieg. Eine lange Zeit sagte niemand etwas; er begann, sein Bonbon zu zerkauen.

»Kommt sie denn überhaupt, oder hast du das so eingefädelt, dass wir hier zusammen im Flur stehen und – was? Eine Nummer schieben? Bist du darauf aus? Oder willst du mir bloß einen blasen? Dich wie ein Hund an mein Bein hängen?«

Es folgte ein seltsames, hohes Fiepen, das aus den Lüftungsöffnungen in der Decke zu kommen schien und in ein Stakkato aus feuchten, krampfartigen Schluchzern überging. Ruth-Anne weinte. »Sie kommt, ich schwör's dir. Es ist eine echte Sitzung. Wirklich.«

Ärgerlich zerkaute er sein Bonbon.

Ich steckte mir das Haar hinter die Ohren und strich mir die Augenbrauen glatt – das würde jetzt für alle Beteiligten peinlich werden, aber dann wusste er wenigstens, dass sie nicht gelogen hatte.

»Hast du …« Sie weinte so heftig, dass sie kaum reden konnte. »Hast du das gesagt, weil du willst, dass ich« – das Ende des Satzes war ein schrilles Piepsen – »dir einen blase?«

Meine Rückwärtsschritte waren flink und lautlos. Niemand hatte mich gesehen.

»Nein, Ruth-Anne. Deshalb habe ich das nicht gesagt.« Er seufzte noch einmal, diesmal lauter.

»Vielleicht würde ich das nämlich gern tun ...« An der Art, wie sie es sagte, hörte ich, dass sie trotz ihrer verstopften Nase und der verlaufenen Wimperntusche neckisch zu lächeln versuchte.

Ganz am Anfang fand sie ihn regelrecht unsympathisch. Sie erkannte seine Arroganz und seine Neigung, alles, was ihm nicht in den Kram passte, zu ignorieren. Als sie ihn auf diese Fehler hinwies, war der Doktor verblüfft und sprachlos. Es weckte in ihm den Wunsch nach Geschlechtsverkehr mit ihr, nur um die Verhältnisse wieder zurechtzurücken. Aber er war verheiratet, und das war es nicht wert. Körperlich war sie nicht sein Typ – ein bisschen zu alt, mit zu kantigen Schultern und einem leichten Pferdegebiss. Sie wusste das; es war so klar, als hätte er gesagt: »Du bist mir ein bisschen zu alt, hast kantige Schultern und ein leichtes Pferdegebiss.« Diese Beleidigung hielt ihr Interesse wach, das oder die Tatsache, dass er verheiratet war. Nichts beflügelte sie so sehr wie der Gedanke an eine häusliche Mrs Broyard, besessen von der Dekoration des Esstischs und der Stuhlkonsistenz ihrer Kinder. Irgendwann bekam sie ihn doch rum. Eines Abends nach dem Geburtswiederholungskurs schluchzte er in sein Weinglas und gestand ihr, dass er und seine Frau gerade in einer schwierigen Phase steckten. An jenem Abend schlug sie ihm das Arrangement vor; sie beschrieb es als eine Art Therapie. Er sagte, er vertraue ihr, und aus diesem Vertrauen erwuchs während der ersten Monate die Energie zwischen ihnen. Sie war seine neue Rezeptionistin, aber es war, als würde er für sie arbeiten. Zu jedem Schritt, den er ihr gegenüber tat, führte sie ihn hin. Es war lieblich, und er liebte sie wirklich ein bisschen. Sie fühlte sich innerlich ruhig und ausgeglichen. Stück für Stück gewann er an Zutrauen, und das Spiel entwickelte sich zu einem Spiel mit dem Feuer. Für ihn war es prickelnd und belebend wie Sauerstoff; in ihren zartesten Momenten bewunderte er ihren athletischen Körper und ihre breiten Schultern. Eine kleinere Frau wäre schneller erschöpft gewesen, aber sie besaß eine rohe Ausdauer.

Aber irgendwann wollte sie es mehr als er, und damit stand er über ihr. Eine Frau, die schon am Boden liegt, kann man nicht mehr flachlegen. Sie taten es noch eine Weile, als eine Art Ritual, bis es irgendwann zu einem gelegentlichen Klaps auf den Po im Vorbeigehen zusammenschrumpfte. Und dann nichts mehr, inzwischen schon seit Jahren.

»Wo willst du hin?«, fragte sie schniefend.

Er kam direkt auf mich zu. An der Ecke angekommen, streckte er den Arm aus und legte ihn an die Wand, nur ein paar Zentimeter über meiner Stirn, um sich die Schulter zu dehnen. Ich starrte ihn nieder, und schließlich nahm er ihn weg. Ächzend ging er zurück zu Ruth-Anne.

»Ich würde dir gern einen normalen Stundensatz zahlen. Meine Sekretärin in Amsterdam verdient das Dreifache.«

»Aber sie ist eine richtige Sekretärin.«

»Du auch.«

Sie schwieg, wie jemand, der gerade geohrfeigt wurde.

»Was unterscheidet dich von einer normalen Sekretärin? Sag es mir. Das ist jetzt Jahre her, Ruth-Anne. Jahre.«

Der Vertrag, dachte ich. *Erinnere ihn daran, was ihr im Vertrag festgelegt habt.*

Sie schwieg.

»Wenn du kein normales Gehalt akzeptierst, stelle ich eine andere Sekretärin ein.«

Ruth-Anne räusperte sich. »Gut. Dann such dir eine andere Sekretärin.« Jetzt klang sie wieder wie sie selbst, scharfsinnig und ruhig.

»Einverstanden. Danke. Ich glaube, das ist für uns beide das Beste«, sagte er. »Gehen wir?«

»Geh du. Ich warte noch ein bisschen.«

Dr. Broyard lachte müde. Er glaubte immer noch nicht, dass ich komme. »Ganz sicher?«

Sie war alles andere als sicher, das war mehr als offensichtlich. Sie gab ihm eine letzte Chance, sich für sie zu entscheiden und zu bleiben, für immer, alles Komplizierte an ihr wertzuschätzen und mit ihr in einer neuen Welt voller Liebe und Sex zu leben.

»Ja, ganz sicher.« Ich spürte genau, mit was für einem Lächeln sie ihn ansah. Letzte Chance, hieß es. Allerletzte Chance.

»Nun gut, dann sehen wir uns wahrscheinlich nicht mehr, bevor Helge und ich abreisen. Wenn ich wieder in Amsterdam bin, telefonieren wir mal, ja?«

Vielleicht nickte sie. Er ging zum Aufzug. Er drückte den Knopf, und wir beide, meine Therapeutin und ich, horchten und warteten darauf, dass dieser Teil endlich vorbei war – der Teil, in dem er schon gegangen, aber noch da war. Wir hörten, wie der Aufzug hochsurrte, wie sich die Türen öffneten und schlossen, und dann ein langes Abwärtssurren, das immer leiser wurde, aber nie zu enden schien. Sie rutschte auf den Boden und schluchzte. Irgendetwas im Gebäude schaltete sich aus, die Heizung oder die Klimaanlage, und es wurde noch ruhiger. Ihre Atemzüge klangen feucht und erstickt; ich versuchte, nicht hinzuhören. Nach einer Weile schnäuzte sie sich, hart und laut, nahm ihre Handtasche und ging.

Es war ein wunderbares Gefühl, wieder in meinem warmen Wagen zu sitzen und nach Hause zu Clee zu fahren. Ich schaltete mein Handy ein; ich hatte eine neue Nachricht.

»Hallo Cheryl, hier ist Ruth-Anne. Es ist Samstagnachmittag, zwanzig vor vier. Sie sind nicht zu Ihrer Geburtswiederholungssitzung erschienen. Da Sie es versäumt haben, vierundzwanzig Stunden im Voraus abzusagen, müssen Sie die volle Sitzung zahlen. Bitte stellen Sie mir einen entsprechenden Scheck aus. Wir sehen uns am Dienstag zur normalen Zeit. Auf Wiederhören.«

Es führte kein Weg daran vorbei. Ich rief sie an und vereinbarte einen Notfalltermin. Ich musste ihr einfach sagen, was ich getan hatte, und ihr gestehen, dass mein Bild von ihr ins Wanken geraten war. Sie erschien mir jetzt bemitleidenswert und verzweifelt. Besessen.

»Gut, gut«, würde sie wahrscheinlich sagen. »Machen Sie weiter.« Und dann würde sich herausstellen, dass genau das der Schlüssel war – das Miterleben dieses Austauschs zwischen der Urmutter und dem Urvater.

»Aber ich habe gelauscht!«, würde ich schreien.

»Es war wichtig, dass Sie die Rolle einer Spionin einnehmen, eines unartigen Kindes«, würde sie erwidern, voller Aufregung, weil zum ersten Mal in ihrer einundzwanzigjährigen Laufbahn eine Klientin die Beziehungsebene gewechselt hatte – das war ein psychiatrischer Begriff, *die Beziehungsebene wechseln.* Es bedeutete, dass jede Frage beantwortet und alles als das enttarnt werden konnte, was es wirklich war – eine völlige Klarheit sowohl für den Therapeuten als auch für den Klienten, die zu einer wahren Freundschaft führte, deren Beginn die Therapeutin feierlich einleitete, indem sie in einem Riesenbatzen all ihre Honorare zurückerstattete. An dieser Stelle würde Dr. Broyard mit einer Maske dazukommen, eine plumpe Darstellung seines eigenen Gesichts, und nun würde sich herausstellen, dass der ganze Wortwechsel im Flur eine Farce gewesen war – er *war* die eigentliche Geburtswiederholung.

»Sie waren Zeugin dieser Anti-Empfängnis und haben es überlebt. Das hat eine sehr starke Wirkung.«

»Aber woher wussten Sie, dass ich zu früh komme?«, würde ich ungläubig und fast misstrauisch fragen.

»Sehen Sie auf die Uhr«, würde Dr. Broyard sagen. Sie ging eine Stunde nach. Dr. Broyard würde seine Maske abnehmen, woraufhin ein sehr ähnliches Gesicht zum Vorschein käme, und dann würde Ruth-Anne so tun, als wäre auch ihr Gesicht eine Maske, und weil ihre Haut an der Seite ein wenig schlaff war, sah es für einen Moment tatsächlich so aus, als könnte sie es einfach abziehen. Was aber zum Glück nicht der Fall war. Wir würden alle zusammen darüber lachen und dann darüber, wie gut sich das Lachen anfühlte. Eine wahre Lungenmassage, würde einer von uns sagen.

Ich hatte jetzt fast das Gefühl, ich bräuchte gar nicht mehr zu dem Notfalltermin zu gehen, aber ich ging trotzdem. Ich war gespannt, ob sie mir wirklich das ganze Geld auf einmal zurückgeben würde; das war zwar unwahrscheinlich, aber falls wir wirklich die Ebene gewechselt und quasi die Plätze getauscht hatten, war es wohl nur fair. Falls dieser Tausch etwas Reales war, was aber nicht der Fall war, wie mir wieder bewusst wurde, als ich auf der Ledercouch saß. Ich erklärte ihr, dass ich zu früh da gewesen war und das gesamte Gespräch mitgehört hatte.

Ruth-Anne bekam große Augen. »Warum haben Sie sich nicht bemerkbar gemacht?«

»Weiß ich nicht. Weiß ich wirklich nicht. Aber meinen Sie, es war vielleicht wichtig, dass ich die Rolle eines unartigen« – nein, meinte sie nicht, das sah ich schon – »Kindes einnehme?«

»Ich verstehe einfach nicht, wie Sie so etwas tun konnten.« Sie legte das Gesicht in die Hände. »Das ist so ein Vertrauensbruch.«

Oder gehörte das vielleicht auch mit zur Farce? Probeweise lächelte ich ein wenig.

»Nur damit das klar ist, ich finde, das haben Sie ganz richtig gemacht«, sagte ich. »Dass Sie gegangen sind.«

Ruth-Anne stand auf, band in aller Ruhe ihr langes Haar zu einem Pferdeschwanz zusammen und erklärte unsere Zusammenarbeit für beendet.

»Unser gemeinsamer Weg endet hier. Sie haben den Grundsatz der Vertraulichkeit verletzt.«

»Ist der nicht zum Schutz des Patienten da?«

»Das funktioniert in beide Richtungen, Cheryl.«

Ich wartete, was als Nächstes passieren würde.

»Also dann, auf Wiedersehen. Ich werde Ihnen für heute nur einen anteiligen Preis berechnen, weil es keine volle Sitzung war. Zwanzig Dollar.«

Da sie klang, als würde sie das ernst meinen, kramte ich mein Scheckheft heraus.

»Haben Sie kein Bargeld?«

»Nein, ich glaube nicht.« Ich sah in mein Portemonnaie, nur Ein-Dollar-Scheine.

»Wie viel haben Sie?«

»Sechs Dollar?«

»Das ist okay.«

Ich gab ihr die Scheine, inklusive der beiden Hälften eines Ein-Dollar-Scheins, die ich schon seit Jahren zusammenkleben wollte.

»Den können Sie behalten«, sagte sie.

Ich fuhr aus der Tiefgarage und spürte förmlich, wie sie von ihrem Fenster im zwölften Stock meinem Wagen nachsah. Eine erstaunliche Sache, dieser therapeutische Prozess. So im Stich gelassen zu werden, stieß eine Menge in mir an. Bisher unsere fruchtbarste Sitzung.

9. KAPITEL

Die Frauen in Clees Geburtsvorbereitungskurs waren alle zwischen zwanzig und Mitte dreißig, nur die Lehrerin, Nancy, war in meinem Alter. Jedes Mal, wenn Nancy davon erzählte, wie Entbindungsstationen vor zwanzig Jahren aussahen, als *sie ihre* Kinder zur Welt gebracht hatte, sah sie mich an, und es war unmöglich, nicht zu nicken, als erinnerte auch ich mich noch daran. Manchmal lachte ich sogar wehmütig mit Nancy, und die jungen Paare sahen mich respektvoll an, eine Frau, die das alles schon hinter sich hatte und jetzt ihre beispiellose, aber leider auch partnerlose Tochter unterstützte. Wir bekamen farblich sortierte Zettel, die wir während der Geburt noch einmal konsultieren konnten, falls wir vergaßen, wie man die Zeit zwischen den Wehen stoppte oder was man zum Entspannen visualisieren sollte. Wir lernten, wie man ein Baby herauspresste (wie beim Urinieren), was man während der Wehen trinken sollte (isotonische Sportgetränke mit Honig) und was nach der Geburt essen (die eigene Plazenta). Clee schien all diese Details fieberhaft mitzuschreiben, aber ein genauerer Blick in ihr Notizbuch offenbarte seitenweise Langeweilekringel.

Im letzten Trimenon vervollständigten sich das Knochengerüst, der Muskelapparat sowie das blutbildende System, und Clee stellte jegliche Bewegung ein. Sie ließ sich mit ihrem massigen Körper auf dem Sofa nieder und blieb da, und dann sollte ich ihr alles bringen und es wieder abholen. Prinzessin Butterblume.

»Denk dran, was Nancy im Geburtsvorbereitungskurs gesagt hat«, warnte ich sie.

»Was denn?«

»Wie wichtig es ist, dass man aktiv bleibt. Die Eltern des Babys würden es sicher schätzen, wenn du nicht von früh bis spät vor dem Fernseher sitzt.«

»Aber das ist ihre Lieblingssendung«, sagte sie und stellte *America's Funniest Home Videos* lauter. »Das Baby soll sich schon mal dran gewöhnen.«

»Wessen Lieblingssendung?«

»Na, die der Eltern des Babys. Amy und Gary.«

Sie lachte über einen Hund, der mit einer Coladose auf der Schnauze herumlief.

»Du hast dich mit ihnen getroffen?«

»Was? Nein. Sie wohnen in Utah oder so. Ich hab sie bloß auf der Website ausgesucht.«

Sie hieß ParentProfiles.com; eine Frau von Philomena Family Services hatte ihr vor ein paar Monaten den Link geschickt.

»Warum gerade Amy und Gary?« Ich klickte mich durch Seiten um Seiten voller verzweifelter Bilderbuchpaare. »Warum nicht Jim und Gretchyn? Oder Doug und Denice?«

»Ich fand gut, was sie mochten.«

Ich klickte auf ›Vorlieben‹. Amys Lieblingsessen waren Pizza und Nachos, und das von Gary Eiscreme mit Kaffeegeschmack. Sie mochten beide Hunde, restaurierten Oldtimer und sahen sich gern *America's Funniest Home Videos* an. Gary mochte College-Football und Basketball. Als liebste Weihnachtstradition hatte Amy angegeben: Lebkuchenhäuser backen.

»Was davon hat dir am besten gefallen?«

Sie sah mir über die Schulter.

»Stand da nicht irgendwas von Enten? Scroll mal runter.« Sie sah kurz auf den Bildschirm. »War vielleicht doch jemand anders. Lebkuchenhäuser – klingt doch gut.«

»Das war das Entscheidende?«

»Nein. Aber guck dir die Scheune an.« Sie tippte auf das Bild oben auf der Website.

»Das ist ein Standardfoto – das ist auf jeder Seite.«

»Nein, das ist ihre Scheune.« Sie versuchte, auf die Scheune zu klicken. »Na ja, egal, es ist schon offiziell.«

»Du hast ihnen gemailt?«

»Nicht ich, Carrie, von PFS. Ich brauche sie nicht mal kennenzulernen.«

Sie hatte es wirklich getan. Formulare waren ausgefüllt worden.

»Bist du in irgendein Büro gegangen und hast Formulare unterschrieben?«

»Carrie hat mir so ein Dings per Mail geschickt. Das ging alles übers Internet.«

Eine Schnecke kroch das Bücherregal hoch. Ich warf sie in Ricks Eimer.

»Hast du eingetragen, wer der Vater ist?«

»Ich hab gesagt, ich weiß es nicht. Es gibt kein Gesetz, in dem steht, dass man es sagen muss.«

Ich klickte noch einmal auf Amy und Gary. Sie sahen nett aus, bis auf Gary. Er wirkte, als würde er eine Sonnenbrille tragen, obwohl er gar keine trug. Durch nichts aus der Ruhe zu bringen. Ich klickte auf »Unsere Botschaft an Sie«: »Wir wissen, dass Sie sich in einer enorm schwierigen Lebensphase befinden. Die Liebe und das Einfühlungsvermögen, das Sie Ihrem Kind entgegenbringen, sind unermesslich.« Ich sah Clee an.

»Würdest du sagen, dass du dich gerade in einer enorm schwierigen Lebensphase befindest?«

Sie sah sich prüfend im Zimmer um – war das eine enorm schwierige Phase?

»Ich glaube, es ist okay.« Sie nickte ein paar Mal. »Doch, mir geht's ganz gut.«

Ich runzelte vor Stolz die Stirn. »Das sind die Hormone.«

Ich war gut in dem, was ich tat. Ich war eine gute Mutter. Am liebsten hätte ich es auf der Stelle Ruth-Anne erzählt – es quälte mich, dass sie nichts davon mitbekam. Aber vielleicht ja doch. Vielleicht stand ich immer noch irgendwie unter ihrer Beobachtung. Ich streifte mir das Haar hinter die Ohren und lächelte den Computer an.

»Geh mal auf Grobaby.com«, sagte Clee.

Ich strich mit den Fingern über *Die Embryogenese.* »Lass uns noch mal das muskuloskeletale System durchgehen. Das sollten wir nicht zu kurz abhandeln.« Andererseits – der Entbindungstermin war in drei Wochen. Den Rest bekam ihr Körper jetzt sicher auch ohne weitere Anweisungen hin. Ich klickte auf Grobaby.com. »›Indem Sie mit Ihrem Baby sprechen, ihm etwas vorsingen oder -summen, können Sie schon während der Schwangerschaft eine innige Bindung zu ihm aufbauen, und Spaß macht es sowieso. Also ölen Sie die Stimmbänder und starten Sie Ihre Broadway-Show!‹«

»Und wenn ich gar keine Beziehung zu dem Baby aufbauen will?«, fragte sie und blickte starr auf den Fernseher.

Ich räusperte mich und summte ein wenig. »Hättest du was dagegen, wenn ich es mal versuche?«

Sie schaltete um und zog ihr T-Shirt hoch.

Er war wirklich riesig. Von ihrem Bauchnabel aus führte eine beunruhigende schwarze Linie nach unten. Ich ging mit den Lippen so dicht an ihren Bauch heran, dass ich die

Wärme spürte, die er abstrahlte, und sie zuckte ein wenig zusammen.

Ich summte erst hoch und dann tief. Dann summte ich einen lang gezogenen Ton, wie ein Weiser aus einem anderen Land, der den Wissensschatz seiner Ahnen hütet. Nach einer Weile kam es mir vor, als würde sich mein tiefer Ton aufteilen in mehrere harmonisierende Einzeltöne, und für einen Augenblick hatte ich das Gefühl, ich würde diesen wunderbaren Kehlgesang der Menschen in Tuwa beherrschen.

Ihr Blick war weiter auf den Fernseher gerichtet, aber sie presste die Lippen zusammen und versuchte offenbar, mit einzustimmen. Und sie hatte Angst, so viel war plötzlich offensichtlich. Sie war einundzwanzig und würde in den nächsten Tagen ein Kind zur Welt bringen, in diesem Haus, wahrscheinlich auf diesem Sofa. Ich versuchte, beruhigend zu summen. Alles wird gut, summte ich, sei unbesorgt. Clees Bauch sprang mir gegen die Lippen – ein Tritt; erschrocken summten wir beide unisono lauter. Ich fragte mich, ob wohl eine unangenehme Verwirrung darüber aufkommen würde, wie wir enden sollten, aber das Summen wurde einfach immer leiser und verstummte schließlich, wie ein abfahrender Zug.

Im Geburtsvorbereitungskurs lernten wir, dass sie kurz vor der Niederkunft ein aufgedunsenes Gesicht bekommen würde. Oder vielleicht aus einem starken Nestbautrieb heraus die Wände abschrubbte. Das konnte ich mir nur schwer vorstellen – woher sollte sie wissen, wo ich meine Schwämme aufbewahre?

Sie stand in der Morgendämmerung auf und war felsenfest davon überzeugt, dass eine Katze irgendwo ins Haus gepinkelt hatte.

»Riech mal, hier drüben«, sagte sie und schnüffelte an meinem Bücherregal. Ich roch nichts. Sie verfolgte die unsichtbaren Spuren des Eindringlings durchs ganze Haus. »Sie muss reingekommen sein, irgendwo hingepinkelt haben und wieder abgehauen sein.« Sie schlug den Duschvorhang beiseite. »Wir können eigentlich nur das Loch suchen, zu dem sie reingekommen ist.« Wir suchten also in aller Herrgottsfrühe ein Loch, bis sie sich keuchend aufs Sofa plumpsen ließ. Sie fasste sich mit beiden Händen unter den Bauch und sah erstaunt zu mir hoch. Eine Wehe.

»Vielleicht war doch keine Katze da?«, fragte ich.

»Nein, nein, keine Katze«, antwortete sie schnell, als hätte ich irgendetwas nicht mitbekommen.

Ich rief sofort die Hebamme an und erzählte ihr von dem Katzenpipi, dem Loch und den Wehen. Auch das kleinste Detail war wertvoll, vielleicht nicht für einen Arzt, aber ganz sicher für unsere weise Hebamme mit ihren fünfzehn Jahren Erfahrung. »Meinst du, es ist schon so weit, dass du kommen musst?« Ich versuchte, nicht zu verzweifelt zu klingen. »Oder ist es noch zu früh?«

»Ich bin in Idaho«, sagte sie. »Aber keine Sorge, ich komme sofort zurück. Ich fahre, so schnell ich kann.«

»Fahren?«

»Ich bringe das Auto einer Freundin für sie nach Los Angeles.« Um kein vorschnelles Urteil zu fällen, versuchte ich, mich für einen Augenblick in ihre Lage zu versetzen. Was sollte sie machen, den Wagen nicht nach Los Angeles bringen? Was wäre sie dann für eine Freundin? Eine Freundin, die Hebamme ist.

»Ich glaube, wir fahren ins Krankenhaus.«

Sie lachte. »Keine Sorge, es denken immer alle, das Baby kommt jeden Moment. Aber in den nächsten zwölf Stunden passiert da sowieso nichts. Die gute Nachricht ist, du kannst mich jederzeit anrufen. Ich bin telefonisch immer erreichbar.«

Ich sagte Clee, sie solle sich keine Sorgen machen, es dauere noch mindestens zwölf Stunden, bis das Baby kommt.

»So lange kann ich das nicht«, stöhnte sie. Sie kratzte mit den Fingernägeln über das Sofa. »Wir sollten Carrie von PFS anrufen, damit sie den Eltern Bescheid sagt.« Aus ihrer Brust kam ein seltsames, tiefes Geräusch, und ihre Augen traten hervor.

»Vielleicht rufen wir besser *deine* Eltern an?«, schlug ich vor.

»Spinnst du?«

Die Wehen folgten jetzt schneller aufeinander und dauerten länger, als sie sollten, aber vielleicht stoppten wir sie auch nicht richtig. Und außerdem sollte man am Anfang sowieso nicht auf die Uhr gucken; auf dem blauen Handout stand, man solle sich vielleicht Freunde einladen, ins Kino oder tanzen gehen. Es wäre das erste Mal gewesen, dass wir irgendetwas davon taten, aber ich schlug es Clee trotzdem vor.

»Klingt irgendwas davon gut?«

Sie schüttelte den Kopf und stöhnte, dass mir angst und bange wurde. Ich blätterte weiter zu den rosa Zetteln. Wir versuchten es mit einer Visualisierungsübung aus dem Kurs – jede Wehe war ein Berg. »Stell dir einen Berg vor, siehst du ihn? Jetzt hast du die Hälfte, jetzt bist du ganz oben, und gleich kommst du auf der anderen Seite wieder runter, dann wird es leichter und du hast es fast geschafft.«

»Das kann ich mir nicht merken«, flüsterte sie, »ich bin nicht so der visuelle Typ.«

Ich versuchte, den Berg realistischer zu beschreiben, den felsigen Gipfel und seine majestätische Erscheinung. »Denk an das Bild auf dem Ein-Dollar-Schein, diesen Berg hintendrauf.« Ich holte mein Portemonnaie. Auf dem Ein-Dollar-Schein war kein Berg – es war eine Pyramide. »Sieh mal, du bist jetzt ganz hier unten«, sagte ich und hielt ihr den schmutzigen Geldschein vors Gesicht.

»Okay.« Sie heftete den Blick auf die winzige Pyramide. »Es geht los.« Mit einer Haarklammer verfolgte ich ihren Fortschritt beim Aufstieg auf der steilen Seite. »Nicht so schnell«, sagte sie. Die Pyramide war so klein, dass es anfangs schwer war, die Haarklammer langsam genug zu bewegen. Doch bald waren wir ein eingespieltes Team, und immer wenn eine Wehe kam, nahm sie den Dollar und hielt ihn mir hastig hin, und wir arbeiteten uns gemeinsam hinauf zu dem schwebenden Auge. Er war ein Werkzeug, das der Staat gebärenden Frauen zur Verfügung stellte; man konnte ihn immer wieder ausgeben, bekam dafür aber immer nur eine Wehe.

Um sieben Uhr kam Rick mit seinem Schlüssel herein. Wir waren gerade mitten in einer Pyramide, deshalb beachtete ich ihn nicht weiter. Nachdem er im Bad war, blieb er in der Tür stehen und sah uns zu. Als Clee auf der anderen Seite unten angekommen war, bat sie mich, ihn wegzuschicken.

»Ich bin dann einfach im Garten«, sagte er und versuchte, sich wieder hinauszuschleichen.

»Ich will nicht, dass er mich hört«, wimmerte Clee. »Oder durch die Fenster sieht.«

Rick sank ein bisschen in sich zusammen und schlurfte davon. Mein Handy klingelte.

»Ich bin's«, sagte die Hebamme. »Wie geht es ihr?«

»Ganz okay. Wir arbeiten gerade mit einer Visualisierung.«

»Gut so, perfekt. Die aufblühende Blume?«

»Nein, der Berg.«

»Hier gibt's auch viele tolle Berge. Warst du schon mal in Idaho?«

»Du bist immer noch in Idaho?«

»Es ist schön hier, aber erst auf den zweiten Blick, weißt du?« Es klang, als versuchte sie, mit den Zähnen eine Tüte Chips aufzureißen. »Ich hatte mal einen Freund von hier. Also, mir wäre es zu ländlich. Mich würde ja schon interessieren, was aus ihm geworden ist.«

Ihr war langweilig. Sie rief an, weil ihr langweilig war.

Clee streckte mir den Dollar entgegen, und ich legte auf. Der Weg nach oben wurde immer langsamer und beschwerlicher.

»Ich kann nicht mehr«, sagte sie.

»Du schaffst das, nur bis hier hoch zu dem Auge. Siehst du, was da steht? ›Annuit Coeptis.‹«

»Was bedeutet das?«

»›Er heißt das Begonnene gut.‹ Gott findet es gut, was wir hier machen.«

Sie atmete scharf aus. »Im Ernst. Ich kann wirklich nicht mehr.«

Ihr Gesicht sah aufgedunsen und entrückt aus. Ihr blondes Haar war dunkel vom Schweiß und klebte an ihrem Gesicht. Schwerfällig zog sie ihre Shorts aus; ich sah weg und entdeckte Rick, der auf Zehenspitzen ins Schlafzimmer ging. Was hatte er noch hier zu suchen? Ich blätterte von den rosa Zetteln weiter zu den weißen.

»Du bist jetzt in der Übergangsphase«, sagte ich. Davon hatte uns die Kursleiterin erzählt – es war ein gutes Zeichen.

»Was meinst du damit?« Man hätte meinen können, sie wäre nie in dem Kurs gewesen.

»Schlimmer als jetzt wirst du dich nie fühlen.«

»Nie?«

»Na ja, irgendwann vielleicht schon. Wir wissen ja noch nicht, wie du mal stirbst – das wird vielleicht noch schlimmer.« Ich war vom Thema abgekommen. Ich ging mit dem Gesicht ganz nah an sie heran. »Du schaffst das«, sagte ich. Sie sah mich an, als wäre ich allwissend. Sie hing förmlich an meinen Lippen.

»Okay«, sagte sie und klammerte sich plötzlich an meinen Unterarmen fest. »Es geht los.«

Der Dollar war jetzt vergessen, ausgegeben. Für die Dauer jeder Wehe lebte sie in meinen Augen, ohne zu blinzeln oder auch nur eine Sekunde wegzusehen, und sie umklammerte meine Arme wie Stahlträger. Ich hatte nicht die Kraft dazu, aber darum konnte ich mich später kümmern.

»Wo bleibt die Hebamme, wollte die nicht kommen?«, keuchte Clee. Ich hatte ihr gesagt, die Hebamme sei unterwegs, was nicht gelogen war. Ich wartete auf eine Pause, um ihr die Situation zu erklären und in Ruhe die verschiedenen Möglichkeiten abzuwägen, und danach würden wir mit der Geburt weitermachen.

»Sie bringt das Auto einer Freundin von Idaho nach Kalifornien. Sie schafft es nicht rechtzeitig. Wir müssen ins Krankenhaus.«

»Wirklich? Stimmt das?«

Ich nickte.

Sie weinte, und kurz darauf setzte die nächste Wehe ein.

»Dann schneiden sie mich auf, aber ich will nicht aufgeschnitten werden.« Sie pinkelte. Dann – das Pipi lief ihr noch am Bein herunter – senkte sie den Kopf und erbrach. Sie explodierte, zerfloss und löste sich in ihre Bestandteile auf. Ich versuchte sie sauber zu machen, aber sie drehte sich zur Wand. »Stirbt das Baby, wenn wir nicht fahren?«

»Nein, nein. Natürlich nicht.« Danke, sagte sie; das Einzige, was sie jetzt interessierte, war, dass sie nicht ins Krankenhaus musste. Wäre ich noch einmal in derselben Situation, würde ich vielleicht sagen: *Wahrscheinlich schon. Vielleicht überlebt es, aber wahrscheinlich nicht.* Außerdem würde ich sie zu Dr. Binwali schleppen, sobald ich aus dem Mund der Hebamme das Wort *Idaho* hören würde. Denn jetzt verselbstständigte sich alles, und das Krankenhaus erschien mir wie eine Raststätte, an der wir schon vor Stunden vorbeigefahren waren. Clee schrie auf. »Soll ich pressen?«

»Hast du das Gefühl, du willst?«

»Ich muss.«

»Okay, aber nur ein bisschen. Warte, ich rufe die Hebamme an.«

Aber sie ließ mich erst gehen, nachdem sie gepresst hatte. Die Hebamme hörte laut Radio – es klang nach einem Countrysong.

»Was brauche ich für die Entbindung?«, schrie ich.

»So weit ist sie schon? Ihr müsst ins Krankenhaus.«

»Sie presst. Wir bleiben jetzt hier. Brauche ich kochendes Wasser? Was soll ich machen?«

Sie schaltete das Radio aus.

»Scheiße. Okay. Also, das Allernötigste: Ihr braucht drei saubere Handtücher, etwas Olivenöl, eine Schüssel heißes Wasser, eine sterile, scharfe Schere und ein Stück sauberen Bindfaden.«

Ich rannte durchs Haus und schnappte mir nacheinander alles, was sie mir sagte. In der Küche stand Rick und goss kochendes Wasser in eine Tasse.

»Das Wasser brauche ich!«, schrie ich.

Er bückte sich und öffnete ruhig einen Schnürsenkel seiner Turnschuhe. »Im Schlafzimmer steht schon welches«, sagte er und warf den Schnürsenkel in die Tasse. »Ich glaube, Sie haben keinen Bindfaden, aber das hier geht auch.« Er krempelte sich die schmutzigen Ärmel hoch und wusch sich mit energischer Autorität in der Küchenspüle die Hände.

Von nebenan kam ein Aufschrei von Clee.

»Wissen Sie wirklich, was zu tun ist?«

Er nickte bescheiden. »Ja.«

Ich studierte sein Gesicht. Es war weder sentimental noch verstört; seine Augen waren klar und seine Stirn beinahe falkenartig, wenn auch übermäßig gebräunt vom Leben unter freiem Himmel. Ein geschickter Chirurg, der tief gefallen war – ein Kunstfehler, Mittellosigkeit, Obdachlosigkeit. Ich prüfte nichts von alledem nach, sondern folgte ihm einfach ins Schlafzimmer. Sanft stellte er die Tasse auf meinem Nachttisch ab, neben die dampfende Schüssel. Die Schere und das Olivenöl standen bereit, daneben ein Stapel Handtücher. Der Boden war mit schwarzen Müllsäcken bedeckt. Ich lächelte ein wenig vor Erleichterung.

»Sie machen das nicht zum ersten Mal.«

Er runzelte die Stirn und begann zu reden, eine Antwort, die schon jetzt auf besorgniserregende Weise länger und komplizierter klang als *Nein.* Clee schrie und kroch auf allen vieren ins Schlafzimmer.

Ich erklärte ihr, dass wir in Ricks Händen waren, und auch, dass er sie sich gewaschen hatte. Ich hoffte inständig, dass sie den Schwarm Zweifel nicht bemerkte, der durch den Raum flatterte. Doch sie hatte all das schon hinter sich gelassen.

»Darf ich jetzt pressen? Ich will es raushaben.«

Mein Herz setzte einen Moment aus. Es. Ich hatte gar nicht mehr an das Baby gedacht. Bis dahin hatte sie die Geburt geboren – Wehen, Laute und Flüssigkeiten. Aber da war ja jemand drin.

Wir gaben ihr Wasser, Energydrink und ein klein wenig Honig. All das hatte ich vorher vergessen, aber jetzt, wo Rick da war, fiel das Denken leichter. Er schlug vor, dass ich mir vor der nächsten Wehe die Hände wasche. Aber es war zu spät. Sie hockte sich hin, und zu einem Schrei, der nicht von dieser Welt war, trat zwischen ihren Beinen langsam ein Streifen eines perfekten Köpfchens hervor. Clee befühlte ihn.

»Das Gesicht fehlt«, sagte sie.

Rick nahm meine Hände und schüttete großzügig Desinfektionsmittel hinein. Er wedelte mit den Händen, um mir zu bedeuten, dass ich dasselbe tun sollte. Während wir gemeinsam mit den Händen wedelten, lehnte sich Clee plötzlich zurück und schien einzuschlafen. Ich sah Rick an und zog die Augenbrauen hoch, aber er gestikulierte sanft mit der flachen Hand, was wohl heißen sollte, dass das normal war. Er ging mit dem Gesicht dicht an sie heran und sagte mit einer tiefen, ungewohnten Stimme: »Beim nächsten Pressen kommt es.« Clee öffnete die Augen und nickte gehorsam, so als hätten Rick und sie eine lange gemeinsame Geschichte.

»Tief einatmen«, sagte Rick. Sie atmete tief ein. »Und jetzt ausatmen, ganz laut ausatmen und pressen. Fester.«

Mit einem Schwall Flüssigkeit kam es heraus, und Rick fing es auf. Ein Junge. Er sah tot aus, aber ich wusste von den Geburtsvideos aus dem Kurs, dass das normal war. Trotzdem war die Stille schrecklich. Außerdem roch es faulig. Rick neigte das Baby zur Seite, und es hustete. Und dann schrie es. Nicht wie jemand, der seinen allerersten Ton von sich gibt, sondern wie eine alte Krähe – ein wenig müde, ein wenig resigniert. Dann wieder Stille. Rick legte das Baby auf den Boden und durchtrennte mit einem beherzten Schnitt mit meiner Nagelschere die Nabelschnur. Den

Nabelschnurrest des Babys band er mit seinem sterilisierten Schnürsenkel ab. Clee versuchte aufzustehen und kauerte sich verkrampft auf den Boden. Ein Häufchen Innereien fiel zwischen ihren Beinen heraus. Die Plazenta. Sie lehnte sich zurück ans Bett. »Nimm du ihn.«

Er wog fast nichts. Seine Beine waren von grünem Schleim überzogen, wie Erbsensuppe, und er verdrehte die Augen noch oben wie ein betrunkener alter Mann, der sich zu orientieren versucht. Ein bleicher alter Mann mit schlaffen Armen und Beinen.

»Er ist ziemlich bleich, oder?«, sagte ich.

Ich betrachtete Clees Haut, die selbst jetzt gelbbraun war. »Du bist nicht bleich. Ist sein Dad bleich?«

Ich ging alle bleichen Männer in Clees Leben durch. Das Baby war so bleich, dass es fast blau aussah. Wen kennen wir, der blau ist? Wen, wen, wen kennen wir, der blau ist? Aber diese Frage war nur ein witziges Kostüm, eine alberne rote Clownsnase auf dem Gedanken, der mir wirklich durch den Kopf schoss.

»Ruf 911 an«, sagte ich.

Clee hob den schläfrigen Kopf, und Rick erstarrte.

Das Telefon lag neben seinem Knie; langsam griff er danach.

»Erbsensuppe. Das hatten wir im Kurs. Das heißt nichts Gutes. Ruf 911 an.«

Das Baby war jetzt dunkelblau, fast violett. *Sekunden,* dachte ich, *jetzt geht es um Sekunden.* Plötzlich ein fedriges Geräusch, so als würden sich riesige nasse Flügel ausbreiten – es waren die Müllsäcke, die noch an Clees Haut klebten, als sie aufstand. Jetzt stand sie. Ihre große Hand entriss Rick das Telefon. Sie wählte und sagte die Adresse; sie wusste die Postleitzahl und auch die nächste Querstraße, und der Disponent gab Anweisungen, die sie klar und deutlich weitergab – »wickeln Sie ihn in ein Handtuch«, »bedecken Sie seinen Kopf«, und ich führte jede Anweisung mit ungewohnt flüssigen Bewegungen aus, so als hätten wir dieses Szenario jahrelang geprobt, die Baby-Rettungs-Simulation, und hätten jetzt endlich die Gelegenheit, es anzuwenden. Rick stand zerzaust und zusammengesunken in einer Ecke und sah uns zu; er war wieder der obdachlose Gärtner.

Die Rettungssanitäter schrien und warfen mit Equipment um sich wie eine Spezialeinheit der Polizei. Clee wurde in eine beigefarbene Decke gehüllt. Eine ältere, ziemlich sportlich aussehende Frau zählte über dem Baby. Vielleicht stoppte sie, wie viele Sekunden vergangen waren, seit es gestorben war. In diesem Fall würde sie nie mehr aufhören, sie würde weiterzählen bis in alle Ewigkeit.

Kurz bevor ich in den Krankenwagen stieg, reichte mir Rick eine Tupperdose.

»Ich hab sie abgewaschen«, schrie er. »Sie ist sauber.«

Spaghetti, dachte ich. *Kates Spaghetti, falls wir Hunger bekommen.*

10. KAPITEL

Irgendetwas Riesiges wurde in seinen winzigen Hals geschoben. In seinen wunden Bauchnabel wurde ein dünner Schlauch gesteckt. Er wurde mit weißen Aufklebern bedeckt. Ein Netz aus Kabeln und Schläuchen wurde zwischen ihm und vielen lauten, piepsenden Maschinen gewebt. Es war kaum genügend Baby vorhanden, um alles Nötige daran unterzubringen.

»Meinst du, sie wissen es?«, flüsterte Clee aus ihrem Rollstuhl.

Zwischen den Falten unserer weißen Krankenhauskittel nahmen wir einander an der Hand und drückten sie fest – ein kleines, hartes Gehirn aus den weißen Knöcheln unser ineinander verschränkten Finger. Ich sah die Krankenschwestern um uns herum an. Alle hier wussten, dass dieses Baby zur Adoption freigegeben war.

»Das ist egal. Solange *er* es nicht weiß.«

»Das Baby?«

»Das Baby.«

Aber es gab keinen schrecklicheren Gedanken als den, dass dieses Baby dort um sein Leben kämpfte und nicht wusste, dass es ganz allein auf der Welt war. Er hatte keine Familie, noch nicht – rein rechtlich betrachtet, hätten wir zur Tür hinausgehen und nie wiederkommen können. Wie gebannt standen wir da, wie zwei Verbrecher, die vergessen hatten, vom Tatort zu fliehen.

Mein eigenes Gehirn mit seinen Gedanken war nur ein fernes Rauschen. Wichtig war jetzt nur, dass sie oder ich alle paar Sekunden die Faust anspannte, was so viel hieß wie *du schaffst das, du schaffst das, du schaffst das.* Irgendjemand kam mit einer Blutkonserve hereingerannt; es kam aus San Diego. Ich war dort einmal im Zoo gewesen. Ich stellte mir vor, wie das Blut einem muskulösen Zebra abgezapft worden war. Das war gut – Menschen wurden ja doch nur von Herzschmerz und Lungenentzündungen dahingerafft, Tierblut machte ihn viel widerstandsfähiger, *du schaffst das, du schaffst das, du schaffst das.* Ein kräftiger Mann im Arztkittel winkte uns heran.

»Sein Zustand ist kritisch, aber stabil. Wenn die Sättigung schlechter wird, braucht er vor allem Ruhe.«

Er zeigte Clee, wie sie die Hände durch die Löcher in dem Plexiglas-Inkubator stecken musste. Die Hand des Babys schloss sich auf wundersame Weise um ihren Finger. Das ist nur ein Reflex, sagte der Mann. *Du schaffst das, du schaffst das, du schaffst das.*

Clee murmelte kaum hörbar irgendeinen Singsang; zuerst klang es wie ein Gebet, aber nach einer Weile merkte ich, dass sie nur »Ohhh, sweet boy, oh, sweet baby boy« sang, immer und immer wieder. Sie hörte erst auf, als der Oberarzt zu uns kam, ein hochgewachsener Inder. Sein Gesicht war sehr ernst. Manche Leute sehen immer so aus, das liegt einfach an der Erziehung. Aber als er zu sprechen begann, wurde klar, dass er nicht zu diesen Leuten gehörte. Das Wort *Mekonium* fiel mehrmals; ich kannte das Wort aus dem Geburtsvorbereitungskurs: Kindspech, Kot. Mekonium war *aspiriert* worden und hatte zu *PPHN* geführt. Oder zu *PPHM*. Er sprach langsam, aber nicht langsam genug. *Stickstoffmonoxid. Beatmungsgerät.* Wir nickten immer wieder. Wir waren Schauspieler, die im Fernsehen nickten, schlechte Schauspieler, bei denen nichts echt aussah. Er schloss mit den Worten *engmaschig überwacht.* Wir vergaßen zu fragen, ob das Baby überleben würde.

Eine junge Krankenschwester mit Brille und großen Zähnen schlug Clee vor, sich in einem Zimmer auf der Geburtenstation hinzulegen. Nicht nötig, sagte Clee, es gehe ihr gut, und die Schwester antwortete: »Aber Sie bluten stark.« Ihr Krankenhaushemd war hinten durchgeweicht. Sie ließ sich wieder in den Rollstuhl sinken, auf einmal ging es ihr alles andere als gut. Ihre Augen wirkten seltsam eingesunken. Falls es irgendwelche Neuigkeiten gebe, rufe man uns. Wir sahen einander düster an. Wenn wir nicht gingen, konnten wir auch keinen schrecklichen Anruf bekommen.

»Ich bleibe hier«, sagte ich, und Clee wurde zur Tür hinausgeschoben.

Ich traute mich kaum, ihn anzusehen. Außer ihm waren noch zehn oder fünfzehn weitere Babys da, jedes mit einer piepsenden Maschine verbunden, die in regelmäßigen Abständen aufgeregt losbimmelte; die Alarme überschnitten sich und erzeugten ein wellenartig aufwogendes Chaos. Auf der anderen Seite der Neugeborenenintensivstation war ein Team aus Ärzten und Pflegern um ein regloses kleines Bündel versammelt. Seine Eltern standen ein Stück voneinander entfernt, um uns alle wissen zu lassen, dass der jeweils andere schuld war und man ihm nie, nie, niemals verzeihen würde, bis in alle Ewigkeit nicht. Der Zorn war ihr Gebet. Die Mutter sah zu mir hoch. Ich sah weg.

Ohne Clees Hand in meiner waren meine Gedanken beängstigend frei. Ich konnte alles denken, zum Beispiel: *Warum bin ich hier?* Oder: *Das wird in einer Tragödie enden.* Und: *Was, wenn ich nicht stark genug bin für das alles, wenn ich den Verstand verliere?* Ich weinte dicke, nasse Tränen.

Ha. Ich weinte.

Jetzt war es einfach, blödsinnig einfach. Ich wischte mir die Nase mit den Händen ab, die jetzt nicht mehr steril waren. Ich ging wieder hinaus in den Flur und wusch sie noch einmal; von dem warmen Wasser auf der Haut bekam ich Heimweh. Diesmal musste ich ein Formular ausfüllen, um wieder hineinzudürfen. Bei *Verwandtschaftsverhältnis zum Baby* schrieb ich *Großmutter,* denn dafür hielten mich alle.

Ich zwang mich, seinen winzigen grauen Körper anzusehen. Er hatte die Augen geschlossen. Er wusste nicht, wo er war. Er konnte dem Piepsen und den Schritten auf dem Linoleum nicht entnehmen, dass er in einem Krankenhaus war. Er wusste nicht, was es für ein Krankenhaus war. Jedes einzelne Detail war neu für ihn und ließ sich nicht einordnen. Wie in einem Horrorfilm, aber er konnte es nicht einmal damit vergleichen; er wusste ja nichts über das Genre. Oder über Horror selbst, über Angst. Er konnte nicht denken, *ich habe Angst* – er wusste nicht einmal, was *ich* war. Ich schloss die Augen und begann zu summen. Zu Hause war es mir leichter gefallen, als er noch in ihr war. Diese Zeit kam mir jetzt vor wie eine blöde Fernsehserie – wir drei schwebten in einem Nebel und wähnten uns ewig sicher. Das hier war das wahre Leben. Ich summte so lange, bis mir schwindelig wurde. Als ich die Augen aufschlug, sah er mich an. Er blinzelte, langsam und müde.

Vertraut.

Kubelko Bondy.

Ich strich meinen Kittel glatt und steckte mir das Haar hinter die Ohren.

Ach, du bist es, wie beschämend, dass ich das erst jetzt merke. Er sah mich mit demselben warmen Blick des Wiedererkennens an, mit dem er mich schon damals angesehen hatte, als ich neun war – aber erschöpft, wie ein Krieger, der alles riskiert hatte, um nach Hause zu kommen, und nun halb tot auf der Türschwelle niedersank. Dass er nun dort lag und nur von Kanülen und Schläuchen berührt wurde, war unerträglich. Ich öffnete die runden Türen und nahm vorsichtig seine Hand und seinen Fuß. Wenn er starb, dann für immer; ich würde nie wieder einen anderen Kubelko Bondy sehen.

Siehst du, das ist das Leben, begann ich, *wir existieren in der Zeit. Du genauso wie ich und alle anderen.* Ich sah genau, dass er gerade dabei war, eine Entscheidung zu treffen. Er war noch unschlüssig und horchte in sich hinein. Der dunkle, warme Ort, von dem er gekommen war, oder diese grelle, trockene und piepsende Welt.

Mach deine Entscheidung nicht unbedingt von diesem Raum abhängig. Irgendwo scheint die Sonne auf ein wachsartiges Blatt, Wolken bilden Figuren und dann immer und immer wieder neue, und ein Spinnennetz ist an einer Stelle zerrissen, aber noch intakt. Für den Fall, dass er mit Natur nicht so viel anfangen konnte, fügte ich hinzu: *Und es ist eine irre Zeit in Sachen Technik. Du wirst wahrscheinlich einen Roboter haben und es wird völlig normal sein.*

Es war, als würde man versuchen, jemanden mit Worten von einer Brücke herunterzulocken.

Es gibt natürlich nicht die ›richtige‹ Entscheidung. Wenn du dich für den Tod entscheidest, bin ich dir nicht böse. Ich war selbst ein paar Mal kurz davor.

Er richtete die großen, schwarzen Augen mühevoll nach oben, zu den lockenden Neonröhren.

Weißt du was? Vergiss, was ich gerade gesagt habe. Du bist schon ein Teil von alldem. Du wirst essen, über Blödsinn lachen, die ganze Nacht aufbleiben, um zu sehen, wie sich das anfühlt, du wirst dich unglücklich verlieben und selbst Kinder haben, du wirst zweifeln und bedauern und dich sehnen und Geheimnisse bewahren. Irgendwann bist du ein alter Krüppel, völlig fertig von all dem Leben. Und dann stirbst du. Nicht jetzt.

Er schloss die Augen; ich strengte ihn an. Es war nicht leicht, etwas leiser und weniger schrill zu denken. Die asiatische Schwester mit der Brille ging in die Mittagspause und wurde von einer schweinegesichtigen Kollegin mit kurzen Haaren abgelöst. Sie sah mich von oben bis unten an und schlug vor, dass ich eine Pause einlegte.

»Holen Sie sich was zu essen und gehen Sie eine Runde um den Block. Er ist noch da, wenn Sie wiederkommen.«

»Wirklich?«

Sie nickte. Ich hätte sie gern gefragt, ob er ganz grundsätzlich überleben würde oder nur, bis ich wieder zurückkam, aber ich wollte es nicht übertreiben. Und wenn ich blieb, würde er dann trotzdem überleben?

Ich gehe, aber nur kurz. Es war unmöglich, ihn zu verlassen.

Ich verließ ihn.

Die Erleichterung besänftigte meine Schuldgefühle ein wenig: Es tat gut, aus diesem entsetzlichen, lauten Raum heraus zu sein. Ich folgte den Schildern zur Entbindungsstation und ging wie benommen durch die stillen Flure, in denen alles dem gewohnten Ablauf folgte.

Im Schwesternzimmer herrschte einige Verwirrung.

»Wie war noch mal der Name?«

»Clee Stengl.«

»Hmmm. Hm, hm, hm, hm, hmmmm.« Die pummelige Schwester klickte in einem Computer herum. »Sind Sie sicher, dass Sie im richtigen Krankenhaus sind?«

»Sie soll hier runterfahren, wurde ihr gesagt, also, auf der

Neugeborenenintensivstation, weil sie …« Ich zeigte hinten auf meine Hose, um die Blutung anzudeuten. Ich erinnerte mich an Clees eingesunkene Augen und spürte plötzlich, dass sie in großer Gefahr war und in diesem Moment um ihr Leben kämpfte. Eine ältere Schwester sah aus einiger Entfernung zu und blätterte in einer Zeitschrift. Ich beugte mich über den Tresen.

»Haben Sie … Ihre Suche ausgeweitet?« Ich meinte damit, dass Sie vielleicht gerade im OP-Saal war und notoperiert wurde, oder auf der Intensivstation, aber das wollte ich nicht aussprechen. »Stengl. Oder haben Sie vielleicht einen Vokal zwischen das g und das l gesetzt? Da ist nämlich keiner, sie ist Halbschwedin. Hellblond.« Und für den Fall, dass das helfen würde, fügte ich noch hinzu: »Ich bin ihre Mutter.«

Die ältere Schwester ließ ihre Zeitschrift sinken. »Neuaufnahme«, sagte sie leise zu der anderen Schwester und trat hinter sie. »Zweihundertneun, glaube ich. Hausgeburt.«

Die Tür zu Zimmer 209 stand halb offen. Sie lag in einem automatisch verstellbaren Krankenhausbett und trug einen Kittel. Ein Schlauch führte von ihrem Arm zu einem Infusionsbeutel an einem Ständer neben dem Bett. Sie schlief, oder auch nicht – ihre Lider flatterten.

»Ach, ein Glück«, sagte sie, als sie mich sah. »Du bist es.«

Ich setzte mich neben sie und fühlte mich seltsam demütig und nervös. Ihr Haar war zu zwei Zöpfen geflochten – so hatte ich es noch nie gesehen. Ich dachte an Willie Nelson oder irgendeinen anderen amerikanischen Ureinwohner.

»Es geht ihm so weit ganz gut, glaube ich. Die Schwester hat gesagt, ich kann ruhig gehen.«

»Ja, haben sie mir erzählt.«

»Ach.«

Es schien, als wäre sie schon eine Ewigkeit in diesem

Zimmer und wüsste alles über das Krankenhaus, während ich wie eine Bettlerin durch die Gänge gewankt war.

»Was ist in dem Beutel?«

»Nur Kochsalzlösung, ich war dehydriert. Dr. Binwali hat mich untersucht. Er hat gesagt, es ist alles in Ordnung.«

»Wirklich?«

»Ja.«

Ich sah kurz an die Decke. Jetzt, wo das Weinen leicht war, war es zu leicht.

»Ich dachte« – ich lachte ein wenig –, »ich dachte, du stirbst vielleicht.«

»Warum sollte ich sterben?«

»Ich weiß nicht. Nein, du stirbst nicht.«

Diesen Wortwechsel hätten wir vorher nicht gehabt, aber jetzt waren wir zusammen in einem Krankenwagen gefahren, hatten von innen die Sirene heulen gehört. Da hatte sie zum ersten Mal meine Hand genommen.

Eine Schwester kam herein.

»Sie haben geklingelt?«

»Ja, kann ich noch etwas Wasser haben?«, fragte Clee.

Die Schwester nahm den Krug und ging, und zurück blieb ein seltsam metallischer Geruch.

Wir konnten nichts sagen, weil wir wussten, sie kommt noch einmal wieder. Als sie mit dem Krug in der Hand hereinschoss, wurde der kupfrige Geruch noch stärker. Ich wartete, bis die Schwester weg war und dann auch ihr Geruch.

»Kannst du mir was geben?«, fragte Clee. »Die Tupperdose da?«

Kates Spaghetti. Sie standen auf einem Plastikstuhl.

Clee zog den Deckel ab, senkte den Mund in den Behälter und schaufelte sich mit der Hand den Inhalt hinein. Es waren keine Spaghetti. Natürlich nicht – Kates Besuch lag Monate zurück. Ich stand auf und drehte den Kopf zum Fenster, um es nicht mit ansehen zu müssen. Ich sah sie immer noch, als Spiegelbild in der Scheibe, aber nicht das blutige Ding, das sie aß. Was passiert, wenn man zu viel von sich selbst isst? Jetzt hatte sie sich zurückgelehnt und kaute einfach nur, kaute und kaute. Sie hatte zu viel auf einmal in den Mund genommen und musste jetzt damit fertigwerden. Die Scheibe hatte eine gelbbraune Tönung oder Beschichtung, die sie altmodisch aussehen ließ. Es war faszinierend, wie wenig Ähnlichkeit diese Frau mit Clee hatte. Jetzt schloss sie die Dose sorgfältig wieder, klack, wischte sich die Hände an einer Serviette ab, trank ein Glas Wasser und lehnte den Kopf an das aufgestellte Kopfteil des Bettes. Ihre Zöpfe lagen auf ihrer Brust, und sie sah aus wie auf einem Foto aus der Weltwirtschaftskrise, bleischwer vor Sorge. Man wusste einfach, dass ihr Leben hart sein würde, jede einzelne Sekunde.

»Meinst du, wenn er überlebt, ist er geschädigt?«, fragte sie.

»Ich weiß es nicht.«

»Amy und Gary wollen ihn bestimmt nicht haben«, sagte sie langsam. »Was passiert mit solchen Babys, wenn sie nicht adoptiert werden?«

Jetzt sah sie mich an, in der Scheibe. Derselbe traurige Sepiaton.

Den ganzen Abend saß ich bei Kubelko Bondy und betrachtete seine winzigen Finger, die um meinen Daumen geschlungen waren. Ich wusste, dass es ein Reflex war – eine Karotte hätte er genauso umklammert –, aber ich war noch nie so lange unentwegt festgehalten worden. Als ich die Hand vorsichtig wegzog, griff er in die Luft. *Morgen früh komme ich wieder.* Für den Augenblick stimmte das.

Ich schlief auf einer Metallliege zwischen Clees Bett und dem Fenster. In der Nacht schrie ein Baby, es schrie und schrie, dann herrschte plötzlich Stille. Ein Schiebewagen ratterte den Flur entlang, jemand fragte: »Wer?«, und jemand anders antwortete »Eileen«. Ein Alarm klingelte los und wurde ausgeschaltet, dann klingelte er noch einmal und wurde noch einmal ausgeschaltet, diesmal endgültig. Ich schlief ein oder zwei Minuten, und als ich aufwachte, war ich wieder die Alte, ahnungslos und ohne Probleme, bis es mich wieder einholte, wie eine Wasserleiche auf mich zutrieb. Ihn zu verlassen, das wäre, als würde man jemanden umbringen und ungeschoren davonkommen. Es würde mich mein Leben lang verfolgen. Was sollte ich mit diesem Leben noch anfangen? Es war vorbei. Er lag dort oben, ganz allein. Lebte vielleicht nicht einmal mehr. Ich wollte schreien. Wo war die richtige Großmutter, der Pfarrer, der Häuptling, Gott oder Ruth-Anne? Niemand war da. Nur wir.

Die Liege war eine Zumutung. Als ich mich aufsetzte und die Füße auf den Boden stellte, formte die Matratze ein V um mich herum. »Gehst du?«, flüsterte sie. »Bitte geh nicht.«

»Ich gehe nicht.«

Sie fuhr ihr Bett hoch. Der Motor brummte zu laut.

»Ich hatte gerade ganz schreckliche Gedanken«, sagte sie.

»Ja, ich auch.«

Es war keine Situation, in der man irgendetwas Tröstliches sagen konnte wie: *Alles wird gut.* Nichts wurde gut, das war ja gerade das Problem. Ich stand auf und nahm ihre Hand; vielleicht konnten wir noch einmal die Faust machen. Sie umklammerte meinen Arm.

»Wirklich, bitte lass mich hier nicht allein.«

Ihre Augen waren riesig, sie klapperte mit den Zähnen. Sie war in heller Panik. Ich zog die Decke von meinem Bett, legte sie ihr um die Schultern und stellte den Raumtemperaturregler höher, auch wenn ich mir nicht sicher war, ob er überhaupt an irgendetwas angeschlossen war. Dann füllte ich den Krug mit heißem Wasser aus dem Bad und machte ihr mit den weißen Krankenhauswaschlappen Kompressen.

Clee überlegte, ob sie ihre Eltern anrufen sollte.

»Gute Idee«, sagte ich.

»Wirklich? Findest du?«

»Na ja, ihre Tochter hat gerade ein Baby bekommen. Das wollen sie doch sicher wissen.«

»So ticken sie nicht.«

»Das ist biologisch so angelegt, sie können gar nicht anders.«

»Wirklich?«

Ich nickte wissend.

Sie wählte. Ich wollte mich hinausschleichen, aber sie schüttelte heftig den Kopf und zeigte mit einer scharfen Geste auf den Stuhl.

»Mom, ich bin's.«

Sofort ergoss sich Suzannes Redeschwall über Clee; einzelne Wörter konnte ich nicht verstehen.

»Ich bin im Krankenhaus. Das Baby ist da.«

»Ich weiß nicht, wir wissen es noch nicht. Er ist auf der Intensivstation.«

»Konnte ich nicht, es ging alles drunter und drüber.«

»Ich sag doch, ich kam gar nicht dazu. Ich habe überhaupt niemanden angerufen.«

»Nein, Cheryl ist hier.«

»Keine Ahnung, das ging einfach so. Sie ist im Krankenwagen mitgefahren.«

Suzanne wurde laut; ich ging zum Fenster, um sie nicht zu hören.

»Mom …«

»Mom …«

»Mom …«

Clee gab auf und hielt das Telefon vor sich; Suzannes Geschrei schallte knisternd und verzerrt in den Raum. Hielt Clee das Telefon so, weil sie witzig und unverschämt sein wollte? Nein. Sie hyperventilierte. Sie fasste sich an den Bauch, irgendetwas krampfte sich darin zusammen. Ich beugte mich zum Telefon – »aber ich bin ja offenbar nicht mehr deine Mutter«, höhnte ihre sarkastische Stimme, »du hast ja einen Ersatz gefunden.« Am liebsten hätte ich Suzanne die Faust ins Gesicht gerammt, sie gewürgt, auf den Boden gezerrt und ihren Kopf immer wieder auf das Linoleum geschlagen. Deine (tock) Tochter (tock) geht gerade durch die Hölle (tock). Sei nett zu ihr.

Ich bedeutete Clee aufzulegen, und sie sah mich aus wilden, verständnislosen Augen an.

»Leg auf«, flüsterte ich. »Leg einfach auf.«

Ihre Hand gehorchte mir; das Telefon verstummte.

Ich entschuldigte mich, dass ich sie zu dem Anruf ermutigt hatte. Sie sagte, sie habe noch nie einfach so aufgelegt, wenn ihre Mutter am Telefon war.

»Wirklich nicht?«

»Nein.«

Schweigend saßen wir nebeneinander. Nach einer Weile schenkte sie sich ein Glas Wasser ein und trank es in einem Zug aus.

»Möchtest du noch mehr?« Ich stand auf, um das Glas zu nehmen. »Soll ich die Schwester rufen?«

»Kommt dann dieselbe wie vorhin?«

»Sie hat irgendwie komisch gerochen, oder?«

»Ja, wie Metall«, sagte Clee ernst.

Ich lachte.

»Wirklich«, sagte sie. »Von dem Geruch taten mir die Zähne weh!«

Auch das fand ich lustig. Kichernd griff ich nach dem

Bettgeländer; ich fühlte mich leicht hysterisch. Clees Lachen war rau und unschmeichelhaft; ihr Mund wurde riesig. Da war das Lächeln, das ich schon einmal gesehen hatte. Sie blickte auf meine Lippen; nachdem ich aufgehört hatte zu kichern, wischte ich mit den Fingern darüber. Wir waren fertig mit Lachen. Sie blickte immer noch auf meinen Mund, und ich hielt die Hand davor. Ohne ein Wort schob sie sie beiseite und küsste mich sanft. Dann ging sie ein Stück zurück, schluckte und begann von Neuem. Wir küssten uns. Eine Weile küsste ich sie und dachte dabei, ich küsse sie ja nicht *so*. Ich küsste sie ungewohnt weich, immer wieder und wieder mit dem ganzen Mund, und sagte mir, dass es viele Familien gab, in denen man sich ungeniert küsste, auch auf den Mund, Franzosen, junge Leute, Leute auf dem Land, Römer … Nach einer Weile war diese Hypothese nicht mehr haltbar; sie rieb mir den Rücken, strich mir übers Haar und nahm mein Gesicht in die Hände. Ich strich ihr immer wieder über die Zöpfe, als hätte ich sie schon seit Millionen von Jahren berühren wollen und könnte jetzt gar nicht genug davon bekommen. Nach einer ganzen Weile, zehn oder fünfzehn Minuten, ebbte das Küssen ab. Es folgten mehrere Abschlussküsse, Adieuküsse, Küsse wie Deckel auf Kisten, die dann doch wieder absprangen und ersetzt werden mussten. Da, der letzte Kuss – nein, der hier, das ist der letzte. Der hier, der ist es wirklich. Und jetzt gebe ich diesem Kuss noch einen Gute-Nacht-Kuss. Sie schaltete das Licht neben ihrem Bett aus. Ich trat zurück und kauerte mich auf meine Liege. Sie stellte ihr Bett wieder flach; das Summen des Motors füllte den Raum. Dann Stille.

Ich war noch nie in meinem ganzen Leben so wach gewesen. Was hatte das zu bedeuten? Was hatte das zu bedeuten? Ich hatte seit Jahren niemanden mehr geküsst. Und jemanden mit so seidigen Lippen noch nie. Mochte ich es überhaupt? Mir war ein bisschen übel davon geworden. Ich wollte mehr. Wahrscheinlich würde es nicht noch einmal vorkommen. Wir steckten in einer Krise. Genau so etwas passiert ohne Grund mitten in der Nacht, wenn man in einer Krise steckte. Was hatte es zu bedeuten? Ich wurde rot bei dem Gedanken daran, wie ausgehungert ich mich verhalten hatte. Als hätte ich danach gelechzt, das zu tun. Wo mir doch eigentlich nichts ferner lag als das. Ich hob den Finger – nichts ferner als das! –, aber die Geschworenen waren unerbittlich. Wie würde es uns am Morgen gehen? Kubelko Bondy. Aus irgendeinem Grund war es jetzt schwer zu glauben, dass er sterben würde, wo er doch ein Teil hiervon war. *Sanft* war das falsche Wort. *Seidig? Geschmeidig?* Ein neues Wort, ich würde mir jetzt gleich eins ausdenken – welche Buchstaben würde ich verwenden? Auf jeden Fall ein S. Vielleicht ein A. Wurden so neue Wörter erfunden? Wie würde ich das Wort bekannt geben? An wen sollte ich mich damit wenden?

Am Morgen war ihr Bett leer. Eilig zog ich Schuhe an und nahm den Aufzug zur Neugeborenenintensivstation. Auf dem Weg durch die endlosen, hell erleuchteten Linoleumflure war das Küssen weit weg, nur eins von vielen dramatischen Ereignissen des Vortags. Heute war Tag zwei in seinem Leben, hoffentlich. Ich wusch mir die Hände und zog den Kittel an. Clee beugte sich über den Glaskasten und sang wieder »Sweet baby boy«. Die Zöpfe waren weg. Ohne mich anzusehen, trat sie zurück und machte mir Platz.

Der Schlauch in seinem Hals sah heute größer aus, als wäre sein winziger Körper über Nacht noch geschrumpft. Er hatte gerade die müden schwarzen Augen aufgeschlagen, da stand auf einmal der hochgewachsene indische Arzt hinter uns.

»Guten Morgen.« Er schüttelte uns die Hand. »Bitte kommen Sie mit mir.«

Er machte ein finsteres Gesicht, und mir kam der Gedanke, man würde uns gleich sagen, dass das Baby nicht durchkam. Vielleicht war er medizinisch betrachtet schon gestorben, und die Maschinen erzeugten noch die Illusion von Leben. Clee sah mich verzweifelt an.

»Kann sie bei dem Baby bleiben?«, fragte ich. »Er ist gerade aufgewacht.«

Ich folgte dem Arzt. Am liebsten hätte ich einen Anwalt verlangt und auf mein Recht gepocht, jemanden anzurufen. Aber diese Rechte hatten nur Verhaftete. Wir hatten nichts. Egal, was er mir jetzt sagte – es war die neue Realität, und wir mussten es akzeptieren. Der Arzt parkte mich vor einer hageren Frau mit einem Aktenordner.

»Das ist die Großmutter von Baby Stengl«, sagte er und stellte mich vor.

»Ich heiße Carrie Spivack«, sagte die Frau und trat geziert einen Schritt vor.

»Carrie kommt von Philomena Family Services.«

Und damit drehte sich der Arzt um und ging, einfach so. Ich hielt ihn fest.

»Sollen wir nicht lieber warten, ob …«

Er blickte hinunter auf seine Kitteltasche; meine Finger steckten darin. Ich zog sie heraus.

»Ob was?«

»Ob er durchkommt?«

»Keine Sorge, er kommt durch. Er ist ein Kämpfer. Er muss uns nur noch zeigen, dass er selbstständig atmen kann.«

Carrie von Philomena Family Services streckte noch einmal die Hand aus. Ich schloss das dürre Ding kurzerhand in die Arme. *Er kommt durch.*

Sie trat rückwärts aus meinen Armen heraus; so eine Art von Christin war sie nicht.

»Ich bin hier, um mit Ihrer Tochter zu sprechen – ist sie das da drüben?«

»Nein?«

»Das ist sie nicht?«

»Es wäre jetzt kein guter Moment.«

»Nein, natürlich nicht.«

»Natürlich nicht?«

»Sie verabschiedet sich gerade«, sagte Carrie.

»Was eine Weile dauern könnte.«

»Ganz recht. Es gibt einen typischen Adoptionsbogen.«

»Einen Adoptionsbogen?«

»Einen Anfang, eine Mitte und ein Ende. Das Ende ist immer gleich.«

»Na ja, ich weiß nicht.«

»Weil sie noch ganz am Anfang steht. Am Anfang weiß das niemand. Sie ist auf einem guten Weg.«

»Wie lange dauert es?«

»Nicht allzu lange. Ich gebe dabei gern viel Raum und lasse die Hormone ihre Wirkung tun.«

»So in etwa?«

»Drei Tage. In drei Tagen ist sie wieder sie selbst.«

Carrie sagte, sie werde morgen wiederkommen und wir sollten uns keine Sorgen machen. Amy und Gary seien auf dem Weg.

»Sie kommen hierher?«

»Sie muss ihnen nicht begegnen. Hier ist meine Karte, lassen Sie sie einfach wissen, dass sie nicht allein ist.«

»Nein, ist sie nicht.«

»Wunderbar.«

Clee lag mit der Stirn auf dem Brutkasten. Seine Augen waren wieder geschlossen.

»Wer war das?«

»Der Arzt hat gesagt, er überlebt. Er ist ein Kämpfer, hat er gesagt.«

Sie richtete sich auf. »Ein Kämpfer?« Ihr Kinn zitterte. Sie öffnete eins der Eingriffslöcher und ging mit dem Mund direkt davor. »Hast du das gehört, mein Süßer?«, flüsterte sie. Seine dünnen, marmorierten Arme lagen schlaff neben seinem Rumpf. »Du bist ein Kämpfer.«

Ich sah mich kurz im Zimmer um – drei Tage ab heute? Oder war gestern der erste Tag gewesen und heute schon Tag zwei? Berücksichtigte sie auch, dass wir uns letzte Nacht geküsst hatten, geküsst und geküsst und geküsst? Ich zuckte zusammen vor Scham.

Eine Schwester eilte vorbei. »Entschuldigen«, sagte sie, zu sehr in Eile für das *Sie.* Ich sah hinüber zu den Eltern, die einander bis in alle Ewigkeit Vorwürfe machen würden. Sie gehörten hierher, einer so sehr wie der andere, ebenso wie die Schwestern, die Ärzte und Clee. Keiner von ihnen erkannte den Eindringling in ihrer Mitte, aber es würde nicht mehr lange dauern. Ich hatte mich von der Dramatik der Situation mitreißen lassen und unabsichtlich eingemischt.

Es war Zeit, nach Hause zu gehen.

Er überlebte, Carrie Spivack war da, und in drei Tagen, entweder von gestern oder von heute an, wurde Clee ohne das Baby entlassen. Ich würde sauber machen und das Haus herrichten. Ich stellte mir vor, wie ich die Schuhe auszog und ins Regal auf der Veranda stellte. Komisch, dass ich noch vor ein paar Minuten gedacht hatte, diese diffuse Angst, diese Ungewissheit würde ewig andauern. Ich versuchte zu lächeln, um zu sehen, ob es wirklich witzig war, haha. Mein Hals zog sich heftig zusammen, und ich legte die Hand darauf. Globus hystericus. Ich hatte geglaubt, er wäre ein für alle Mal verschwunden, aber das war natürlich Unsinn. Im Grunde bleibt immer alles beim Alten.

Ich beugte mich von der anderen Seite über den Inkubator. Seine Finger bewegten sich wie Wasserpflanzen. Wie würde ich ihn wiedererkennen, falls sich unsere Wege irgendwann im Leben noch einmal kreuzten? Dann wären diese Seegrashände in normalen Männerhänden verborgen. Ich könnte ihn dann nicht einmal am Namen erkennen, weil er noch keinen hatte.

Tja, knapp daneben ist auch vorbei, sagte ich. Eine gute Haltung gab es jetzt sowieso nicht, also versuchte ich es mit schnoddriger Arroganz, auch wenn es mir das Herz brach. *Diesmal sind wir uns ja ziemlich nahegekommen. Na dann, bis zum nächsten Mal!*

Ungläubig und sprachlos schaute mich Kubelko Bondy an.

Bevor Clee aufsah, drehte ich mich um und verließ die Intensivstation. Ich nahm den Aufzug, fuhr hinunter in die Lobby und trat hinaus auf die Straße. Die Sonne blendete. Die Leute gingen schnell vorbei, dachten an Sandwiches und fühlten sich ungerecht behandelt. Wo stand mein Wagen? Ich suchte das ganze Parkhaus danach ab, Etage für Etage, Reihe für Reihe. Der Krankenwagen. Ich war mit dem Krankenwagen gekommen. Ich musste mir ein Taxi rufen. Ich hatte mein Handy vergessen. Es lag noch im Zimmer. Gut. Dann geh halt noch einmal zurück und hol es. Rein und wieder raus. Ich nahm den Aufzug und fuhr wieder in den siebten Stock. Alles sah noch genauso aus. Die schweinegesichtige Schwester hatte immer noch dasselbe Gesicht. Wie gut diese Welt doch war, mit ihren großen und realen Problemen. Da waren die beiden, die sich gegenseitig Vorwürfe machten – sie hielten sich an den Händen und lächelten sanft. Ich war ein Geist, der ohne mich in meinem alten Leben herumspionierte. Zimmer 209. Clee würde jeden Moment von der Intensivstation zurückkommen. Das Handy, nimm es und geh.

Sie saß auf dem Bettrand und weinte. In der kurzen Zeit, in der ich weg war, war irgendetwas Schlimmes passiert. Sie funkelte mich an und machte ein wütendes Geräusch.

»Wo warst du denn? Ich hab dich überall gesucht.«

Es war nichts Schlimmes passiert.

»Ich wollte nur telefonieren.« Ich klopfte auf das Handy in meiner Hosentasche, um es ihr zu zeigen. Stimmt, das Handy war in der Tasche, schon die ganze Zeit. Ich war wegen irgendetwas anderem zurückgekommen.

Ihre letzten Schluchzer waren eine Art stoßartiges Seufzen nach dem ersten Kuss. Die darauf folgenden Küsse waren ungeduldig und landeten irgendwo, als hätten wir nicht die Zeit, sie sauber zu platzieren; dann wurden unsere Münder zu Fingerspitzen, die blind die Hügel und Täler des jeweils anderen Gesichts ertasteten. Schließlich hielt sie inne, ging mit dem Kopf ein Stück zurück und sah mich an. Ihr Mund stand offen, und ihr Blick war träge und voller Gedanken. Sie musterte mein Gesicht, als versuchte sie es zu entschlüsseln, als suchte sie irgendetwas Anziehendes darin – oder die Antwort auf die Frage, wie sie hierher gekommen war, wie das passieren konnte.

»Komm mit hier drunter«, sagte sie und hob das gestärkte weiße Laken an.

»Das ist zu schmal für uns beide.« Ich setzte mich vorsichtig auf ihren Bettrand.

»Komm einfach mit rein.«

Ich zog die Schuhe aus, und sie rutschte langsam und unter Schmerzen zur Seite. Unsere beiden Pos passten zusammen gerade so in das Bettgeländer.

Wir begannen von Neuem, diesmal langsam. Und tief. Ihr Busen, weich und frei unter dem Krankenhaushemd, presste sich gegen meinen; mit kräftigen, bedachten Bewegungen schob sie mir die Zunge in den Mund, und ich nahm ihr Gesicht in die Hände, die weiche Honighaut. Es war vollkommen anders als alles, was ich einmal in Gedanken mit ihr gemacht hatte. Phillip, der Klempner und all die anderen Männer hatten gar nicht begriffen, worum es eigentlich ging. Es ging ums Küssen. Plötzlich versteifte sie sich und zuckte zusammen.

»Hast du Schmerzen?«

»Ja«, sagte sie, ein wenig schroff. Es war verblüffend, wie schnell sich ihr Ton verändert hatte.

»Brauchst du vielleicht noch mehr Flüssigkeit?« Ich sah den Beutel mit der Kochsalzlösung an. »Soll ich die Schwester rufen?«

Sie lachte rau. »Warte, ich denke noch kurz über was anderes nach.« Sie atmete lang und kontrolliert aus. »Ich glaube, ich bin noch nicht wieder bereit für solche Gefühle.«

»Was für Gefühle?«

»Sexuelle.«

»Oh.«

Gegen elf holte ich uns aus der Cafeteria im Erdgeschoss etwas zum Mittag. Sie aß die Minestrone, die Cracker und den Rührkuchen und trank den Orangensaft, und danach brauchte sie einen Mittagsschlaf. Aber erst, nachdem sie mir den Nacken geküsst hatte und mit einer Hand durch mein kurzes Haar gefahren war. Es war wie in einem Traum, in dem der Mensch, von dem man es am wenigsten erwartet hätte, ganz verrückt nach einem ist – ein Filmstar oder der Mann von irgendjemandem. Wie kann das sein? Doch die Anziehung beruht auf Gegenseitigkeit und ist nicht zu leugnen; sie ist sich selbst Grund genug. Und das Erstaunen angesichts von etwas Unerwartetem war unter diesem Dach ebenso zu Hause wie auf dem Mond oder auf dem Schlachtfeld. Im stinkenden Klima von Zimmer 209 gedieh eine exotische Blume statt jener natürlichen Sache, die Carrie Spivack beschrieben hatte. Oder vielleicht würde sie auch sagen, dass kurz vor dem Abschied vom Baby am dritten Tag oft eine sehr sinnliche Stimmung Einzug hielt; vielleicht war das Teil des Bogens. Morgen war der dritte Tag.

Nachdem ich eine Weile vergeblich gewartet hatte, dass sie aufwachte, ging ich allein hoch zur Intensivstation. Während ich den Kittel anzog, zog ein Paar seine gerade wieder aus. Sie redeten über Gebrauchtwagen.

»Ich würde nie ein Auto kaufen, ohne vorher einmal gegen die Reifen zu treten«, sagte er, knüllte seinen Einmalkittel zusammen und warf ihn versehentlich in den Recyclingsack.

»Doch, wenn du einfach darauf vertrauen würdest, dass Gott schon weiß, wie weit deine Kräfte reichen.«

»Ich bin mir ziemlich sicher, dass Gott nicht wollen würde, dass du eine halb zerfallene, alte Klapperkiste kaufst.«

»Jetzt ist es zu spät«, sagte sie und schloss eine Faust um ihren Handtaschenträger. Sie sah älter aus als auf dem Foto auf ParentProfiles.com, eigentlich sahen sie beide älter aus. Sie rochen nach ihrem Haus in Utah, nach alten Teppichen und kaltem Rauch. Das würde der Geruch seines Lebens werden, sein Geruch.

»Wirklich?«, fragte Gary. »Ist es zu spät? Rechtlich gesehen?« Er hatte Angst. Er wollte das Auto wirklich nicht, das sie gekauft hatten. »Ja«, antwortete sie. Dann warf sie ihm einen Blick zu, *Bitte nicht jetzt vor dieser Frau, wir besprechen das später.* Sie waren schrecklich, sogar noch ein bisschen schrecklicher als die meisten Leute. Ich blieb stehen und fummelte an den Ärmeln meines Kittels herum. Sollte ich mich vorstellen oder lieber gleich versuchen, sie umzubringen? Nicht gewaltsam, nur so, dass sie danach nicht mehr da waren. Amy nickte im Hinausgehen höflich. Ich nickte zurück und sah zu, wie die Tür zupendelte. Mir kam der Gedanke, dass der Arzt ja nur gesagt hatte, das Baby würde überleben. Nicht, dass es jemals herumrennen, essen oder sprechen würde. Leben bedeutete nur, nicht zu sterben, weitere Extras nicht inbegriffen.

Kubelko Bondys Augen waren groß und blickten erwartungsvoll.

Alles an dir ist perfekt, sagte ich zu ihm.

Du bist zurückgekommen, antwortete er. Ich senkte den Kopf und überlegte, welches Versprechen ich ihm machen konnte, das berücksichtigte, dass nichts in meiner Hand lag.

Ich liebe deine süßen kleinen Schultern, sagte ich. *Und ich werde sie immer lieben.*

Clee schlief bis zum Mittag, dann gingen wir zusammen nach oben. Im Aufzug legte sie den Arm um mich und ließ ihn auch auf dem Weg durch den Flur dort liegen. In einem komplizierten synkopierten Rhythmus stießen unsere Hüften aneinander. Wir begegneten dem Paar, das sich gegenseitig Vorwürfe gemacht hatte, und sie nickten uns zu, ohne mit der Wimper zu zucken. Mir ging durch den Kopf, dass die beiden nun für immer die Ersten sein würden, vor denen ich mich »geoutet« hatte. Sie fanden offenbar nichts dabei. Einige der Schwestern erschreckten sich offenbar über unsere neue Vertrautheit. Vielleicht, weil sie mich für Clees Mutter gehalten hatten. Oder vielleicht, weil sie jetzt mit zwei Elternpaaren zu tun hatten und wir nicht die Richtigen waren. Vor dem Brutkasten gab mir Clee einen Kuss auf den Mund, unser stilles Coming-out gegenüber dem Baby.

Carrie Spivack war auch schon da gewesen; ihr Philomena-Family-Service-Kärtchen steckte seitlich in dem Plastiknamensschild, auf dem Baby Stengl stand. Ich verbarg es in den Händen wie ein Zauberer und ließ es in meiner Tasche verschwinden.

»Wir können ihn nicht ewig ›das Baby‹ nennen«, flüsterte ich.

»Okay. Hast du einen Namen?«

Es rührte mich, dass sie fand, ich hätte das Recht, seinen Namen auszusuchen. Ich stellte mir vor, wie ich ihr den Namen Kubelko Bondy erklärte.

»Der muss von dir kommen, du bist doch seine Mom.«

Sie lachte, oder zumindest hielt ich es für ein Lachen – es endete mit einer Art keuchendem Schlucken. Wir entdeckten einen seltsamen roten Fleck auf seinem Ärmchen. Ich winkte eine Schwester mit wasserstoffblonden Haaren herbei.

»Hallo, kleiner Mann«, krächzte sie mit einem prüfenden Blick auf seinen Monitor. »Heute ist ein großer Tag für dich.« Sie stank nach Parfüm, vielleicht um den Zigarettengeruch zu übertünchen. Der rote Fleck: ein Brandmal von ihrer Zigarette. Ich bebte nur so vor Wut. Aber als Chefin wusste ich, wie man mit so etwas umging; ich würde ihr gleich ein paar Takte sagen und sah sie schon weinend vor mir stehen.

»Er wird später noch extubiert«, sagte sie. »Ich hoffe, er atmet gut.«

Clee und ich sahen uns erschrocken an. Atmen. Das stand ganz oben auf unserer Wunschliste der Dinge, die er können sollte.

»Sind Sie dabei auch beteiligt?«, fragte ich nervös. *Bitte nicht.*

»Ja. Er bekommt dann erst einmal eine CPAP-Maske – eine Art Atemhilfe –, und wir beobachten, wie er damit zurechtkommt.« Sie zwinkerte uns zu. Es war kein freundliches Zuzwinkern, es bedeutete vielmehr, alle anderen Schwestern und alle Angestellten bei Open Palm haben mir von Ihnen erzählt, und jetzt – zwinker – bekommen wir unsere Rache. Ich sah auf ihr Namensschild. Carla. Es war zu spät, um Carla irgendeinen Gutschein oder einen Smoothie-Maker zu schenken. Vielleicht irgendetwas Süßes, oder Kaffee.

Sie betrachtete den roten Fleck und schnalzte.

»Wenn wir den Zugang ziehen, gibt es manchmal einen Fleck. Aber wenn ich ihn gezogen hätte« – sie zwinkerte noch einmal –, »hätte er jetzt keinen.«

Das Zwinkern war ein Tick. Es war weder gemein noch verschwörerisch, sondern einfach nur eine Angewohnheit. Rauchen war auf der Neugeborenenintensivstation natürlich nicht gestattet. Ich sah zu, wie sie die Kabel um ihn herum sortierte, damit sie ihn nicht pieksten. Ihre Finger waren flink, als hätte sie das schon neunhundert Mal zuvor gemacht.

Clee fragte, um welche Uhrzeit er extubiert würde.

»Laut Plan um sechzehn Uhr. Sie können ihn danach besuchen – er wird zwar sediert sein, aber er wird sich dann sehr viel wohler fühlen.«

»Vielen Dank, Carla«, sagte ich. »Wir sind Ihnen sehr dankbar für alles, was Sie tun.« Das genügte nicht, es klang albern und aufgesetzt.

»Gern geschehen.« Die Schwester lächelte mit dem ganzen Gesicht; sie fand es nicht albern.

»Doch, wirklich«, wiederholte ich nachdrücklich, »wir sind Ihnen wirklich sehr dankbar.«

Um halb fünf riefen wir auf der Neugeborenenintensivstation an.

»Es dauert ein wenig länger als geplant«, sagte die Schwester am anderen Ende. »Der Doktor ist noch bei ihm. Wir melden uns, sobald er fertig ist.«

»Der große indische Arzt?«

»Ja, Dr. Kulkarni.«

»Er ist gut, nicht wahr?«

»Er ist der Beste.«

Ich legte auf.

»Der indische Arzt ist bei ihm, und er ist der Beste, haben sie gesagt.«

»Dr. Kulkarni?«

Ich bat Clee, mir die Namen aller Ärzte und Schwestern zu sagen, und schrieb sie mir auf. Der kleine, muskulöse Pfleger hieß Francisco, die asiatische Schwester mit dem Pferdegebiss und der Brille hieß Cathy, und die mit dem Schweinegesicht hieß Tammy.

»Woher weißt du das alles?«

»Sie haben Namensschilder.«

Es wurde dunkel im Zimmer, aber wir schalteten das Licht nicht an. Wir würden es anschalten, sobald es Entwarnung gab, und falls es keine gab, würden wir für immer hier im Dunkeln sitzen bleiben.

Fünfzehn Minuten vergingen. Und dann noch weitere fünf. Ich stand auf und schaltete die Neonröhren ein.

»Wir sollten ihm einen Namen geben«, sagte ich.

Clee blinzelte ins Licht.

»Hast du dir einen überlegt?«

Sie hob einen Finger und trank einen Schluck Wasser. *Sie hat es vergessen. Sie denkt sich auf die Schnelle einen aus.* Meine alte Verachtung für sie war sofort wieder da.

»Ich habe zwei Namen«, sagte sie und räusperte sich.

»Der erste wirkt im Moment vielleicht noch unpassend, aber später passt er dann bestimmt.« Ich schämte mich für meine Verachtung. Die Scham fühlte sich wie Liebe an.

»Okay.«

»Also, ich sag's jetzt einfach«, sagte sie zögernd.

»Ja, sag's einfach.«

»Kleines Dickerchen.«

Ich wartete ohne irgendeinen Gesichtsausdruck, ob das wirklich der Name war.

»Denn irgendwann« – ihre Augen füllten sich plötzlich mit Tränen und ihre Stimme brach –, »irgendwann *ist* er ein kleines Dickerchen.«

Ich legte ihr einen Arm um die Schultern. »Das ist wirklich ein schöner Name. Kleines Dickerchen.«

»Kleines Dickerchen«, flüsterte sie unter Tränen.

»Ich glaube, ich kenne niemanden, der so heißt.« Ich rieb ihr den Rücken. »Und wie ist der andere?«, fragte ich nonchalant und wusste, dass das sein Name werden würde, ganz egal, wie er lautete.

Sie holte tief Luft und sagte beim Ausatmen: »Jack.«

Um halb sechs kam der Anruf. Er war extubiert und atmete gut mit dem CPAP. Schnell gingen wir nach oben.

Ohne Schlauch im Mund war er kaum wiederzuerkennen. Er war ein Baby, ein süßes kleines Baby mit einem Plastikschlauch in den Nasenlöchern.

»Hi, Jack«, flüsterte Clee.

Du heißt jetzt Jack, erklärte ich ihm. Aber deine Seele wird immer Kubelko Bondy heißen. Ich holte tief Luft und zwang mich hinzuzufügen: Und du bekommst noch einen dritten Namen, von Amy und Gary. Vielleicht Travis, oder Braden. Das wissen wir noch nicht.

Clee stellte sich auf die eine Seite des Inkubators und ich mich auf die andere, und jede steckte eine Hand hinein. Mit der rechten Hand umklammerte er Clees Finger und mit der linken meinen. Er dachte, die Finger kämen von einem einzigen Menschen, mit einer alten Hand und einer jungen. Wir blieben fünfundzwanzig oder dreißig Minuten so stehen, bis meine Hand eingeschlafen war und mir der Rücken wehtat. Ab und zu sahen Clee und ich uns über den Plastikkasten hinweg an, und mein Magen machte einen Rückwärtssalto. Ein Geistlicher kam herein und begann, die Babys zu segnen. Ich sah mich um – war das überhaupt legal? Was war mit der Trennung von Staat und Kirche? Es kümmerte niemanden. Schließlich blieb er vor Jack stehen, und bevor ich den Kopf schütteln konnte, nickte Clee. Sein Gebet fegte über uns drei hinweg; mein Gesicht kribbelte und in meinem Kopf drehte sich alles. Ich fühlte mich heilig, beinahe verheiratet.

Als wir Arm in Arm zu Zimmer 209 zurückgingen, wurde mir klar, dass die Frau, die vor uns den Flur entlangstöckelte, Carrie Spivack war. Unauffällig ging ich langsamer und wartete darauf, dass sie nach links oder rechts abbog. Was sie natürlich nicht tat; sie steuerte auf unser Zimmer zu. Es war Tag drei. Vor uns waren ein Fenster und ein Feuerlöscher. Ich entschied mich für das Fenster. Sprechen war zu riskant, deshalb deutete ich mit einer weiten Geste auf die Aussicht. Clee sah hinunter auf den Parkplatz. Das Paar, das einander einmal Vorwürfe gemacht hatte, kam auf uns zugeschlendert und blieb mit einem fragenden Lächeln stehen. Zu viert standen wir am Fenster und sahen hinaus. Ein Mann mittleren Alters half einer älteren Frau aus einem Rollstuhl auf den Beifahrersitz eines Kombis.

»Das sind wir in vielen Jahren«, sagte die Frau des Paars, das einander einmal Vorwürfe gemacht hatte. »Ich und Jay

Jay.« Ihr Mann drückte ihr die Schulter. Jay Jay war der Name ihres Babys, nahm ich an.

Weil der älteren Frau die Beine nicht mehr gehorchten, hob ihr Sohn sie umständlich und schwerfällig aus dem Rollstuhl in den Wagen. Seine Mutter hatte die Hände um seinen Hals geschlungen und klammerte sich regelrecht daran fest. So würde sich Amy von Amy und Gary eines Tages an Jacks Hals klammern. Jetzt im Moment war er noch viel zu winzig, aber eines Tages würde er ein robuster Mann mittleren Alters sein, vielleicht sogar muskulös oder athletisch. Er würde seine Mutter sehr viel schwungvoller aus dem Rollstuhl heben als dieser Mann und sagen: *So, Ma, jetzt schnallen wir dich noch an und los geht's.* Meine Eifersucht überwältigte mich; ich musste wegsehen.

Als wir näher kamen, richtete sich Carrie Spivack auf, schärfte ihr Lächeln und öffnete uns wie eine Hostesse schwungvoll die Tür zu unserem Zimmer. Clee ging einfach hinein in dem Glauben, sie wäre nur irgendeine Schwester, die ihren Blutdruck messen wollte.

»Sie gestatten uns sicher einen Moment allein«, sagte Carrie Spivack zu mir. Sie hatte herausgefunden, dass ich nicht die Großmutter war. Und auch sonst niemand. Clee hinter ihr zuckte verwirrt mit den Schultern und lächelte mich vage an. Genau dieses Lächeln hatten die Angehörigen der *Titanic*-Passagiere am Pier auf den Gesichtern ihrer Lieben gesehen, während das Schiff ablegte. Bon voyage, Kitty! Bon voyage, Estelle!

Ich ging den Flur zurück zum Aufzug.

»Nach unten?« Es war ein junges Latino-Paar mit einem neugeborenen Baby auf dem Arm. An den Griffen des Kinderwagens tanzten blaue Luftballons.

»Gut, ich fahre nach unten.«

Die beiden bebten förmlich; es war der spektakulärste Moment ihres Lebens. Gleich würden sie ihr Baby mit hinaus in die Welt nehmen, die reale Welt. Das Baby hatte dichtes schwarzes Haar, das irgendwie nass aussah, und war fülliger als Jack. Als sich die Türen öffneten, drehte sich der junge Vater noch einmal zu mir um, und ich nickte ihm zu: *Ja genau, da ist es, dein Leben, jetzt geh schon hinein.* Und sie gingen.

Ich tigerte durch die Lobby. Ich scrollte die Nummern in meinem Handy durch; es gab niemanden, den ich anrufen konnte. Mechanisch löschte ich alle Nachrichten auf der Mailbox, außer der einen, die ich mir letztes Jahr selbst hinterlassen hatte. Die zehn NEINs in maximaler Lautstärke klangen wie Wehklagen, als würde eine untröstliche Frau ihr Leid in die Straßen hinausschreien, NEIN NEIN NEIN NEIN NEIN NEIN NEIN NEIN NEIN NEIN.

Bis auf die Kassiererin war die Cafeteria menschenleer. Ich bestellte ein Glas heißes Wasser; daneben auf der Untertasse lag eine Scheibe Zitrone und eine Serviette. Ich trank es in kleinen Schlucken und verbrühte mir dabei jedes Mal den Mund. Drei der Wände waren weiß, die vierte war in verschiedenen Rosa- und Orangetönen gestrichen. Es dauerte eine Weile, bis ich erkannte, dass es ein Wandbild von einem Sonnenuntergang in der Toskana oder in Rhodesien oder irgendwo dergleichen sein sollte. Die Tür, durch die ich gekommen war, lag am Strand; linker Hand der Sonne hing aufgeklappt ein leerer Papierhandtuchspender wie ein offen stehender, perplexer Mund. Ich durfte keinen Gedanken an das zulassen, was oben gerade geschah. Es war unvorstellbar. Unten an der Wand verlief ein gemaltes Geländer, das den Betrachter auf die Terrasse einer Villa oder vielleicht eines Palazzo versetzte. Ich atmete die salzige Luft ein, und an die Felsen unten mir schlugen riesige Wellen, eine nach der anderen. Ich weinte und weinte. An der Decke erhoben Möwen ihre klagenden Schreie. Von fern kam eine Gestalt den Strand entlang. Sie trug ein fließendes weißes Gewand. Goldenes Haar, ein warmes, mediterranes Lächeln. Sie winkte. Ich wischte mir das Gesicht mit den Handrücken ab. Sie ließ sich auf den Stuhl neben mir sacken.

»Ich hab zuerst in der Lobby geguckt«, sagte sie.

»Da war ich auch eine Weile.« Ich schnäuzte in die Serviette.

Sie sah sich um. »Nicht viel los hier, was?«

»Nein.«

Sie drückte auf meine Zitronenscheibe und leckte sich den Finger ab.

»Mir war gar nicht klar gewesen, dass das so ein jesusmäßiger Verein ist.«

»Welcher Verein?«

»Philomena Blablabla. Wenn Amy und Gary ihn nicht gewollt hätten, wäre er in irgendeine andere von diesen Christenfamilien gekommen.«

Auf einmal geschah etwas Seltsames mit dem Wandbild. Ganz, ganz langsam ging die Sonne auf.

»Aber die Frau war schon okay – sie hat nicht versucht, mich irgendwie zu bequatschen oder so. Ich hab nur gesagt, meine Lebenssituation hat sich verändert.« Sie nahm meine Hand.

Oder vielleicht war es schon immer eine aufgehende Sonne gewesen; vielleicht stellte das Wandbild einen Sonnenaufgang dar, keinen Sonnenuntergang. *Oh, mein Junge. Oh Kubelko, mein liebster Junge.*

»Das bilde ich mir doch nicht ein, oder?«, fragte Clee und setzte sich auf. »Das mit dir und mir.«

»Nein, das ist echt«, flüsterte ich.

»Ja, das dachte ich auch.« Sie lehnte sich wieder zurück und streckte die Beine zu einem breiten V aus. »Aber Kommunikation … na ja. Ich glaube an Kommunikation.«

Ich sagte, ich auch, und sie sagte, sie finde, Jack sei ein ziemlich cooles Baby, und sie habe zwar nicht geplant, Mutter zu werden, aber so schwer könne es nun auch wieder nicht sein, außer dein Kind ist ein Arschloch, was Jack aber mit hundertprozentiger Sicherheit nicht sei. »Außerdem hab ich dich für total psycho gehalten.«

Ich sagte, ich sei total psycho. Sofort schossen mir acht oder neun Fragen durch den Kopf – zu ihrer Beziehung zu mir und meiner zu dem Jungen, aber ich wollte nichts zerstören, indem ich sie mit Fragen überschüttete. Sie grub ihren Daumen tief in meine Handfläche und sagte: »Ich brauche irgendeinen Spitznamen für dich.«

»Vielleicht Cher?«, schlug ich vor.

»*Cher?* Klingt wie ein alter Mann. Nein, warte, lass mich kurz überlegen.«

Sie drückte die Fingerknöchel gegen die Stirn und dachte nach, und dann sagte sie: »Okay, ich hab's. Boo.«

»Boo?«

»Boo.«

»Wie ein Gespenst?«

»Nein, wie Boo, du bist mein Boo.«

»Okay. Interessant. Boo.«

»Boo.«

»Boo.«

11. KAPITEL

Als die Schwestern hörten, dass Clee das Baby behielt, gaben sie ihr eine Milchpumpe und sagten, sie solle alle zwei Stunden pumpen.

»Auch wenn nichts kommt, einfach immer weiterpumpen«, sagte Cathy. Carla nickte zustimmend. »Entspannen Sie sich und gucken Sie gar nicht auf die Flaschen. Das klappt schon. Bringen Sie uns jeden Tropfen, wir geben ihm die Milch, sobald er nicht mehr intravenös ernährt wird.«

Clee kicherte nervös und hielt die Pumpe am ausgestreckten Arm vor sich. »Also, ich weiß nicht. Ja. Nee. Ich glaube nicht.« Sie gab sie Cathy zurück. »Das ist nichts für mich.«

Am Abend schob eine vierschrötige ältere Frau namens Mary eine Pumpe in unser Zimmer. »Ich bin die Laktationsberaterin in diesem Krankenhaus und in Cedars-Sinai. Ich kriege selbst aus einer Fliege Milch heraus.« Ich erklärte ihr, dass Clee nicht stillen wolle, woraufhin Mary uns einen Vortrag über die positiven Effekte von Muttermilch hielt, die das Risiko des Babys für Diabetes, Krebs, Lungenprobleme und Allergien verringerte. Clee wurde rot und knöpfte mit gesenktem Kopf ihr Hemd auf. Ihre Brüste hingen lang und rosa herab. Ich hatte sie noch nie gesehen. Mit brüsker Effizienz stülpte Mary verschiedene trichterförmige Aufsätze über die Brustwarzen.

»Die Größe muss stimmen, sonst geht gar nichts. Sie haben Größe L.«

Clees gesenkter Kopf war reglos und ihr Gesicht von einem Vorhang aus Haaren verdeckt.

Mary schraubte Flaschen an die Trichter und schaltete die altertümliche Maschine ein. *Schuup-pah, schuup-pah, shuup-pah.* Clees Brustwarzen wurden rhythmisch angesaugt und wieder losgelassen.

»Wie bei einer Kuh. Waren sie mal auf einem Bauernhof? Ist genau dasselbe. Jetzt halten Sie die fest.« Clee drückte die Saugtrichter an ihre Brust.

»Und, kommt was?« Mary spähte nach den Fläschchen. »Nein. Na gut, dranbleiben. Alle zwei Stunden zehn Minuten.«

Kaum dass Mary zur Tür raus war, schaltete ich die Pumpe aus.

»Tut mir leid, das war grauenvoll.«

Ohne aufzusehen, schaltete Clee sie wieder ein.

Schuup-pah. Schuup-pah. Mit jedem Ansaugen wurden ihre Brustwarzen grotesk in die Länge gezogen.

»Kannst du ein bisschen Abstand halten?«, fragte sie.

Schnell ging ich auf die andere Seite des Raums.

»Ich mag es nicht, wenn jemand meine Brust anguckt. Ich steh da nicht drauf.«

»Tut mit leid«, sagte ich. »Ich wünschte, ich könnte das übernehmen.«

Schuup-pah. Schuup-pah.

»Warum?«

»Weil ich glaube, es würde mir nichts ausmachen.«

Schuup-pah.

»Denkst du, ich kriege das nicht hin mit der Milch?«

»Nein. So hab ich das nicht gemeint.«

»Denkst du, eine Kuh kann das, aber ich nicht?«

Schuup-pah. Schuup-pah.

»Nein, natürlich kannst du das! Und die Kuh auch. Ihr beide könnt das.«

An diesem Abend kam nichts. Sie stellte ihren Handywecker auf zwei Uhr, vier Uhr und sechs Uhr. Nichts. Um acht Uhr kam Mary und sah nach, ob sich schon etwas getan hatte.

»Und? Nein? Machen Sie weiter. Denken Sie an Ihr Baby. Wie heißt es?«

»Jack.«

»Denken Sie an Jack.«

Clee dockte die Pumpe an. Sie wollte nicht ohne Milch nach oben zu Jack gehen, also ging ich allein und erzählte Jack, wie viel Mühe sich seine Mom gab, damit er etwas Leckeres zu trinken bekam. Als ich zurückkam, pumpte sie. Leere Flaschen.

»Ich habe ihm erzählt, wie viel Mühe sich seine Mom gibt.«

»Du hast mich ihm gegenüber Mom genannt?«

»Mami? Mutter? Wie möchtest du genannt werden?«

Schuup-pah. Schuup-pah. Ihre Augen waren randvoll von Enttäuschung.

»Verdammte Scheiße.« Sie schlug mit der Faust auf die Pumpe, und mit einem ohrenbetäubenden Klirren fielen ein Becher und eine Gabel vom Nachttisch.

Schuup-pah. Schuup-pah. Schuup-pah.

In der Morgendämmerung berührte sie mein Ohr. Ich hatte gerade geträumt, dass die Pumpe an wäre, aber sie schwieg; alles war still, der Morgen dämmerte und sie berührte mein

Ohr. Fuhr mit dem Finger die makellosen Linien entlang. Das erste Tageslicht kroch in das kleine Zimmer. Ich lächelte sie an. Sie lächelte zurück und zeigte auf ihren Nachttisch. Milch. Zwei Fläschchen, in jedem ein knapper halber Zentimeter gelbe Milch.

Clee wurde am nächsten Morgen entlassen. Jack natürlich nicht. Dr. Kulkarni sagte, er dürfe nach Hause, sobald er sechzig Milliliter Milch trinken und normal verdauen könne.

»Zwei Wochen, schätze ich«, sagte er. »Oder weniger. Oder mehr. Er muss uns zeigen, dass er selbstständig trinken kann; saugen und schlucken.«

Er wandte sich zum Gehen. Clee stand fix und fertig angezogen mit ihrer Handtasche bereit und wartete. Ich schnappte ihn am Ärmel.

»Ja?«, sagte der Arzt. Ich zögerte; ich brauchte einen Augenblick, um alle Facetten meiner Frage in einem Satz zu bündeln. Ich fragte mich, ob mein Leben, das Leben, in dem ich einen Sohn und eine wunderschöne, junge Freundin hatte, außerhalb des Krankenhauses Bestand haben konnte. Oder war das Krankenhaus seine Hülle? War ich wie der Honig, der sich für einen kleinen Bären hält, ohne zu begreifen, dass der Bär nur die Form seiner Flasche ist?

»Ich kann mir denken, was Sie sich jetzt fragen«, sagte Dr. Kulkarni.

»Wirklich?«

Er nickte. »Für endgültige Aussagen ist es noch zu früh, aber bisher macht er sich sehr gut.«

Wir versprachen Jack, am Morgen zurückzukommen, dann gingen wir und kamen noch einmal zurück, weil wir ihm nicht gesagt hatten, dass wir ihn lieb haben – *Wir haben dich lieb, mein süßer Schatz* –, und gingen wieder, traten mit wackeligen Beinen hinaus ins Sonnenlicht. Händchen haltend saßen wir hinten im Taxi. Meine Straße sah noch genauso aus. Die Nachbarin zwei Häuser weiter rollte ihre Mülltonnen herein und beobachtete uns, wie wir zur Tür humpelten. Clee bückte sich, um die Schuhe auszuziehen.

»Du brauchst sie nicht auszuziehen.«

»Will ich aber.«

»Das ist jetzt genauso dein Haus wie meins.«

»Ich hab mich dran gewöhnt.«

Alles war noch genau so, wie wir es hinterlassen hatten. Überall im Schlafzimmer klebte getrocknetes Blut. An der Küchendecke hingen Ansammlungen von Schnecken. An den merkwürdigsten Orten lagen Handtücher. Im Schlafzimmer auf der Kommode standen immer noch Ricks Schüsseln mit heißem Wasser, jetzt kalt. Während Clee abpumpte, machte ich schnell sauber; im Wohnzimmer riss ich ihren Schlafsack vom Sofa und stopfte ihn in den Wäscheschrank.

Bevor sie zum ersten Mal zu mir ins Bett kroch, murmelte sie eine Entschuldigung für den Geruch ihrer Füße.

»Die Farbtherapie hat nicht funktioniert.«

»Bei mir auch nicht.«

»Wusstest du, dass Dr. Broyard mit einer berühmten holländischen Malerin verheiratet ist, Helge Thomasson?«

»Hat er dir das erzählt?«

»Nein, jemand im Wartezimmer.«

»Die Rezeptionistin?«

»Nein, eine andere Patientin.«

Wir krochen unter die Decke und hielten Händchen. Eine Hausfrau zu betrügen, war verständlich, schon allein wegen der intellektuellen Stimulation – aber dass Dr. Broyard der Herausforderung einer Helge Thomasson nicht gewachsen war, dafür sollte er sich wirklich schämen. Ich hatte zwar noch nie von ihr gehört, aber anscheinend war sie eine beeindruckende Frau. Clee legte für einen Moment die Hand auf meinen Bauch und nahm sie wieder weg.

»Dr. Binwali hat gesagt, ich kann in acht Wochen wieder Sex haben.«

Ich lächelte wie eine nervöse Tante. Das Thema war seit jenem ersten Tag nicht mehr aufgekommen. Manche Frauen küssen sich nur oder reiben einander den Rücken und belassen es dabei. Ich fragte mich, ob ihre alten Aggressionen zurückkommen würden. Vielleicht wäre es wie in einer Simulation. Wir könnten auf der »Parkbank« beginnen – sie greift nach meiner Brust. Aber statt sie abzuwehren, würde ich mich einfach von ihr vergewaltigen lassen. Mussten wir jetzt einen Gummipenis kaufen? Auf dem Sunset Boulevard hatte ich ein Geschäft für solche Sachen gesehen, neben einer Tierhandlung.

»Die Muskeln«, sagte sie. »Die ziehen sich nicht zusammen.«

Einen Orgasmus. Den konnte sie jetzt acht Wochen lang nicht haben.

»Aber ich könnte, bei dir. Wenn du möchtest.«

»Nein, nein«, sagte ich schnell. »Warten wir lieber. Bis wir beide können.« Ich mochte diese Art zu sprechen, ohne die entscheidenden Verben. Vielleicht würden wir sie nie aussprechen.

»Okay, gut.« Sie drückte meine Hand. »Ich hoffe, ich kann so lange warten.«

»Ja, wird mir auch schwerfallen.«

Ich schreckte aus dem Schlaf auf wie ein Passagier in einem Flugzeug – für einen Moment spürte ich, wie hoch ich flog, und hatte entsprechende Angst vor dem Absturz.

Es war drei Uhr morgens. Wir hatten ihn einfach dort gelassen, winzig wie er war. Er lag auf der Neugeborenenintensivstation, ganz allein in seiner Plastikbox. In meinem Inneren gerann ein Schrei; der Schmerz fühlte sich unmenschlich an. Oder war das mein erstes menschliches Gefühl überhaupt? Würde ich mich jetzt sofort anziehen und ins Krankenhaus fahren? Ich wartete ab, was ich tat. Ich betrachtete ihr gelbes Haar, das sich auf dem Kissen ausbreitete, das ich mir normalerweise zwischen die Beine klemmte. Nichts von alldem würde Bestand haben. Es war alles nur ein absurder Traum. Ich tauchte wieder in die Bewusstlosigkeit ab.

Das Radio plärrte und die Sonne schien grell. »Was für Musik magst du?«, fragte Clee und drehte am Radiowecker durch ein paar rauschende Sender. Ich rieb mir die Augen. Ich hatte meinen Radiowecker bisher immer nur als Wecker benutzt.

»Ich wette, du stehst auf so was hier.« Sie ließ einen Country-Sender laufen. »Nicht?« Sie drehte weiter und musterte mein Gesicht. Verschiedene klimperige und aufwühlende Musikfetzen zogen vorbei.

»Vielleicht das.«

»Das hier?«

»Ich mag Klassik.«

Sie drehte lauter, legte sich wieder hin und schlang einen Arm um mich. Ich hatte keine Lieblingsmusik. Irgendwann musste ich ihr das gestehen.

»Das kann doch unser Lied werden«, flüsterte sie. Jetzt, wo sie eine Freundin hatte, konnte sie es gar nicht erwarten, richtig loszulegen.

Wir hörten das Lied bis zu Ende, um den Titel zu erfahren, es war unerträglich lang. Schließlich sprach eine etwas versnobte britische Stimme; es war ein gregorianischer Gesang aus dem siebzehnten Jahrhundert, er hieß »Deum verum«.

»Das muss jetzt nicht unser Lied werden.«

»Zu spät.«

Wir besuchten Jack jeden Morgen und jeden Abend. Jedes Mal, wenn wir mit unseren Kitteln und frisch desinfizierten Händen die Intensivstation betraten, fürchtete ich mich vor schlechten Nachrichten, aber er wurde von Tag zu Tag stärker. Clee war der Meinung, er sei über den Berg, und wahrscheinlich war er das auch; alle Schwestern sagten, er sei das zäheste weiße Baby, das sie je gesehen hätten. Wir verwandelten das Bügelzimmer in ein Babyzimmer und kauften Bodys, Windeln, Feuchttücher, eine Wiege, einen Wickeltisch samt Wickelauflage und Wickelauflagenbezug, eine Babywippe, ein Erste-Hilfe-Set, eine walförmige Badewanne, Babyshampoo, Babywaschlappen, Babyhandtücher, Puckdecken, Spucktücher, quietschendes Spielzeug, Stoffbücher, ein Babyphon mit Display und Videofunktion, eine Wickeltasche, einen Windeleimer und eine kostspielige eigene Milchpumpe inklusive Tragetasche. Es dauerte zwar noch mindestens eine Woche, bis Jack aus dem Fläschchen trinken konnte, aber bis dahin bekam er ihre Milch durch eine Magensonde.

»Der Motor hat richtig Power«, sagte Clee bewundernd. »Das ist derselbe wie in Elektrowerkzeugen und in diesen Mischmaschinen, mit denen Bäcker ihren Teig kneten. Exakt derselbe Motor.« Sie trug die Pumpe wie eine Messenger Bag, den Träger diagonal über der Brust.

Zusammen in Geschäften zu sein, war ein neues Vergnügen, genauso wie zusammen im Wagen oder in einem Restaurant zu sitzen, oder vom Wagen zum Restaurant zu gehen. Bei jedem Kulissenwechsel waren wir vollkommen neu. Erhobenen Hauptes schlenderten wir Arm in Arm durch die Glendale-Galleria-Mall. Ich mochte es, ihre Hand zu nehmen, wenn Männer ihr schöne Augen machten, und dann zu sehen, wie ihnen die Kinnlade runterklappte. Ich! Eine Frau, die schon viel zu alt war und auch ansonsten nie infrage gekommen wäre, nicht einmal in ihrem Alter. Jeder, der daran zweifelt, wie viel Erfüllung einem eine Freundin geben kann, die nicht die Hellste ist und halb so alt wie man selbst, hat noch nie eine gehabt. Es fühlt sich einfach umfassend gut an. Es ist, als würde man gleichzeitig etwas Wunderschönes tragen und etwas Köstliches essen, und das die ganze Zeit. Phillip wusste das und hatte versucht, es mir zu sagen, aber ich war taub gewesen. Unwillkürlich fragte ich mich, ob er wohl schon von Clee und mir gehört hatte.

Sie war nicht nur jung, sondern auch gentlemanlike: hielt mir Türen auf und trug meine Taschen. Sie bezahlte nichts, weil sie ja kein Geld hatte, aber sie sagte mir, was mir ihrer Meinung nach stehen würde. Sie lotste mich in ein Dessousgeschäft, damit ich mir ein paar »Gardinen« kaufte, wie sie sie nannte. Was sie aussuchte, war blumig und mädchenhaft, vollkommen unpassend für jemanden in meinem Alter und mit meinem Körper. Drahtige, vereinzelt graue Schamhaare stachen durch hauchdünne rosa Höschen hindurch, doch das sah sie nie – sie bat mich im Laden nur, die Sachen direkt anzulassen.

»Hast du die Gardinen an?«

»Ja.«

Sie legte mir einen Arm um die Schulter.

Als Tammy, die Schwester mit dem Schweinegesicht, uns fragte, ob wir schon Hautkontakt gehabt hatten, wurden wir beide rot. Wir waren noch nie zusammen nackt gewesen.

»Hautkontakt reguliert die Herzfrequenz und die Atmung des Babys, und er ist natürlich toll für die Mutter-Kind-Bindung.«

»Nein«, flüsterte ich und verstand jetzt. »Er lag noch nicht nackt auf unserer Brust.«

»Wer möchte zuerst?«

»Cheryl«, sagte Clee schnell. »Ich muss dringend zur Toilette.«

Tammy warf mir einen kurzen Blick zu. Sie hatte mich für Clees Mutter gehalten, bis zu dem Moment, als sie gesehen hatte, wie wir uns vor dem Aufzug küssten. Ich zog meine Bluse und meinen BH aus und hängte beides über eine Stuhllehne. Tammy entwirrte Jacks Kabel und Schläuche und nahm ihn vorsichtig aus seinem Kasten. Er verzog das Gesicht und wand sich in der Luft wie eine Raupe. Sie legte ihn mir zwischen die Brüste, die Ärmchen so, dass sich unsere Haut so großflächig wie möglich berührte, und deckte uns beide mit einer rosa Baumwolldecke zu. Dann ging sie.

Ich sah hinter mich. Clee war im Bad. Jacks kleine Brust hob und senkte sich; seine Maschinen schwiegen. Er machte ein schnuffelndes Geräusch und richtete die großen, schwarzen Augen nach oben, auf mich.

Hi, sagte er.

Hi, antwortete ich.

Auf diesen Moment hatten wir gewartet, seit ich neun war. Ich lehnte mich zurück, umfasste mit der hohlen Hand seine Beine und seinen Po und versuchte, mich zu entspannen. Ich fühlte mich wie eine Statue von irgendetwas Tugendhaftem. *Da sind wir. Wirklich und wahrhaftig.* Es fiel schwer, in der Gegenwart zu bleiben, der Augenblick flirrte wie ein Sonnenfleck. Auf der anderen Seite des Raums wurde Jay Jay in derselben Haltung auf die Brust seiner Mutter gelegt und mit der gleichen rosa Decke zugedeckt. Wir lächelten einander an.

»Wie heißt er?«, flüsterte sie.

»Jack«, flüsterte ich zurück.

»Wirklich?«

»Ja.«

»Er auch«, sagte sie und zeigte auf Jay Jay.

»Ist nicht wahr.«

»Doch.«

»Na, so ein Zufall.«

»Warte, bleib mal so.« Es war Clee; sie fotografierte uns mit dem Handy, dann küsste sie mich aufs Ohr.

»Rate mal, wie das Baby da drüben heißt«, sagte ich.

»Ich weiß, Jack«, antwortet sie. »So bin ich ja auf die Idee gekommen.«

»Du hast unser Baby nach diesem Baby benannt?«

Clee sah verärgert aus. »Wir kennen sie doch nicht – wir sehen sie danach nie wieder. Ich fand den Namen schön.«

Die Mutter des anderen Jack wirkte geschmeichelt und angegriffen zugleich. Clee tätschelte unseren Jack direkt auf der Fontanelle, völlig unbeeindruckt. War all das hier für sie real? Hielt sie es für etwas Vorübergehendes? Aber vielleicht ging es bei Liebe auch genau darum: nicht nachzudenken.

12. KAPITEL

Sie verhielt sich jetzt mehr wie ein Gast, faltete ihre Sachen und legte sie in einem ordentlichen Stapel auf meine Schlafzimmerkommode, wobei sie versehentlich sämtliche Fläschchen darauf umstieß. Die ersten paar Tage versuchten wir, am Küchentisch zu essen und uns zu unterhalten, aber ich merkte, dass es einfach nichts für sie war, deshalb setzte ich mich zu ihr aufs Sofa und wir sahen beim Essen fern. Manchmal aß ich sogar Mikrowellengerichte; sie hatten alle dieselbe braune Süße, selbst die sehr salzigen. Ich reinigte die Teile ihrer Milchpumpe und half ihr, die Fläschchen mit Datumsetiketten zu versehen; sie machte Fotos von uns und verzierte sie mit einer App namens Heartify. Es war, als würden wir Vater, Mutter, Kind spielen – es war aufregend, sich nebeneinander die Zähne zu putzen und so zu tun, als wären wir es seit Jahren so gewohnt. Gut möglich, dass sie glaubte, ich hätte all das schon einmal gemacht, denn ich war in Sachen Zusammenwohnen ein spät berufenes Naturtalent – die Ideen kamen mir einfach so. Am ersten Wochenende kaufte ich eine Tafel und hängte sie neben meinen Kalender, über das Telefon.

»Für Telefonnachrichten. Die Kreide ist in der Ablage hier. Alle Farben plus weiß.«

»Mich rufen alle nur auf dem Handy an«, sagte sie, »aber

ich kann es gern dranschreiben, wenn jemand für dich anruft. Wenn du willst, dass ich rangehe. Normalerweise lass ich den Anrufbeantworter rangehen.«

»Du kannst eigentlich alles Mögliche an die Tafel schreiben. Zum Beispiel ermutigende Sprüche. Wir könnten jeden Sonntag einen Spruch der Woche dranschreiben.« GIB NIEMALS AUF, schrieb ich mit blauer Kreide und wischte es gleich wieder weg. »Nur so als Beispiel. Eine Woche du, eine ich.«

»Ich kenne nicht viele Sprichwörter.«

»Oder Strichlisten – wenn du irgendwas zählen willst, kannst du es hier machen.«

Sie sah mich einen Moment an, dann nahm sie die lila Kreide und malte einen kleinen Strich links oben in die Ecke.

»Genau«, sagte ich und legte die Kreide wieder auf das Tellerchen.

»Willst du wissen, wofür das steht?«

»Wofür denn?«

»Für jedes Mal, wenn ich denke: *Ich liebe dich.*«

Ich legte alle Kreiden genau parallel nebeneinander, bevor ich aufsah. Sie lächelte nicht, nein, sie war ernst und aufgeregt. Ich merkte, dass sie schon lange vorgehabt hatte, so etwas zu einer Frau zu sagen.

»Es steht ganz oben in der Ecke, siehst du?« Ihre Lippen an meinem Ohr. »Ich habe viel Platz für die Zukunft gelassen.«

Tammy sagte, es sei an der Zeit, das Stillen anzugehen. »Kommen Sie zur Vier-Uhr-Mahlzeit wieder. Ihr erstes Kind, richtig? Die Schwester im Spätdienst zeigt Ihnen, wie Sie den Dreh rausbekommen.«

Ich sah Clee an. Sie blickte konzentriert an die Decke.

Um vier Uhr war eine neue Schwester da, jung und mit kurzen Haaren, Sue. Sie sah auf ihr Klemmbrett.

»Wie es aussieht, wird die Mutter« – sie sah zwischen ihr und mir hin und her – »heute also zum ersten Mal stillen?«

»Nein«, sagte Clee entschlossen. »Ich bleibe bei der Pumpe, habe ich beschlossen.«

»Oh«, sagte Sue. Sie sah sich im Raum um in der Hoffnung, noch eine andere Schwester würde sich dafür interessieren.

Clee verzog schelmisch das Gesicht und tippte auf ihr Namensschild. »Ist Lin ihr Mädchenname, oder sind Sie verheiratet?«, fragte sie.

Sue Lin lächelte auf ihr Klemmbrett und versuchte, den Kuli daranzustecken, bis er herunterfiel.

»Nein, ich meine, ich wollte nicht – es ist sicher auch in Ordnung, wenn Sie ihm das Fläschchen geben.«

Clee stolzierte zum Brutkasten.

»Aber ist es nicht wichtig, dass sie stillt? Für die Mutter-Kind-Bindung?«

Sue wurde rot. »Ja, natürlich. Beim nächsten Mal sollte sie schon versuchen zu stillen.«

Aber sie fand jedes Mal irgendeine andere Ausrede. Ich lernte, das winzige Fläschchen zu halten wie einen Stift, mit dem Sauger sanft seine Lippen anzustupsen, bis sie sich öffneten, und die Spitze dann auf seinen Gaumen zu richten.

Die Milch ist von Clee, nicht von mir.

Es war wichtig, sich nicht mit fremden Federn zu schmücken. Er saugte und schluckte und sah mich dabei unverwandt an.

Für die Geburtsanzeige wählte Clee das Bild von ihm und mir aus, das sie mit ihrem Handy gemacht hatte. Während ich sie auf dem Laptop entwarf, massierte sie mir die Schultern.

»Kannst du die Schrift noch ein bisschen witziger machen?«

»Du meinst, eine andere Schriftart?«

»Ja, vielleicht.«

Zum Scherz setzte ich alles in rundliche Cartoonbuchstaben.

»Sieht gut aus«, sagte sie. Sie hatte recht. In den Cartoonbuchstaben steckte jede Menge Liebe zum Leben, und feierten wir hier nicht genau das?

Jack Stengl-Glickman
geboren am 23.3.2013
2440 Gramm

Wir schickten es an Clees kompletten Freundeskreis, an ihre Eltern, Jim und alle anderen Open-Palm-Angestellten, an ihre und meine Verwandtschaft und alle anderen, die uns einfielen, außer an Rick, von dem wir weder eine Adresse noch sonst irgendetwas hatten. Rick hatte Clee und mich wahrscheinlich schon die ganze Zeit für Lesben gehalten. Für alle anderen musste es ein Schock sein, aber sie antworteten alle mit denselben angemessenen Worten: *Herzlichen Glückwunsch.* Einige, wie Suzanne und Carl, antworteten gar nicht. Als Clee gerade schlief, schrieb ich heimlich eine E-Mail an Phillip und kopierte die Geburtsanzeige hinein. Er hatte inzwischen sicher von meiner jungen Freundin gehört. Ich starrte seinen Namen auf dem Monitor an. Natürlich war jung und jung nicht dasselbe. Sechzehn war zu jung. Unwahrscheinlich jung. Ich nahm mein Handy und scrollte zu dem Bild des Mädchens in dem Rasta-Alligator-T-Shirt. Wer war sie? Denn Kirsten war sie nicht. Es gab keine Kirsten, so viel war mir plötzlich klar. Keine Sechzehnjährige verzehrt sich nach einem

Mann, der auf die siebzig zuging. Ich unterdrückte ein erstauntes Keuchen und lächelte. Die SMS waren ein Spiel! Ein einvernehmliches Spielchen zwischen zwei Erwachsenen. Er hatte es wirklich faustdick hinter den Ohren. Ich löschte die Geburtsanzeige und fügte sie per Strg-V wieder ein. Wie sollte ich es formulieren? Was sagen? Oder sollte ich lieber anrufen? Oder eine SMS schreiben? Oder einfach bei ihm vorbeifahren?

Ich sah hinab auf meine Hände; sie umklammerten einander wie zwei flatterige Brautjungfern.

Ich löschte die E-Mail, klappte den Computer zu und machte das Licht aus. Clee lag auf dem Bett ausgestreckt wie jemand im freien Fall; ich faltete mich um sie herum.

Gegen Ende der Woche fuhren wir zusammen zu Open Palm. Clee reichte ihr Handy herum, und Nakako, Sarah und Aya betrachteten gurrend die Fotos von Jack und sagten ihr, wie schlank sie schon wieder sei. Auf meinem Schreibtisch war eine Menge liegen geblieben. Alles kein Problem, sagte Jim, ich hätte ja sechs Wochen Mutterschutz und zusätzlich meine Krankentage – aber er konnte mir kaum in die Augen schauen.

»Willst du mal das neue Kick-It-Transparent sehen?« Er rollte es auf dem Boden aus, und ich rief Clee herbei.

»Was meinst du dazu, Schatz?«

»Ich hab keine Ahnung von so was, Boo.« Sie strich mir über den Rücken. Verstohlen sah ich mich im Raum um, gespannt auf die Reaktionen. Michelle war rot im Gesicht. Jim blickte starr auf den Boden. Alle anderen arbeiteten.

»Aber das ist ja gerade das Tolle, Schatz, du hast einen frischen Blick.«

Jim nahm mich beiseite.

»Du weißt, dass ich kein Problem damit habe. Ich freue mich für euch beide.«

»Danke.«

»Aber ich bin nicht derjenige, der hier das Sagen hat.«

»Soll heißen?«

»Carl und Suzanne sind hier – sie sind bei Kristof im Lager.«

»Sie sind jetzt im Moment im Lager?«

»Sie warten darauf, dass ihr wieder geht.«

Ich ging hinaus und die Straße hinunter zum Lager. Sie schauten aus dem großen Fenster, drehten sich aber schnell weg, als sie mich kommen sahen. Ich bat Kristof, zehn Minuten Pause zu machen.

»Nein, Kristof, du kannst bleiben«, sagte Suzanne. »Bleib einfach, wo du bist.« Die Füße in Schrittstellung, blieb Kristof wie erstarrt zwischen uns stehen.

Ich hielt mein Handy hoch. »Ihr habt einen zuckersüßen Enkel. Möchtet ihr ihn sehen?«

»Kennst du den Begriff *Persona non grata?*«, fragte Carl.

»Ja.«

»Das ist lateinisch und heißt *gar nicht großartige Person.*«

Kristof wollte etwas sagen, verkniff es sich dann aber. Vielleicht hatte er Ahnung von Latein.

»Clee zuliebe feuern wir dich nicht, aber du bist eine Persona non grata. Und im Vorstand bist du auch nicht mehr.«

Kristof sah mich an und wartete auf meine Reaktion. Ich steckte mein Handy wieder ein. Es war nicht schwer, die Situation von ihrem Standpunkt aus zu betrachten; sie hatten mir vertraut – und dann das.

»Es war ihre eigene Entscheidung, Jack zu behalten«, sagte ich.

Kristof sah Suzanne und Carl an.

»Es geht nicht um das Baby. Es geht um deine unangemessene Beziehung zu unserer Tochter.

Kristofs Kopf schnellte wieder zu mir herum.

Jack. Euer Enkel heißt Jack.

»Ihr wisst doch überhaupt nichts über unsere Beziehung.«

»Wir können es uns ziemlich gut vorstellen.«

»Wir hatten noch keinen Sex.«

»Ah ja.«

Kristof schien das genauso wenig zu glauben.

»Ihr Arzt hat gesagt, sie muss acht Wochen enthaltsam sein.«

»Acht Wochen ab wann?«, fragte Kristof.

»Ab dem Tag der Geburt.«

Suzanne und Carl sahen einander erleichtert an.

»Diese Zeit endet am achtzehnten Mai«, fuhr ich fort. »Vielleicht wollt ihr das in den Kalender eintragen. An diesem Tag werden wir miteinander schlafen.« Mir wurde klar, dass das wahrscheinlich der falsche Ausdruck war, aber ich redete weiter. »Und dann am Tag danach. Mehrmals am Tag, in allen möglichen Stellungen und überall, wahrscheinlich auch hier drin.«

Kristof entfuhr ein aufgeregter schwedischer Jauchzer, dann beherrschte er sich wieder. Suzanne feuerte ihn auf der Stelle, und ihr Gesicht bebte vor Bedauern über alles, was sie nicht schon im Keim erstickt hatte.

Wir hatten einen richtigen Rhythmus gefunden. Wir schliefen aus, besuchten Jack für zwei Stunden, machten Besorgungen, gingen etwas essen und anschließend nach Hause, und nach einem kurzen Schläfchen fuhren wir noch einmal für eine Stunde zu Jack, kamen gegen acht nach Hause und sahen bis zwölf oder eins fern, dann gingen wir ins Bett. Wir schliefen viel, denn wir hatten diese tolle Position – Clee hielt mich von hinten fest, und unsere Körper schmiegten sich ineinander wie zwei S.

»Das können nicht viele Menschen so«, sagte ich und drückte ihre Arme.

»Das machen alle.«

»Aber die passen nicht so perfekt zusammen wie wir beide.«

»Jedes Paar kann das.«

Manchmal betrachtete ich ihr schlafendes Gesicht, Fleisch und Blut, und es überwältigte mich, wie riskant es war, sich in etwas Lebendes zu verlieben. Sie konnte durch schlichten Wassermangel sterben. Es war kaum sicherer, als sich in eine Pflanze zu verlieben.

Nach zwei Wochen fühlte es sich an, als hätten wie nie anders gelebt als so. Wir küssten uns immer noch häufig, meist mehrmals kurz hintereinander. Ein Akronym für die tiefen Küsse am Anfang. Was in gewisser Weise noch intimer war, weil nur wir wussten, wofür es stand.

»Wir sollten sie nicht unter Druck setzen, ihn zu entlassen«, sagte Clee. Ein Kuss.

»Nein, natürlich nicht.« Ein Kuss zurück. Noch ein Kuss. Und noch einer. Sie zog den Kopf weg.

»Aber heute Morgen hast du sie schon ein bisschen gedrängt.«

»Wirklich? Was hab ich denn gesagt?«

»›Wir können es nicht abwarten‹, hast du gesagt. Aber wir können warten. Wir können ewig warten, wenn das das Beste für ihn ist.«

»Na ja, nicht *ewig*. Er kann ja nicht als alter Mann auf der Neugeborenenintensivstation liegen.«

»Doch, wenn das das Beste für ihn ist. Wenn sie sagen,

wir können ihn mitnehmen, fragen wir: ›Sind sie hundertundzwölfprozentig sicher?‹«

Aber so war es nicht, es gab kein Gespräch. Jack bekam ein MRT, alles war in Ordnung. Am nächsten Tag trank er sechzig Milliliter Milch, hatte normalen Stuhlgang und wurde für entlassungsreif erklärt. Wir mussten Formulare ausfüllen, und er bekam mehrere Spritzen. Als Dr. Kulkarni die Entlassungspapiere unterschrieb, sagte er, Baby Stengl sei vollständig genesen – »Aber es braucht nicht viel, um ein Baby zu sein. In einem Jahr wissen Sie mehr.«

Clee und ich sahen einander an.

»Aber er ist vollständig genesen«, sagte ich und bemühte mich um eine ruhige Stimme.

»Genau, aber wie bei jedem anderen Kind wissen Sie erst, ob er rennen kann, wenn er es tut.«

»Okay. Ich verstehe. Und abgesehen vom Rennen? Sollen wir in Zukunft auf irgendwas Besonderes achten?«

»Ah, die Zukunft, verstehe.« Das Gesicht des Arztes trübte sich. »Sie fragen sich, ob Ihr Sohn Krebs bekommt? Oder von einem Auto überfahren wird? Autist wird? Oder manisch-depressiv? Oder ob er Drogenprobleme bekommt? Ich weiß es nicht, ich bin kein Psychiater. Willkommen im Klub der Eltern.« Er drehte sich um und ging.

Clee und mir stand der Mund offen. Carla und Tammy sahen einander wissend an.

»Keine Sorge«, sagte Tammy, »Sie merken schon, wenn irgendwas nicht in Ordnung ist. Eine Mutter spürt das.«

»Sorgen Sie einfach dafür, dass er die wichtigen Meilensteine erreicht«, sagte Carla. »Der erste wäre ein Lächeln. Sie sollten bis zum« – sie zählte an den Fingern ab – »4. Juli eins sehen. Kein Traumlächeln, sondern ein richtiges.« Sie verzog den Mund zu einem albernen, infantilen Grinsen, dann schluckte sie es wieder. Tammy gab Clee und mir je eine Babypuppe mit beweglichem Kiefer und führte uns in ein Zimmer, in dem ein Fernseher stand. Wie gelähmt setzten wir uns, im Arm die Puppen.

»Kardiopulmonare Reanimation für Säuglinge«, flüsterte die Schwester und drückte auf der Fernbedienung auf Play. »Kommen Sie einfach raus, wenn Sie fertig sind.« Leise ging sie hinaus und schloss sachte die Tür hinter sich.

Wir saßen nebeneinander und sahen zu, wie eine Mutter zum Bettchen ihres Babys kam, das nicht mehr atmete. »Maria?« Sie schüttelte das Baby. *»MARIA!«* Aus ihrem Gesicht sprach die nackte Angst. Sie wählte 911, dann wartete sie, weil sie nichts von kardiopulmonarer Reanimation für Säuglinge wusste, während ihr Baby wahrscheinlich vor ihren Augen starb.

Verzweifelt atmeten wir in die Münder unserer Puppen und drückten auf die schmutzigen, abgeriebenen Stellen auf ihrer Brust. Noch nie zuvor hatten wir eine Simulation mit so viel Leidenschaft durchgeführt. Ich sah Clee von der Seite an und fragte mich, ob sie wohl auch an die Simulationsvideos denken musste, die wir uns vor langer Zeit angesehen hatten. In gewisser Weise war das hier auch Selbstverteidigung. Jetzt erstickte die arme Maria an einer Weintraube.

»Ich weiß nicht, ob ich das kann«, sagte Clee und schob ihre Puppe beiseite.

»Du kannst das«, beruhigte ich sie. »Es ist gleich zu Ende.« Doch als sie mich ansah, lag etwas Bestimmtes und Unaussprechliches in ihrem Blick. Mutter sein. Sie wusste nicht, ob sie das konnte. Ich sah weg und schlug meiner Babypuppe auf den Rücken, einmal, zweimal, dreimal, dann hielt ich das Ohr an ihren Mund und horchte, ob sie atmete.

13. KAPITEL

Zu Hause gab es keine Apparate. Wenn Jacks Blutdruck, seine Herzfrequenz oder seine Sauerstoffsättigung abfiel, merkte man es nicht. Er trank rund um die Uhr im Stundentakt; Clees Pumpe stand fast nie still, und ich hatte eigentlich immer ein Fläschchen in der Hand, entweder zum Spülen, Erwärmen oder Füttern. Sie zog wieder auf die Couch, und Jack schlief in seinem Babynest neben mir im Bett. Alle paar Sekunden musste ich ihm die Hand auf den Bauch legen, um ihn zu beruhigen, aber einschlafen durfte ich so nicht, weil ihn das volle Gewicht meines Arms erdrückt hätte. Stundenlang lag ich so da, die Hand leicht in der Schwebe über ihm. Die quälenden Schulter- und Nackenschmerzen, die ich davon bekam, wären normalerweise mein Hauptproblem gewesen, aber ich ignorierte sie. Er hatte Koliken – nach jedem Fläschchen wand er sich stundenlang vor Schmerzen. »Tu irgendwas, tu irgendwas«, schrie Clee. Schließlich bekam er Verstopfung. Ich massierte ihm den Bauch und ließ seine Beinchen kreisen. Irgendetwas stimmte ganz eindeutig nicht mit ihm; dass er bis zum vierten Juli lächelte, war bestenfalls unwahrscheinlich, er war ja kaum mehr als ein Häufchen Gedärme. Obwohl sein Gesicht voller Kratzer war, traute sich keine von uns, ihm die Fingernägel zu schneiden. Meine Schulter wurde immer schlimmer. Nach der ersten Woche stellte ich Jacks Babynest auf den Boden und schlief dort neben ihm. Ich badete ihn nicht, weil ich Angst hatte, er könnte mir aus der Hand rutschen, oder seine Nabelwunde könnte sich öffnen. Eines Nachts wachte ich um drei Uhr auf und war mir sicher, dass er verweste wie ein totes Hühnchen. Erst als ich schon dabei war, ihn ins Waschbecken einzutauchen, wurde mir klar, dass es ein verrückter Zeitpunkt war, um ein Baby zu baden, und ich fing an zu weinen, weil er so vertrauensvoll war – ich konnte tun, was ich wollte, er war immer einverstanden, der kleine Dummkopf.

Clee pumpte nur. Manchmal schlief sie dabei ein. Meist lief der Fernseher, ohne Ton. Wenn ich sie nirgendwo finden konnte, saß sie draußen auf dem Bordstein. Immer wenn ich mich beklagte, dass sie nicht mithalf, fragte sie: »Willst du, dass er Ersatzmilch trinken muss?« Als wollte sie mir wirklich gern helfen, aber könnte nicht. Sie war so ziemlich die Letzte, mit der man so etwas stemmen konnte – so viel stand jetzt fest, aber was sollte ich machen? Zum Reden hatten wir keine Zeit, und Jack hatte immer noch keinen Stuhlgang gehabt. Seit zwölf Tagen nicht. Mein gesamtes Geschirr war schmutzig, und Clee versuchte, alles auf einmal in der Badewanne zu spülen – das habe sie schon mal gemacht, sagte sie. Sofort verstopfte der Abfluss, und der dicke Klempner kam, derselbe wie beim letzten Mal. Nachdem Jack ihn einmal angesehen hatte, kam seine Verdauung so massiv in Schwung, dass seine Windel explodierte; alles war voll von gelbem Hüttenkäse. Ich weinte vor Erleichterung, küsste ihn und wischte seinen kleinen Po ab. Clee sagte, es tue ihr leid, und ich erwiderte, nein, mir tue es leid, und in jener Nacht schlief ich wieder im Bett und fragte mich, wie ich überhaupt je auf die Idee gekommen war, dass auf dem Boden schlafen irgendwie helfen könnte.

Clee blieb auf dem Sofa. Das war in Ordnung, wir hatten ja noch vier Wochen Zeit bis zu dem Datum, das uns Dr. Binwali genannt hatte.

Jack verdaute, trank, schlief und gab beharrliche Flugschwanzsaurier-Geräusche von sich, und außerdem bekam er von Zeit zu Zeit Schluckauf, gähnte und steckte probehalber seine ungeschickte kleine Zunge durch die o-förmigen Lippen. Clee fragte, ob er im Dunkeln sehen könne wie eine Katze, und ich sagte Ja. Später fiel mir ein, dass das Unsinn war, aber es war fünf Uhr morgens und sie schlief gerade. Am nächsten Tag dachte ich nicht mehr daran. Jeden Tag vergaß ich, ihr zu sagen, dass er nicht wie eine Katze im Dunkeln sehen konnte, und jede Nacht fiel es mir wieder ein, mit wachsender Dringlichkeit. Was, wenn das jahrelang so weiterging und sie es nie erfuhr? Ich war so müde, dass mein Körper oft neben oder über mir schwebte, dann musste ich ihn wie einen Drachen wieder einholen. Eines Nachts schrieb ich schließlich auf einen Zettel: »Er kann nicht im Dunkeln sehen«, und legte ihn neben ihr schlafendes Gesicht.

»Was ist das?«, fragte Clee am nächsten Tag und hielt mir den Zettel hin.

»Ach, Gott sei Dank, ja. Jack kann doch nicht wie eine Katze im Dunkeln sehen.«

»Ich weiß.«

Auf einmal war ich mir nicht mehr sicher, wie das angefangen hatte. Vielleicht hatte sie nie gefragt. Mit dunklen Gedanken über mich selbst und meinen Kopf schob ich das Thema beiseite. In der folgenden Nacht überwältigte mich der Verdacht, dass dieses Baby gar nicht Kubelko Bondy war, dass man mich reingelegt hatte. Eine Stunde später beschloss ich, dass Jack Kubelko Bondys *Baby* war – er hatte das winzige Ding hervorgebracht, und wir waren nur die

Babysitter, bis Kubelko Bondy alt genug war, um sich selbst um ihn zu kümmern.

Aber wenn du Kubelko Bondys Baby bist, wo ist dann Kubelko Bondy?

Ich bin Kubelko Bondy.

Stimmt, du hast recht. Gut. Das ist einfacher.

Ich legte einen Arm um das gewindelte kleine Etwas. Wenn man versuchte, ihn zu knuddeln, war es, als versuchte man, einen Muffin zu knuddeln, oder eine Tasse. Es war einfach nicht genug Fläche da. Ganz vorsichtig küsste ich ihm die fleckigen Wangen. Seine Verletzlichkeit brachte mich fast um den Verstand, aber war *Liebe* das richtige Wort dafür? Oder war es nur ein sehr fieberhaftes Mitleid? Ein herzzerreißender Schrei zerriss die Luft – Zeit für das nächste Fläschchen.

Nachts trank er um ein Uhr, drei Uhr, fünf Uhr und sieben Uhr. Die Drei-Uhr-Mahlzeit war die schlimmste. Zu allen anderen Uhrzeiten gab es noch gewisse Restelemente der Zivilisation, aber um drei Uhr morgens starrte ich den Mond an und wiegte in meinen Armen das Kind von irgendjemand anders, das mir mein Leben gestohlen hatte. Nacht für Nacht fasste ich den Entschluss, mich bis zum Morgengrauen zu retten und dann die Optionen auszuloten. Aber das war's – es gab sonst keine Optionen. Vorher hatte es welche gegeben, vor dem Baby, aber ich hatte sie alle ungenutzt gelassen. Ich war nie allein nach Japan geflogen, um zu sehen, wie es dort aussah. Ich war nie in Nachtklubs gegangen und hatte zu einem Fremden gesagt: Erzähl mir alles über dich. Ich war nicht einmal allein ins Kino gegangen. Ich war leise gewesen, als es keinen Grund dazu gab, und hatte ein geregeltes Leben geführt, als es darauf nicht ankam. Ich hatte die letzten zwanzig Jahre gelebt, als müsste ich mich um einen Säugling kümmern. Ich legte Jacks Köpfchen zwischen Daumen und

Zeigefinger und ließ ihn ein Bäuerchen machen. Im Wohnzimmer setzte Clees Pumpe ein. Nicht das gütige *shuup-pah* der Krankenhauspumpe; die neue klang schärfer, eher wie *hutzz-pa, hutzz-pa.* Ein immer lauter werdender Tadel – für wen hielten wir uns eigentlich, dieses Kind bei uns aufzunehmen? Wir *hutzz-pa, hutzz-pa, hutzz-pa.*

Aber bei Sonnenaufgang erreichte ich den Gipfel meines Selbstmitleidsbergs und erinnerte mich daran, dass ich am Ende dieses Lebens sowieso sterben würde. Was machte es da schon, wenn ich es so verbrachte – mich um diesen Jungen kümmerte –, statt auf irgendeine andere Art und Weise? Erdverhaftet war ich so oder so, er hatte mir nicht die Fähigkeit zu fliegen oder meine Unsterblichkeit gestohlen. Jetzt wusste ich Nonnen zu würdigen, nicht die zwangsverpflichteten, sondern die modernen Frauen, die aus freien Stücken ins Kloster gingen. Wenn man weise genug war, um zu erkennen, dass dieses Leben hauptsächlich darin bestand, Wünsche loszulassen, warum sollte man sich dann nicht im Loslassen üben statt im Streben nach Erfüllung? Solche exotischen Offenbarungen blubberten einfach so hoch, und ich begriff allmählich, dass Schlafentzug, Wachsamkeit und ständiges Füttern eine Form von Gehirnwäsche waren, ein Prozess, in dessen Verlauf mein altes Ich langsam, aber beständig umgeformt wurde zu etwas Neuem: einer Mutter. Es schmerzte. Ich versuchte, den Prozess bewusst mitzuverfolgen, so als würde ich bei meiner eigenen Operation zusehen. Ich hoffte, ich könnte noch eine winzige Ecke meines alten Ich bewahren, gerade genug, um andere Frauen zu warnen. Doch mir war klar, dass das wahrscheinlich nicht funktionieren würde; nach Abschluss dieses Prozesses würde nichts mehr von mir übrig sein, das sich beklagen konnte, dann tat es nicht mehr weh und ich erinnerte mich nicht mehr.

Clee fasste Jack nur an, wenn ich ihn ihr gab, und dann hielt sie ihn von sich weg, sodass seine Beine herabbaumelten. Kleiner Kerl, so nannte sie ihn.

»Findest du nicht auch, dass die Hände von dem kleinen Kerl irgendwie komisch aussehen?«

»Nein, was meinst du?«

»Na ja, er hat irgendwie keine Kontrolle darüber. Ich hab Leute gesehen, bei denen das auch so war – Erwachsene, im Rollstuhl.«

Ich wusste, was sie meinte; ich hatte das auch schon gesehen. Wir beobachteten, wie er ziellos mit den Ärmchen fuchtelte.

»Er ist einfach noch klein. Vor dem ersten Lächeln zählt das alles nicht. Vierter Juli.«

Sie nickte skeptisch und fragte, ob wir irgendwas aus dem Supermarkt bräuchten.

»Nein.«

»Vielleicht geh ich einfach trotzdem.«

Jetzt, wo alles wieder verheilt war, ging sie oft aus dem Haus, was manchmal eine Erleichterung war; ich brauchte mich dann nur um ihn zu kümmern, statt um ihn und sie. Darüber musste ich lächeln, weil ich so sehr wie eine Hausfrau aus den Fünfzigern geworden war, und sie war der Vati. Ließ sich das als Kosename verwenden?

»Du bist der Vati.«

»Ja.«

»Und ich bin dein Boo.«

»Genau.«

Nur dass sie nicht wie ein Ehemann aus den Fünzigern war, weil sie nicht das Geld nach Hause brachte. Sie versuchte, ihren Job bei Ralphs wiederzubekommen, aber für das Personal war jetzt jemand anders zuständig – eine Frau. Streck die Fühler aus, sagte ich. Hör dich einfach mal um, man kann nie wissen. Sie streckte einen Fühler aus und schrieb eine SMS an Kate: *Weißt du von irgendwelchen Jobs??????????*

Am 17. Mai, einen Tag vor dem letzten Tag von Woche acht, rasierte ich mich trotz meiner Erschöpfung komplett; ich war mir ziemlich sicher, dass ihr das besser gefiel als mein grau meliertes Schamhaar. Auch Suzanne erinnerte sich und schickte zur Feier des Tages eine SMS: *Bitte überleg es dir noch mal.*

Am Abend des 18. nahm ich Jack in den Tragesack und ging mit ihm mehrere Runden um den Block, bis er tief und fest schlief. Vorsichtig legte ich ihn in seine Krippe, berührte mit einer Hand seinen Kopf und mit der anderen seine Füße und zählte bis zehn, dann zog ich die Hände mit einer sanften Bewegung weg und schlich mich auf Zehenspitzen aus dem Bügelzimmer. Ich streifte mir das Haar hinter die Ohren, zog die knallrosa »Gardinen« an und ließ meine Tür offen.

Als sie nicht kam, war ich ein wenig erleichtert. Ich wollte nicht, dass Sex unser Leben zu sehr durcheinanderbrachte – nicht jugendfreie Filme, Gummiausrüstung und all solche Sachen. Von Zeit zu Zeit sah ich nach, ob an der Tafel schon neue Striche zu sehen waren. Bisher nicht, aber der kleine lilafarbene war noch da. Ich blätterte im Kalender und zählte die Wochen bis zum 4. Juli. Sobald er lächelte, würde sich alles andere von selbst ergeben, und die Kreidestriche würden wachsen wie Gras.

Wie sich herausstellte, war die Schwester von Kates Mutter Partyplanerin und betrieb ein eigenes Catering.

»Das ist ein richtiger Job«, sagte Clee, »nicht wie bei Ralphs. Ein Beruf.«

»Das ist also Kates Tante?«

Jack entleerte sich geräuschvoll in seine Windel.

»Die Schwester ihrer Mutter. Ich stell mir das so vor, dass ich alles von der Pike auf lerne und mich dann selbstständig mache.«

»Als Partyplanerin?«

»Nicht unbedingt, aber vielleicht. Das ist eine Idee. Rachel, die auch mit im Team ist, will eine Firma aufmachen und Popcorn in verschiedenen Geschmacksrichtungen herstellen. Das Popcorn hat sie schon. Es liegt bei ihr zu Hause in ihrem Zimmer.«

»Möchtest du?« Ich legte ihr Jack in die Arme.

»Was?«

»Ihm eine frische Windel machen.«

Als acht Wochen und sieben Tage vergangen waren, rasierte ich mich noch einmal und zog wieder die Gardinen an. Denn wenn man die erste Woche nicht mitzählte, was sie vielleicht nicht tat, war das der letzte Abend von Woche acht.

Danach rasierte ich mich nicht noch einmal.

Für die Catering-Abende musste sie einen weißen Smoking und eine schwarze Kellnerfliege tragen. Sie sah hinreißend aus, klar, deshalb war sie ja eingestellt worden. Am ersten Abend kam sie um zwei Uhr nach Hause.

»Oh Mann, die haben vielleicht eine Sauerei veranstaltet, ich musste stundenlang putzen«, stöhnte sie.

Geräuschvoll packte sie eine Papiertüte voll halb leerer Champagnerflaschen, Cupcakes und stapelweise Servietten mit dem Aufdruck ZACK & KIM aus.

»Pssst.« Ich zeigte wütend auf das Babyphon. Ich war vier Runden um den Block gelaufen, bevor er endlich eingeschlafen war.

Sie ließ die leere Papiertüte fallen wie eine heiße Kartoffel.

»Okay, jetzt mal was Grundsätzliches.«

Ihr Gesicht war seltsam und ernst. Mein Magen sackte ab. Sie wollte mit mir Schluss machen.

»Wann soll ich dir eigentlich überhaupt irgendwas erzählen? Du wirkst nie sonderlich interessiert. Fragst nie irgendwas nach, das gibt mir das Gefühl, es ist dir total egal. Grins nicht so. Warum grinst du?«

»Tut mir leid. Doch, natürlich interessiert es mich. Wofür hab ich mich denn nicht interessiert?«

»Na ja, nur so ein Beispiel, das mir gerade einfällt: Als ich dir von Rachel und ihrer Popcornfirma erzählt habe? Du hast mich überhaupt nichts dazu gefragt.«

»Okay, ich verstehe, was du meinst. Aber ich glaube, du hast mir in diesem besonderen Fall einfach alles so gut beschrieben, dass keine Fragen mehr offen waren.«

»Mir fällt schon eine ein.«

»Welche denn?«

»Was für Geschmacksrichtungen? Das wäre das Erste, was jemand fragen würde, den es wirklich interessiert.«

»Stimmt. Da hast du recht.«

Sie rutschte auf dem Stuhl herum und wartete.

»Was für Geschmacksrichtungen?«

»Also, die Aromen sind ja das Wichtigste an der Sache: Papaya, Milch, heiße Schokolade, Kaugummi – solche Sachen halt. Hast du schon mal Kaugummipopcorn gegessen?«

»Nein. Ich hab Kaugummi gegessen und Popcorn, aber nicht …«

»Beides in einem.«

»Nein, noch nie.«

Zwei Uhr morgens war noch früh. Manchmal dauerten die Partys bis drei Uhr und sie musste bis fünf Uhr sauber machen. Einmal mussten Rachel und sie um vier Uhr morgens ein Marmorpodest nach Orange County fahren, damit die Schwester von Kates Mutter die Leihgebühr für einen weiteren Tag sparte. Manchmal kam sie betrunken nach Hause, das gehörte zu ihrem Job einfach dazu.

»Weil so viele halb volle Flaschen übrig bleiben«, lallte sie.

Sie knöpfte ihre Smokingbluse auf und pumpte die alkoholisierte Milch ab. *Hutzz-pa, hutzz-pa, hutzz-pa.* Ich schüttete sie in den Ausguss, und sie gab mir einen Kuss. Und dann noch einen, einen längeren, der eigenartig schmeckte.

Sie beobachtete meinen Gesichtsausdruck. »Schmeck ich nach Tequila?«

Ich nickte.

»Magst du's?«

»Ich bin nicht so die große Trinkerin.«

»Na, dann wird's Zeit, dass wir uns mal zusammen betrinken, Lady.«

Lady nannte sie mich normalerweise nicht; ich fühlte mich alt. Sie legte mir eine Hand auf die Hüfte.

»Wo hast du dieses Kleid?«

»Welches Kleid?«

Sie sah mich an und zog eines ihrer alten, fiesen Gesichter.

»Egal.«

Der Fernseher plapperte los; ich ging ins Schlafzimmer und schloss die Tür. Immer wenn ich allein war, verfiel ich in eine erstaunte Benommenheit, hielt mir die Unterarme und versuchte, irgendwo in diesem neuen Leben mein altes Ich wiederzufinden. Sehr weit kam ich meist nicht – Jack schrie, und ich setzte mich schlagartig in Bewegung und vergaß mich selbst wieder. Wenn er nicht schrie, wurden meine Gedanken zunehmend kraus und abgedreht, wie auch jetzt. Plötzlich fiel mir ein, welches Kleid sie meinte.

Sie wurde rot, als sie mich sah.

Ihr Blick blieb an meinen Schuhen hängen und wanderte dann Knopf für Knopf mein Cordkleid hinauf. An meinem Gesicht angelangt, trat sie einen Schritt zurück und betrachtete mich in meiner Gesamtheit. Sie sah ergriffen aus, beinahe schmerzlich berührt. Sie fuhr sich mit der Hand durch den Pony und wischte sich ein paar Mal die Hände an der Jogginghose ab. So hatte mich noch nie jemand angesehen, wie eine fleischgewordene Fantasie.

Sie stand auf, senkte den Kopf und küsste mich auf den Hals, direkt oberhalb des hochgeschlossenen Kragens. Grob drückte sie mich zu Boden. Nicht so grob wie früher, aber ein bisschen wie früher. Was mir Tränen in die Augen trieb – auch das waren wir. Schnell ging sie zu meinen Füßen, zum Rocksaum. Es waren schwierige Knöpfe, fast ein wenig zu groß für die Knopflöcher. Sie kämpfte mit jedem einzelnen, als wäre es der erste, entwickelte keinerlei Tricks oder Aufknöpftechniken. Ich hielt die Chance für sehr gering, dass sie es bis zu meiner Scham schaffte, bevor Jack aufwachte und schrie, falls sie es überhaupt darauf abgesehen hatte. Aber er schrie nicht, und ich machte mir Sorgen, dass er tot sein könnte, doch da ich nicht diejenige sein wollte, die ihn fand, blieb ich einfach liegen. Ihre Finger arbeiteten sich weiter hinauf und an meiner Hüfte vorbei. Als sie sich über meinen Busen hinweggekämpft hatte, betrachtete ich das ernste Oval ihres Gesichts über mir. Ihr alkoholisierter Atem ging schnell vor Vorfreude. Es klang ungeheuer erotisch und hätte jeden erregt, egal, wer er war und woran er glaubte. Als der Knopf unter meinem Kinn offen war, teilte sie behutsam die beiden Stoffhälften wie den aufgeschlitzten Bauch eines Fischs. Ich trug weder die Gardinen noch sonst irgendetwas darunter. Sie kniete sich vor mich, fixierte meine schlaffen Brüste und murmelte leise etwas vor sich hin.

»Cheryl kann das allein … ich kann ihr zur Hand gehen, auch wenn ich keine große Hilfe bin …«

Schnell rasselte sie das Ende herunter, als wäre es das Vaterunser. Es war schwer, sich anerkennend zu verbeugen, wenn man auf dem Boden lag, aber in dem Moment, als ich es tat, zog sie in einer fließenden Bewegung ihre Jogginghose samt Stringtanga aus und ließ sich auf mir nieder, pflanzte ihren dunkelblonden Hügel auf meinen stoppeligen grauen. Ich hob den Kopf, um sie zu küssen; sie schloss die Augen, räusperte sich und schob die Hüften ein Stück zur Seite. Hoch konzentriert begann sie, sich langsam an meinem Schambein zu massieren. Es war eine Menge Gewicht, und ich wusste nicht recht, wohin mit den Händen. Für eine Weile schwebten sie über ihren nackten Pobacken und landeten schließlich dort. Ich knetete sie. Es fühlte sich gut an, keine Frage, aber es fiel mir schwer, das Gefühl zu irgendeiner Art von Energie zu bündeln. Ich schloss die Augen, und Phillip ermutigte mich: »Denk an dein Ding.« Es war lange her, seit ich an mein Ding gedacht hatte. Ich streckte die Zehen aus und versuchte, ein Echo zu erzeugen, eine Fantasie innerhalb einer Fantasie, aber an irgendeinem Punkt hatten sich meine Augen geöffnet. Clee drückte ihren geschwollenen Busen gegen meine harte, haarige Brust, und ich spürte, wie sie feucht an meinem steifen Glied entlangrutschte. Ich quetschte ihren Po, so fest ich konnte, und stieß immer wieder nach oben; ein unglaubliches Gefühl, ich hatte sie, ich nahm sie. Ich stieß und stieß und ejakulierte schließlich gepresst und explosionsartig, ein Schwall nach dem anderen, bis sie ganz voll davon war. Als Clee sah, wie ich das Gesicht verzog, rieb sie sich noch schneller, bis es peinlich bemüht aussah. Ich versuchte mitzugehen, aber die Bewegung war zu schnell für zwei Menschen, und ich hielt einfach nur still wie ein guter Zaunpfahl, an dem sich ein Hund reiben konnte. Wellenartig stieg der Geruch ihrer Füße auf, unterbrochen von frischer Luft. Ich spürte ihren Bauch, in dem Jack gewesen war. Sie arbeitete sich weiter auf mir ab; irgendetwas scheuerte mich. Endlich versteifte sie sich und begann zu zittern, begleitet von einem hohen Stöhnen, das beinahe unecht klang. Ich wusste, ich würde mich daran gewöhnen. Vielleicht würde ich nächstes Mal selbst irgendein Geräusch von mir geben.

Sie wälzte sich von mir, zog schnell den Tanga wieder an und dann die Jogginghose. Sie sprang auf, kippte dabei fast nach hinten um und lachte.

»Oh mein Gott«, sagte sie, nicht zu mir, sondern einfach so in die Luft. »Oh mein Gott!«

Wie es aussah, war es das, also begann ich, mein Kleid wieder zuzuknöpfen.

»Ich bestell jetzt sofort eine Pizza und esse das Ding ganz auf.« Sie hatte schon das Telefon in der Hand und wählte. »Willst du auch was? Nein, stimmt's?«

»Nein.«

Ich schaltete das Babyphon aus und wieder ein, um sicherzugehen, dass der Monitor kein Standbild zeigte.

»Er hat sich lange nicht bewegt.«

Sie sah auf den Monitor. »Was meinst du?«

»Nur, dass er sich nicht bewegt hat.«

»Ist das schlimm?«

»Wenn er noch lebt, nicht.«

»Soll ich mal nachgucken?«

»Und ihn wecken?«

Ich ging mit dem Babyphon allein aufs Sofa und setzte den Rand meines Fingernagels auf seine Brust, um genau zu sehen, ob sie sich bewegte. Aber die Auflösung war einfach zu schlecht. *Zuallererst renne ich schreiend auf die Straße. Danach, keine Ahnung.*

Als der Pizzabote an der Tür klingelte, wachte Jack auf. Bis ich ihn wieder zum Einschlafen gebracht hatte, hatte sie alles aufgegessen.

Den ganzen 3. Juli über weinte Jack immer wieder, als wüsste er, dass es der letzte Tag für ein Lächeln war, und als wäre er schrecklich traurig, die Deadline zu verpassen.

Gar kein Problem, denk einfach nicht mehr dran.

Aber ich spüre, da kommt eins.

Keine Eile.

Clee belästigte ihn dreißig Minuten lang mit Geräuschen und albernen Fratzen, dann gab sie es auf und stapfte nach draußen. Ich sah, wie sie hin und her ging, rauchte und telefonierte.

Am Vierten gingen wir zu Ralphs, und Clee bekam einen Mitarbeiter-Hotdog gratis, obwohl sie gar nicht mehr dort arbeitete. Der Chef nahm Jack auf den Arm, dann eine Frau namens Chris, der Fleischer und schließlich Clee, sie wiegte ihn richtig, als würde sie das andauernd tun. Er versuchte, an einem der Knöpfe ihrer Smokingbluse zu saugen. Sie trug sie jetzt täglich, auch wenn sie nicht arbeitete. Und eine grüne Hose, Army-Style. Heimlich und leise hatte sich ihr Stil im Laufe des letzten Monats vollkommen gewandelt. Es stand ihr gut. Als sie unruhig zu wirken begann, nahm ihr der rothaarige Tütenpacker Jack aus den Armen und hob ihn hoch wie ein Flugzeug.

»Vorsichtig«, sagte ich.

»Es gefällt ihm«, sagte der Einpacker. »Schaut mal!«

Clee und ich sahen hoch zu unserem Baby, und er lächelte zu uns herab. Wir lachten laut und umarmten uns, den Einpacker und Jack. Der Meilenstein war erreicht.

Nach dem Lächeln kam das Lachen, dann das Umdrehen. Die Tage und Nächte entwirrten sich; drei Uhr morgens wurde eine normale Uhrzeit. Die ersten Monate waren für alle frischgebackenen Eltern hart, genau genommen ein Test – und wir hatten ihn bestanden! Und es war Sommer. Ich wusch die Bettwäsche. Ich öffnete alle Fenster und kümmerte mich, so gut ich konnte, um den Garten, stutzte und jätete, während Jack auf einer Decke herumrollte. Falls Rick je zurückkam, musste er den Schneckeneimer ausleeren; er war fast voll. Clee trug kurze Jeans und kaufte von einem Teil ihres Catering-Lohns das alte Moped ihrer Freundin Rachel, weil die sich ein neues zulegen wollte. An den Wochenenden fuhren sie zusammen Moped, und sie spielten mit dem Gedanken, sich einem Team anzuschließen.

»Wir sind nämlich verdammt schnell!«, sagte sie laut und nahm ihren Helm ab.

»Vielleicht können Jack und ich euch mal bei einem Rennen zusehen.« Ich sah mich mit dem Baby auf dem Schoß neben einer Kühlbox sitzen und ein Dreiecksfähnchen schwenken. Sonnenmilch.

Ihr Gesicht verfinsterte sich. »Nein, das ist was anderes. Es gibt keine Rennen.«

»Ach so, okay. Weil du Team gesagt hast, da dachte ich …«

Sie schnappte sich irgendwas aus der Küche und ging wieder nach draußen. Jack auf der Hüfte, schaute ich zum vorderen Fenster hinaus. Sie spritzte mit dem Schlauch die Räder ihres Mopeds ab und schrubbte sie mit meiner Gemüsebürste. Ihr Schwangerschaftsspeck war größtenteils verschwunden. Ihr noch größerer neuer Busen sah beinahe unwirklich aus, aber unwirklich schön. Sie drehte das Wasser ab, trat einen Schritt zurück und bewunderte ihr glänzendes Moped. Es wäre vielen schwergefallen, die Finger von ihr zu lassen. Erwartete sie das von mir? Natürlich.

Am Abend zog ich meine Gardinen an. Weil es mir peinlich war, halb nackt hinauszuspazieren, zog ich meinen Bademantel über und streifte ihn mir erst von den Schultern, als ich neben ihr auf dem Sofa saß. Es dauerte eine Weile, bis sie den Blick vom Fernseher losreißen konnte, doch dann sah sie mich an. Nur ganz kurz.

»Ich« – sie blinzelte schnell – »brauche eine Vorwarnung.«

Ich zog den Bademantel wieder zu.

»Verstehe. Wie weit im Voraus?«

»Was?«

»Na ja, soll ich dir eine Stunde vorher Bescheid sagen oder einen Tag oder …«

Sie blickte auf ihre Knie wie ein Teenager, der von seinen Eltern in die Mangel genommen wird. Nach einer Weile verflog die Frage; es gab darauf jetzt keine Antwort. Ich stand auf und kochte mir einen Tee.

Ich gab ihr immer noch ab und zu einen Kuss, aber ihre Lippen wurden hart und sie zuckte ein klein wenig zusammen. Manchmal wünschte ich, wir könnten einfach kämpfen wie in alten Zeiten und alles wäre wieder gut, aber das war unmöglich, und außerdem hätten wir einen Babysitter gebraucht. Und ich wollte mich eigentlich nicht mit ihr prügeln; sie war nicht einmal fies zu mir. Sie spülte das Geschirr und mähte pflichtbewusst den Rasen, in schmutzigen Gummistiefeln, die ihr bis zu den Knien reichten. Wann hatte sie sich die gekauft? Oder waren es noch die von Rick? Melancholie füllte meine Brust, als vermisste ich den obdachlosen Gärtner. Oder die Vergangenheit – das Krankenhaus, die Schwestern, den Klingelknopf und sie mit geflochtenen Zöpfen in dem schlecht sitzenden Krankenhausnachthemd. Der erste lila Kreidestrich war immer noch oben in der Ecke der Tafel, aber jemand, der nicht wusste, was das war, hätte ihn für einen Rest von irgendetwas anderem halten können, das nicht richtig abgewischt worden war.

Es war eine Idee, an der ich arbeitete. Ich dachte darüber nach, nur ein paar Sekunden, dann schob ich sie wieder beiseite. Ein paar Tage später, als Jack gerade schlief, zwang ich mich, sie wieder hervorzuholen und ein wenig daran weiterzuarbeiten. Es glich einer großen Gobelinstickerei; ich wollte das ganze Bild erst sehen, wenn es fertig war. Aus dem einfachen Grund, dass es so ein trauriges Bild war.

Wir hatten uns ineinander verliebt, so viel entsprach der Wahrheit. Aber wenn die psychologischen Bedingungen stimmten, konnte man sich in alles und jeden verlieben. In einen Tisch – immer fest mit vier Beinen auf dem Boden, immer für einen da. Wie lange lebten diese unwahrscheinlichen Lieben? Eine Stunde. Eine Woche. Bestenfalls ein paar Monate. Das Ende war etwas ganz Natürliches, wie die Jahreszeiten, das Älterwerden und braun werdendes Obst. Das war das Traurigste – niemand war schuld daran, und es ließ sich auch nicht umkehren.

Ich wartete jetzt also nur darauf, dass sie mich verließ und den Jungen mitnahm, der rechtlich gesehen nicht mein Sohn war. Eines nicht sehr fernen Tages würde sie weg sein. Sie würde es ohne Vorwarnung tun, um eine Szene zu vermeiden. Sie würde wieder nach Hause gehen; Carl und Suzanne würden ihr helfen, ihn großzuziehen. Sie redeten zwar jetzt nicht mit ihr, aber das würde sich ändern, sobald sie mit ihrer lila Reisetasche über der Schulter und einem Baby auf dem Arm bei ihnen vor der Tür stand. Dieses neue Verständnis meiner Lage ging mit Zittrigkeit und dem Verlust von jeglichem Appetit einher; ich hielt Jack in kalten Händen und war ständig den Tränen nahe. Zum ersten Mal im Leben verstand ich Fernsehen – warum alle es guckten. Es half. Nicht auf lange Sicht natürlich, aber Minute für Minute. Die einzigen Nahrungsmittel, die ich in mich hineinstopfte, waren künstlich schmeckende Chips, nicht bio, Kekse und eine Sache, die besonders abhängig machte, weil sie beides gleichzeitig war – eine bestimmte Sorte frittierter, salziger Cookies. Als die Packung leer war, ließ ich Jack bei ihr und fuhr zu Ralphs.

»Falls er aufwacht und schreit, warte fünf Minuten, bevor du reingehst. Meist schläft er nach zwei Minuten wieder ein.«

Sie nickte, *ja ja ja, ich weiß.* Sie pumpte ab. »Kannst du mir diese Grapefruitlimo mitbringen?«

Auf der Rückfahrt fiel mir ein, dass ich die Limo vergessen hatte. Dann dachte ich: *Es ist sowieso egal. Weil sie nicht mehr da ist, wenn ich nach Hause komme. Und er auch nicht.* Und tatsächlich – ihr Wagen stand nicht in der Einfahrt.

Es wäre nicht richtig gewesen, nur ein paar Augenblicke, nachdem sie gegangen war, das Haus zu betreten. Ich musste ihm Zeit geben, sich zu verschließen, ein wenig zur Ruhe zu kommen. Außerdem konnte ich mich nicht bewegen, weil ich so heftig weinte. Lautes, abgehacktes Wehgeschrei. Es war passiert. Oh, mein Baby. Kubelko Bondy.

Auf einmal fuhr ihr silbergrauer Audi neben mir in die Einfahrt, auf dem Beifahrersitz zwei Liter Pepsi light. Jack schlief in seiner Autoschale. Wir stiegen beide aus.

»Ich habe ihn fünf Minuten schreien lassen, aber er hat einfach nicht aufgehört«, flüsterte sie mir über die Motorhaube hinweg zu. »Deshalb bin ich eine Runde mit ihm um den Block gefahren.«

Danach behielt ich Jack bei mir, immer, und versuchte, mit ihm Sachen zu unternehmen, an die er sich auf einer sehr grundlegenden Ebene vielleicht erinnerte, wenn er dann nicht mehr bei mir war. Ich organisierte einen Ausflug zur Strandpromenade am Santa Monica Pier, voller stimulierender, unvergesslicher Bilder und Klänge.

»Kann ich eine Freundin mitnehmen?«, fragte Clee.

»Was für eine Freundin?«, fragte ich.

»Egal, ist nicht so wichtig.«

Auf dem Pier drängten sich Hunderte übergewichtiger Menschen, die riesige fettige Snacks und leuchtend bunte Zuckerwatte vertilgten. Clee kaufte sich einen frittierten Oreo-Cookie.

»Das gibt süße Milch«, sagte ich und dachte daran, dass Zucker Entzündungen im Körper begünstigt.

»Was?«, schrie sie und versuchte, das Rattern einer Achterbahn zu übertönen. Immer, wenn sie vorbeifuhr, hob eine Latina-Frau ihr Baby schwungvoll in die Luft, und es zappelte mit den Ärmchen und Beinchen und dachte wohl, es würde mitfahren. Als sie das nächste Mal vorbeikam, hob ich Jack gleichzeitig mit hoch; daran würde er sich später bestimmt erinnern. Die Frau lächelte mich an, und ich bedeutete ihr mit einer achtungsvollen Geste, dass ich nicht die Führung übernehmen wollte, sie hatte das Ruder in der Hand. Immer wieder ließen wir unsere Babys fliegen und zeigten ihnen, wie es sich anfühlte, Mutter zu sein – beängstigend verliebt zu sein ohne die Möglichkeit, wieder auszusteigen. Meine Arme wurden schwer, aber es war nicht meine Entscheidung, wann wir aufhörten. Wie sehnte ich mich doch danach, irgendeiner von diesen Menschen zu sein, die so unbeschwert und frei herumliefen. Plötzlich kam die Achterbahn mit einem lauten Quietschen zum Stehen, klappernd wurden die Türen geöffnet, und ein Grüppchen von Männern und Kindern stolperte lachend und mit weichen Knien auf meine Latina-Gefährtin zu. Ich hatte kaum noch die Kraft, um Jack in seine Trage zu packen; meine Arme hingen schlaff herab wie Nudeln.

Und Clee war verschwunden.

Ich hielt die Luft an und stand ganz still, um uns herum die strudelnde Menge.

Sie hatte gewartet, bis ich abgelenkt war.

Ihre Freundin hatte sie abgeholt.

Sie waren schon auf halbem Wege nach San Francisco.

Jack hatte sie zurückgelassen.

Ich nahm sein Gesicht in die Hände und versuchte, gleichmäßig zu atmen. Er wusste es noch nicht. Es war grausam, ein Verbrechen. Oder vielleicht hatte sie es schon die ganze Zeit geplant, eine großzügige und reife Wahl. Tränen stiegen mir in die Augen. Sie glaubte an mich, daran, dass ich das schaffte. Und ich würde es schaffen. Auf den Schrecken des Verlassenseins folgte Erleichterung. Ich taumelte im Kreis, stolperte erst Richtung Ausgang und dann zu den Toiletten und sah dann wie betäubt einem hageren Vater zu, der mit einer Pistole auf eine Gummiente schoss und sie immer wieder verfehlte, peng, peng … peng. Sie beobachtete ihn ebenfalls. Da stand sie in ihrer Smokingbluse und aß eine riesige Brezel. Der hagere Vater gab auf, und Clee sah sich milde nach der nächsten Szene zum Zuschauen um. Sie entdeckte uns und winkte.

»Glaubst du, das Gewehr ist manipuliert?«

»Wahrscheinlich«, sagte ich zittrig.

»Ich probier's trotzdem. Kannst du mal halten?«

Ein weiterer Monat verstrich, und mir wurde klar, dass sie es vielleicht nicht wusste. Vielleicht wartete ich jahrelang. Vielleicht wurde sie in diesem Haus alt, mit ihrem Sohn und der Angestellten ihrer Eltern, und kam nie auf den Gedanken, dass sie mich eigentlich verlassen sollte. Ihre Ungeduld würde sich allmählich geben, ihr blondes Haar würde weißgrau werden und sie selbst korpulent. Wenn sie dann fünfundsechzig war, hatte ich längst die achtzig überschritten – zwei alte Frauen mit einem alten Sohn. Es war für keine von uns die ideale Konstellation, aber vielleicht war es in Ordnung. Diese Erkenntnis war mir ein großer Trost, und ich glaubte, vielleicht ewig davon zehren zu können, wie von einem versteckten Laib Brot. Doch als Jack und ich eines Nachmittags aus dem Park kamen, machten wir in der Ferne eine Entdeckung.

Was ist das da auf dem Bordstein?, fragte er.

Ein Mensch, sagte ich.

Ein gebückter, grauer Mensch. Clee. Ihr Haar war nicht grau, aber ihre Haut. Und ihr Gesicht, verwittert und resigniert. Sie war unter einer so schweren Last zusammengebrochen, dass man sie nur anzusehen brauchte und wusste: Hier ist eine Frau, die ihr Leben hasst. Und so plante sie, es durchzustehen: auf dem Bordstein sitzen und rauchen. Wie lange war sie schon depressiv? Seit Monaten, so viel war plötzlich klar. Sie ging zum Rauchen hier raus, seit wir Jack nach Hause geholt hatten. Wahrscheinlich passierte so etwas andauernd, eine flüchtige Leidenschaft brachte jemanden von seinem eigentlichen Weg ab, und es war nicht mehr zu ändern. Ich sah Jack an; er runzelte besorgt die Stirn.

Sie kann auch schwungvoller sein, versicherte ich ihm. *Und lustiger.*

Er glaubte mir nicht.

Sie hob den Kopf und sah zu, wie wir näher kamen. Sie winkte nicht, sondern schnippte nur müde ihre Asche in den Rinnstein.

Eine meiner Lieblingssendungen im Fernsehen begleitete einen Mann, der in der Wildnis überleben musste. In einer der letzten Episoden war ihm ein großer Stein auf den Fuß gefallen, und er hatte keine andere Wahl, als ihn mit einer kleinen Eisensäge zu amputieren. Er sägte und sägte, dann warf er den abgetrennten Fuß in die Büsche. Er war schwarz und blau. In unserem Fall würde sich der Fuß selbst absägen müssen, um den Mann zu befreien. Um Clee zu befreien. Ich würde es ganz sanft machen, zeremoniell, aber ebenso bestimmt und entschlossen. Ich zitterte, und mir entfuhr ein panisches Wimmern. Diesmal würde es nicht wie beim ersten Mal werden, als Kubelkos Mutter ihn mitgenommen hatte, ich war keine neun mehr. Ich würde es niemals überwinden. Aber ich konnte ihn nicht festhalten, indem ich sie hier festhielt, das war weder mütterlich noch partnerschaftlich, und gut enden würde es wahrscheinlich auch nicht. Nimm die Säge. Säge und säge und säge und säge.

Weil echte Kerzen eine Brandgefahr darstellten, kaufte ich elektrische Votivkerzen, die durch Schütteln aufleuchteten. Dreißig Stück, ich musste lange schütteln. Auf der CD mit den gregorianischen Gesängen war zwar nicht »unser Lied«, aber die Musik war dem sehr ähnlich, was wir an jenem allerersten Morgen im Radio gehört hatten. Ich legte sie auf, leise, und schaltete das Licht aus. Jack und ich betrachteten die Plastikflammen, die im Dunkeln schwebten. Dazwischen brannte eine einzige echte Kerze, die Granatapfel-Johannisbeer-Duftkerze, die ich ihr vor fast zwei Jahren geschenkt hatte. Das Zimmer leuchtete und flackerte. Ich versuchte, leise zu weinen, damit das Baby es nicht mitbekam. Die Tränen liefen mir nur so in meinen schmerzverzerrten, offenen Mund. Es war der Gedanke, nach dem Dreisein wieder ein Einziges zu sein – der Gedanke an Stille und perfekte Ordnung nach all dem Lärm.

Ich hatte vierzig Minuten, um ihn zum Schlafen zu bringen, bevor Clee nach Hause kam. Ich badete ihn, als wäre es das letzte Mal. Sein Gutenachtlied klang wie ein Trauergesang, deshalb schlug ich ein Bilderbuch auf, *Die kleine Pelzfamilie,* aber so eine Heile-Welt-Geschichte ertrug ich unter diesen Umständen nicht. Jack wurde unruhig und wand sich.

Warum hast du so wenig Vertrauen?, fragte er.

Ich sagte, es habe nichts mit ihm zu tun, man könne eben nicht immer alles haben, was man wolle. Aber er hatte recht. Eine echte Mutter wirft ihr Herz über den Zaun und klettert hinterher.

Ich schlug *Die kleine Pelzfamilie* zu, löschte das Licht und schloss ihn in die Arme.

Ich hab mich total hineingesteigert, was? Ich bin vielleicht eine dumme Liese. Das Leben ist noch sehr lang, und wir werden uns noch Millionen Mal Adieu sagen und Millionen Mal begrüßen.

Jack sah zu mir hoch; er fragte sich, was wohl aus seiner Gutenachtgeschichte geworden war.

Also gut. Eines Tages, begann ich, *wenn du groß bist, werde ich auf ein Flugzeug warten, und du wirst darin sitzen. Du wirst aus China oder Taiwan kommen, und ich werde aufstehen, wenn dein Flug angesagt wird. Clee wird auch aufstehen, sie ist mit dabei. Wir warten zusammen mit all den anderen Müttern, Vätern, Ehemännern und Frauen am Ende des langen Gangs im Ankunftsterminal. Allmählich kommen die ersten Passagiere. Ich werde dich suchen und das Herz wird mir bis zum Hals schlagen, wo ist er, wo, wo – und dann sehe ich dich. Jack, mein Baby. Da bist du, groß und gut aussehend, an der Hand deine neue Freundin oder dein neuer Freund. Ich werde dir wie wild winken. Erst siehst du mich nicht, aber dann schon. Du winkst zu-*

rück. Ich kann nicht anders und renne den Gang entlang. Eigentlich ist es zu anstrengend, aber wenn ich erst einmal losgerannt bin, kann ich nicht mehr anhalten. Und weißt du, was du machst? Du rennst auch. Du rennst auf mich zu und ich auf dich, und irgendwann fangen wir beide an zu lachen. Wir lachen und lachen und rennen und rennen und rennen, und die Musik setzt ein, Bläser, eine aufschwingende Hymne, und kein Auge im Saal bleibt trocken. Der Abspann. Applaus wie Regen. Ende.

Er schlief.

Die gregorianischen Gesänge liefen noch, als sie von der Arbeit kam. Ich wartete im kerzenerleuchteten Schlafzimmer. Verwirrt steckte sie den Kopf herein. Ich goss Tequila in das einzige Whiskyglas, das ich besaß; die letzten sechzehn Jahre hatten verstaubte Haarspangen darin gestanden.

»Komisches Licht hier«, sagte sie, trank einen Schluck und sah sich um. Jetzt lief ein anderes Stück, ein zarter Choral. Schweigend gingen wir ins Bett.

Ich legte mich zu ihr, und sie schmiegte sich an mich wie in alten Zeiten, wie zwei S.

Als das Stück zu Ende war, begann ein neues; in einer riesigen Kathedrale schwang sich eine einzelne Stimme zu einem Lobgesang empor, der schier endlos widerhallte. Der Sänger wurde erhoben und erleuchtet von Dankbarkeit, nicht für irgendetwas Bestimmtes, sondern für die Gesamtheit dieses Lebens, selbst für die Qualen. Obwohl er lateinisch sang, spürte man genau, dass er Gott insbesondere für die Qualen dankte, dafür, wie eng er sich durch sie mit der Welt verbunden fühlte. Ich drückte ihre Arme, und sie schlang sie noch fester um mich.

»Du musst ausziehen.«

Sie erstarrte. Ich stellte mir vor, wie sich der Mann einen Zeh absägte. Ich schloss die Augen, sägte und sägte.

»Du musst in deine erste Wohnung ziehen, musst lernen, dich um dich selbst zu kümmern, und frei sein. Dich verlieben.«

»Ich bin verliebt.«

»Das ist nett. Dass du das sagst.«

Sie sagte es nicht noch einmal.

Weil sie hinter mir lag, wusste ich lange nicht, was geschah. Schließlich atmete sie scharf ein und befreite ihre Nase, die vom Weinen verstopft war.

»Ich weiß nicht, wie ich« – sie schluchzte mir in den Nacken – »mich um ihn kümmern soll.«

Ich zählte bis neun.

»Ich könnte ihn – wenn du möchtest – hierbehalten. Ich meine, nur bis bei dir wieder etwas Ruhe eingekehrt ist.«

Ich spürte jetzt, wie sie weinte, ihr ganzer Körper bebte.

»Ich glaub, ich bin die schlechteste Mom der Welt«, hustete sie.

»Nein, nein, nein. Überhaupt nicht.«

Die CD lief immer weiter. Vielleicht begann sie wieder von vorn, das war schwer zu sagen. Wir schliefen. Ich stand auf und gab Jack ein Fläschchen. Ich kam wieder zurück, legte mich in ihre Arme, schlief und schlief. Der Morgen hatte sich auf dem Weg nach Hause verlaufen. Wir würden ewig so daliegen, uns endlos verabschieden und nie auseinandergehen.

14. KAPITEL

Clee war der Meinung, es sei das Unkomplizierteste, wenn ich sein gesetzlicher Vormund würde. »Es könnte nämlich etwas dauern, bis bei mir wieder alles in geregelten Bahnen läuft.«

»Ja, klingt einleuchtend«, sagte ich und hielt die Luft an. Jetzt, wo die Entscheidung gefallen war, leitete sie mit ungewohntem Elan alles zügig in die Wege. Wir bekamen einen Gerichtstermin; sie saß am Steuer und quasselte dabei ununterbrochen. Wie sich herausstellte, kann so ziemlich jeder legal dein Kind entführen, solange du der Richterin sagst, es sei »überhaupt kein Problem« für dich. Eine Sozialarbeiterin würde im Laufe des kommenden Jahres vier Hausbesuche bei mir machen, und Clee nahm sich eine eigene Wohnung.

»Wir unterstützen sie nur zu gern mit der Miete«, versicherte mir Suzanne. »Das hätten wir von Anfang an tun sollen. Alle Eltern machen Fehler. Wirst du schon noch sehen. Wann kommst du wieder zur Arbeit?« Sie glaubte, sie hätte gewonnen, wäre im Wettkampf um ihre Tochter als Siegerin hervorgegangen.

Ich sagte Clee, sie brauche jetzt nicht mehr abzupumpen, weil wir sowieso auf Fläschchenkost umsteigen mussten, aber sie versprach mir einen Monatsvorrat an Muttermilch.

»Und wenn ich freitags zu Besuch komme, kann ich auch abpumpen.«

»Du wirst bald keine Milch mehr haben. Aber das macht nichts – er ist jetzt sieben Monate alt. Du bist fertig.«

Tränen stiegen ihr in die Augen. Freudentränen. Mir war nicht klar gewesen, dass sie das Abpumpen so hasste.

Wir sagten nicht, dass die letzte Nacht die letzte Nacht war, aber der Tag darauf war der Tag, an dem sie ausziehen würde in ihre Wohnung in Studio City, und daraus folgte, dass sie am Abend dort schlief, und auch am nächsten Abend und an dem danach, jahrelang, bis sie wieder auszog, wahrscheinlich in eine größere Wohnung, vielleicht mit jemandem zusammen, den sie heiratete und mit dem sie vielleicht Kinder bekam. Irgendwann war sie so alt wie ich und Jack ging aufs College, und diese Zeit, die kurze Zeit, in der wir zusammengelebt hatten, war dann nur noch eine Episode, die man sich bei Familienfeiern gern erzählte – ein Unfall, eine Freundin der Familie und wie es sich am Ende für alle Beteiligten passend gefügt hatte. Die Einzelheiten wurden fortgespült; man würde unsere Geschichte zum Beispiel nicht als große amerikanische Liebesgeschichte unserer Zeit erzählen.

Am nächsten Morgen standen ihre Müllsäcke aufgereiht im Flur. Ein Stück näher an der Tür, und sie wären allein hinausmarschiert. Die berühmt-berüchtigte Rachel kam, um ihr beim Umzug zu helfen.

»Ich habe gehört, du willst dich mit einer Firma für Aromapopcorn selbstständig machen«, sagte ich und ließ Jack auf meiner Schulter ein Bäuerchen machen. Sie zuckte ein wenig zusammen.

»So könnte man es vielleicht nennen. Im Grunde ist es das, rein technisch gesehen.«

Clee kam zur Haustür hereingepoltert, schnappte sich zwei Säcke und musterte uns scharf, während wir uns unterhielten. Rachel war sehr dünn und hatte etwas Jüdisches. Sie trug eine Bluse mit pastellfarbenen Diagonalstreifen, die aussah wie aus den Achtzigern; sie mokierte sich über die alberne Zeit, bevor sie geboren wurde.

»Habe ich was falsch verstanden? Clee hat mir erzählt, es gibt dann auch Kaugummipopcorn.«

»Na ja, es ist schwer zu erklären, ich arbeite auf vielen verschiedenen Ebenen.« Sie hievte sich die größte Tasche über die Schulter. »Es erstaunt mich, dass sie dir überhaupt davon erzählt hat.«

»Na ja, nur von der Kaugummipopcornebene.«

Sie sah mich an, ihr Blick wanderte einmal von oben bis unten und dann wieder nach oben, aber nicht bis zu meinen Augen, nur bis zum Hals.

Clee kam schnaufend herein und schnappte sich den letzten Müllsack. »Das ist alles!«

»Ganz sicher?« Ich sah mich um. »Hast du noch mal im Bad geguckt?«

»Ja.«

»Okay, also dann.«

Sie rieb Jack über das Köpfchen. »Mach's gut, kleiner Kerl. Und vergiss deine Tante Clee nicht.« Tante. Wann hatte sie sich das überlegt? Er griff nach ihrem Haar; sie machte sich los. Rachel holte ihr Handy heraus und wandte sich ab; das war der Moment, der für unsere Verabschiedung vorgesehen war. Clee sah nervös aus. Ich bezweifelte, dass sie jeden Freitag um zehn Uhr morgens zu Besuch kommen würde. Sie breitete die Arme aus wie ein freundlicher Bär. »Danke für alles, Cheryl. Ich rufe euch beide heute Abend mal an.«

»Du musst nicht anrufen.«

»Doch, ich rufe an.«

Wir sahen zu, wie die beiden in Clees Auto stiegen und wegfuhren, dann gingen wir ums Haus. Die Zimmer hatten jetzt einen anderen Klang, leer und so, als wäre die Decke höher.

So war es hier früher immer, erklärte ich ihm. *Das ist eigentlich der Normalzustand.*

Hat sie nichts hiergelassen?, fragte er. *Gar nichts?*

Wir suchten alle Räume ab. Sie war sehr gründlich gewesen. Der Umschlag zwischen den Büchern war verschwunden, und auch der Dosenring. Schließlich fanden wir doch etwas, das sie vergessen hatte.

Ich nahm den Kristallsonnentropfen aus dem Bad und hängte ihn ins Küchenfenster über der Spüle. Jack beobachtete, wie er ein paar Mal klimpernd gegen die Scheibe stieß und sich dann geräuschlos drehte.

Regenbögen. Ich zeigte auf eine Ansammlung von Regenbögen, die über die Wand glitten. Sein Mündchen stand offen, starr vor Ehrfurcht.

So etwas in der Art hatte ich hier schon eher erwartet, sagte er. *Das wird jetzt mein Hauptinteresse, darauf konzentriere ich mich.*

Auf Regenbögen?

Und alles andere, was so ist.

Es gibt sonst nichts. Regenbögen sind allein; sie sind das Einzige, was so ist wie sie.

Der Kristall drehte sich jetzt in die andere Richtung, und die bunte Flut schwappte über seinen Körper. Ich sah genau, dass er mir nicht glaubte; es klang ja auch nicht sehr glaubwürdig. Ich zermarterte mir das Hirn nach anderen Dingen dieser Art. Reflektionen, Schatten, Rauch – all das waren bestenfalls mürrische Cousins zweiten und dritten Grades. Nein, Regenbögen waren eine Klasse für sich, jeder einzelne eindrucksvoll und spektakulär; nie gab es einen langweiligen oder einen, der nur ein paar wenige Farben enthielt. Sie hatten immer alle Farben, immer in der richtigen Reihenfolge. Sie rief nicht an.

Jeden Tag taute ich ein gefrorenes Päckchen Milch auf und sah zu, wie Jack trank, was sie einige Wochen zuvor abgepumpt hatte; auf jedem Fläschchen klebte ein Datum. Zuerst trank er den Tag, an dem wir miteinander geschlafen hatten; er schlang alles in großen Schlucken hinunter. Dann trank er den Tag, als wir ihn bei Ralphs herumgezeigt hatten. Dann die Zuckerwattemilch von dem Tag am Pier. Die letzte Portion war vom Tag ihres Auszugs, und diese Milch war voll von Plänen, über die ich nichts wusste. Als er dieses Fläschchen ausgetrunken hatte, war sie wirklich weg, auch der letzte Tropfen von ihr. Aber die Gewohnheit, daran zu denken, was einen Monat zuvor passiert war, ließ sich nicht so leicht ablegen, also machten wir weiter. Während Jack sein erstes Fläschchen Säuglingsnahrung trank, dachte ich an unsere erste Nacht ganz allein, an das schmerzlich stille Haus, und schaltete schließlich den Fernseher ein. Ich erinnerte mich an die Erinnerung daran, wie wir miteinander geschlafen hatten, und wie ich auf Jack geweint hatte, in seine Augen. Als sie ganze zwei Monate weg war, erinnerte ich mich, wie ich ihre letzte Milch aufgetaut und dabei gedacht hatte, dass sie jetzt wirklich weg war, auch der letzte Tropfen. Ich ließ ihn sein Bäuerchen machen, und das war es – einen dritten Erinnerungszyklus fing ich nicht an.

Die ersten beiden Freitage wartete ich vergeblich, und den danach auch. Ich rief sie mehrmals an, ein sanftes Anstupsen, aber es klingelte einfach nur. Ich stellte mir vor, wie ihr Handy irgendwo in einem verregneten Abfluss lag. Sie war exakt die Sorte Frau, die irgendwann tot in einem Gebüsch endete.

»Ich will euch ja nicht beunruhigen«, sagte ich gemessen. »Aber ich dachte, ich gebe euch lieber Bescheid.«

»Wir haben sie erst gestern gesehen«, sagte Suzanne.

»Oh. Wie geht es ihr?«

»Sie fühlt sich pudelwohl in der neuen Wohnung – du müsstest sie dir echt mal ansehen, sie und Rachel haben die Wände knallbunt angestrichen. Hast du Rachel mal kennengelernt?«

»Rachel wohnt bei ihr?«

»Ja, die beiden sind unzertrennlich. Und ich muss schon sagen, sie sind wirklich süß zusammen – Clee ist einfach nur gaga nach dem Mädchen. Rachel geht auf die Brown, wusstest du das? Carls Alma Mater?«

»Was genau meinst du mit ›gaga‹?«

»Sie sind verliebt.«

Ich räumte sämtliches Geschirr weg, bis auf meine eigenen Sachen und Jacks Plastiklöffelchen. Ich bedeckte den Fernseher mit dem tibetischen Deckchen. Ich nahm das Deckchen wieder ab und stellte den Fernseher neben die Mülltonnen auf den Gehweg. Während alles wieder an seinen gewohnten Platz zurückwanderte, erklärte ich Jack mein System, die Fahrgemeinschaften und so weiter und so fort.

Siehst du, auf diese Weise hält sich das Haus praktisch von selbst in Ordnung.

Er krümelte eine Reiswaffel in seinen Schoß.

Und wenn du mal total am Boden bist, brauchst du dir keine Sorgen zu machen, dass alles im Chaos versinkt.

Er schüttete eine Kiste Plastikbausteine auf dem Teppich aus.

Die einzige Ausnahme war Spielzeug, das hatte keinen festen Platz, weil es ein endloser Kampf gewesen wäre, stattdessen setzte ich auf dieselbe Strategie wie beim Geschirr: Weniger ist mehr. Ich warf alle Spielsachen in einen Koffer, außer einem Ball, einer Rassel und einem Teddy. Diese drei Sachen durften überall liegen, aber idealerweise nicht alle zusammen. Zwei Sachen im selben Zimmer, das war in Ordnung, aber dann wollte ich das dritte gern irgendwo anders haben, sonst wurde es zu chaotisch. Sie wollte eine Freundin. Jemanden, mit dem sie herumhängen konnte. Erkundung des Körpers, des Frauseins und so weiter. Es war so normal. Jack fragte sich, wo all seine Spielsachen waren, und krabbelte durchs ganze Haus und suchte sie. Ich zog den Koffer wieder heraus und kippte ihn mitten im Wohnzimmer aus. Stapelbecher, Bausteine, Kuschelautos, Plüschtiere, Pappbilderbücher und eine quietschende Kette aus Ringen mit Wackelaugen und Schwänzen mit Greifstrukturen. Mein System war nicht auf Babys anwendbar. Babys ruinierten alles. Ins Bett gehen und nie wieder aufstehen? Ruiniert. In Gläser pinkeln, wenn man todtraurig ist? Ruiniert.

Jeden Tag setzte ich Jack in den Buggy und ging mit ihm in den Park. Wir blieben stehen, sahen den Männern beim Basketballspielen zu und fragten uns, ob Clee diese Männer wohl auch mal beobachtet hatte oder sie sie. Der muskulöse Typ mit Glatze dahinten, vielleicht war sie bei ihm gewesen. Er erkannte ihn nicht wieder, aber warum sollte er auch das Kind einer Frau, die er noch nie gesehen hatte, für seinen Sohn halten?

Fühlst du dich mit irgendeinem dieser Männer verwandt?

Nein, Jack fühlte sich nicht verwandt. Er wurde größer, und an manchen Tagen sah er viel weniger wie Clee aus und viel mehr wie irgendjemand anders. Sein Gesichtsausdruck, wenn ihn irgendetwas störte, war nicht ungewöhnlich – ich hatte dieses Stirnrunzeln schon bei anderen Leuten gesehen, bei Männern. Aber ich konnte diesem Gefühl kein Gesicht zuordnen; der Gedanke löste sich auf, wie ein Traum, der einem entgleitet, sobald man ihn zu fassen versucht. Wir beobachteten Jogger und ältere Kinder auf der Rutsche und den Schaukeln.

Ein Pärchen, das auf dem Rasen lag, lächelte Jack an.

Kennen sie uns?

Nein, mein Schatz. Die Leute lächeln dich nur an, weil du ein Baby bist.

Jetzt winkten sie. Es war Rick, zusammen mit einer Frau. Sie kamen zu uns herüber.

»›Ist sie das?‹, hab ich gerade gefragt. ›Nein, ja, nein.‹«

»Genau das hat er gesagt!«, bekräftigte die Frau. »Wortwörtlich. Ich bin Carol.« Sie streckte die Hand aus.

Ich sah mich im Park um. Wohnte er hier? Ich sah weder einen Bretterverschlag noch einen Schlafsack. Carol wirkte gepflegt und normal; ein bisschen wie eine College-Professorin.

»Ist er das?«, fragte er. Seine Augen waren feucht.

»Ja, das ist Jack.«

Er hat dir auf die Welt geholfen.

Quatsch, niemals.

»Diesen Tag werde ich im Leben nicht vergessen. Er war blau wie eine Heidelbeere – habe ich das nicht gesagt?«

Die Frau nickte energisch. »Du bist nach Hause gekommen, hast dein Gartenwerkzeug fallen lassen und gesagt: ›Du glaubst nicht, was ich gerade gemacht habe.‹« Schwungvoll steckte sie die Hände in ihre Rocktaschen und lächelte. »Aber du warst ja nicht zum ersten Mal Retter in der Not, Schatz.«

Rick war entweder der Obdachlose, mit dem sie zusammenlebte und den sie »Schatz« nannte, oder ihr Mann.

»Ich hatte in Vietnam eine Weile in der Medizin zu tun«, murmelte Rick bescheiden. »Er sieht auf jeden Fall gesund aus.«

»Ja, jetzt ist alles in Ordnung.«

»Wirklich?« Rick sah mich voller Sorge an. »Und die Mutter?«

»Der geht's prima.«

Carol tätschelte ihm den Rücken. »Nach der Geburt hat er wochenlang nicht gut geschlafen.«

»Ich hätte anrufen sollen«, sagte Rick. »Aber ich hatte Angst vor schlechten Nachrichten.«

Jetzt, wo er nicht im Garten arbeitete, war er nicht einmal schmutzig. Warum hatte ich entschieden, dass er obdachlos war? Weil er immer zu Fuß kam. Kein Auto. Ich sah ihn von der Seite an und fragte mich, ob er wohl etwas von meiner Fehleinschätzung mitbekommen hatte. Aber wenn man nicht obdachlos war, würde man ja nicht auf die Idee kommen, dass einen jemand dafür hielt. Ich zeigte auf mein Haus und sagte, es sei bald Zeit für Jacks Mittagsschlaf.

»Wir wollten auch gerade gehen«, sagte Carol und zeigte in dieselbe Richtung. »Wir wohnen ein paar Straßen weiter.«

Ein Nachbar mit einem grünen Daumen, aber ohne Garten. Das war alles. War das das erste Erwachen von vielen? Würden mir die Wahrheiten bald wie Ohrfeigen um die Wangen klatschen? Aber wahrscheinlich war es doch eher ein Einzelfall.

Eine Fehleinschätzung, kann ja mal passieren, erklärte ich.

Ja, da lagst du ziemlich daneben, stimmte mir Jack zu.

Wir gingen zusammen zurück, und Rick bestand darauf, nach dem Garten zu sehen.

»Oje, wie es hier aussieht. Ich hätte ihn nicht einfach so verwildern lassen sollen. Was machen die Schnecken?«

Ich wusste nicht mehr, wann ich zuletzt eine gesehen hatte. Der Eimer war leer. Es schien, als wären sie mit Clee zusammen ausgezogen.

Carol pflückte Zitronen von meinem Baum und machte in meiner Küche Limonade.

»Achte gar nicht auf mich, mach einfach alles wie sonst auch.«

Ich ging mit Jack durchs Haus und brachte ihm verschiedene Wörter bei.

Sofa.

Sofa, stimmte er zu.

Buch.

Buch.

Zitrone.

Zitrone.

»Es ist so still hier«, sagte Carol und wischte sich die Hände an meinem Geschirrtuch ab.

»Ich mag es gern ruhig, wegen dem Baby.«

»Redest du auch manchmal mit ihm?«

»Ja, natürlich.«

»Gut, Babys brauchen das nämlich.«

Sie ließen mir die Limonade da und versprachen, nächsten Donnerstag wiederzukommen und eine Quiche mitzubringen. Ich schloss die Tür ab. *Ob ich mit ihm redete?* Ich redete *andauernd* mit ihm! Ich legte Jack auf den Wickeltisch.

Den ganzen Tag! Ich redete schon seit Jahrzehnten mit ihm.

So, jetzt geht's los, das ist fein, nicht wahr? Es fühlt sich gut an, so schön sauber und trocken zu sein.

Ja, okay, ich schrie ihn nicht an wie ein Zugschaffner. Aber meine innere Stimme war deutlich lauter als die der meisten Menschen. Und sie verstummte nie.

So, und jetzt noch die Knöpfe zumachen.

Vermutlich konnte es für einen Außenstehenden so aussehen, als würden wir uns schweigend durchs Haus bewegen.

Klick, klick, klick, schon haben wir es. Fertig!

Ich tätschelte ihm den Bauch und betrachtete sein offenes Gesicht. Es war ein niederschmetternder Gedanke, dass der kleine Jack unschuldig in einer stummen Welt leben könnte. Und all die zärtlichen Worte, all meine Kosenamen – hatte er etwa nichts davon mitbekommen?

Ich räusperte mich. »Ich hab dich lieb.«

Er wackelte erstaunt mit dem Kopf. Meine Stimme war tief und förmlich, sie klang so hölzern wie die eines Vaters aus dem neunzehnten Jahrhundert. »Du bist eine süße Maus.« Das klang wörtlich, als würde ich ihm mitteilen, dass er ein kleines Tier war, ein Nager. »Du bist ein Baby«, fügte ich hinzu, für den Fall, dass das Letzte Verwirrung gestiftet hatte. Er reckte den Hals, um zu sehen, wer da war. Natürlich hatte er mich schon reden gehört, aber immer mit jemand anders oder am Telefon. Ich legte ihn aufs Bett und küsste immer wieder seine Pausbäckchen. Er schloss die Augen und ließ es sich taktvoll gefallen.

»Keine Sorge, es gibt nicht nur mich. Du hast noch andere Leute.«

Wen denn?, fragte er. Nein, er fragte nichts. Er wartete nur, was als Nächstes geschah.

Suzanne zog die Schuhe aus und salutierte, was wohl heißen sollte, dass es faschistisch von mir war, darauf zu bestehen.

»Pflegst du noch andere japanische Bräuche, oder nur diesen?«, fragte Carl.

»Nur diesen.«

»Wir haben überall nach einem Babygeschenk gesucht, und im letzten Moment haben wir dann diesen phänomenalen Hutladen entdeckt«, sagte Carl und spazierte durchs Wohnzimmer. »Die Hüte sahen aus wie im Museum – im Narrenmuseum. Sie hätten ohne Weiteres hundert Dollar und mehr dafür verlangen können, aber die meisten haben einen Zwanziger oder noch weniger gekostet.«

»Es gab nur leider keine für Babys«, sagte Suzanne.

»Nur Einheitsgrößen. Aber wir dachten, vielleicht hat er einen sehr großen Kopf …«

Jack lächelte schüchtern, als seine Großeltern ihn zum ersten Mal ansahen und seinen Schädel begutachteten.

»Er ist zu groß«, sagte Suzanne und zog einen klingelnden Narrenhut aus der Handtasche. Jack streckte die Ärmchen danach aus.

»Glöckchen«, sagte ich überdeutlich. »Klingelnde Glöckchen. Die hast du noch nie gesehen, stimmt's? Er findet ihn super, vielen Dank.« Jack ließ die Glöckchen Glöckchen sein und versuchte, mir die ganze Hand in den Mund zu stecken. Das tat er öfter, seit ich angefangen hatte, laut mit ihm zu sprechen. Er griff seitdem auch nach Buchseiten, schüttelte alles, was rasselte, stapelte Becher, rollte sich über den Boden und kaute an den Beinen einer Spielzeuggiraffe, und sobald wir mehr als ein paar Sekunden voneinander getrennt waren, streckte er die Ärmchen nach mir aus und begann, aufgeregt zu wimmern. Vielleicht war auch nichts von alledem neu. Vielleicht nahm ich es jetzt nur bewusster wahr, seit sich der Schleier meines inneren Dialogs gehoben hatte. Jack wirkte jetzt immer weniger wie Kubelko Bondy und immer mehr wie ein Baby namens Jack.

Suzanne lächelte und setzte sich den Narrenhut selbst auf. »Willst du es ihr sagen, Schatz?«

»Wir haben deinen nächsten Gehaltsscheck um zwanzig Dollar aufgestockt«, verkündete Carl. »Wir wollten dich bitten, das Geld bar in einen Umschlag zu stecken …«

»Quasi als Startkapital«, unterbrach Suzanne klingelnd. »Damit das Geld dann eines Tages, wenn sein Kopf groß genug ist, auf ihn wartet.«

»Wir dachten, auf die Art ist es etwas Besonderes«, sagte Carl. »Sieh sie dir an, ist sie nicht eine süße kleine Elfe?«

Wir alle betrachteten Suzanne mit dem Hut auf dem Kopf. Wenn irgendjemand in diesem Raum elfenhaft aussah, war es dann nicht das Baby? Sie klimperte albern mit den Wimpern und ließ die adrigen Hände flattern wie Flügel.

Ich führte sie durchs Haus. Im Kinderzimmer flüsterte Carl Suzanne irgendetwas zu, und Suzanne fragte, ob das Clees Zimmer gewesen sei.

»Das war mein Bügelzimmer. Clee hat zuerst auf dem Sofa geschlafen und dann später mit in meinem Zimmer.«

Sie sahen sich von der Seite an. Carl hüstelte und hob ein Plüschlamm auf.

»Dein Lämmchen«, sagte ich zu Jack. »Opa hält dein Lämmchen in der Hand.«

Beide machten ein peinlich berührtes Gesicht. Suzanne stieß Carl mit dem Ellbogen an.

»Gut, dass du das ansprichst«, sagte er.

Suzanne nickte energisch, die Augen geschlossen; Carl räusperte sich.

»Jack scheint ein interessanter Mensch zu sein, und wir hoffen, dass wir irgendwann die Gelegenheit haben werden, ihn kennenzulernen. Aber wir möchten, dass er das selbst entscheidet.«

Suzanne sprang ihm bei. »Haben wir gemeinsame Interesse und Werte? Ist er neugierig auf uns und die Dinge, die uns am Herzen liegen?«

»Ich könnte es mir gut vorstellen«, wagte ich zu äußern. »Wenn er etwas älter ist.«

»Genau. Und bis dahin ist es eine Zwangsbeziehung.« Der Nachdruck, den Suzanne in ihre Worte legte, brachte die Glöckchen an ihrem Hut zum Klingeln. Jack kreischte vor Lachen; es war das Lustigste, was er je gesehen hatte. »Wir sollen die Rolle der ›Großeltern‹ [*bimmel bimmel*] spielen und er die des ›Enkels‹ [*bimmel bimmel*]. Das kommt uns einfach hohl und beliebig vor, wie in einer Hallmark-Werbung.«

Carl kicherte über den Hallmark-Satz und streichelte Suzannes Nacken, während sie weiterredete.

»Tag für Tag treten interessante junge Leute in unser Leben, und wir bewundern sie, sie sind faszinierend, stellen Fragen. Vielleicht ist er in ein paar Jahren eins von diesen Kids.«

»Und vielleicht wissen wir dann nicht einmal, dass er es ist«, murmelte Carl.

»Wir werden ihn nicht erkennen und er uns nicht – wir werden einfach nur Menschen sein, die einander wirklich mögen.«

Suzanne faltete die Narrenmütze [*bimmel bimmel*] und steckte sie wieder in ihre Handtasche. Sie wirkte erleichtert darüber, ihre Ansprache hinter sich gebracht zu haben.

»Möchtest du ihn mal nehmen?«, fragte ich.

Sie konnte Jack mühelos mit den Händen umschließen. Er sah zu ihr hoch und fragte sich, ob die Glöckchen wohl noch einmal wiederkamen.

15. KAPITEL

Eines Freitags um zehn Uhr klopfte es an der Tür, und ich dachte, *Na ja, wer weiß, vielleicht hat sie uns doch noch nicht ganz vergessen.* Ich wischte Jack die Nase ab und steckte mir das Haar hinter die Ohren. Ich ging zur Tür; mein Herz raste. Rachel hatte mit ihr Schluss gemacht. Sie hatte sonst niemanden, zu dem sie gehen konnte. Ich fuhr mir mit den Fingern über die Lippen, um sicherzugehen, dass sie sauber waren. Wahrscheinlich war sie jetzt eine richtige Lesbe. Falls sie mich zu küssen versuchte, würde ich sie bremsen und sagen: *Moment, wir sollten uns das gut überlegen, was bedeutet es? Was würden wir damit über uns aussagen – wer sind wir und wer möchten wir sein?* Vielleicht lag ihr das Reden besser als vorher; Rachel könnte das aus ihr herausgekitzelt haben. Ich konnte es kaum erwarten, mit einem anderen Erwachsenen zu sprechen, laut.

Vor der Tür stand ein hagerer, rothaariger Mann mit einem Ralphs-Namensschild: DARREN. Der Tütenpacker.

»Ist Clee da?«

Jack zerrte an seinem Namensschild.

»Nein. Sie wohnt nicht mehr hier.«

»Wirklich nicht?« Er blickte an mir vorbei ins Haus. Ich trat einen Schritt beiseite, damit er sah, dass sie nicht da war.

»Nur wir beide.«

Er sah Jack und mich an und fuhr mit den Fingern über die weißen Spitzen auf den unzähligen Pickeln, von denen sein Kinn und seine rosa Wangen übersät waren. Der vierte Juli. Er hatte Jack das erste Lächeln entlockt.

»Okay«, sagte er. »Tschüss, Jack, tschüss, Jacks Mom.« Er drehte sich um, rannte von der Veranda und mit einem Satz vorbei an dem Fernseher, der auf dem Gehweg stand. Ich sah ihm nach. Jacks Mom. So hatte mich noch nie jemand genannt. Aber aus Jacks Perspektive war niemand anders mehr seine Mom als ich. Ich betrachtete sein Händchen, das so zuversichtlich meinen Oberarm umfasste. Es war etwas ganz Normales, doch auf einmal stockte mir der Atem, so als wäre ich gerade auf irgendeinem hohen Gipfel angekommen. Mutter sein. Er wurde unruhig; ich ging nach drinnen und gab ihm einen Pfannenwender aus Plastik. Er schlug ihn auf die Arbeitsfläche, patsch, patsch, patsch. Ich hielt ihn auf dem Arm, spürte seinen warmen Körper und sah sein konzentriertes Gesicht an. Er war zu rot, ich musste ihn besser eincremen. Patsch, patsch. Und ich musste ihm öfter vorlesen – ich las ihm zwar vor, aber nicht jeden Abend. Und außerdem waren wir nur ein paar Stunden am Tag bei ihm gewesen, als er auf der Neugeborenenintensivstation lag. Das war nicht genug. Damals hatte es uns gereicht, aber jetzt verfolgte es mich. Zwanzig Stunden am Tag hatte er allein dort gelegen. Es würde nicht das letzte unverzeihliche Verbrechen bleiben, ich sah die nächsten schon kommen – Dinge, die ich im Nachhinein bitter bereuen würde. Ich würde meiner Liebe zu ihm immer einen Schritt hinterherhinken. Wie schrecklich. Jack schleuderte den Pfannenwender auf den Boden und weinte. Ich hob ihn auf. Patsch, patsch. Er lachte, ich lachte. Schrecklich. Ich küsste ihn, und er küsste mich mit weit geöffnetem Sabbermund zurück. Schrecklich.

»Ach, mein Junge«, sagte ich. »Mein Junge, mein Junge. Ich hab dich so lieb. Eines Tages wirst du mir das Herz brechen, und ich werde mich nie mehr erholen.«

»Ba-ba-ba-ba«, sagte er.

»Genau. Ba-ba-ba-ba.«

Zwei Tage darauf klingelte Darren an der Tür; er sprang auf der Stelle wie ein Läufer, der seine Wadenmuskulatur dehnte.

»Ich dachte, ich lasse mal meine Nummer da, die können Sie ihr geben, wenn Sie das nächste Mal mit ihr sprechen.«

Ich bat ihn herein und fütterte Jack in seinem Hochstuhl die letzten Löffel Brei.

»Haben Sie versucht, sie anzurufen?«

»Ist schon okay«, sagte er zu schnell. Er hatte sie viele Mal angerufen. Ich überlegte, ob ich ihm von Rachel erzählen sollte.

»Brauchen Sie einen Fernseher?« Ich zeigte auf den Gehweg. »Die Müllabfuhr nimmt ihn nicht mit.«

»Ich habe einen Flachbildschirm. So einen sollten Sie sich auch besorgen.«

»Ich wollte ihn schon die ganze Zeit zum Goodwill-Laden bringen.«

Er zog die Nase kraus. »Ich kann das für Sie machen.«

»Wirklich?«

»Ja, klar«, sagte er und deutete auf Jack, auf eine Art, die mir ein beschämtes Gefühl gab, als wäre Goodwill eine verrufene Adresse.

Er setzte sich zu Jack in die Küche, und ich suchte noch ein paar Sachen zusammen, die er gleich mitnehmen konnte. »Guh guh guh«, sagte Darren und zog eine lustige Fratze. »Ga ga ga.«

Am nächsten Tag brachte er mir einen kleinen Umschlag mit einer Quittung von Goodwill.

»Für die Steuer. Die Spende können Sie absetzen.« Er lehnte in der Tür und wartete. Ich bat ihn herein. Jack und ich taten ihm leid, erklärte er mir, während ich den Abwasch erledigte. »So ganz allein und alles. Wenn Sie wollen, schaue ich immer mal vorbei. Wenn Sie nichts dagegen haben.«

»Das ist wirklich sehr nett von Ihnen, Darren. Aber wir kommen wirklich gut klar.«

Er kam immer dienstags, nachdem Rick gegangen war. Er zerlegte Kisten und brachte sie zum Recycling und half mir, hohe Regale zu erreichen. Ich müsse mal bei seiner Ma auf den Kühlschrank gucken, sagte er – picobello sauber sei es da.

»Man könnte davon essen. Gute Idee, das mach ich heute Abend. Ich leg meine Spaghetti direkt obendrauf.«

Während er mir meinen winzigen neuen Flachbildfernseher installierte, erzählte er mir eine weitschweifige Geschichte über das Auto seines Cousins. Er schien sich nicht im Geringsten zu sorgen, dass sie mich langweilen könnte; er erzählte und erzählte einfach und nutzte nicht einmal die simpelsten Kniffe der Erzählkunst, um sie etwas interessanter zu machen. Manchmal spielte er mit Jack, während ich ins Bad ging oder Essen vorbereitete. Er musste vorsichtig sein, denn der Kleine war fasziniert von seinen Pickeln. Einmal griff er danach und kratzte die Spitze eines reifen Eiterpickels auf, sodass alles herausspritzte. Doch unter der Akne steckten gute Knochen. Zwar keine großen Knochen, aber tadellose und brauchbare. Und klein war er auch nicht.

Ich wusste noch genau, wo Ruth-Anne die Karte hingelegt hatte: in die mittlere Schublade des Rezeptionsschreibtischs.

Falls sie gerade einen Patienten hatte, konnte ich mich vielleicht hineinschleichen und sie herausholen, ohne dass sie es überhaupt mitbekam. Jack in seiner Babytrage legte den Kopf in den Nacken und betrachtete sein Spiegelbild in der Aufzugdecke. Auf dem Weg durch den vertrauten Flur geriet mein Herz ins Stolpern. *Ruth-Anne,* würde ich sagen, *können wir die Vergangenheit nicht hinter uns lassen?* Nein, ich formulierte es besser nicht als Frage. *Die Vergangenheit liegt hinter uns.* Das war gut. Was konnte sie dagegen schon sagen?

Schwungvoll öffnete ich die Tür. Die Rezeption war nicht besetzt. Ich ging direkt zur mittleren Schublade; mit Jack in der Trage war es etwas umständlich, sie aufzuziehen und hineinzugreifen, aber die Karte war nicht dort, wo ich sie erwartet hatte. Und plötzlich merkte ich, dass ich nicht allein war – in der Ecke saß eine junge Frau und las in einer Zeitschrift. Sie lächelte uns an und sagte, die Rezeptionistin sei gerade gegangen. »Ich glaube, sie wollte zur Toilette. Dr. Broyard kommt heute vielleicht etwas später.« Ich bedankte mich mit einem Nicken und nahm artig Platz, als hätte ich nicht gerade versucht, einen Diebstahl zu begehen. Dr. Broyard. Hatte ich den Zeitpunkt für meinen Besuch unbewusst so gewählt, dass ich Ruth-Anne nicht begegnete? Ruth-Anne hätte das sicher so gesehen. Über Jacks Köpfchen hinweg blickte ich auf ein neues Gemälde einer indianischen Weberin. Vielleicht von Helge Thomasson. Die Weberin webte gerade einen Teppich. Oder entwebte ihn. Vielleicht war sie dabei, den Teppich in einem Akt gewaltfreien Widerstands zu zerstören. Ich fragte mich, ob die neue Rezeptionistin wohl eine Schönheit war. Die arme Helge.

Die junge Frau blätterte langsam Seite für Seite von *Better Homes and Gardens* um. Auf eine Art, die mich an mich selbst erinnerte, sah sie immer wieder zu Jack hoch – so als hätten sie einen besonderen Draht zueinander. Kein schönes Gefühl. Sie legte die Zeitschrift weg und nahm eine andere.

Ich hatte einen Moment gebraucht.

Aber jetzt erkannte ich sie.

Sie trug zwar nicht das T-Shirt mit dem Rasta-Alligator, aber ihre John-Lennon-Brille funkelte im Licht der Neonröhren, und ihr Haar, wenn auch länger als auf dem Foto, war blond und strähnig. Ich fragte mich, wer sie wohl war – die Tochter eines Freunds? Seine Nichte.

»Kirsten.« Ich sagte es zu Jack, nur für den Fall, dass es nicht einmal ihr richtiger Name war.

Blitzschnell drehte sie sich um. Für einen Moment kam es mir vor wie ein Wunder, so als wäre eine Puppe oder eine Zeichentrickfigur zum Leben erwacht.

»Wir haben einen gemeinsamen Freund«, sagte ich. »Phillip?«

Sie zog die Stirn in Falten.

»Phil? Phil Bettelheim?«

»Ach so. Phil. Ja.«

Ihr Gesicht zog sich langsam zu, und sie musterte mich von oben bis unten.

»Sind Sie … Cheryl?«

Ich nickte.

Sie wandte das Gesicht zur Decke und nahm einen langen, dramatischen Atemzug. »Ich fasse es nicht, dass ich Sie wirklich kennenlerne.«

Ich lächelte höflich. »Ich nehme an, wir haben beide durch Phillip von dieser Praxis hier erfahren. Phil.«

»Ich habe *ihm* von Dr. Broyard erzählt«, sagte sie. Ich rieb Jack den Rücken, um ihr zu zeigen, dass mir das relativ egal war. Sie schien mir eine sehr verbitterte und unsympathische junge Frau zu sein.

»Phil hat gar nichts davon erzählt, dass Sie ein Baby haben, aber Sie haben ihn sicher eine Weile nicht gesehen. Seit Sie-wissen-schon-wann.« Sie grinste ein wenig, wie jemand mit einem schmutzigen Geheimnis.

»Nein, ich glaube, ich weiß nicht.«

»Sie haben ihn nicht mehr gesehen, seit Sie ihm gesagt haben, er soll mich« – sie formte aus Daumen und Zeigefinger ein Loch und rammte den anderen Zeigefinger hindurch.

Ich riss die Augen auf und sah mich um, um sicherzugehen, dass wir auch wirklich allein waren.

»Ich war total baff darüber. Welche Frau würde einem alten Mann« – sie beugte sich vor – »zu Sex mit einem Kind raten?«

Es war, als würde ich eines Verbrechens angeklagt, das ich im Traum begangen hatte.

»Es tut mir sehr leid«, flüsterte ich. »Ich dachte nicht, dass es Sie wirklich gibt.« Oder zuerst schon. Und dann nicht mehr.

»Nein« – sie streckte beide Arme aus –, »mir tut es leid.«

Es war nicht leicht, darauf irgendetwas zu antworten. Die Rezeptionistin würde sicher jeden Moment zurückkommen. Kirsten stieß ein paar Mal leise den Hinterkopf gegen die Wand.

»Ich hoffe, es war nicht zu schrecklich«, sagte ich schließlich.

»Es war keine große Sache. Er musste sich erst etwas ansehen, auf dem Handy. Das hat ziemlich lange gedauert.«

Obwohl ich keine Ahnung hatte, was das bedeutete, nickte ich wissend.

»Hey.« Sie schnippte mit den Fingern. »Wir schicken ihm ein Foto von uns beiden. Der fällt um, wenn er das sieht.«

»Echt?«

Sie hielt ihr Handy auf Armeslänge vor uns und lehnte sich steif an mich. Ihr Haar roch nach Chlor. Jack reckte seinen Sabbermund nach der Linse, sodass wir beide verdeckt waren.

Der Blitz, dann ging die Tür auf und die Rezeptionistin kam zurück an ihren Schreibtisch. Es war Ruth-Anne. Als sie mich sah, erstarrte sie, nur ganz kurz.

»Der Doktor wäre jetzt so weit, Kirsten.«

Ohne mich eines weiteren Blickes zu würdigen, rauschte Kirsten an mir vorbei.

Wir waren allein.

»Hallo, Ruth-Anne.« Ich stand auf und ging zur Rezeption.

Sie zog die Augenbrauen hoch, als wollte sie zwar nicht bestreiten, dass sie so hieß, es aber auch nicht bestätigen.

»Ich bin nur wegen der Karte da. Wissen Sie noch? Auf der der Name steht.«

»Meinen Sie eine Visitenkarte?« Sie zeigte auf Dr. Broyards Karten in dem Halter, direkt neben ihren eigenen.

»Nein, die Karte, die Sie hier aufbewahren sollten. Sie haben sie da reingelegt.« Ich zeigte auf die mittlere Schreibtischschublade.

»Ich kann Ihnen leider nicht helfen, aber Sie dürfen sich gern mehrere Visitenkarten nehmen.«

Alles Androgyne und Grobknochige an ihr war verschwunden. Sorgfältig hatte sie Millionen kleiner Details ins Mädchenhafte verändert. Ihr langes Haar wurde von einem karierten Haarreifen zurückgehalten. Ihre enge Bluse war so geschnitten, dass sie ihre breiten Schultern schmaler wirken ließ, und es funktionierte. Ihr ganzer Körper wirkte wie geschrumpft. Im Sitzen sah sie wirklich aus wie eine zierliche, zerbrechliche Frau.

Dr. Broyard kam kurz ins Vorzimmer, in der Hand einen

Ordner. Als sie zu ihm aufsah, veränderte sich ihre ganze Haltung, und sie erstrahlte regelrecht. Nicht vom Licht des Lebens, sie wirkte eher wie eine leere Hülle, die von innen elektrisch beleuchtet wurde. Als sie nach dem Ordner griff, ließ er ihn los – aus Scheu vor ihren Fingern. Der Ordner fiel auf den Boden. Ruth-Anne zögerte einen Moment, bückte sich dann umständlich und hob ihn auf. Als ihr Gesicht wieder auftauchte, sprach aus ihrem Lächeln die Hoffnung, dass er ihre Hinteransicht genossen hatte, aber er drehte sich um und ging zurück ins Sprechzimmer. Schmerzerfüllt lächelte sie noch breiter, und als ich ihre Zähne sah, sah ich auch den Kieferknochen, der sie hielt, ihren Schädel mit den leeren Augenhöhlen und ihr ganzes Klickedi-klackedi-Klapperskelett. Ich konnte ihr direkt ins Gehirn sehen; es bebte förmlich, so fixiert war sie auf ihn.

Allein sein Name auf einem Stück Papier konnte der Auslöser sein. Selbst wenn sie ein Wort las, das so ähnlich war wie Broyard – royal, loyal –, riss es sie in einen erschöpfenden Strudel aus Fantasien. Alles andere in ihrem Leben, inklusive ihrer eigenen Praxis, war nur Fassade. Dieser Bann kostete sie 95 Prozent ihrer Energie, aber sie stellte erstaunt fest, dass es niemand bemerkte; die hauchdünne Fünf-Prozent-Version ihrer selbst genügte. Auf ihrem Schreibtisch lag eine Liste der Dinge, die sie früher einmal glücklich gemacht hatten:

Zydeco-Musik
Hunde
Meine Arbeit
Regentage
Thai-Essen
Bodysurfing
Meine Freunde

Aber sie konnte nicht genügend Traurigkeit und Bedauern entwickeln, um sich zu befreien. Sie lebte für die drei Tage im Jahr, an denen er ihr Sprechzimmer übernahm und sie an seiner Seite arbeitete. Er hatte ihr gegenüber einmal geäußert, er wünschte, seine Frau wäre zierlich und feminin und besäße eine leicht konservative Eleganz, und durch schiere Willenskraft wurde sie genau so. Diese Frau zu sein, diese Rezeptionistin, war ihre einzige Freude. Wobei *Freude* das falsche Wort war: Es nährte ihre Fixierung auf ihn und erhielt sie am Leben, das einzige Ziel einer Fixierung.

Ruth-Anne stellte den Ordner ins Regal. Beim Anblick ihres ausladenden Hinterteils fiel es mir leichter, mich an meine Therapeutin zu erinnern, die so kühn und so hilfreich gewesen war, selbst als Fünf-Prozent-Version. Ich war ihr etwas schuldig.

Es dauerte einen Moment, bis ich so weit war, aber nachdem ich ein paar Sekunden auf den Füßen gewippt hatte, fand ich in den näselnden Rhythmus hinein und wiegte mich hin und her. Ruth-Anne zog die Augenbrauen hoch und hoffte wohl, dass ich bloß die Wadenmuskulatur dehnte. Ich begann heiser und unmelodisch, aber kraftvoll.

»Will you stay in our Lovers' Story
If you stay you won't be sorry«

Langsam und voller Abscheu blickte sie auf, oder vielmehr die Fixierung. Sie kochte vor Wut, die Fixierung mit ihrem Karo-Haarreifen. Sie blickte von mir zu Dr. Broyards Tür und wieder zu mir, und ich sang noch lauter:

»'Cause weeeee believe in youuuu«

Jack mochte es; er hopste in seiner Trage auf und ab.

»Soon you'll grow so take a chance
With a couple of Kooks
Hung up on romaaancing«

Weil ich nur den Refrain kannte, fing ich sofort wieder von vorn an,

»Will you stay in our Lovers' Story«

Irgendetwas Seltsames geschah mit Ruth-Anne. Wie es aussah, nichts Gutes. Sie begann zu schwitzen; auf ihrer Bluse breiteten sich unter den Armen rasend schnell feuchte Flecken aus. Sie löste sich auf. Wenn es falsch war, was ich hier tat, dann war es gründlich falsch. Ich schloss die Augen, schlang die Arme um Jack und sang,

»If you stay you won't be sorry
'Cause weeeee believe in youuuu«

Das »in you« war lauter als der Rest, volltönend und kräftig. Ich öffnete die Augen einen Spaltbreit. Ihr Gesicht war schweißüberströmt, und sie hatte die Lippen gen Himmel gerichtet, als würde sie zu den Göttern singen, sie anflehen, einzugreifen und sie von diesem Bann zu befreien. Wir summten leise zusammen:

»Soon you'll grow so take a chance
With a couple of Kooks
Hung up on romaaancing«

Doch es gibt sie nicht, die Götter. Der Bann lässt sich nur brechen, indem man den Bann bricht. Sie hakte sich jetzt also die Daumen unter die feuchten Achselhöhlen und versuchte, sich vom Rhythmus treiben zu lassen, ihn zu verkörpern. Wir nahmen die Kurve und steuerten wieder auf die Startlinie des Refrains zu:

»Will you stay in our Lovers' Story
If you stay you won't be sorry«

Ihre Schultern wurden breiter, sprengten fast ihre Bluse. Ihr Make-up zerfloss und sammelte sich in den Fältchen um ihre Augen, und ihr Kiefer galoppierte förmlich beim Singen. Dr. Broyard öffnete die Tür, rückte seine Brille zurecht und sah uns mit einem verwirrten Lächeln zu – hinter ihm spähte Kirsten hervor. Zu spät, Herr Doktor! Zu spät! Der Bann ist gebrochen und in zehn Millionen Stücke zersplittert, zu weit verstreut, als dass sie sich wieder zusammensetzen könnten.

Doch ich lag falsch. Als Ruth-Anne mein triumphierendes Gesicht sah, wurde ihr klar, wer zuschaute, und ihr leiser Gesang versiegte auf der Stelle. Für den Bruchteil einer Sekunde sah sie völlig zerstört aus. Dann sank der Bann auf sie nieder, und sie kuschelte sich voller Behagen und, wie es schien, beinahe erleichtert darin ein. Atemlos und mit hängenden Armen stand ich vor ihr, aber sie starrte nur weiter auf den Bildschirm. Sie richtete ihren Haarreif, und ich wandte mich zum Gehen.

»Ihr Kärtchen, Miss.«

»Was?«

»Ihr Terminkärtchen.«

Ohne zu zwinkern, gab sie mir ein Kärtchen für einen Termin, den ich gar nicht hatte.

Ich legte es ins Handschuhfach. Jetzt, wo ich es hatte, wollte ich nicht daraufschauen. Natürlich war es Darren. Warum ein Versprechen brechen, um etwas zu erfahren, das ich längst wusste? Dieses Gefühl trug mich den ganzen Weg bis nach Hause. Ruhig gab ich Jack sein Fläschchen und legte ihn zum Mittagsschlaf hin. Aber in dem Moment, als ich die Kinderzimmertür schloss, war es mit meinem Gleichmut vorbei, und ich konnte gar nicht schnell genug zum Handschuhfach kommen. Das Kärtchen in der geschlossenen Faust, ging ich wieder ins Haus und setzte mich auf die Couch. Ich öffnete die Finger, strich die Karte glatt und drehte sie um.

Es war nicht Darren.

Ich zerriss das Kärtchen, bevor mir – zu spät – wieder einfiel, dass Namenzerreißen der alte Trick war, um jemanden zum Anrufen zu bringen.

Das Telefon klingelte praktisch im selben Moment.

»Du siehst noch genauso aus wie früher«, sagte er. »Kirsten wirkt viel älter, aber du hast dich kein bisschen verändert. Und der kleine Kerl im Vordergrund – wie heißt er?«

»Jack«, flüsterte ich. Ich sank auf die Knie, vor eins meiner Dekokissen.

»Jack. Was für ein süßer Fratz – wie alt ist er?«

»Zehn Monate.«

Er hustete – das wusste er schon, er hatte eins und eins zusammengezählt. Meine Stirn war fiebrig, ich verglühte. Sauerstoff. Das Kissen unter einem Arm, kroch ich zu einem offenen Fenster und reckte den Mund nach dem Fliegengitter.

»Es ist wunderbar, deine Stimme zu hören, Cheryl. Ist wirklich lange her.«

Phillip und Clee.

Wo hatten sie sich kennengelernt? Wie war das überhaupt möglich? Aber warum auch nicht? Eine junge Frau, warum dann nicht noch eine?

»Ich glaube, ich muss mich bei dir entschuldigen«, fuhr er fort. »Ich war in einer schwierigen Lage, als wir zum letzten Mal miteinander gesprochen haben.«

»Nicht nötig«, würgte ich heraus. Ich wusste gar nicht mehr, worüber wir geredet hatten.

»Nein«, sagte er. »Ich möchte mich entschuldigen. Ich hätte anrufen sollen, als ich gehört hab, dass sie ... aber ich wusste es natürlich nicht mit Sicherheit. Und als ich dann das Bild von ihm sah ...« Seine Stimme brach. Ich atmete wässrig ein, und er stieß keuchend einen erleichterten Seufzer aus, so als wären meine Tränen eine Erlaubnis für seine. Das war jetzt nicht der richtige Zeitpunkt für lange Weinorgien, so viel war ihm hoffentlich klar. Ich schnäuzte mich scharf in einen Socken. Die Gardine wehte mir ins Gesicht.

»Ich hab eine Idee«, sagte er schließlich. »Ich komme einfach vorbei.«

An der Tür starrten wir einander bloß an. Er sah viel älter aus; unter seinen Augen hingen schwere Tränensäcke. Ich fühlte mich wie eine Frau, die jahrelang vergeblich darauf gewartet hatte, dass ihr Mann aus dem Krieg kam, und jetzt, zwanzig Jahre später, stand er vor der Tür. Gealtert, aber zu Hause. Er trat ein und sah sich um.

»Wo ist er?«

»Er schläft. Aber er müsste bald aufwachen.«

Ich bot ihm etwas zu trinken an. »Limonade? Wasser?«

»Kann ich einfach nur etwas heißes Wasser haben?« Er holte ein Päckchen Teebeutel aus seiner hinteren Hosentasche. »Ich würde dir ja auch was anbieten, aber das ist eine

Spezialmischung von dem Heilpraktiker, bei dem ich zur Akupunktur gehe. Für meine Lungen.«

Wir setzten uns mit unseren Tassen auf die Couch und warteten. Immer wieder sah er zu mir herüber, entweder um meine Stimmung abzuschätzen oder um mir zu zeigen, dass er ganz Ohr war. Als würde ich darüber sprechen wollen.

»Warum bist du eigentlich aus dem Vorstand zurückgetreten?«, fragte ich schließlich.

Mehr als dankbar für diese Frage, begann er mit einem weitschweifigen Vortrag über seinen schlechten Gesundheitszustand, eine Thailandreise vor einigen Wochen und dass sie ihn völlig erschöpft habe, wirklich völlig erschöpft. Die einzelnen Wörter aus seinem Mund waren allesamt langweilig, aber in ihrer Gesamtheit ergaben sie eine Melodie, die mich angenehm einlullte. Ich wehrte mich dagegen, doch allein sein Gewicht in Kilogramm und Pfund war eine Erleichterung. Es war anstrengend, immer die schwerste Person im Haus zu sein. Ich trank von meinem Tee und lehnte mich auf dem Sofa zurück. Wenn er dann ging, würde ich das gesamte Gewicht wieder auf meine Schultern nehmen müssen, aber darum konnte ich mich später kümmern.

»Eigenartig, ich fühle mich hier wie zu Hause«, sagte Phillip. Er blickte auf mein Bücherregal und die Untersetzer auf meinem Couchtisch, als trüge jeder Gegenstand eine Erinnerung in sich. Aus dem Augenwinkel sah ich auf dem Babyphon-Monitor, dass Jack unruhig wurde. Plötzlich überkam mich der Wunsch, diesen Augenblick auszudehnen, oder den nächsten aufzuschieben, doch aus dem Kinderzimmer drang ein unmissverständlicher hoher Schrei.

»Ich hole ihn«, sagte ich.

»Ich komme mit.«

Als er mir ins Kinderzimmer folgte, spürte ich seinen

Atem im Nacken. Würde es eine unverwechselbare Ähnlichkeit geben?

»Aufstehen, mein Schatz«, sagte ich. Obwohl ihre Gesichtszüge völlig unterschiedlich waren, spürte man die Ähnlichkeit schon, sie stand in den Startlöchern. Ich legte Jack auf den Wickeltisch. Seine Windel war voll, richtig voll, und ich brauchte eine Menge Feuchttücher. Phillip sah mir von einer Ecke aus zu.

»Du hast eine besondere Verbindung zu ihm, nicht wahr?«

»Ja, schon.«

»Es ist wunderschön anzusehen. Das Alter spielt gar keine Rolle mehr, hab ich recht?«

Sein Po war rot. Ich tupfte etwas Zinksalbe darauf.

»Ihr seid einfach nur ein Mann und eine Frau«, sinnierte Phillip, »wie jedes andere Paar.«

Ich kam mir vor, als würde ich ihm die Windel in Zeitlupe anziehen; die Klebestreifen hielten einfach nicht und lösten sich immer wieder.

»Ich bin eher eine Art Mutter für ihn.«

»Okay.« Er zuckte zustimmend mit den Schultern. »Ich wusste nicht genau, wie du das betrachtest.«

Auch die Hose wollte nicht; beide Beine rutschten in ein Hosenbein. Phillip spähte über meine Schulter und beobachtete den Kampf.

»Ich habe gehört, dass es anfangs … Komplikationen gab. Stimmt das? Ein schwieriger Start?«

»Halb so schlimm. Es geht ihm gut.«

»Ah ja, wunderbar, schön das zu hören. Er wird also herumrennen können, Sport treiben und alles?« Er nickte, also nickte ich mit ihm.

Kaum dass ich Jack die Hose hochgezogen hatte, schnappte Phillip ihn sich, direkt unter meinen Händen hervor, und hob ihn mit einem Flugzeuggeräusch schwungvoll Richtung Decke. Jack quiekste, aber nicht vor Freude. Phillip hustete und ließ ihn schnell wieder herunter.

»Schwerer, als er aussieht.« Sicher zurück auf meiner Hüfte, starrte Jack den bärtigen alten Mann an.

»Das ist Phillip«, sagte ich.

Phillip streckte den Arm aus und schüttelte Jacks weiche kleine Hand. Sein Nudelärmchen schwang hin und her.

»Hallo, kleiner Mann. Ich bin ein alter Freund deiner Großeltern.«

Ich brauchte einen Moment, bis ich verstand, wen er meinte.

»Ich bin mir nicht sicher, ob sie sich selbst so nennen würden.«

»Verständlicherweise. Das Letzte, was ich gehört hatte, war, dass sie es zur Adoption freigeben wollte. Und dass niemand wusste, wer der Vater ist.«

In seiner Stimme steckte etwas Fragendes – er war sich zu achtundneunzig Prozent sicher, aber eben nicht zu hundert. Vielleicht hatte sie es bunt getrieben.

»So war es ursprünglich geplant«, sagte ich.

»Klingt, als hätte sie viele Partner gehabt.«

Ich antwortete nicht.

Wir gingen in den Garten, und Jack aß eine zerdrückte Banane. Phillip legte sich rücklings ins Gras, atmete tief die warme Luft ein und sagte Ah, ah. Jack war in Experimentierlaune und steckte sich einen Stein in den Mund; ich pulte ihn wieder heraus. Wir zogen in den Schatten um, und ich erzählte ihm von meinen Plänen, zum Schutz vor der Sonne eine Pergola bauen zu lassen.

»Ich kenne da jemanden, der das hervorragend macht«,

sagte Phillip. »Ich schicke ihn dir gleich nächste Woche vorbei. Montag?«

Ich lachte, und er sagte: »Sie lacht! Ich habe sie zum Lachen gebracht!«

Ich versuchte, ein ernstes Gesicht zu machen.

»Wenn du ihn nicht magst, sag einfach, ›Ich weiß nicht, was Sie hier zu suchen haben, Phillip ist verrückt.‹«

»Phillip ist verrückt.«

»Ja, genau.«

Die ganze Zeit dachte ich, er würde gleich aufbrechen, aber er blieb. Während ich das Abendessen vorbereitete, spielte er mit Jack im Wohnzimmer. Ich bewegte mich leise und versuchte, sie zu hören, aber sie machten keinerlei Geräusche. Als ich den Kopf zur Tür hinaussteckte, knabberte Jack an einem Gummihamburger, und Phillip saß ein Stück von ihm entfernt auf dem Boden, die steifen Knie schwerfällig angewinkelt. Er sah mich an und hob den Daumen.

»Das Essen ist fertig, aber ich muss erst Jack ins Bett bringen.«

Ich machte ihn bettfertig; Breichen, Badewanne, Fläschchen.

Phillip sah mir zu, wie ich Jack ein Gutenachtlied vorsang und ihn in sein Bettchen legte. Wir lächelten auf das Baby hinab und dann lächelten wir einander an, bis ich wegsah.

Ich entschuldigte mich für das Abendessen. »Es sind nur Reste.«

»Genau das finde ich wunderbar. Das Gewöhnliche daran. So essen die Leute! Und warum auch nicht?«

Nach dem Essen sahen wir uns auf meinem neuen Flachbildfernseher *60 Minutes* an.

»Die einzige vernünftige Sendung, die es noch gibt«, sagte er, legte einen Arm auf die Sofalehne und streifte dabei meine Schultern. Ich versuchte mich zu entspannen und auf die Sendung zu konzentrieren. Es ging darum, wie sich Methoden der Aufstandsbekämpfung gegen kriminelle Banden einsetzen ließen. Während der Werbung schaltete Phillip den Ton aus. Wir sahen einer Frau beim lautlosen Haarewaschen zu.

»Sieh uns an«, sagte er. »Wir sitzen da wie ein altes Ehepaar.« Er tätschelte mir die Schulter. »Darüber habe ich auf der Fahrt hierher nachgedacht, über all unsere gemeinsamen Leben.« Er sah mich kurz von der Seite an. »Glaubst du das immer noch?«

»Doch, schon«, sagte ich. In Wirklichkeit dachte ich an Clee. Ich war erst ihre Feindin, dann ihre Mutter und schließlich ihre Geliebte gewesen. Drei Leben auf einmal. Er schaltete den Ton wieder ein. Wir sahen zu, wie drei Polizisten von Tür zu Tür gingen, um in der Gemeinde akzeptiert zu werden. In der nächsten Werbepause erzählte er mir im Detail von seiner Lunge; sie verhärtete sich. Die Krankheit hieß Lungenfibrose. »Wenn es mit der Gesundheit bergab geht, merkt man erst einmal, wie wichtig solche Dinge sind.«

»Was für Dinge?«

»Diese.« Er deutete auf mich und das Wohnzimmer. »Sicherheit. Freunde, auf die man sich verlassen kann.« Ich sagte nichts, und er sah mich nervös an. »Ich bin etwas voreilig, nicht wahr?«

Ich blickte auf meine Schenkel; es war unmöglich, einen klaren Gedanken zu fassen, während er neben mir saß und wartete.

»Natürlich bin ich für dich da«, sagte ich, und war erleichtert. Auf ihn sauer zu sein war Schwerstarbeit. Er nahm meine Hand und drückte sie schnell hintereinander auf drei verschiedene Arten, wie ein Gang-Mitglied. Das hatten wir gerade bei zwei Männern im Fernsehen gesehen.

»Das wusste ich. Ich will nicht mit dem Finger auf irgendjemanden zeigen oder Namen nennen, aber sagen wir einfach, die jungen Leute haben nicht dieselben Werte wie wir in unserer Generation.«

Ich wollte gerade den Mund aufmachen und ihn daran erinnern, dass ich erst dreiundvierzig war, aber dann fiel mir ein, dass ich inzwischen vierundvierzig war. Fast fünfundvierzig. Zu alt, um lange darauf herumzureiten.

Als *60 Minutes* zu Ende war, ging er zu seinem Wagen und holte seine elektrische Zahnbürste. »Die habe ich immer im Auto.« Er war zwar nicht direkt nachtblind, fuhr aber zunehmend ungern im Dunkeln.

»Dränge ich mich auch nicht auf?«, fragte er auf der Veranda, während er die Schuhe auszog.

»Nein, nein, überhaupt nicht.«

Schulter an Schulter putzten wir uns die Zähne. Er spuckte aus, dann ich und dann wieder er. Er steckte den Ladesockel in die Steckdose über der Ablage; an den Rändern und in den Rillen haftete bräunlicher, verkrusteter Schmutz.

»Keine Sorge«, sagte er, »wir besorgen dir auch eine.« Ich nahm mir Zeit zum Händeabtrocknen, während er geräuschvoll pinkelte, im Sitzen.

Ob es in Ordnung sei, wenn er in Boxershorts schliefe? Natürlich. Während ich mir hinter der Schranktür das Nachthemd anzog, fragte ich mich, wer von uns beiden am besten auf dem Sofa schlief. Als ich herauskam, lag er in meinem Bett. Er klopfte auf den Platz neben sich. Für einen Augenblick hatte ich Schmetterlinge im Bauch, dann fiel mir wieder ein, dass wir ein altes Ehepaar waren. Wir hatten das alles hinter uns gelassen, und seine Lunge verhärtete sich. Ich holte uns je ein Glas Wasser aus der Küche, für den Nachttisch.

»Sollen wir das Thema Sex gleich hinter uns bringen?«

»Was?«

»Dass ein Mann und eine Frau … miteinander schlafen. Ich will nicht, dass das irgendwie zum Problem wird.«

Mein Herz hämmerte. Das lief ganz und gar nicht so ab, wie ich es mir einmal vorgestellt hatte, aber vielleicht war es in gewisser Weise auch wunderschön so. Oder ehrlich. Oder es hieß, dass wir sowieso Sex haben würden.

»Okay«, sagte ich.

»Sehr enthusiastisch klingst du ja nicht.«

»Doch!«

»Prima. Dann warte kurz.«

Er rannte ins Wohnzimmer, kam mit seinem Handy und einem rosa Tübchen Lotion zurück und lehnte das Handy gegen meine Vitaminfläschchen. Es fiel mir schwer, meinen Atem zu regulieren, und mein Kiefer klapperte unkontrolliert, so nervös war ich. Phillip betrachtete mein geblümtes Nachthemd und kratzte sich den Bart. Dann klatschte er in die Hände.

»Also. Wenn du mir zusehen willst, kannst du das gern tun, aber du musst nicht – es gibt mir nichts. Wichtig ist nur, dass du auf dem Rücken liegst und bereit bist, wenn ich *jetzt* sage.« Er hielt mir eins seiner Kissen hin. »Es wäre super, wenn du dir das unter den Po schieben könntest.« Er blies die Wangen auf, dann stieß er die Luft aus. »Okay?«

»Okay!«, sagte ich beschwingt. Er tat mir schrecklich leid, nur dass er kein bisschen beschämt wirkte. Er tippte auf dem Handy. Schreie und Gegrunze schallten heraus, bevor er es schnell stumm schaltete und sich vornübergebeugt aufs Bett setzte. Das hatte Kirsten also gemeint, als sie sagte, er habe sich lange etwas auf dem Handy ansehen müssen. Wie lang war lange? Geräuschlos zog ich mir das Nachthemd über die Hüften. Dann schob ich mir das Kissen unter den Po, für den Fall, dass er *jetzt* sagte. Ich überlegte, ob ich ihm den Rücken kraulen sollte. Es waren jede Menge winziger Dellen, ein paar graue Haare, Sommersprossen und rote Pünktchen darauf. Ich legte eine Hand zwischen seine Schulterblätter; sie bebte mit seinem Körper. Ich zog sie wieder weg. Nach ein paar Minuten nahm er das Handy, tippte und scrollte eine Weile, dann stellte er es wieder hin und begann von Neuem. Ich sah auf das Babyphon; Jack schlief ruhig, die Ärmchen niedlich über den Kopf gestreckt. Würde mir das Einschlafen hiernach leicht- oder schwerfallen? Vielleicht musste ich heimlich ein paar von meinen homöopathischen Einschlaf-Globuli nehmen. Ich schloss die Augen, um zu testen, wie nah oder fern der Schlaf war.

»Jetzt.«

Sofort gingen meine Augen wieder auf; ich spreizte schnell die Beine und rückte das Kissen zurecht, und er drehte sich um und schwang sich auf mich. Sein Penis war rot und glänzend von der Rosenduft-Lotion. Er brauchte ein paar Versuche, bevor er den Eingang fand. Er stieß sehr schnell, rein und raus, dann wurde er langsamer. Es war ein wenig schmerzhaft, aber das Brennen wurde von einem warmen Gefühl abgelöst. In langen, bedachten Zügen atmete er ein und aus.

»So ist's gut«, sagte er nach einer Minute. Er beugte sich zu mir herunter und drückte seine dicken Lippen auf meine. Es war etwas schwierig mit dem Bart. Er hielt inne und wischte sich die pieksenden Haare von den Lippen. Wir stießen mit den Zähnen zusammen.

»Ich muss gerade an dieses Lied von der alten Henne und

dem alten Hahn denken«, sagte er und stieß weiter. »Wie ging das noch mal?«

»Ich weiß nicht.« Ich wischte mir über den Mund.

»›Cluck, cluck, cock-a-doodle-doo and they tapped their beaks together …‹ Irgendwie so. Willst du mal nach oben?«

Er blickte auf meine Brüste. Vielleicht war es ja besser, wenn sie herabhingen, statt flach dazuliegen. Aber ich schüttelte den Kopf. In dieser Position konnte ich mich sicher nicht auf mein Ding konzentrieren.

Ich drückte die Beine zusammen und schloss die Augen. Eigentlich hätte es nicht so schwer sein sollen, aber ich musste mich unheimlich konzentrieren, um mir vorzustellen, er wäre auf mir. Ich musste ihn komplett auslöschen und dann rekonstruieren, mich voll auf sein imaginäres Gewicht im Gegensatz zur realen Last seines Körpers konzentrieren. Er war wie üblich sehr ermutigend; immer wieder sagte er, ich solle in mich gehen und mich auf mein Ding konzentrieren. Ich näherte mich gerade dem Gipfel der Erschöpfung, als der echte Phillip unterbrach.

»Mach mal die Augen auf.«

Ihm zuliebe öffnete ich sie ganz kurz und sah seine Lippen, die zu einem engen Ring zusammengezogen waren, durch den er angestrengt ein- und ausatmete. Schnell schloss ich die Augen wieder.

Jetzt war sowieso alles dahin, also gab ich mein Ding auf und versuchte mir vorzustellen, der Penis in mir wäre meine eigene Version von Phillips Glied, und ich wäre diejenige, die ihn stieß, in Clee hinein. Als ich erst einmal hineingefunden hatte, fühlte es sich sehr real an. Wie eine Erinnerung.

»Wo hast du sie kennengelernt?«, keuchte ich.

»Wen?« Er unterbrach seine Bemühungen für einen Augenblick, dann machte er weiter. »Bei einem Arzt. Im Wartezimmer.«

»Dr. Broyard.«

»Genau. Jens.«

Sie blättert in einer Zeitschrift, er setzt sich. Er erzählt ihr ein bisschen Klatsch, dass die Frau des Doktors eine berühmte Malerin sei. Er erkennt sie erst, als er sie nach ihrem Namen fragt.

»Clee.«

Er lächelt, zählt eins und eins zusammen und mustert sie von Kopf bis Fuß. Wie hoch ist die Wahrscheinlichkeit, dass die beiden so aufeinandertreffen? Hoch. In diesem Wartezimmer höher als irgendwo sonst. Deshalb habe ich sie dort hingeschickt. Er sagt, er kenne ihre Eltern.

»Wohnst du bei Cheryl Glickman? Aus dem Büro?«

Sie zuckt zusammen, als sie meinen Namen hört. Ich bin die Frau, die ihr gerade gesagt hat, dass ihre Füße stinken; ich sah immer noch vor mir, wie ihr breites Lächeln in sich zusammenfiel. Sie hatte *mich* gewollt, und ich hatte ihr eine Überweisung gegeben. Als vor Wut ihre Beine zu zittern beginnen, legt Phillip seine große Hand darauf. Sie blickt auf, betrachtet seinen grauen Bart und seine buschigen Augenbrauen. »Wie war noch mal Ihr Name?«

Selbst von ihrem Schreibtisch aus sieht Ruth-Anne, was als Nächstes passieren wird. Das Spermium erreicht die Gebärmutter, befruchtet die Eizelle – Zygote, Keimblase, das ganze Programm. Tag eins von Jacks Bewusstsein.

Ich hatte ihn nicht gemacht, aber ich hatte alles in die richtigen Bahnen gelenkt, damit er gemacht wurde.

So sehr wollte ich dich.

Ich sah auf das Babyphon und staunte über das Netz von Menschen, aus dem sich seine Existenz entsponnen hatte, und in meinen Augen wallten Tränen des Stolzes auf. Mein Sohn.

»Alles in Ordnung?«

Ich nickte und verbarg meine Freude hinter meinem Gesicht. Phillip wälzte sich von mir herunter und aus mir heraus.

»Ist schon okay«, keuchte er. »Ich kann auch nicht mehr kommen. Und es ist wahrscheinlich auch sicherer, wenn ich es nicht versuche – aber verrückt, wie das Leben so spielt, oder?« Er strich ein paar Mal über meinen verschwitzten Oberschenkel. »Du sollst wissen, dass ich keine Angst davor habe, aber …« Er schluckte. »Nein, gar nicht wahr. Ich habe eine Heidenangst. Aber ich habe keine Angst mehr vor dem Angsthaben.«

Ich nickte. Worüber sprachen wir eigentlich? Jack drehte sich auf die Seite und dann wieder zurück.

»Seit ich ganz jung war, habe ich ihn nie aus den Augen gelassen – damit er sich nicht heimlich anschleichen kann. Ich will wissen, wann er kommt, und ihn begrüßen.«

Wir sprachen über den Tod.

»Oh, hallo, werde ich sagen. Komm doch rein. Moment, ich hole erst meine Sachen, bevor wir gehen. Aber stattdessen werde ich einfach alles loslassen. Adieu Haus, adieu Geld, adieu, großer und wunderbarer Mann, der du einmal warst. Adieu Cheryl.«

»Adieu.«

»Und dann werde ich sozusagen zur Tür rausgehen.«

Ich sah die Tür, und mich, wie ich sie hinter ihm verschloss. Es war seltsam kalt im Schlafzimmer, fast wie in einer Gruft. Jack lag jetzt auf dem Bauch.

»Ich habe ein Testament, einen Plan für meine Beerdigung und so weiter, aber wenn du nichts dagegen hast …«

Jack schrie auf; sein Schrei gellte durchs Babyphon und zerriss die Nacht.

»… wenn du nichts dagegen hast« – Phillip versuchte, das Geschrei zu übertönen –, »erzähle ich dir ein bisschen mehr darüber. Hast du schon mal von EcoPods gehört? In so einem möchte ich begraben werden.«

»Du, ich muss mal …« Ich zeigte auf den Monitor. Phillip hielt einen Finger hoch.

»Die sind zwar nicht legal, aber wenn man …«

Jack schluchzte; ich setzte mich auf. Phillip sah zu mir hoch und runzelte die Stirn. »Du bist erst die Zweite, der ich das überhaupt erzähle.«

Das Baby jammerte ungläubig. Ich war noch nie nicht gekommen, wenn er geweint hatte. Ich sprang auf und rannte aus dem Zimmer.

Er bekam einen Zahn. Als ihn das Fläschchen nicht beruhigte, spazierte ich mit ihm durchs Haus. Auch das half nicht, also streifte ich die Babytrage über mein Nachthemd und setzte ihn hinein. Ich zog mir eine Jacke über und schlich hinaus auf die Veranda. Meine Schuhe standen bereit, als würden sie warten.

Unterwegs schien der Himmel heller zu werden. Aber die Morgendämmerung lag noch in weiter Ferne; es konnte nur der Mond sein, oder meine Augen, die sich an die Dunkelheit gewöhnten. Statt große Runden zu drehen wie sonst, erkundeten wir neue Straßen, betraten Block für Block neues Land. Montag kam der Mann wegen der Pergola. Phillip und ich würden passende elektrische Zahnbürsten haben. Dass er auf sein Handy guckte und irgendwann *jetzt* sagte, würde bald normal sein. Genauso wie *60 Minutes*. Jack hob das Köpfchen, plötzlich wieder ruhig, und verfolgte ein paar blinkende Lichter.

»Ein Flugzeug.« Ich strich ihm über den Rücken. »Eines Tages wirst du in einem Flugzeug sitzen.« Bald verschwand es und war nicht mehr zu sehen. Die Welt fühlte sich warm und umschlossen an, als wanderten wir sicher durch ein riesiges Zimmer. Er reckte den Hals nach hier und dort. Ich streichelte ihm das Köpfchen.

»Alle anderen Babys auf der Welt schlafen gerade«, flüsterte ich.

Meine Beine waren hungrig nach Bewegung, sie federten regelrecht mit jedem Schritt. Ich konnte bis ans Ende der Welt gehen, die Arme um das Einzige geschlungen, was wirklich zählte, in einer Jackentasche ein volles Fläschchen und in der anderen mein Portemonnaie. Wir hatten alles, was wir brauchten. Wie weit konnte ich wohl gehen? Bis zu den Bergen dort hinten? Die gewaltigen Gipfel waren mir noch nie aufgefallen; sie schienen sich gerade erst dort erhoben zu haben, angeleuchtet von den Lichtern der Stadt. Eine Stunde lang setzte ich einfach nur einen Fuß vor den anderen, ohne irgendetwas zu denken, während Jack an meiner Brust schlief. Die meisten Fenster waren ganz dunkel, oder nur von einem Fernseher erleuchtet. Ein Mann schaltete den Rasensprenger aus. Ansonsten nur Katzen, überall. Die Berge behielten stundenlang dieselbe Größe, so als würde ich sie mit jedem Schritt vor mir herschieben. Dann auf einmal waren sie da, direkt vor mir; ich stand am Fuße von einem. Hatte ich das Gefühl, ihn besteigen zu müssen? Jetzt war es schwer, den Gipfel zu sehen; ich lehnte mich zurück, eine Hand auf Jacks warmem Po. Nein, so dicht davor war nichts zu erkennen. Ich drehte um und ging nach Hause.

Um fünf Uhr morgens regte sich Phillip. Als er mich sah, wie ich mir vollständig angezogen das Haar bürstete, fuhr er hoch.

»Ich weiß nicht, ob du Koffein verträgst. Ich habe dir einen Oolong-Tee gemacht«, sagte ich.

Sein Kopf ging ruckartig zu der dampfenden Tasse auf dem Nachttisch. Daneben lagen fein säuberlich zusammengefaltet seine Sachen, und obendrauf die elektrische Zahnbürste. Ich hatte das Kabel zu einem kleinen Knäuel gewickelt. Er brauchte einen Augenblick, um zu begreifen. Dann stand er langsam auf und begann, sich im Dunkeln anzuziehen. Ich lehnte auf der anderen Seite des Zimmers an der Wand, trank Tee und sah ihm zu.

»In Thailand ist das Klima sicher toll für deine Lungen. Vielleicht bist du dort zu Hause?«

»Kann sein, ich weiß nicht. Ich habe viele Möglichkeiten.«

»War nur eine Idee.«

Er knöpfte sein Hemd zu, steckte es in die Hose und zog seine schwarzen Socken an.

»Deine Schuhe stehen auf der Veranda.«

»Stimmt.«

Wir gingen zum Wohnzimmer, wo unsere Tassen von gestern noch im Dunkeln auf dem Couchtisch standen.

»Er schläft tief und fest, aber wenn du ihn dir noch einmal ansehen willst …« Ich hielt ihm das Babyphon hin. Phillip nahm es, zögerte aber, bevor er auf den Monitor sah.

»Kam er dir irgendwie distanziert vor?«

»Distanziert? Jack?«

»Vielleicht habe ich irgendwas falsch interpretiert, aber ich fand, er ist mir ziemlich kühl begegnet.« Er ging dicht an den Monitor und betrachtete mit leicht zusammengekniffenen Augen das schlafende Bündel. Plötzlich richtete er sich auf und gab mir das Babyphon zurück.

»Ich glaube nicht, dass er von mir ist. Weißt du, warum? Weil ich hier nichts spüre.« Er klopfte sich mit steifen Fingern auf die Brust; es klang hohl.

Ich stand in der Tür und sah zu, wie er sich die Schuhe

anzog; auf der Veranda winkte er mir kurz zum Abschied, dann ging er zögerlich die Treppen hinunter. Ganz leise schloss ich die Tür und legte mich aufs Sofa. Am besten versuchte ich, noch ein wenig zu schlafen, bevor der Tag begann.

EPILOG

Das Flugzeug aus China war voller Familien, und es dauerte eine Weile, bis alle ausgestiegen waren. Am Zoll war eine endlose Schlange, und der Teenager vor ihnen fand seinen Pass nicht. Endlich betraten sie den langen Flur zur Ankunftshalle. Am Ende des Flurs standen Mütter, Väter, Ehemänner und -frauen, jauchzten freudig und umarmten sich. Im Gehen wischte er sich mit der Hand übers Gesicht und strich sich das Haar glatt. Nervös sah sie ihn an.

»Sind wir zu spät?«

»Ein bisschen. Ist nicht schlimm.«

»Und wenn sie mich nicht mag?«

»Unsinn.«

»Wie soll ich sie nennen? Mrs Glickman?«

»Nenn sie einfach Cheryl.«

»Ist sie das? Die Frau, die da winkt?«

»Wo?«

»Ganz dahinten. Mit der blonden Dame. Siehst du?«

»Oh. Ja. Sie sieht alt aus. Clee ist auch da, das ist Clee.«

»Sie freut sich wahnsinnig, dich zu sehen – oh, sie rennt.«

»Ja.«

»Das ist aber ziemlich weit.«

»Wir könnten ihr entgegenkommen – sollen wir auch rennen?«

»Meinst du? Aber meine Tasche. Wie wäre es, wenn du einfach rennst und ich komme nach?«

»Nein, nein, schon okay. Wir gehen einfach ganz normal.«

»Es ist nur wegen meiner Tasche. Oh, wow. Sie rennt wirklich bis hierher.«

»Hmm.«

»Los, renn ihr einfach entgegen.«

»Bist du sicher?«

»Ja. Gib mir deine Tasche. Ich komme nach. Los.«

Er rannte auf sie zu und sie auf ihn, und als sie einander näher kamen, fingen sie beide an zu lachen. Sie lachten und lachten und rannten und rannten und rannten, die Musik setzte ein, Bläser, eine aufschwingende Hymne, und kein Auge im Saal blieb trocken. Der Abspann. Applaus wie Regen.

DANKSAGUNGEN

Ich danke Melissa Joan Walker, Rachel Khong, Sheila Heti, Jason Carder, Lucy Reynell, Lena Dunham und Margaux Williamson für das Lesen verschiedener Versionen dieses Buchs und die ehrlichen Rückmeldungen. Ein besonderes Dankeschön geht an Eli Horowitz, die viele Entwürfe gelesen hat und mir eine große Hilfe war. Megan und Mark Ace danke ich für den Familiennamen Clee, Khaela Maricich für David Bowies Song »Kooks« und meinem Vater, Richard Grossinger, für die Erlaubnis, aus seinem Buch *Die Embryogenese* zu zitieren. Ich danke Michele Rabkin, die mit mir über Adoption gesprochen hat, und Alok Bhutada für die Antworten auf meine Fragen zum Thema Mekonium-Aspiration. Jessica Graham, Erin Sheehan und Sarah Kramer danke ich für die liebevolle Betreuung meines Sohnes während des Schreibens. Dank gebührt meiner Agentin Sarah Chalfant für den Satz »Du wirst ein Baby bekommen *und* einen Roman schreiben« und viele andere kühne und inspirierende Wahrheiten. Nan Graham danke ich für ihre unentwegte Unterstützung auf meinem kurvenreichen Weg und ihr meisterliches Feedback. Zu guter Letzt danke ich Mike Mills, dem ich dieses Buch widme. Deine Liebe, deine Kühnheit und dein Mut zu Verwicklungen tragen mich durch jeden einzelnen Tag.